Gérard Zagar

ZAG'AFRICA

une année à vélo en solitaire
de Provence en Afrique du Sud

*À mon petit frère, Serge,
décédé le 31 mai 2009,
qui m'a accompagné
tout au long du voyage.*

Préface

« Heureux qui, comme Ulysse, a fait un beau voyage. »
Heureux qui, comme Gérard, a vu cent paysages.
Heureuse qui, comme Pénélope (surnom qui m'a été donné), a attendu son voyageur de mari à vélo.
Ce périple, dont j'entendais parler depuis presque trente ans, semblait pour moi un mirage à l'horizon : pour une autre fois, pour plus tard, pour bien plus tard.
C'était une histoire dont je ne savais plus si je l'avais lue ou rêvée… ou imaginée.

Et puis… Et puis, ce matin de fin août 2009, nous y étions. C'était le jour du départ. Tout s'était mis en place insidieusement, presque malgré moi.
Gérard chevauchait son « Tornado » de vélo devant la maison ! Famille, amis, voisins et curieux entouraient celui qui allait partir, qui allait… me quitter.
Chacun d'entre eux et tous ensemble m'avaient dit et répété que, pour entreprendre une telle aventure, « il fallait être fou ». Oui ! Je savais, je savais surtout qu'il était avant tout têtu, opiniâtre, volontaire et plus que déterminé sur ce projet.
Ne sommes-nous pas sur terre pour entretenir quelques beaux rêves ? Gérard allait réaliser le sien ! J'étais à la fois fière de lui et « morte de trouille ».
La machine était lancée, plus rien ne pouvait le retenir : surtout pas moi ! Aucune permission ne m'a été demandée. Aucune autorisation n'a été délivrée. Je n'étais pas sur la touche. Gérard devait partir. Je devais rester et l'aider ! Ce que j'ai fait au quotidien pendant 345 jours.
Plus les kilomètres nous séparaient, plus nous étions proches : on peut dire « en phase ». J'étais la confidente affectueuse et attentive, et le point de ralliement de son important « fan club ».
Ce fut, pour moi aussi, une année exceptionnelle, hors du temps. J'étais une femme en marge. Sans doute ai-je intrigué et inquiété mon entourage et au-delà… Plus sédentaire… sans prise de risque, cette année entre parenthèses m'a enrichie plus que je ne l'avais imaginé.

Il y a eu aussi mes escapades africaines. Ah ! quels instants délicieux, ces rendez-vous avec Gérard dans des aéroports improbables : Dakar au Sénégal, Ouagadougou au Burkina Faso, puis la visite du pays Dogon au Mali, Dar es Salam en Tanzanie, sans oublier l'île de Zanzibar, blanche et bleue.
Votre amoureux vous attend au pied de l'avion… Vous le reconnaissez à peine, la silhouette s'est affinée, la barbe a poussé… Un autre homme !

Les premiers moments de nos retrouvailles, il y avait en Gérard comme une lenteur… Le regard était presque lointain… Sans doute, mon arrivée bousculait sa bulle de voyageur solitaire… Puis nous nous promenions ensemble. Je mesurais de plus près la folie de cette aventure : les rubans de route parfois en latérite à perte de vue, les zones désertiques, les kilomètres sans un village, sous un soleil de plomb.
Plus le Cap de Bonne Espérance approchait, plus je trouvais Gérard solide dans sa tête, son physique. Les trois dernières semaines, « il était en acier, comme son vélo, habité par les fées ».

Le jour de son retour dans notre village, je n'ai eu qu'une crainte, qu'un « original » me demande à voir la tapisserie de « Pénélope » : je ne pourrais pas l'exposer. Pendant une année, j'ai effectivement tissé mais le résultat n'est pas palpable, très peu visible. Il est du domaine du sentiment, de l'affectif, de l'amitié. Pendant ces jours et ces nuits, j'ai beaucoup bavardé, écrit, téléphoné, répété inlassablement, parlé de Gérard et de son audacieuse aventure. J'ai effectivement tissé, lié, relié entre nous quelques fils très précieux, quelques liens dans le beau sens du terme. Un lien des uns aux autres, des uns avec les autres et, je l'espère, jusqu'à nos frères de couleur. Il me plaît de rêver que tout est toujours possible.

Laurence Zagar

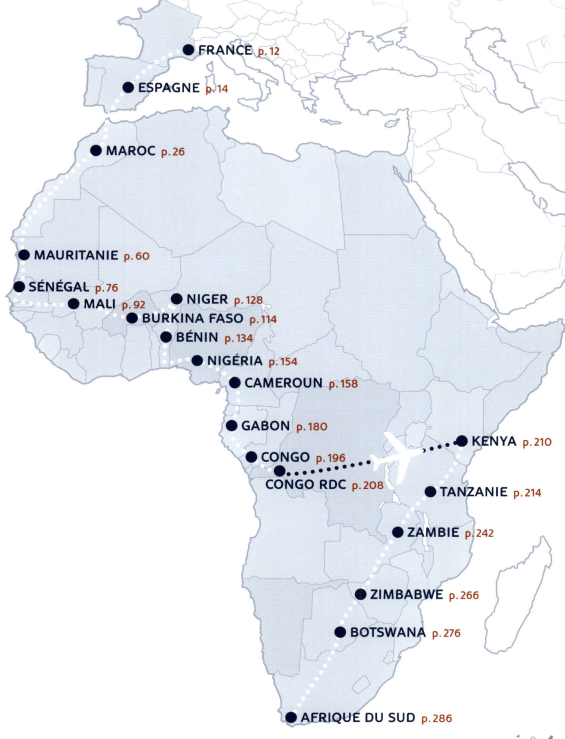

345 jours · 187 étapes · 19 646 km parcourus dont 17 618 km à vélo et 2 038 km en taxi-brousse, camping-car ou train · Moyenne par étape : 105 km · Étape la plus courte : Tunduma (Tanzanie)/Nakonde (Zambie) : 3 km · Étape la plus longue : Beaufort West/Laingsburg (Afrique du Sud) : 202 km · Incidents mécaniques : 5 crevaisons, 2 pneus usés, 3 chaînes de vélo, 0 rayon cassé, 0 câble cassé, 1 étoile de direction changée à Yaoundé · 345 jours · 187 étapes · 19 646 km parcourus dont 17 618 km à vélo et 2 038 km en taxi-brousse, camping-car ou train · Moyenne par étape : 105 km · Étape la plus courte : Tunduma (Tanzanie)/Nakonde (Zambie) : 3 km · Étape la plus longue : Beaufort West/Laingsburg (Afrique du Sud) : 202 km · Incidents mécaniques : 5 crevaisons, 2 pneus usés, 3 chaînes de vélo, 0 rayon cassé, 0 câble cassé, 1 étoile de direction changée à Yaoundé · 345 jours · 187 étapes · 19 646 km parcourus dont 17 618 km à vélo et 2 038 km en taxi-brousse, camping-car ou train · Moyenne par étape : 105 km · Étape la plus courte : Tunduma (Tanzanie)/Nakonde (Zambie) : 3 km · Étape la plus longue : Beaufort West/Laingsburg (Afrique du Sud) : 202 km · Incidents mécaniques : 5 crevaisons, 2 pneus usés, 3 chaînes de vélo, 0 rayon cassé, 0 câble cassé, 1 étoile de direction changée à Yaoundé · 345 jours · 187 étapes · 19 646 km parcourus dont 17 618 km à vélo et 2 038 km en taxi-brousse, camping-car ou train · Moyenne par étape : 105 km · Étape la plus courte : Tunduma

Il est temps de partir

Vers la trentaine, je démissionne de mon travail pour traverser l'Afrique à vélo avec mon ami Pierrot : « Je peux demander des congés sans solde, dès que tu es libre, on part. » Je suis libre et Pierrot demande ses congés : refusés. Il ne me reste plus qu'à retrouver du travail, je n'ai pas le courage de partir seul.

Quarante ans, comment marquer cette décennie ? Les Allemands de notre ville jumelle Bad Krozingen ont rallié Gréoux-les-Bains en quatre ou cinq jours. On peut faire mieux, deux jours suffisent. Ce sera chose faite avec Klaus : 730 km en 48 heures à deux.

Cinquante ans, quoi faire ? La forme baisse ? Je vais aller faire la bise à ma sœur qui habite à Vaucouleurs à côté de Nancy : 740 km en deux jours et demi.

Et maintenant 60 ans, que vais-je pouvoir entreprendre ? Le tour de la Méditerranée ? Trop compliqué, le passage du Maroc à l'Algérie, la Lybie, Israël et les pays arabes. Et si je reprenais l'idée de mon vieux rêve de trente ans ? Ce sera la traversée du continent africain : soyons fous !

Départ début septembre pour optimiser les saisons et un seul passage obligatoire : les chutes Victoria entre Livingstone en Zambie et Victoria Falls au Zimbabwe.

Pourquoi l'Afrique ?

C'est tout d'abord un continent très proche de l'Europe mais encore plein de mystères. Un continent que nous laissons, ou plutôt aidons à mourir. Minée par le sida et les guerres civiles, l'Afrique a du mal à trouver sa stabilité. Enjeux de multinationales attirées par la richesse de leurs sous-sols, les États africains sont souvent pillés avec la complaisance des États dits développés, qui n'hésitent pas à leur vendre des armes tout en les aidant financièrement (juste retour).

Pourquoi vendre des kilomètres ?

Ce voyage est avant tout la concrétisation d'un vieux rêve. C'est mon projet et je le réalise en premier lieu pour moi. C'est aussi l'occasion d'utiliser certaines fenêtres médiatiques, un réseau, des sympathisants, des amis pour faire connaître l'association *Launatho*, à travers un véritable projet avec lequel nous pouvons avoir une réelle action pour aider les Africains, « Un euro pour voir ». Cette idée connaîtra une réussite étonnante puisque 18 620 kilomètres vont être vendus, et donc 18 620 € récoltés au profit de l'association.

De Gréoux à ma première frontière
du 29 août au 3 septembre 2009 : 563 km

| **SAMEDI 29 AOÛT** | C'est le grand jour du départ. À l'origine, je l'avais prévu en toute discrétion depuis ma maison. Le partenariat avec l'association *Launatho* a modifié la donne et je me dois maintenant de médiatiser l'événement.

La télé, les journaux locaux, les amis, grâce aux courriels et même France Inter, tout le monde est au courant de mon projet et beaucoup veulent absolument être là. Si le départ officieux se fait dans l'intimité avec ma nièce Sabine et son compagnon, accompagnés par Kristelle, une autre voyageuse et son compagnon, le départ officiel a lieu en présence d'une foule enthousiaste au centre du village.

Devant une assistance de près de deux cents personnes, j'évoque la disparition de mon petit frère Serge, décédé le 31 mai. Avant qu'il meure, je lui ai fait la promesse d'arriver au terme du voyage. Il m'a simplement répondu qu'il me protègerait.

Et c'est finalement un peloton d'une cinquantaine de cyclistes qui s'égrène depuis Gréoux-les-Bains jusqu'à Grans, première étape, où nous ne sommes plus que quatre : trois de mes amis m'accompagnent pour cette première partie, Roland à Saint-Pons-de-Thomières, Alain et Claude jusqu'à Lerida en Espagne. Pour l'anecdote, je me suis surpris à dire le premier jour après 70 km : « C'est bien, les gars, nous sommes dans les temps ! », ce qui a eu le don de faire rire mes camarades.

Une halte à Valergues chez des amis et, le lendemain, nous récupérons Jean-Pierre et Alain qui nous accompagnent à vélo jusqu'à Clermont-l'Hérault. À Gignac, c'est Jeannot et son neveu qui se joignent à nous. Avec mon frère aîné Henri, Michel et son épouse, nous nous retrouvons ainsi une bonne vingtaine pour déjeuner : pour un

Plus de 200 personnes viennent assiter à mon départ.

voyage en solitaire, c'est gagné ! Le final de la troisième journée ne sera pas facile et nous arrivons relativement fatigués à Saint-Pons-de-Thomières, une étape de 154 km pour 1300 m de dénivelé.

Après le petit déjeuner, c'est la grande séparation, Roland nous quitte à regrets, et surtout Laurence qui nous a accompagnés en voiture jusqu'ici. Ce moment tant redouté arrive. Je la quitte sachant que je vais vivre beaucoup de galères, mais c'est elle qui va le plus souffrir. Elle ne dit rien, accepte mon projet, respecte mon rêve mais elle va vivre une année pénible. Je démarre en pleurs, faisant semblant de rien, sans me retourner. Alain, qui connaît la région, nous fait prendre des petites routes de montagne et le dénivelé qui va avec... Nous pédalons dans un décor superbe, au milieu de vignobles aux noms évocateurs : Minervois, Corbières, Fitou, Rivesaltes, tout un programme ! Nous arrivons à Tautavel après une bosse que j'ai du mal à grimper avec ma remorque chargée.

Une dernière journée en France encore pénible se profile. Alain nous fait pédaler 20 km de plus et passer des cols en veux-tu en voilà. Effectivement, il connaît bien le coin. Heureusement pour lui, le paysage est magnifique.

Nous terminons la journée à Prats-de-Mollo au pied du premier col frontalier. Le moral est au beau fixe mais la fatigue arrive ; d'autant qu'aujourd'hui, si l'étape ne fait que 100 km, le dénivelé est quand même de 1603 m : à quand une journée de repos ?

J'en ai maintenant fini avec mon parcours français et, demain, c'est la première frontière. En cinq jours et 563 km, ce n'est pas mal pour un début. Il faudra bien que je me calme car je ne suis pas encore arrivé en Afrique du Sud !

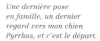

Une dernière pose en famille, un dernier regard vers mon chien Pyrrhus, et c'est le départ.

Ma traversée de l'Espagne
du 3 au 22 septembre 2009 : 1431 km

PRATS-DE-MOLLO
> PONS
195 km

| **JEUDI 3 ET VENDREDI 4 SEPTEMBRE** | Ce matin, pour mes derniers kilomètres en France, il a l'air de vouloir faire beau. Au départ de Prats-de-Mollo, nous attaquons le col d'Arès qui culmine à 1513 m avec des 9 et 12 %. Je passe enfin ma première frontière, plus que 22 et je suis au but.

De petit col en petit col, je suis assez surpris par ce passage des Pyrénées, je ne pensais pas que ce serait aussi dur et la fatigue commence à s'installer. Heureusement le ciel est parfois couvert mais sans pluie, seul le vent est de la partie, toujours de face (tous les cyclistes le savent).

L'épandage des boues des stations d'épuration, fréquent dans la région, ainsi que les nombreuses porcheries produisent des odeurs peu agréables pendant toute cette première partie espagnole.

PONS
> LERIDA
52 km

| **SAMEDI 5 SEPTEMBRE** | Aujourd'hui nous rejoignons Lerida. C'est le lieu de séparation d'avec mes amis. 52 km de route quasiment plate et désertique.

LERIDA
> ALCAÑIZ
131 km

Un des nombreux cols espagnols.

Début de mon voyage en solitaire.

| **LUNDI 7 SEPTEMBRE** | Après une première journée de repos depuis notre départ, aujourd'hui commence mon voyage en solitaire. Dès le lever du jour, je me réveille assez tendu, aux dires de mes amis, car je vais maintenant être tout seul. Inquiet pour le poids que je dois trimballer, j'ai tendance à me séparer de pas mal d'affaires. J'en suis à couper les petites poignées des trousses en plastique pour gagner une dizaine de grammes. Nous nous séparons après le petit déjeuner non sans quelques larmes.

Première journée seul! Plein de choses me trottent dans la tête et même si ça ne dure pas, le doute m'envahit : « Dans quelle galère t'es-tu embarqué ? Te voilà seul pour un an et 20 000 km. En es-tu capable ? Tu ne peux plus renoncer, chasse tes doutes. »

Mon chargement est maintenant complet (150 kg avec le bonhomme et le vélo). Je me demande comment je vais pouvoir passer les bosses car les jours précédents ont été assez difficiles.

Pour le début de la journée, la route est relativement plate et je ne sens pas trop la remorque, c'est bon signe. Premier souci à 10 km de Fraga : seule l'autoroute continue. Un automobiliste me dit de la prendre. Je retourne plutôt vers Lerida pour rejoindre la route d'Alcañíz. Je traverse une magnifique vallée fruitière (pêches, amandes, poires, pommes, coings) arrosée par une rivière assez importante, le Segre. Dès que je récupère la nationale, il me faut grimper une bosse de 2,5 km à plus de 10 %. C'est mon premier test en pleine charge et tout se passe bien.

J'arrive à Caspe à 15 h, je n'ai pas encore mangé et je suis cuit. Je m'enfile un énorme sandwich et deux bières. Le coin n'est pas sympathique, avec toujours ces odeurs d'élevages de porcs. Je rejoins Alcañíz : ce seront 30 km de calvaire, la route n'en finit pas de monter, il fait très chaud, pas d'ombre, je suis dans un paysage de western. J'arrive enfin et je trouve un petit hôtel. Dans la région, il est impossible de bivouaquer, tout est clôturé et il n'y a pas de camping.

| **MARDI 8 SEPTEMBRE** | Ce matin la route commence déjà à monter. J'évolue sur un plateau (incliné dans le mauvais sens) avec beaucoup de cultures, en particulier du maïs et des fruits (pêchers, pommiers, oliviers, amandiers).

Je suis à 700 m d'altitude et la végétation s'amenuise, les oliviers disparaissent et seuls les amandiers sont très présents. Mais l'ombre d'un amandier, décharné en cette saison, ce n'est pas le top ! J'arrive à un col qui culmine à 1180 m. Je pense que ma journée est pratiquement terminée car il ne me reste plus que 15 km. Que nenni, si la route descend, elle remonte aussitôt.

J'arrive à Montalbán, village magnifique. Je cherche *una habitacion*, peine perdue, car dans ce village, il n'y a rien d'ouvert, le seul hôtel est à 3 km et je n'ai pas le choix ! Après le passage des Pyrénées, je croyais avoir fait le plus dur, mais c'est une erreur car la chaleur et le relief rendent mon avancée assez pénible et ça ne va pas se calmer, car demain, j'ai un autre massif à traverser.

ALCAÑIZ
> MONTALBÁN
79 km

| **MERCREDI 9 SEPTEMBRE** | Je le prévoyais, ce matin le départ est rude, je passe un premier col à 1408 m. Je suis dans un décor d'éoliennes. Je les savais nombreuses en Espagne, mais pas à ce point. Finalement, quatre ou cinq, ou des dizaines, dans ce paysage désertique, pourquoi pas ! C'est sûrement mieux que le tout-nucléaire décidé par nos dirigeants en France.

Quand je bascule, je pédale dans un tout autre paysage : un immense plateau. Je descends quelques kilomètres et de nouveau un autre col : ça ne va pas recommencer comme hier ! Non, la fin de la journée va être un régal.

Je traverse des petits villages, tous plus magnifiques les uns que les autres. Je fais mes courses à Alfambra où j'ai enfin le sourire de la marchande. Je descends

MONTALBÁN
> TERRUEL
78 km

tranquillement une vallée où les cultures font place à des plantations de peupliers. Je n'aurai eu que de la verdure aujourd'hui et en plus, le sourire de la marchande, c'est bon pour le moral.

À 15 km de Terruel, je croise un cycliste espagnol qui s'entraîne, il fait demi-tour pour m'accompagner jusqu'à l'entrée de la ville. Il me faut faire très attention car je m'engraine et nous dévalons à plus de 30 km/heure. Comme c'est un coureur, il me serre de près, mais vu mon chargement, je n'ai pas toute ma dextérité. Il me signale qu'il a un magasin de vélo et m'indique un hôtel juste à côté.

Je traverse une région viticole et j'ai droit aux « Holà » des vendangeurs.

TERRUEL
> UTIEL
122 km

| **JEUDI 10 SEPTEMBRE** | Je déjeune dans un bar. En remontant sur Tornado – c'est ainsi que j'appelle mon vélo –, je me prends le pied sur la barre transversale et me retrouve allongé sur la chaussée. Heureusement, ma tête n'a pas cogné, apparemment aucun mal. Que cela me serve de leçon ! Il ne me faut pas oublier que je suis seul. La première partie de la journée est très agréable car je descends doucement le long d'une rivière. Je passe sans aucun effort de gorge en gorge où la couleur ocre domine.

Quarante kilomètres plus loin, les choses se corsent. Après le splendide village d'Adamuz, je vois au loin la route s'élever de façon spectaculaire. Je pense que ce n'est pas pour moi car il n'y a rien d'indiqué sur la carte. Eh bien si, c'est ma route : je grimpe pour la première fois en première, péniblement mais, avec ma fierté mal placée, je refuse de mettre pied à terre. Je suis à la limite de craquer : 1 % de pente supplémentaire, je ne passe pas !

La route reprend sa litanie de montées et de descentes, je suis toujours à plus de 1000 m. J'arrive au village de Landete, j'ai soif, j'ai faim et je suis fatigué. Comme il

est 13 h, je décide de faire une grande pause et d'analyser la situation. Je trouve difficilement un bar pour boire deux *cervezas* et prendre un *bocadillo*. Dans le bar, je baragouine avec trois clients qui n'en reviennent pas d'apprendre que je vais jusqu'en Afrique.

Finalement, j'arrive à Utiel sous la chaleur. De plus, la ville est bloquée par une course de taureaux que je n'aurai pas la patience de regarder. Avec difficultés, je trouve un hôtel et le patron me demande de signer un autographe, décidément, c'est la gloire, mais que c'est dur !

Dans cette plaine, d'immenses champs d'oignons que je retrouverai dans toute l'Afrique.

| **VENDREDI 11 SEPTEMBRE** | La nuit porte conseil, paraît-il. Ce matin en me réveillant, j'ai décidé de me reposer. Les muscles étaient un peu douloureux.

Repos

J'en ai profité pour me promener dans cette ville d'Utiel, sans rien d'exceptionnel. J'ai fait une *bugade* (lessive) et glandé toute la journée. Le seul problème, ce sont les horaires des repas : déjeuner à 14 heures et dîner à 21 heures. Mon estomac crie famine deux heures avant.

| **SAMEDI 12 SEPTEMBRE** | Je déjeune dans ma chambre et démarre entre chien et loup par une petite route de campagne pour rejoindre Requena. Je suis dans une région viticole en pleines vendanges. C'est un défilé de tracteurs avec remorque, qui vont vider à la *bodega* et s'en retournent dans les vignes pour faire le plein. Le paysage est superbe et les vendangeurs en passant me saluent d'un *Holà* bien agréable.

UTIEL
> ALBACETE
131 km

J'avais cru comprendre qu'après Villatoya, la route descendait jusqu'à Albacete. J'ai encore des progrès à faire en espagnol parce qu'à partir de là, la route s'est mise à

MA TRAVERSÉE DE L'ESPAGNE

grimper pendant 9 km! Il me faut trouver un endroit pour me restaurer, mais pas d'ombre à l'horizon, et cette plaine n'est vraiment pas très chouette. Enfin un village, je me dirige vers l'église et je pique-nique sur un banc public en plein cagnard. En sortant du village, j'aperçois des bancs bien à l'ombre…

Il me reste 1,5 litre d'eau et des barres de céréales, ça devrait le faire. Mais où bivouaquer dans cette plaine désertique où tout est clôturé? Enfin j'aperçois deux hôtels face à face. Le premier est complet mais accepte que je monte la tente sur son parking crado si je mange chez lui. Je traverse et là, miracle, il leur reste une chambre. C'est un hôtel minable, peut-être de passe, en pleine campagne, mais je suis content.

ALBACETE > ALCARAZ 82 km

| **DIMANCHE 13 SEPTEMBRE** | Je finis la plaine d'hier soir en compagnie de lapins que je vois courir dans tous les sens. Je n'en ai jamais vu autant de ma vie. Dans cette plaine, d'immenses champs de *cebollas* (oignons). C'est peut-être là l'origine du chef espagnol dans *Astérix chez les Ibères*: Soupalognonycrouton.

Après 20 km tranquilles, fin de la plaine, j'entre dans une vallée et le paysage change complètement: collines et verdure. Je fais connaissance avec mon nouvel ami hollandais «Van dans la gueule» mais je ne me plains pas car mon autre ami «Van dans le dos» m'a beaucoup aidé la première partie du voyage.

Cette vallée n'arrête pas de monter pour arriver à un nouveau col (Los Pocicos) à 1100 m. En haut, c'est un immense plateau qui m'attend avec… une kyrielle d'éoliennes! Ce qui est rigolo, c'est que je suis dans la Mancha et je vois un panneau avec Don Quichotte et Sancho Pança. Il aurait bien du travail maintenant!

J'arrive au terme de ma journée: Alcaraz. Une rude montée m'y mène, en première, et je suis un peu juste mais je ne mets pas le pied à terre: si on me regardait… Au village, pas grand-chose, c'est juste un village touristique. Je redescends aussitôt pour me sustenter dans une auberge. Je quitte Alcaraz et continue en cherchant un

Des dizaines d'éoliennes, tels des moulins à vent qu'aurait appréciés Don Quichotte.

endroit pour passer la nuit. J'emprunte un petit chemin non goudronné et enfin, je trouve un endroit sympa pour planter la tente. Un coup de vent et l'orage qui menace, je m'apprête à affronter les éléments. Heureusement, il passe à côté. Ma première nuit sous la tente !

| **LUNDI 14 SEPTEMBRE** | Ce matin, c'est le luxe, un petit café dans le duvet en me réveillant. Le problème du bivouac, c'est que l'on ne peut partir de bonne heure. Le jour se lève à 7 h 30 et le temps de plier la tente mouillée, de ranger ses affaires, il est 9 h. Je démarre avec le soleil. Pas pour longtemps car le ciel se voile et il fait relativement froid. Je m'arrête au bout de 10 bornes pour déjeuner.

ALCARAZ
> VILLANUEVA
75 km

Je suis maintenant dans le domaine des oliviers, à perte de vue, jusqu'à la cime des montagnes. Un panneau me signale que j'entre en Andalousie. De petits troupeaux de moutons et leurs bergers m'accueillent dans cette nouvelle province.

Le temps commence à se couvrir. J'avais décidé de m'arrêter à Villanueva del Arzobispo, mais comme ce village est en retrait de ma route, je décide de continuer jusqu'au prochain hôtel. Dans la grande montée (3 km) qui évite le village, je me prends une averse carabinée, j'ai juste le temps d'enfiler le Goretex et je suis trempé comme une soupe. Je décide finalement de redescendre au village et d'y coucher. Je ne dois pas avoir assez de bosses : celle-ci, je l'ai montée pour rien car demain, il faudra tout recommencer. Le premier hôtelier me voyant tout mouillé me dit que son hôtel est complet : décidément, j'adore les Espagnols et leur sens de l'accueil. Au second, c'est bon et je peux ainsi me sécher et mettre Tornado à l'abri pour la nuit.

VILLANUEVA
> UBEDA
45 km

| **MARDI 15 SEPTEMBRE** | La journée s'annonce pluvieuse. J'attaque par 4 km de montée. En haut de la bosse, un panneau : parc naturel de la Sierra Cazorla. Je commence ma série de sierras jusqu'à Gibraltar. Aujourd'hui, j'ai pédalé dans un océan d'oliviers.

Des oliviers, à perte de vue.

MA TRAVERSÉE DE L'ESPAGNE

Je décide de m'arrêter à Ubeda car la ville semble jolie et j'ai une grosse lessive à faire. Je trouve un hôtel avec Wifi, je vais pouvoir mettre mon courrier à jour.

C'est une ville absolument magnifique. L'hôtel se targue d'être *en corazón lleno del Renacimiento andaluz* (en plein cœur de la Renaissance andalouse). Je profite ainsi de cet après-midi libre pour visiter cette ville médiévale classée au patrimoine mondial de l'Unesco. Il tombe des trombes d'eau toute la nuit. Je suis dans une chambre mansardée et la pluie sur le velux m'a empêché de dormir. À la TV espagnole, ils ne parlent que des inondations en Andalousie.

Pas d'Espagne sans taureaux...

UBEDA
> GUADAHORTUNA
69 km

| **MERCREDI 16 SEPTEMBRE** | Ce matin, il pleut toujours mais je décide de partir tout de même. Au bout d'un kilomètre, je m'aperçois que j'ai oublié le fanion de la remorque. Je remonte à l'hôtel et là, rien, on m'a bel et bien piqué mon fanion : pourquoi ? Je ne le saurai jamais. Des renseignements contradictoires me contraignent à descendre et remonter : un bon kilomètre à 10 %. Bah ! Je ne suis plus à une bosse près.

Je file maintenant sur la route de Granada, qui commence par une longue descente, mais gare, ça va remonter de nouveau. Je ne me sens pas trop en forme, j'ai les jambes lourdes, c'est un jour sans.

À la sortie de Jodar, je m'installe pour pique-niquer et la pluie se remet à tomber. Je redescends au village pour trouver un hôtel. J'entre dans un bar pour m'abriter. La pluie cesse, il fait soleil, finalement je continue : on verra bien. Toute l'Andalousie est en alerte, il y a eu des inondations partout et les champs d'oliviers baignent dans l'eau. La route n'arrête pas de monter et de descendre (surtout monter !). Je n'ai pas trop le goût à pédaler et c'est vraiment la première fois que je tourne les jambes pour faire des kilomètres. Je décide de m'arrêter à Huelma : 58 km, ça suffit. Le prochain village est à 11 km, allez, encore un effort. Là, c'est la surprise du jour : un col de 5 km. En haut, le temps menace de nouveau et j'ai juste le temps d'arriver à Guadahortuna avant la pluie. Il y a un petit hôtel dans ce village perdu dans l'Andalousie. Je suis à 1000 m d'altitude et il fait un temps pourri, je suis obligé de sortir tous les vêtements chauds que je possède : c'est un comble. Je profite de cette courte étape pour visiter ce village au riche passé historique et en particulier l'église de style mauresque bâtie sur une ancienne mosquée : toute la région était autrefois occupée par les Maures.

| **JEUDI 17 SEPTEMBRE** | J'attaque par une petite grimpette de 5 km : pas trop dur et aujourd'hui je suis en forme. Comme quoi, tout est dans la tête : hier j'ai été perturbé par le vol de mon fanion. Le paysage change : s'il y a toujours des oliviers même à 1220 m d'altitude, il n'est plus le roi, il fait place à d'autres cultures, tournesols, céréales…

À 17 km de Granada, je suis obligé de prendre l'*autovia*. Au début, la circulation est supportable, mais au fur et à mesure que je m'approche de la ville, elle se densifie. Comme ça commence à devenir dangereux et désagréable, je la quitte. Suprême erreur, car il m'a fallu plus d'une heure pour entrer dans Granada : il y a des travaux partout et il me faudra une heure pour en sortir. Du coup, pas de halte. La ville avec le vélo et la remorque, c'est l'horreur. Le vent souffle de plus en plus fort. Il faut que je m'arrête car j'ai très froid et faim. Dans cet endroit, pas d'hôtel, tant pis, je vais bivouaquer et pique-niquer comme à midi. Je trouve, par miracle, à Punto del Suspiro del Moro, un camping au bord de la route. De plus, dans ce camping, il y a Internet ! Dans la tente, à la frontale et l'ordi sur les genoux, je mets mon site Internet à jour : bel exercice.

En altitude, les oliviers disparaissent au profit d'autres cultures.

GUADAHORTUNA > GRANADA (PUNTO DEI SUSPIRO) 96 km

MA TRAVERSÉE DE L'ESPAGNE

PUNTO DEL SUSPIRO DEL MORO > LA HERRADURA 78 km

| **VENDREDI 18 SEPTEMBRE** | Je suis à 820 m d'altitude et l'arrivée se situe autour de zéro mètre : ce devrait être une étape facile. Il n'en est rien, mon premier problème est de ne pas prendre l'autoroute.

À un rond-point, la N323 se transforme en autoroute sans avertissement et je ne sais où passer. Heureusement, un cycliste sympa me renseigne. J'arrive vers Motril en vue de la Méditerranée et me dirige vers Málaga. Je vois un panneau d'interdiction aux cyclistes dans 10 km. Pris de panique, je quitte cette route au village suivant mais ne trouve pas fortune. Je demande à un taxiteur qui me remet sur la N430 et me certifie

La côte méditerranéenne est absolument splendide. Il est dommage que les promoteurs immobiliers aient autant sévi.

qu'elle va jusqu'à Málaga. Cette route est abominable, beaucoup de trafic et surtout une suite de montées et de descentes. Il fait un *ventarasse* affreux, et bien sûr de face. Il ne faut pas trop que j'insiste car je vais me faire mal. D'autant que ce matin, à cause d'un caillou dans une cale de ma chaussure, je sens une douleur au genou arriver. Je m'arrête donc à La Herradura, une station balnéaire assez quelconque, mais avec une urbanisation à outrance et anarchique. En descendant de Granada, le paysage s'est beaucoup modifié. Les oliviers ont commencé à disparaître pour faire place aux amandiers. Plus je descendais, plus le paysage changeait. Je commence à voir des plantations exotiques : manguiers, orangers, avocats, grenadiers, cactus.

LA HERRADURA > BENALMÁDENA 93 km

| **SAMEDI 19 SEPTEMBRE** | D'après l'autochtone, ça devait monter au début et, après, fini. Effectivement, il me faut en premier passer les contreforts de la Sierra de Almizara. La route descend et devient plate pour la suite de la journée. Je passe de station balnéaire en station balnéaire.

Pour mon pique-nique, je cherche un banc mais dans ces lieux touristiques, ça n'existe pas : restaurant ou rien. En arrivant à Rincón de La Victoria, je vois un magnifique jardin public avec pelouse, jet d'eau, monument et même une statue d'un *hombre* avec un taureau. Ce sera l'idéal pour manger.
Je repars et, à La Cala del Moral, paf ! l'autoroute ! Les gens m'engagent à passer par là, je refuse et cherche un autre chemin. À force de fouiner, je trouve un sentier de plage, tantôt de la terre, tantôt des dalles de pierre. Au bout d'une quinzaine de kilomètres, j'arrive à Málaga. Le sentier se transforme en un immense trottoir bien dallé avec la

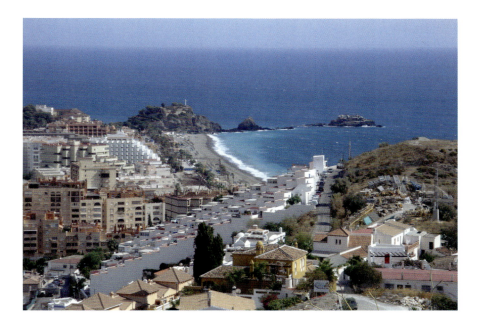

La Herradura : station balnéaire avec une urbanisation à outrance.

route à côté, bordée de palmiers. Je suis maintenant au milieu des restaurants proposant tous des barbecues. C'est assez marrant car je roule entre les gens, les gamins qui jouent, les parasols et les serveurs qui traversent. L'activité se calme mais je reste toujours sur le trottoir. C'est finalement moins problématique que Granada.
La sortie de la ville est une autre paire de manches car ces trottoirs me mènent directement à une *autovia* et je n'ai pas d'autre solution que de la prendre. J'enfile mon gilet fluo et m'y engage pendant une dizaine de kilomètres, jusqu'à Torremolinos. La bande d'arrêt d'urgence est très étroite et même inexistante parfois. Je n'étonne personne, car, en fait, il y a deux sortes d'*autovias* : gratuites ou à péage. Les premières sont autorisées aux deux roues : c'est tout de même bizarre car les unes et les autres sont tout aussi dangereuses. À Torremolinos, l'*autovia* se transforme en nationale et la circulation, quoique dense, devient plus simple. En termes d'infrastructures touristiques, je croyais avoir tout vu mais maintenant, c'est encore pire, il n'y a que des hôtels luxueux de trois ou quatre étoiles, et du béton partout !

MA TRAVERSÉE DE L'ESPAGNE

Je m'arrête à Benalmádena Playa, je trouve un hôtel deux étoiles – ils sont assez rares dans le coin. Je ressens le besoin de me reposer. Il y a encore beaucoup de monde malgré la basse saison, des étrangers pour la plupart et âgés de surcroît. Je ne sais pas ce qu'ils viennent chercher ici, peut-être la plage, mais certainement pas l'exotisme : je n'ai pas du tout l'impression d'être en Andalousie.

Repos

| **DIMANCHE 20 SEPTEMBRE** | Je m'oblige à une journée d'arrêt. J'en profite pour faire ma lessive. Je traîne toute la journée : repos et Internet.

Rincón de La Victoria. Un jardin public avec sa statue : idéal pour pique-niquer.

Je suis au bord de la plage mais le temps ne m'encourage pas à me baigner. Le moment le plus sympa de la journée, c'est le soir au restaurant. La serveuse est française, elle me présente trois Français. Ils m'invitent à boire l'apéritif avec eux. C'est l'occasion de déguster un excellent vin d'Espagne et de passer un moment très agréable. C'est seulement la deuxième fois depuis mon passage en Espagne que je parle français.

BENALMÁDENA > SAN ROQUE 105 km

| **LUNDI 21 SEPTEMBRE** | Objectif du jour atteint : je campe à 20 km d'Algesiras afin de prendre le bateau mardi matin. C'est un camping assez bizarre en pleine campagne, au milieu de nulle part. Il n'y a pratiquement personne et rien ne fonctionne : le tout pour 18,50 €, je trouve ça un peu cher !
Seul avantage : j'ai pu prendre ma douche froide et la sympathique hôtesse d'accueil m'ouvre l'épicerie pour faire mes courses.
Dans l'après-midi, j'avais appelé ma nouvelle copine Anneka de l'émission Allo la

planète de France Inter. Elle me rappelle pour fixer le rendez-vous à minuit ; finalement, Éric Lange m'appelle à 23 heures. Faire une émission de radio sous la tente, au milieu de nulle part, est assez cocasse.

Aujourd'hui j'ai parcouru l'étape sur une *autovia* sans bande d'arrêt d'urgence. J'ai balisé toute la journée, toujours un œil sur le rétro, en bénissant mon gilet fluo. Je ne comprendrai jamais comment on peut autoriser un cycliste sur ces routes, mais c'était la seule solution pour moi. Quand on me parle des dangers de l'Afrique, le vrai danger était peut-être là.

| **MARDI 22 SEPTEMBRE** | Aujourd'hui, je quitte l'Europe et je pose mes roues sur le continent africain. C'est donc tout excité que je démarre du camping pour rejoindre Algesiras par une *autovia* très fréquentée.

J'arrive au port à 10 h 30 pour embarquer à 11 h. La traversée se passe sans problème, d'autant que le détroit ne fait qu'une quinzaine de kilomètres. Je suis tout de même ravi d'en avoir fini avec l'Espagne. C'était ma première expérience de voyage en solitaire, je n'étais pas encore en bonne forme physique et j'étais confronté à la barrière de la langue. L'Espagne aura été assez compliquée d'autant que, pour éviter la circulation, je n'ai pas choisi le plus facile. J'ai traversé toutes les sierras, connu le mauvais temps, le côté sauvage de l'intérieur, entre les paysages et les habitants. Bref, je suis maintenant en Afrique, n'est-ce pas le but de mon voyage ? Passons maintenant à autre chose.

Le rocher de Gibraltar : l'Afrique approche.

SAN ROQUE
> KSAR ES SEGHIR
63 km

Mon premier pays africain : le Maroc
du 22 septembre au 27 octobre 2009 : 2 964 km

| **MARDI 22 SEPTEMBRE (suite)** | Je suis à Ceuta, une enclave espagnole, mais je foule enfin le sol africain. Au bout de quelques kilomètres, je passe sans problème la frontière et là, tout change, j'ai vraiment déjà un avant-goût d'Afrique.

Ce ne sont plus des sierras à traverser mais des djebels et j'attaque une côte de 4 km dont j'effectue le premier kilomètre à pied. Pour ne pas être dépaysé, je passe une série d'éoliennes. J'arrive enfin à Ksar es Seghir où je décide de m'arrêter. Petit problème, c'est l'Aïd, les hôtels sont fermés, pas de camping et le camping sauvage est interdit. Comme j'ai bourlingué dans le village, je suis repéré et j'essaye bien de parlementer avec un représentant de la Gendarmerie royale pour lui demander l'autorisation de bivouaquer, mais rien n'y fait. Je mange un petit bout et je démarre, je verrai bien. Au bout de trois ou quatre kilomètres, je m'arrête pour planter la tente dans un coin que je crois très discret. Peine perdue, toute la soirée, c'est un défilé permanent de promeneurs et de pêcheurs qui me saluent tout en engageant la conversation. J'ai changé de continent et de pays, l'accueil n'est déjà plus le même.

**KSAR ES SEGHIR
> TANGER
36 km**

Ceuta, enclave espagnole sur le sol africain.

Le détroit de Gibraltar et, en face, l'Europe.

| **MERCREDI 23 SEPTEMBRE** | Je démarre ce matin à 9 h, je demande l'heure à un Marocain qui passe : en fait, il est 7 h ! Je suis maintenant à l'heure du soleil. Je profite d'un panorama extraordinaire avec à ma droite l'Europe, derrière la mer Méditerranée et devant l'océan Atlantique : une belle leçon de géographie ! Je comprends aussi la position très stratégique du fameux rocher de Gibraltar, car il est impossible d'entrer ou de sortir de la Méditerranée sans être vu.

Tanger est une grande ville moderne et les hôtels du bord de mer sont tous plus luxueux les uns que les autres. Je m'arrête pour faire mon choix mais un rabatteur m'assaille immédiatement et, comme il me propose un hôtel dans mes prix, je le suis. Il n'aura pas perdu son temps car je le récompense et l'hôtelier doit certainement lui verser un pourcentage.

| **JEUDI 24 SEPTEMBRE** | Ce matin, je récupère mon ami Jojo venu de France : il doit passer trois semaines avec moi. À 8 h 45, je suis au port, le temps de faire garder mon attelage, de boire un café, Jojo arrive.

Nous partons en direction de Meknès par la route de Rabat. Ce n'était pas prévu ainsi mais comme la route est relativement plate, il pourra s'habituer au poids et à l'équilibre : c'est la première fois qu'il tracte une remorque. Nous longeons le bord de l'océan Atlantique, traversons toute une zone de cultures de melons avec quantité de marchands au bord de la route qui font la sieste en attendant l'éventuel client.

Il est l'heure de trouver le bivouac. Nous prenons un chemin de terre, poussons les vélos sur un kilomètre. Nous nous installons sur un petit plateau au milieu des champs de melons, des vaches et des moutons.

| **VENDREDI 25 SEPTEMBRE** | Au réveil, c'est le va-et-vient des paysans qui vaquent à leurs occupations. Bien sûr, les gens nous saluent toujours avec le sourire. L'un d'eux, Mohamed, essaye d'engager la conversation mais il ne parle pas un mot de français, et nous encore moins l'arabe. Nous comprenons qu'il faut le suivre chez lui pour boire et manger. Nous entrons dans sa maison magnifiquement tenue et nous nous installons dans son salon décoré par son épouse. Il nous prépare le thé à la menthe, du pain, une espèce de crêpe, du miel, des œufs, des gâteaux faits par son épouse. En repartant, il met tout dans un sac plastique que nous chargeons sur les vélos.

TANGER
> ASILAH
55 km

ASILAH
> ARBAOUA
82 km

Le port de Tanger.

MON PREMIER PAYS AFRICAIN : LE MAROC

La route est légèrement bosselée mais rien à voir avec ce que j'ai vécu en Espagne. Le seul problème de la journée, c'est la circulation : les cars et les taxis klaxonnent et nous frôlent parfois dangereusement. Nous passons Ksar es Seghir, une ville trop grande pour dormir, et quittons la route de Rabat. Nous nous installons dans le petit village d'Arbaoua en dehors de la nationale.

ARBAOUA
> SIDI KACEM
98 km

| **SAMEDI 26 SEPTEMBRE** | Le matin, la circulation est moins dense et il est plus agréable de rouler. Le ciel s'obscurcit, l'orage menace. Arrivés au village de Mechra Bel Ksiri, nous décidons de faire une bonne pause. Il est 11h30, nous avons fait 43 km. Bien nous en prend car nous avons juste le temps de mettre nos vélos et leurs pédaleurs à l'abri avant la pluie.

Nous en profitons pour manger de la viande hachée et des côtelettes (800 g) achetées au boucher, cuites sur un barbecue et mangées dans un bar. Ce lieu semble un arrêt de cars important car il y a un trafic incessant et nous avons tout notre temps pour l'observer : c'est assez rigolo. Le boucher est réapprovisionné en viande (moutons, demi-bœufs), le tout sur des crochets installés dehors et sortant d'un camion benne !

Le temps a l'air de se calmer, nous repartons sur une route mouillée et boueuse. Nous passons pratiquement tout l'après-midi sur une ligne droite (deux petites courbes) de plus de 30 km. C'est assez languissant, d'autant que le trafic est important. Les cars et les taxis klaxonnent pour nous obliger à quitter la chaussée mais les bas-côtés sont couverts de boue et nous ne sommes pas des bourricots. Nous essayons donc de braver ces professionnels de la route, mais c'est un jeu assez dangereux.

Nous arrivons à Sidi Kacem dans l'espoir de faire nos courses et de trouver un coin pour bivouaquer. La ville grouille de monde, les gamins nous courent après et nous commençons à nous énerver. Nous faisons au plus vite et fuyons cette ville. Nous nous engageons dans des gorges, accompagnés par trois Marocains à vélo qui rentrent

Des champs d'oignons mis à sécher sur des lits de pierres.

chez eux au village. Ils font tout pour nous tenir tête, mais nous n'avons pas du tout l'intention de faire la course! Au bout de 3 à 4 km, à la sortie des gorges, nous trouvons au bord du torrent en crue un magnifique endroit pour planter la tente.

| **DIMANCHE 27 SEPTEMBRE** | Au réveil tout est trempé, les vélos et la tente. Heureusement qu'hier soir, nous avions décidé de monter le double-toit de la tente. La route vallonne un peu plus que d'habitude au milieu d'immenses champs cultivés. Nous reconnaissons des champs d'artichauts, d'oignons.

SIDI KACEM
> MEKNÈS
45 km

Nous arrivons à Meknès par une longue montée quand Jojo me dit : «Gé, nous sommes filmés par des Ardéchois.» C'est le notaire de Largentière et son épouse qui nous ont reconnus et se sont arrêtés au bord de la route pour nous filmer. J'avais fait la connaissance d'Alain au moment du décès de Chantal, ma belle-sœur. Au décès de Serge, je l'avais revu et lui avais parlé de mon voyage. Nous leur proposons de dîner ensemble mais, comme ils ont tout dans leur voiture, ils nous offrent le pique-nique. Ce que nous acceptons très volontiers d'autant qu'ils payent le pastis avec de l'eau de Chassiers, mon village quand j'habitais en Ardèche, s'il vous plaît! C'est vraiment un drôle de hasard de se rencontrer à l'entrée de Meknès.

Nous trouvons un petit hôtel afin de nous laver car nous sommes un peu crasseux et, bien sûr, nous avons une lessive importante à faire. À l'hôtel, Jojo demande à une femme de chambre si elle peut s'occuper du linge et, moyennant 50 dirhams (4,50 €), nous récupérons notre linge bien lavé et séché.

| **LUNDI 28 SEPTEMBRE** | La journée sera rude car nous attaquons le Moyen Atlas. Le temps n'est pas terrible (nuages et soleil) mais ce n'est pas plus mal pour pédaler. Nous traversons une zone très cultivée avec des champs immenses : des centaines d'hectares de pommes de terre, de grenadiers, d'oliviers. Nous passons devant un très grand

MEKNÈS
> AZROU
73 km

Paysage d'Ito en l'honneur d'une dame qui a combattu les rebelles et les Français.

MON PREMIER PAYS AFRICAIN : LE MAROC

domaine viticole. Nous arrivons à El Hajed après une bonne côte de 3 km, nous sommes à plus de 1000 m. Nous continuons de monter et de descendre à travers les champs d'oignons mis à sécher sur des lits de pierres d'un mètre de haut.

Autour de 1500 m d'altitude, nous découvrons un endroit étonnant appelé « Paysage d'Ito ». En fait, c'est un magnifique panorama sur le Moyen Atlas appelé ainsi en l'honneur d'une dame qui a combattu les rebelles dans cette vallée et résisté aux Français avant le protectorat. Nous y rencontrons quatre Marocains en Vespa qui nous proposent de fumer du kif. Nous refusons (même Jojo). Un Marocain, qui arrive de Tombouctou, nous parle de ses problèmes pour avoir les visas mauritaniens. Apparemment, il a vu pas mal de cyclo-voyageurs, me laissant l'espoir de ne pas être seul par la suite.

Nous croisons un fourgon immatriculé dans les Bouches-du-Rhône. Rien de très étonnant car il y a beaucoup de Marocains vivant en France et revenant au pays avec un véhicule. Pourtant, il fait demi-tour, nous double et s'arrête à notre hauteur. Un homme descend et m'interpelle : « Oh ! Gérard ! » C'est Mohamed El Yaacoubi, un ancien client de mon cabinet comptable qui revient d'une ferme qu'il a achetée à 200 km de là. Il rentre chez lui vers Meknès ; après les embrassades, il nous invite à revenir en arrière pour aller chez son cousin. Nous nous séparons et partons vers Azrou.

Nous observons les premières plantations de cèdres avant de descendre avec une splendide vue sur Azrou et les montagnes du Moyen Atlas.

Les fameuses forêts de cèdres de l'Atlas vers Azrou.

Après avoir fait nos courses, nous nous installons dans un ancien cimetière français où nous pensons être tranquilles pour la nuit. Quelques tombes défoncées remontent aux années 1920-1930. Seule une tombe m'interpelle en raison de la date : 1976, mais je n'aurai aucune explication. Nous déclinons l'invitation de trois Marocains à moitié ivres qui buvaient du vin en bouteille plastique, cachés derrière le mur du cimetière. Quand on dit que les musulmans ne boivent pas d'alcool ! Ils ne nous embêtent pas plus et nous montons la tente pour la nuit.

| **MARDI 29 SEPTEMBRE** | Nous attaquons par 13 km de montée à travers les chênes verts et les cèdres. À 1800 m, Jojo m'interpelle : « Gé, un singe sur l'arbre ! » Effectivement, mon premier singe africain ! Et j'espère bien en voir d'autres. Vers 2000 m, nous nous arrêtons dans un hôtel-restaurant pour boire un café et manger un peu car cela fait plus de 2 heures que nous roulons.

AZROU
> TAHMADITE
37 km

Le temps ne dit rien qui vaille. Pendant que nous buvons notre café, il tombe quelques gouttes. Avant de démarrer, quelques coups de tonnerre, le ciel se noircit. Nous partons pour Tahmadite. Au bout de quelques kilomètres, la pluie nous rattrape. Nous nous couvrons, mais atteignons le village tout trempés.

Je demande au patron si on peut dormir dans un garage désaffecté non loin de là, il me répond simplement : « Vous pouvez venir dormir chez moi. » Ensuite, il nous demande si on ne voudrait pas manger un couscous. Du coup nous restons jusqu'à la fermeture, soit 21 h 30. Inutile de vous dire que l'on s'est ennuyé tout l'après-midi. Nous sommes en montagne, il pleut et nous avons froid.

Nous installons nos vélos dans le resto et partons chez lui. En cours de route, il nous apprend qu'il vit chez sa mère avec son frère, sa sœur et tous ses neveux. Nous sommes mardi, il se marie avec une fille d'un autre village samedi. La fête dure trois jours et il insiste pour que nous restions pour son mariage. À regret, nous déclinons l'invitation. En arrivant chez lui, nous nous déchaussons, il nous installe dans la chambre des hommes, une grande pièce entourée de banquettes avec coussins et tapis par terre. Il nous invite dans une autre pièce, celle où dorment les dames, et nous prenons le thé à la menthe en attendant que le couscous soit prêt. Le thé est accompagné de *zamita*, un plat délicieux à base d'amandes, c'est le plat traditionnel marocain qui sert à couper le jeûne pendant le ramadan. Son petit-neveu de 6 ans nous apporte la bassine et la bouilloire pour nous laver les mains, puis un grand plat de couscous que nous dégustons entre hommes : Lahcen, son beau-frère, son petit-neveu et nous deux. Nous entrevoyons peut-être sa sœur qui a dû préparer le couscous pendant que la maman et une autre dame dorment sur les banquettes sous un tas de couvertures car nous sommes à 1800 m et il fait très froid. Ensuite nous allons nous coucher avec Lahcen dans l'autre pièce.

| **MERCREDI 30 SEPTEMBRE** | Réveil tranquille vers 7 h, nous allons déjeuner avec Lahcen dans son resto. La toilette est vite faite : une bouilloire d'eau chaude pour nos ablutions et nous voilà prêts pour la journée. Bien sûr, il a fallu insister pour payer les quatre cafés et les œufs au bacon (nous ne saurons jamais quelle était la viande, pas du porc, ça, c'est sûr).

TAHMADITE
> MIDELT
106 km

MON PREMIER PAYS AFRICAIN : LE MAROC

Nous attaquons la journée par le col du Zad, le plus haut de notre épopée marocaine : 2178 m. Nous remontons une vallée d'élevage où les moutons et les chèvres sont rois. Au pied du col, le décor change radicalement, un immense plateau de cailloux me donne vraiment l'impression d'être dans le sud marocain : c'est le reg. Nous nous arrêtons pour pique-niquer au bord de la route. De suite deux bergers arrivent pour nous réclamer des cigarettes. Nous ne fumons pas et ils repartent penauds mais pas convaincus. Ils se tiennent à l'écart tout en nous surveillant : si des fois nous nous mettions à fumer…

La route pour accéder au col Tizi N'Talghaumt.

Après Midelt, nous plantons notre tente au bord d'un oued, assez à découvert. Dans cette région sans arbres, nous n'avons pas le choix. Le vent se lève, nous sommes à plus de 1500 m, nous battrons notre record du couche-tôt : 18 h 45.

MIDELT
> KERRAIDOU
86 km

| **JEUDI 1ᵉʳ OCTOBRE** | Au petit matin, nous partons à l'assaut du col du Tizi N'Talghaumt qui culmine à 1907 m.
En contrebas, nous apercevons des ruches. Tout le long, des gens nous proposent au bord de la route du miel dans des bouteilles. Je monte tranquillement, pleinement rassuré par le poids de mon chargement pour la suite du voyage. J'ai certainement 70 kg, vélo compris, et ça passe.
Nous traversons un semi-désert de cailloux avec des cultures au bord des oueds. Nous nous arrêtons au café *La Pomme* tenue par Aïcha, une dame bien marrante. Nous commandons un thé à la menthe et, en guise de thé à la menthe, nous aurons un thé au romarin, dit « thé berbère ». Avant de partir, il faudra remplir son livre d'or.

Nous passons le village de Kerraidou. Nous nous arrêtons dans un enclos en pisé : à défaut d'être joli, cela a l'avantage d'être tranquille et nous isole des gamins du village.

| **VENDREDI 2 OCTOBRE** | Nous partons de notre petit enclos protecteur. À la sortie d'un tunnel (nous avions bien fait de bivouaquer avant), nous sommes dans les magnifiques gorges du Ziz. Nous le traversons et nous nous trouvons au pied d'une montée impressionnante de 2 à 3 km. C'est ensuite le contraste permanent, d'un côté les gorges arides du Ziz et de l'autre un immense lac (un barrage) qui irrigue toute la vallée.

KERRAIDOU > MESKI
70 km

Nous arrivons enfin à Er-Rachidia et faisons une longue halte-déjeuner. J'en profite pour aller dans un cyber (excellente connexion d'ailleurs) et Jojo fait du shopping dans le souk. Nous quittons Er-Rachidia sous la grosse chaleur et avançons dans ce désert de cailloux avec vue sur la palmeraie le long du Ziz. Nous faisons nos courses du soir au village de Meski, sans aller voir sa source bleue et reprenons notre route. Nous nous arrêtons à un puits pour le plein d'eau pour la toilette du soir. Des femmes lavent le linge et nous initient au tirage de l'eau, non sans se moquer de nous. Cinquante mètres après, nous nous engageons dans la palmeraie. Nous plantons la tente dans un jardin, après avoir demandé l'autorisation à un gamin, et à sa mère, bien sûr ! Nous faisons ainsi la connaissance de Brahim, 14 ans, en cinquième et parlant très bien le français. Petit à petit, toute la famille passe nous voir à tour de rôle, avec thé à la menthe, grenades : nous sommes bien gâtés. Ils mettent à notre disposition les toilettes. Nous pourrons ainsi nous laver.

Notre famille d'accueil nous offre le thé à la menthe avant le départ.

| **SAMEDI 3 OCTOBRE** | Réveil en douceur avec le petit café traditionnel et ensuite nous déjeunons. Pendant que nous plions la tente, on nous propose un thé à la menthe. Nous rangeons nos affaires et nous nous apprêtons à partir, mais toujours pas de thé à la menthe, ils ont dû oublier. Soudain on nous fait signe d'entrer dans la maison. Et là, surprise, le père nous attend dans une grande pièce traditionnelle.
Le père, nous l'avions à peine entrevu la veille, il nous avait même paru un peu froid. Après le thé, un plat de dattes, des gâteaux maison, de la soupe, enfin la totale. Le plus surprenant de ce petit déjeuner, c'est que les femmes nous ont rejoints. C'est la première fois que je vois femmes et hommes manger ensemble. Quand je fais part au père de mon étonnement, il me répond simplement : « Ici, c'est comme ça. » Séance photos et le père décide d'aller travailler, tout le monde se lève, c'est fini... C'est vraiment lui le chef.

MESKI > JORF
82 km

MON PREMIER PAYS AFRICAIN : LE MAROC

Depuis un magnifique belvédère, nous dominons la vallée du Ziz : au fond la palmeraie et le désert de pierres dès qu'il n'y a plus d'eau. Je m'émerveille devant ce spectacle. Jojo a déjà filé quand arrive à vélo avec sacoches une jeune fille. À mon grand étonnement, cette fille seule se dirige vers le Cap. Elle est anglaise et compte mettre deux ans. Nous échangeons nos cartes et nous nous séparons. Je rattrape Jojo et lui explique ma rencontre. Il doit s'arrêter pour une réparation de garde-boue ; arrive Helen (ce n'est pas McArthur mais tout comme) et nous décidons de rejoindre Erfourd ensemble. Elle démarre comme une folle, nous avons du mal à la suivre, la rattrapons dans la descente et d'un coup elle tourne à gauche pour se ravitailler en eau, au risque de se casser la figure. Nous ne la reverrons plus. Son comportement nous paraît bizarre, peut-être avait-elle peur… ?

Nous continuons notre bonhomme de chemin à travers cette magnifique palmeraie d'Erfourd où nous nous arrêtons pour manger. Ensuite, sous la chaleur, nous avançons en direction de Ouarzazate. Je sens Jojo pas trop dans son assiette, je lui propose de faire un détour par les magnifiques dunes de Mergouza et il a cette réponse : « Bof ! toutes les dunes se ressemblent. »

Nous allons rester trois jours et demi sur cette route monotone : un plat montant avec vent de face. C'est certainement ce qui a découragé Jojo qui me quittera à Ouarzazate. Je le comprends : sans la motivation qui est la mienne, je ne vois pas le plaisir de faire du vélo dans ces conditions.

La vallée du Ziz : la palmeraie puis le désert de pierres.

Nous nous ravitaillons à Jorf et bivouaquons un peu plus loin. Nous mettons le clignotant à droite sur un chemin et demandons l'autorisation de nous installer à un paysan qui arrose ses champs avec son fils. Il nous apporte quelques dattes, tout en nous invitant chez lui. Nous déclinons poliment l'invitation mais acceptons les dattes. Ce soir, Jojo a tellement bien installé la vache à eau que nous pouvons prendre une véritable douche.

| **DIMANCHE 4 OCTOBRE** | Lever habituel, Jojo a l'air d'aller mieux, hier il n'a pratiquement pas mangé et languissait d'aller se coucher : peut-être un peu de fatigue. La route, toujours la même, plat montant et soleil, du sable et des cailloux. Jojo n'a pas l'air très en forme. Perso, je ne suis guère mieux mais le moral ne lâche pas car je sais que, plus loin, ce sera encore pire.

Au bas d'une descente, nous apercevons quelque chose de bizarre, ce ne sont pas nos cyclistes habituels. Il s'agit d'un groupe de six jeunes Marocains qui arrivent de Tétouan et font une randonnée de 3 000 km à travers le Maroc avec sacoches pour certains et remorque pour un autre. Bien sûr, nous nous sommes arrêtés, avons palabré et pris des photos.

Nous continuons sous la chaleur, le vent et la poussière, pour arriver à une petite ville : Tinedjad. Petit rafraîchissement et par la force des choses nous repartons.

Il commence à y avoir quelques nuages et nous souffrons moins de la chaleur. La route n'est pas plus agréable et le paysage, toujours le même : le reg, le reg, le reg. Nous

JORF
> GHALLIL AMAZDAR
92 km

Nous dépassons un vieux marocain qui nous redépassera peu après.

MON PREMIER PAYS AFRICAIN : LE MAROC

rattrapons un pépé sur son vélo, chargé comme un âne (nous le sommes plus, mais nous n'avons pas le même vélo). Il ne se laisse pas distancer et suce la roue de Jojo, le petit malin. Il nous signale qu'il n'y a rien jusqu'à Tinerhir, ce qui ne met pas notre moral au beau fixe. Il se fait tard, impossible de planter la tente, trop de cailloux, nous continuons à rouler comme deux âmes en peine. Le pépé se met à accélérer et nous distance. Nous pensons qu'il n'était pas loin de chez lui et devait avoir peur d'être obligé de nous inviter.

Sur la gauche, quelques maisons, de la végétation, un chemin. Nous l'empruntons et, au bout de 2,5 km, nous arrivons dans une ferme où nous sommes accueillis à bras ouverts par Lahcen et ses deux frères. Nous mettons à peine pied à terre que la visite de la propriété est obligatoire. Ils en sont fiers. Il y a de tout dans cette petite oasis profitant d'une eau abondante : dattes, grenades, figues, raisins, amandes, luzerne, maïs et petit jardin potager.

Après nous avoir offert quatre grenades succulentes, ils nous indiquent l'endroit où l'on va dormir et manger. Le soir, après l'apéro au thé à la menthe et toutes sortes de choses, un superbe couscous aux légumes que nous dégustons ensemble, sans les femmes, bien sûr. Je demande à Nordine si je peux manger de la main gauche (je suis gaucher). Il me répond qu'il faut demander au père, mais qu'il vaut mieux pas !

Après la fourniture des couvertures, nous nous couchons à même le sol sur des tapis avec les hommes de la maison. Pour vous donner une idée de l'accueil marocain, même Tornado et le vélo de Jojo ont eu droit à leur couverture pour les protéger de l'humidité de la nuit.

GHALLIL
> BOUMALNE
DE DADES
91 km

| **LUNDI 5 OCTOBRE** | Le réveil se fait en douceur à 7 h car, vu la journée pénible de la veille, nous avons décidé, sans jeu de mots, de mettre la pédale douce. On nous offre le petit déjeuner avec, bien sûr, tous les hommes de la maison.

Même Tornado a sa couverture pour la nuit.

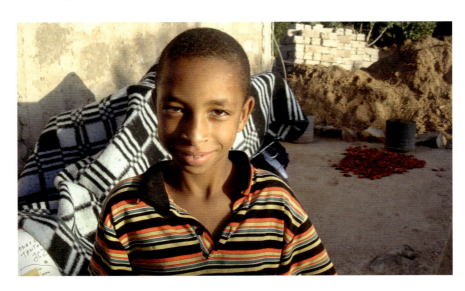

Ce petit déjeuner est encore différent : thé à la menthe, pain et deux petites assiettes, l'une avec du miel et l'autre avec de l'huile d'olive où nous trempons notre pain. Ce repas est très rapide car le père se lève et ses enfants font de même aussitôt. Les trois fils sont maçons à l'extérieur et ils sont venus aider le père à construire un bassin pour mettre le goutte-à-goutte dans les terres.

La journée s'annonce aussi pénible que les précédentes. Un gamin à vélo, s'en allant donner à manger à ses chameaux, nous accompagne un bout de route et nous indique un puits qui nous permet de faire un peu de lessive.

À Tinerhir, nous nous installons pour pique-niquer dans un parc ombragé. Nous sommes embêtés par un gars qui n'a pas l'air normal (Jojo a lu dans un journal qu'ils étaient nombreux au Maroc, en liberté et dangereux). À la fin du repas, la tension monte et deux Marocains prennent notre défense. Nous restons calmes et un troisième me fait signe qu'il ne faut pas insister. Nous repartons rapidement sur nos vélos en pleine chaleur.

Enfin, nous arrivons à Boumalne de Dades et ses magnifiques kasbahs. Comme d'habitude, nous ne traînons pas. Boumalne est bondé de touristes et de 4x4, nous n'y faisons que nos courses pour le bivouac du soir.

En sortant de Boumalne, nous nous apercevons que la vallée est très peuplée et qu'il sera difficile de nous isoler. Nous prenons la décision d'entrer dans la palmeraie et d'essayer de rejoindre le lit du Dadès. Nous voilà sur des chemins de trente centimètres de large, surplombant les cultures classiques des palmeraies : dattes, figues, grenades, maïs, etc. Dans ce dédale de sentiers, il est assez difficile de se repérer.

Après plusieurs demandes et quelques allers-retours, nous trouvons un endroit plus large et aéré au bord du Dadès pour planter la guitoune. Il va faire nuit, nous montons la tente et, hop, à poil dans le Dadès pour se laver : que c'est agréable !

Boumalne de Dades et ses magnifiques kasbahs.

MON PREMIER PAYS AFRICAIN : LE MAROC

BOULMANE
DE DADÈS
> OUARZAZATE
111 km

| **MARDI 6 OCTOBRE** | Lever comme d'habitude de bonne heure et nous reprenons nos petits sentiers. Dans l'immédiat, la route a l'air plus agréable, nous sommes à 1600 m et descendons légèrement. En traversant un village, le boulanger – qui livre le pain avec une 4L – me fait signe de ralentir et me lance par la portière un pain frais tout chaud. Sympa !

Jojo semble un peu désabusé ; même en descente, il n'avance pas. Je m'arrête pour prendre des photos, le rattrape, je m'arrête de nouveau pour un besoin naturel, le rattrape. Soudain, il m'avoue : « Gé, je n'irai pas à Agadir, tu n'es pas fâché ? » Bien

Au bord de la route, l'artisanat local contribue à mettre de la couleur dans ce paysage désertique.

entendu, je le comprends et je m'attendais à sa décision. Il en avait marre de rouler sans trop de but et n'osait pas me l'avouer. C'est sympa de sa part mais, de toute façon, c'était reculer pour mieux sauter car, dans une semaine, j'aurais été seul malgré tout. Ça ne me dérange pas trop, c'est vrai qu'il est très agréable d'être à deux, surtout avec son ami, mais, dans ma tête, je suis prêt à vivre mon aventure seul.

Nous arrivons péniblement à la nuit tombante à Ouarzazate après avoir passé quelques côtes assez raides. Au premier hôtel, nous freinons des quatre fers (patins !) : c'est un hôtel *Ibis* trois étoiles, eh bien, c'est comme ça.

Repos et réparations

| **MERCREDI 7 ET JEUDI 8 OCTOBRE** | Je décide de rester deux jours, un pour me reposer et accompagner Jojo au car et l'autre pour faire l'entretien de Tornado car, depuis que je suis parti, je n'y ai rien fait. Il est bien brave quand même.

Nous faisons le tri des affaires : ça, je le garde, ça, tu le remportes. À midi, nous allons manger la *pastilla* commandée la veille chez Dimitri.

Nous rentrons à l'hôtel, Jojo enfourche son vélo et en route pour la gare routière. Inutile de vous dire que, bien que faisant le dur, j'ai coulé une larme après son départ. Je décide de consacrer ma matinée à Tornado, il le mérite amplement.
Depuis plus de 3 000 km, pas un entretien, même pas un coup de pompe. Je n'ai nettoyé que la chaîne qui semble un peu s'user mais elle tiendra jusqu'à Dakar. J'ai fait la vidange de mon fameux moyeu Rohloff. Les patins de freins qui s'usaient rapidement au début sont toujours opérationnels.
A priori, tout semble aller très bien.

| **VENDREDI 9 OCTOBRE** | Tout mon linge est propre ; une douche, un bon petit déjeuner, les conditions optimales sont réunies pour un nouveau départ en solitaire. Les vingt premiers kilomètres sont agréables, en légère montée, sans le moindre souffle de vent. Je me fais rattraper par un randonneur à vélo, Mohamed. Encore un Marocain qui vient de Tétouan, il connaît le groupe que nous avons croisé l'autre jour. Après les photos d'usage, nous roulons ensemble 4 à 5 km et il me largue irrésistiblement dès la première bosse.
Dès que je quitte la route de Marrakech, les conditions changent radicalement. Je me retrouve sur une route toute rapiécée, du style tape-cul et surtout une seule voie. Vous connaissez le jeu de la mort : c'est celui qui reste sur la voie le dernier. Bien entendu, je n'y joue pas et, dès que j'entends ou vois un camion ou un car, je me jette immédiatement sur le bas-côté plein de cailloux. Tornado n'apprécie pas trop mais les véhicules ne ralentissent pas, je n'ai pas le choix. En plus d'être mauvaise, cette route n'en finit pas de monter, dans un désert de cailloux et sous une grosse chaleur. Jojo a été bien inspiré de mettre le clignotant.

OUARZAZATE
> TAZENAHKT
91 km

MON PREMIER PAYS AFRICAIN : LE MAROC

J'arrive ainsi, après plus de 40 km sans voir personne, au village d'Anezal. J'ai faim, j'ai soif, il est 13 h 30, aussi je m'arrête pour casser une petite croûte. Un bon tajine berbère, deux pommes, deux cocas, un litre d'eau gazeuse et le tout pour 75 dirhams, soit 6,50 € : pourquoi s'en priver ? Le patron de l'établissement, Farid, vient discuter avec moi. Il me conseille de prendre la route du sud (Foum Zguid, Tata) au lieu de celle d'Agadir. J'acquiesce volontiers, car Agadir et Tiznit, avec la circulation, ne m'inspiraient guère. Il me recommande un hôtel à Tazenakht et me dit d'y aller de sa part.

Ayant bien récupéré, je monte sur Tornado à l'assaut d'un col qui m'inquiète : le Tizi-n-Bachkoum. Sur la carte Michelin, il y a deux chevrons, soit des passages à plus de 12 %. Je suis gonflé dans ma tête et, si c'est trop dur, je n'hésiterai pas à passer à pied. Finalement ce col n'est pas trop difficile mais surtout magnifique. Tout en lacets : je m'imaginais dans le Stelvio ou sur l'Alpe d'Huez. Le décor, tout en granit noir, rouge, rose, est splendide. C'est certainement le plus joli col que j'aie passé au Maroc.

Arrivé à l'hôtel recommandé par Farid, je suis gentiment reçu par Hassan. Ma chambre est très simple mais il y a tout ce qu'il faut (lit propre, WC, douche chaude) et le prix : 70 dirhams (6 €).

TAZENAHKT > TALIOUINE 87 km

| **SAMEDI 10 OCTOBRE** | Nuit agitée, une meute de chiens errants a aboyé toute la nuit. Pendant mon petit déjeuner, je discute avec un ancien et j'en profite pour lui demander conseil : il m'incite fortement à prendre la route d'Agadir, plus sympa et moins sauvage. Il me confirme que ça monte au début et qu'après c'est plus facile. Finalement, je décide de suivre son conseil d'autant que ce trajet fait 60 km de moins.

La route est maintenant meilleure, un bon revêtement et deux voies. Elle commence par d'interminables lignes droites. Avec Tornado, nous attaquons le premier des trois cols de la journée : le Tizi n'Ikhsane, puis viendront le Tizi n'Zbein et le Tizi n'Taghatine, tous entre 1700 et 1900 m. La première bosse me menant au village de Kourkouda me surprend, plus de 10 %, je la passe en première à guère plus de 5 km/h. En traversant le village, je suis repéré et c'est une nuée de gamins qui courent à côté de moi : « Donne-moi un dirham ! Donne-moi un stylo ! » Je suis à bloc et ne peux même pas accélérer ; heureusement, les vieux du village les font partir à coup de cailloux, en évitant de les toucher, bien sûr.

Je suis maintenant sur un immense plateau couvert d'une herbe brûlée par le soleil, rase et rare. De nombreux troupeaux de chèvres noires paissent, gardés par leurs bergers avec qui je peux discuter.

Après le Moyen Atlas, le Haut Atlas, voici l'Anti-Atlas. Mes trois cols péniblement passés, j'attaque la descente. J'ai fait 65 km, il est 13 h, je m'arrête dans un petit village pour manger. J'ai l'impression d'être sur une autre planète : ici, pas de touristes. J'ai du mal à trouver un restaurant qui me fera trois œufs sur le plat, collés au fond de la gamelle, sans fourchette ni cuiller, avec un morceau de pain.

Au col Tizi-n-Bachkoum, des touristes français me permettent d'envoyer ma première photo avec Tornado à Laurence.

Je descends maintenant vers Taliouine sur une route très raide et absolument magnifique. Il est 15 h, je pense continuer un peu et je commence à faire mes courses, je ne trouve pas de pain. Je m'arrête dans un cyber pour envoyer enfin une photo de moi à Laurence. Les connexions sont tellement lentes que j'en sors à 16 h. Je décide donc de dormir ici et trouve un camping qui fait hôtel. Pour 70 dirhams, je prends une

TALIOUINE
> OULAD TEIMA
145 km

chambre, rudimentaire certes, mais pour ce prix, ce n'est pas la peine de monter la tente. L'accueil est comme d'habitude super sympa. Pendant que je mets mon carnet de route à jour, j'ai un couscous qui se prépare à l'hôtel : c'est super, n'est-ce pas ?

| **DIMANCHE 11 OCTOBRE** | Petite bosse au départ pour un passage à 1050 m et j'attaque une longue descente parmi les arganiers, dans un paysage de moyenne montagne. Je me retrouve dans une vaste plaine avec d'un côté, le Haut Atlas et le point culminant du Maghreb, le djebel Toubkal (4267 m), et de l'autre, l'Anti-Atlas avec des sommets à 2500 m.

Les arganiers – qui fournissent l'huile d'argan – recouvrent toute la montagne. Les chèvres dans les arbres se délectent des fruits ressemblant à de grosses olives.

Au début de cette plaine, l'aspect désertique avec les troupeaux de chèvres noires prédomine pour laisser place ensuite à des cultures : des champs de courges, puis d'immenses domaines plantés d'agrumes ou d'oliviers. Je passe devant une série de serres plantées de bananiers. Je vois beaucoup d'arganiers morts, j'apprendrai le soir que c'est dû aux dernières années de sécheresse.

La route est très agréable, si ce n'est la chaleur. Je m'arrête pour manger un tajine à l'ombre des orangers et récupère la route de Marrakech à Agadir. La circulation se densifie et il faut être très vigilant. Je me fais rattraper par trois jeunes Marocains qui rentrent sur Agadir d'où ils sont partis le matin pour un périple de 180 km. Après les bavardages habituels, ils me larguent lamentablement. Je les retrouve un peu plus loin en train de s'alimenter et, cette fois-ci, c'est moi qui les largue. Ils avaient dû présumer de leurs forces.

Le vent commence à souffler et, même si la route est plate, il faut appuyer dur sur les pédales. J'aperçois enfin le terme de ma journée : Oulad-Teima. Je dis bien : j'aperçois,

car le vent souffle tellement fort qu'il soulève des nuages de poussière et que l'on distingue à peine la ville prise dans une espèce de brouillard. Arc-bouté sur ma bécane, je pénètre dans cette ville grouillante de monde. Je cherche un hôtel, en trouve un pour 40 dirhams (3,60 €) mais sans salle de bain. Je demande à un autre mais ils ne prennent pas mon vélo. Je m'arrête à un rond-point pour demander à un gendarme et je vois passer mes trois jeunes cyclistes : ils risquent fort de rentrer à la nuit. Le gendarme me dit que la seule solution, c'est Agadir, ce n'est qu'à 45 km. Il est maintenant 17 h 30 et 45 km, avec le vent, c'est pratiquement trois heures. Je pense

qu'il ne réalise pas que je suis à vélo et chargé. Je continue donc avec l'intention de bivouaquer n'importe où. Je fais le plein d'eau, j'ai de quoi manger, ça ira.
Je prends le premier chemin à droite, histoire de m'éloigner de la nationale. Je tombe sur un portail, j'entre pour demander l'autorisation de m'installer à l'extérieur : peine perdue ! « Rentrez et installez-vous à l'intérieur ! » Je m'installe donc dans la cour de la ferme, je monte la tente et le fermier arrive aussitôt pour me dire de manger avec eux. J'essaye de refuser pour ne pas les déranger, mais c'est inutile.
Ce fermier, Mohamed, possède cinq à six exploitations différentes et habite ailleurs. Nous mangerons dans son bureau avec deux de ses ouvriers (entre hommes, bien sûr). Il a envoyé quelqu'un faire les courses à Ouled Teima : brochettes, frites, sandwich marocain, grenade et évidemment thé à la menthe. Nous discutons beaucoup, surtout qu'il connaît bien la France. Il y va pour des formations ou visiter son principal client à Montélimar. J'apprends beaucoup sur leur mode de fonctionnement. Les fermiers possèdent souvent plusieurs fermes. Ici ce sont les agrumes, à Taroudant, le maïs,

ailleurs l'élevage. Ils pratiquent la polyculture. Mohamed me confirme que le Sous est bien le grenier du Maroc puisque 40 % de la production agricole en sont issus. Il se fait tard et je prends congé de mes hôtes pour aller dormir.

| **LUNDI 12 OCTOBRE** | Je passe une excellente nuit dans ma tente, sur mon petit matelas autogonflant. Je serai souvent réveillé, c'est devenu courant au Maroc, par les chiens, les coqs et le muezzin. Au réveil, la tente est toute mouillée, je décide donc de traîner pour la faire sécher.

Je démarre et, en sortant, je tombe sur Mohamed, un ouvrier qui tient à m'offrir le thé. C'est le consommateur et le vendeur de kif. La veille, j'avais dit que l'on m'en avait proposé et ils s'étaient esclaffés en me disant que Mohamed en vendait également. Pendant qu'il prépare le thé, l'autre Mohamed, le patron, arrive et, là, plus question de partir. De nouveau nous parlons un peu de tout, beaucoup de l'agriculture au Maroc, en France et même de politique. Il m'indique à ce propos que Jacques Chirac vient tous les ans à Taroudant pour passer les fêtes de Noël. D'ailleurs, en règle générale, Chirac a laissé une bonne impression à tous les Marocains. Son refus d'aller faire la guerre en Irak y est certainement pour beaucoup.

Évidemment, je déjeune à nouveau et Mohamed me demande si je veux des grenades ; comme je les adore, j'accepte. En fait, c'est un ouvrier qui est chargé d'aller les chercher à vélo dans une autre ferme à cinq ou six kilomètres de là. Pendant ce temps, nous visitons la propriété, il me montre les dégâts des dernières sécheresses. Ils creusent des puits à 200 ou 300 m de profondeur. Les pompes tournent à l'électricité et celle-ci coûte très cher (il m'a montré les factures). Cette eau est stockée dans un bassin et pompée dans le goutte-à-goutte au moyen d'un moteur de Renault 25, transformé en énergie à gaz.

Son gars arrive et je peux repartir avec 3 kg de raisins, 2 kg de grenades et 2 kg d'oranges. Moi qui me trouve trop chargé !

Je passe dans une région particulièrement minable, beaucoup de monde, beaucoup de serres, beaucoup de caillasses et beaucoup de circulation. J'arrive à Tiznit en ayant fait 106 km. Je décide de dormir dans un petit hôtel à 10 €. Un hôtel propre mais rudimentaire : pas de serviette, pas de drap (j'en réclame). Au cours de la nuit, je décide de rester une journée ici.

| **MARDI 13 OCTOBRE** | J'en profite pour me reposer et visiter la médina. Je lave mon linge, mets mon site à jour. Aussi étrange que cela puisse paraître, il y a la Wifi dans cet hôtel.

| **MERCREDI 14 OCTOBRE** | Levé à 5 h et parti à 7, mais une surprise m'attend, je démarre dans le brouillard. Je distingue un panneau : Saint-Louis 2257 km, il me faut vraiment garder le moral. Au bout d'une heure, le brouillard se lève puis le vent aussi et de face. Il ne me quittera pas de la journée.

J'en bave des ronds de chapeaux pendant 20 km, et un col qui n'en finit pas. Il fait chaud et je suis cuit. Je n'arrête pas de boire. Avant la descente, vers midi, je fais une pause (cinq heures sans pratiquement m'arrêter), je n'ai pas faim, je me contenterai de deux grenades et deux oranges offertes par Mohamed.

OULED TEIMA
> TIZNIT
106 km

Repos

TIZNIT
> GUELMIN
109 km

Dans le reg, désert de cailloux avec ses interminables lignes droites.

MON PREMIER PAYS AFRICAIN : LE MAROC

Je pense m'arrêter à Bouizakarne car je suis découragé pour la première fois de mon voyage. En fait je suis fatigué. Même si le voyage à vélo demande beaucoup de volonté, quand la fatigue est là, il faut savoir dire stop. J'arrive au village en question et j'ai l'impression d'être au bout du monde. Je me demande ce que les gens font ici, au milieu de rien. Un premier contrôle de police ; les policiers me confirment que c'est plat jusqu'à Guelmin. Je décide donc de faire un effort car je suis mieux dans ma tête. Le vent ne lâche pas mais, sur du plat, c'est moins dur. Un camion venant de face s'arrête et le chauffeur me tend une bouteille d'eau minérale fraîche : c'est ça l'accueil du Sud.

Dans le brouillard, je distingue le panneau Saint-Louis du Sénégal : 2257 km. Il me faut garder le moral !

J'arrive à Guelmin et deuxième contrôle de police. Je pense que ce n'est pas fini car je vais rentrer dans une zone militaire où la situation n'est pas très stable à cause des problèmes avec l'Algérie et le Front Polisario. D'ailleurs Guelmin est plein de militaires.

Je trouve enfin un petit hôtel, je me douche et je vais me promener dans Guelmin. J'ai vraiment l'impression d'être dans un autre pays. Les gens sont habillés différemment, beaucoup de couleur bleue (les « hommes bleus »!) et l'atmosphère qui se dégage est complètement différente. Je suis aux portes du Sahara.

Un homme me demande si je veux manger. Comme c'est ce que j'allais faire, je le suis. Il m'emmène dans un restaurant qui serait le sien.

Je cherche un cyber : j'ai reçu un message d'un collègue de *Voyage Forum*, Bruno Saulet, qui finit son tour du monde et l'on doit se croiser (il y a des mois qu'on en parle). Il me signale qu'il a un vent contraire abominable et qu'il remonte la Mauritanie en voiture. C'est très bon pour moi, car cette fois, j'aurai le vent dans le dos.

| **JEUDI 15 OCTOBRE** | Je me lève à 5 h pour déjeuner en ville. Les gens vont prier à la mosquée. Les quatre-vingts premiers kilomètres, rien à dire : plat, pas de vent, j'avance bien, je suis très content. Depuis Boulzrkane, le paysage est absolument identique : désert de cailloux et quelques herbes. Je m'arrête pour boire un café et, en repartant, contrôle de police. Il est maintenant 11 h, il ne me reste plus que 50 km, je pense être à Tan-Tan vers 13 h, c'est super.

Je suis au pied d'un col très dur et la suite sera une succession de bosses. Comme je l'avais prévu, il fait très, très chaud. Heureusement, j'avais six litres d'eau et il me les

Un panneau inhabituel chez nous : « Attention, passage éventuel de dromadaires » !

faudra. Je m'arrête pour manger en plein soleil, je n'ai pas d'autre choix et il faudra bien m'y habituer. Au bas d'une descente, avant de traverser l'Oued Draa, un nouveau contrôle de police.

Il est 15 h, j'arrive à Tan-Tan, ville sans intérêt. Je décide de continuer sur El Ouatia (ex- Tan-Tan plage), au bord de l'Atlantique. En arrivant, troisième contrôle de police, et je vous prie de croire qu'ils épluchent mon passeport ; en plus, il faut que je raconte ma vie à chaque fois. Ils sont impressionnés par mon attelage et mon périple. Ils me conseillent fortement de coucher à Tan-Tan pour me reposer.

Il me reste 25 km et je pense mettre moins de 2 heures. Je n'arriverai qu'à 17 h 30. Avant de descendre sur Tan-Tan plage, ma chaîne déraille : premier incident mécanique. Je ne suis pas surpris car à Ouarzazate, elle donnait déjà des signes de fatigue.

Je prends la décision de la changer à El Ouatia. Je m'installe dans un camping et ne repartirai pas demain car il faut absolument réparer. Ce n'est pas grave, je suis au bord de la plage, j'en profiterai pour me baigner : il y a pire comme situation.

GUELMIN
> EL OUTIA
(Tan-Tan plage)
156 km

MON PREMIER PAYS AFRICAIN : LE MAROC

Escale technique

| **VENDREDI 16 OCTOBRE** | Journée de repos forcé dans le camping *Le Sable d'or*. Comme d'habitude, tout le monde y est sympa. Ce camping est essentiellement occupé par des Français retraités en camping-car qui viennent y passer plusieurs mois pour pêcher.

Le matin est consacré à la mise à jour du site, l'envoi de quelques photos. L'après-midi, je m'occupe de Tornado. Non sans mal, je lui mets une chaîne toute neuve, il en hennit de joie.

J'en profite également pour me baigner pour la première fois de mon séjour. Je laisse mes affaires sur la plage. Je ne suis pas tranquille car, en nageant, je dérive toujours un peu. Le bain sera bref, c'est l'inconvénient d'être seul.

Ce village est très agréable, calme et les gens accueillants, j'y resterais volontiers plusieurs jours. Un des employés Hamsi, un Mauritanien, me demande si je peux apporter de l'argent à sa femme qui est à Rosso. Ce serait volontiers mais je suis à vélo, très vulnérable, je pourrais me faire dépouiller : il comprend et n'insiste pas.

EL OUATIA
> BIR TAOULEKT
165 km

| **SAMEDI 17 OCTOBRE** | Hansi me prépare le petit déjeuner à 6h30 après sa prière à la mosquée. Je démarre en direction de Tarfaya distant de 185 km. On verra bien si j'y arrive. De petites falaises surplombent l'océan. Entre l'océan et la route, il y a des cabanes de pêcheurs un peu partout. Ils pêchent avec de longues cannes au-dessus des falaises ; parfois, je vois des filets qui descendent. Il paraît qu'il y en a même qui descendent sur des échelles de corde au péril de leur vie. Toujours est-il que le coin est très joli : des falaises, des criques, des oueds, le désert et l'océan Atlantique.

Loin devant moi, j'aperçois un point noir. Il se rapproche, je suis en train de revenir sur un cycliste. Quand je suis à sa hauteur, je m'arrête et, comme d'habitude, nous échangeons. Il s'agit de Yannick, des Sables d'Olonne, qui a pris deux mois de congés pour faire Tanger-Dakar. Il me cherchait depuis deux jours car les gendarmes à Tan-Tan lui avaient parlé de moi : un grand gaillard de 60 ans qui traverse l'Afrique.

Les falaises du haut desquelles les pêcheurs risquent leur vie pour un maigre revenu.

Il voulait absolument voir ce phénomène. Nous nous séparons et, au hasard des pauses, nous nous retrouvons régulièrement. On lui a signalé qu'au village suivant, ils faisaient des sardines succulentes. Il roulait un peu plus vite que moi et je lui dis : « Va commander les sardines, j'arrive. » Finalement nous arrivons au village et, après avoir mangé, nous décidons de rouler ensemble jusqu'au soir.

La route est très agréable, vent dans le dos, nous avançons comme des avions. Nous quittons un peu le bord de mer pour traverser une zone de dunes et de lagunes. Le spectacle est absolument prodigieux, d'autant que nous pédalons facilement.

Au village précédent, le Mauritanien, c'est ainsi qu'il se fait appeler, nous avait signalé un bar au bord de la route à 30 km. Finalement nous avons fait 60 km pour arriver à ce bar ! Là, moyennant le repas du soir, nous demandons l'autorisation de monter la tente sur la terrasse, attirant ainsi la curiosité des clients. Yannick, qui travaille dans une criée, choisit le poisson pour le repas du soir, ce sera de la courbine. Une fois de plus, je me régale. Après le repas, dodo chacun dans sa tente sur cette terrasse.

| DIMANCHE 18 OCTOBRE | Ce matin, le bar est fermé, c'est Yannick qui fait le café, m'évitant ainsi de sortir mon réchaud à essence. Nous partons en direction de Tarfaya. Toujours les cabanes des pêcheurs mais les chiens en plus, ce qui est moins agréable. Car de temps à autre, ils nous courent après, nous obligeant à monter le palpitant.

Nous entrons dans Tarfaya, anciennement appelée Cap Juby, à l'écart de la route, et j'ai le sentiment d'entrer dans une ville fantôme ; un port quasi désert nous laisse une impression bizarre. Nous apercevons le musée Saint-Exupéry, c'était une escale du temps de l'aéropostale. Je suis un peu déçu : depuis que je connais cette ville de nom, j'avais très envie de la visiter, pour l'histoire de l'aéropostale et comme simple ville du Sud marocain, juste avant d'entrer dans le Sahara occidental, anciennement le Sahara espagnol. Nous quittons Tarfaya sans regret. Le bord de mer s'éloigne pour laisser

**BIR TAOULEKT
> LAÂYOUNE
147 km**

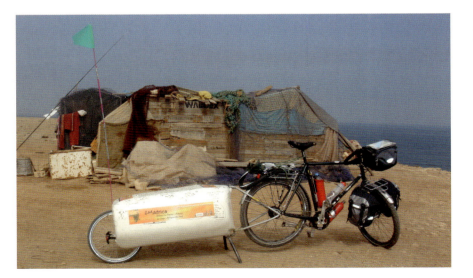

Entre l'océan et la route, il y a des cabanes de pêcheurs un peu partout.

place à un désert de sable, de cailloux et d'herbes clairsemées. La route sera languissante jusqu'à Laâyoune.

Nous nous arrêtons dans un village pour manger un tajine à base de viande de chameau qui sera léger pour un prix qui ne le sera pas, mais c'est relatif. Nous demandons ce que les gens font comme travail ici, il nous est simplement répondu : « Mais il n'y a pas de travail ici. » Il n'y a vraiment pas grand-chose dans le coin, pas d'eau, pas de cultures et quelques maigres troupeaux de chèvres et de moutons.

Nous arrivons enfin à Laâyoune et nous aurons droit à deux contrôles en cent mètres,

Nous sommes bien dans le Sahara : de grandes dunes longent la route.

l'un par la gendarmerie et l'autre par la police. Il ne faut pas mélanger, on nous le fait bien comprendre. Laâyoune est la plus grande ville du Sahara occidental, considérée comme la capitale. Le Sahara occidental est un territoire non autonome selon l'Onu. Ce territoire est revendiqué par le Maroc qui en contrôle 80 % et par la République arabe sahraouie démocratique fondée par le Front Polisario qui contrôle les 20 % restants. Cela justifie pleinement tous les contrôles militaires que nous aurons tout au long de la traversée de ce pays et les nombreuses mines anti-personnelles : des panneaux au bord de la route incitent à la prudence.

Laâyoune me paraît une drôle de ville, beaucoup de militaires, des gamins excités qui nous courent après au risque de nous faire tomber. Certains attrapent même ma remorque et me la secouent comme un prunier. Heureusement nous nous arrêtons auprès de policiers et les gamins s'éloignent comme une volée de moineaux. Toute la région a l'air bizarre, les gens toujours gentils me paraissent tristounets et un peu sauvages. Les conditions de vie doivent être très difficiles dans le coin.

| LUNDI 19 OCTOBRE | Au lever, Yannick se dit fatigué, quant à moi, je me sens en forme normale. Jusqu'au port d'El Marsa, c'est une succession de petites dunes. Un tractopelle dégage le sable emporté par le vent sur la chaussée, formant des sortes de congères. Nous arrivons au port : contrôle des papiers. Nous laissons nos passeports aux policiers. Le port de pêche n'a rien à voir avec celui de Tarfaya. Il y a une activité beaucoup plus importante. Les nombreux camions frigorifiques qui nous ont doublés attendent leur chargement. Nous assistons à la décharge d'un bateau de pêche. Les pêcheurs travaillent à la chaîne, vident les filets remplis de sardines à un rythme très soutenu.

Après avoir récupéré nos passeports, nous sortons du port en direction de Lemsid, terme de notre journée. Yannick est devant, je n'ai plus de bonnes cannes, le vent est de travers et je n'ai pas de bonnes sensations. Yannick prend de plus en plus d'avance et ce qui n'était qu'un point noir à l'horizon va bientôt disparaître. Je prends mon mal en patience, d'autant que pour la première fois, j'ai mal au derche. Je commence à avoir faim mais repousse mon arrêt car, à chaque fois, je crois apercevoir Yannick au loin. Je m'arrête au bord de la route pour casser une petite graine : une boîte de sardines que je traîne depuis Tan-Tan. Le vent se lève, je mange un peu de sable et prends le soleil. Par un vent de travers mais jamais favorable, j'arrive enfin à Lemsid. Pas de Yannick, je pense qu'il a retrouvé la forme et a préféré filer jusqu'à Boujdour. Je ne m'en sens pas le courage et décide de poser mes bagages. C'est un village bizarre, une garnison, des maisons neuves, certainement pour les bidasses, et une grande station-service avec café-restaurant et également mosquée. C'est assez amusant : un seul et même endroit pour se ravitailler et faire sa prière.

Le tractopelle dégage les congères, pas de neige, mais de sable.

LAÂYOUNE
> LEMSID
113 km

MON PREMIER PAYS AFRICAIN : LE MAROC

LEMSID
> BOUJDOUR
82 km

Je demande si je peux monter la tente dans un coin, le serveur me dit de m'installer dans une grande salle pour la nuit : c'est gratuit pour les clients. J'installe Tornado dans le couloir. Deux lavabos me permettent de faire une brève toilette. Pour dîner, j'ai droit, moyennant 35 dirhams (3 €), à des brochettes de chameau, deux rations de frites et une salade ! Je passe une de mes meilleures nuits, même le muezzin ne m'a pas réveillé.

| **MARDI 20 OCTOBRE** | Hier soir avant de me coucher, j'ai décidé d'aller tranquillement jusqu'à Boujdour et de m'octroyer une journée de repos mercredi pour préparer au mieux ma descente sur la Mauritanie. Quant à Yannick, je pense que nous ne nous reverrons plus. C'était un accord entre nous : chacun devait se sentir libre et la séparation pouvait être envisagée.

Je me lève à 5 h 30, je déjeune au bar, ouvert toute la nuit, et je démarre. La route est des plus plates, le vent faible de côté, je suis à Boujdour à 11 h 30. Il n'y a rien à dire sur le paysage car, depuis trois jours, c'est toujours le même : platitude, sable, cailloux et herbes clairsemées. Je ne suis jamais loin de l'océan mais je l'aperçois rarement. En entrant dans Boujdour, je suis accueilli par deux énormes autruches : ces animaux vivaient autrefois dans le Sahara, pas encore désertique.

Je suis également accueilli par les policiers, mais je commence à en avoir l'habitude. J'ai la malheureuse idée de demander à un policier où commence le Sahara occidental, il me répond sèchement qu'ici, c'est le Sahara marocain. Il est vrai que la situation politique est très tendue et il faut faire très attention à ne pas prendre position.

Je négocie un petit hôtel afin d'être tranquille dans la ville. Avant d'entrer dans l'hôtel, je suis interpellé par Outif Aziz qui m'interroge sur mon voyage. Je lui parle de l'opération « Un euro pour voir », il me donne 20 dirhams pour participer, c'est extraordinaire n'est-ce pas ? J'en profite pour demander à Laurence de faire un chèque de 2 € pour l'association *Launatho* au nom d'Outif Aziz.

Au port sardinier d'El Marsa, nous assistons à la décharge d'un bateau de pêche. Les pêcheurs travaillent à la chaîne.

Je vais voir au camping si Yannick y est passé ; j'ai rendez-vous avec Bruno, peut-être y est-il déjà. Ils sont là tous les deux ! Yannick et Bruno s'apprêtaient à aller au poste de police pour savoir si on avait de mes nouvelles (avec tous les contrôles, nous sommes suivis). La veille, Yannick n'a pas voulu s'arrêter à Lemsid et pensait que je ferais de même. Il m'attendait au camping avant midi et, sans nouvelles jusqu'à 16 h, il était inquiet. Tout rentre dans l'ordre, je suis très content de les retrouver. Le soir, pour fêter nos retrouvailles, nous nous payons un petit restaurant où nous rigolons bien en compagnie de trois Français un peu caricaturaux qui vivent près du lac Rose au Sénégal.

| **MERCREDI 21 OCTOBRE** | Yannick décide de s'octroyer une journée de repos supplémentaire. Il repartira avec moi demain. Bruno fait de même mais, lui, repartira dans l'autre sens.

Repos

| **JEUDI 22 OCTOBRE** | Je suis debout à 5 h. À 6 h, je suis douché, Tornado et son attelage sont prêts à partir. Je déjeune à la marocaine dans un bar déjà ouvert, café, assiette d'huile d'olive, assiette de confiture et pain. Les copains arrivent à l'heure. Nous commençons par une séance de photos et le départ est donné à 7 h 30. La matinée sera agréable, temps couvert, pas de vent (tant mieux pour Bruno) et route relativement plate.
Vers 11 h, le soleil apparaît et le vent se lève mais comme nous l'avons dans le dos, c'est agréable. Par contre, pour le pique-nique, difficile de trouver de l'ombre, peut-être sous une herbe ? Finalement nous prenons un morceau de piste et cassons la croûte à l'ombre d'une cabane de pêcheur en ruine.
Le paysage est légèrement plus agréable que ces derniers jours, peut-être le soleil et la proximité de l'océan. Le final sera même merveilleux, dans un paysage de Far West. Nous décidons un petit arrêt Coca dans une station-service. Deux Français se prennent en photo devant ma remorque et la discussion s'engage. L'un d'eux me demande si je

BOUDJOUR
> ECHTOUCAN
178 km

MON PREMIER PAYS AFRICAIN : LE MAROC

Les villages de pêcheurs modernes sont toujours vides, les Sahraouis préfèrent rester dans leurs vielles cabanes.

ne suis pas passé dans le journal. Il est de Salon-de-Provence et a vu un article de mon voyage dans *La Provence* : le monde est décidément petit.

Nous arrivons à une autre station-service près d'un village de pêcheurs. Nous choisissons l'option station. Nous installons la tente près de celles d'ouvriers travaillant ici. Comme souvent dans les stations-service, il y a une petite mosquée. L'imam nous semble un peu intégriste. Dès que nous nous en approchons, il nous fait dégager. Deux Marocains nous invitent à boire un verre et nous nous installons sur une terrasse donnant sur la mosquée ouverte. L'imam nous fait sèchement partir au grand dam des Marocains.

ETCHOUCAN
> DAKHLA
170 km

Le coin n'est pas bien terrible, très sale, sans eau courante et de l'électricité par intermittence grâce à un groupe électrogène. Les gens sont à la mesure du coin, pas sympas. Nous passerons une mauvaise nuit, sans arrêt dérangés par le trafic des camions.

|**VENDREDI 23 OCTOBRE**| **Nous sommes toujours dans ce paysage de Far West où les canyons se succèdent. La mer est de nouveau en vue et les cabanes et villages de pêcheurs toujours aussi étonnants. Nous avons vraiment l'impression d'être au Sahara, l'herbe se fait de plus en plus rare. Seul l'océan nous rassure et permet de nous orienter.**

Nous nous arrêtons pour déjeuner à l'ombre d'un château d'eau dans un village de pêcheurs moderne. C'est assez bizarre de voir ces maisons neuves en plein désert et le plus souvent vides. C'est, je pense, un programme national pour inciter les gens à rester dans leur région ou faciliter l'installation des Marocains et leur prouver l'intérêt que le Sahara occidental soit officiellement annexé au Maroc. Je fais immédiatement le parallèle avec ce qui se passe au Tibet avec la Chine.

Le vent continue à nous pousser et nous arrivons à l'embranchement de Dakhla. Nouveau contrôle de la gendarmerie où nous sommes bien accueillis. Les gendarmes nous payent même le thé à la menthe.

Il nous reste 33 km pour arriver au camping. La route se situe dans un site absolument extraordinaire. Nous n'en profitons pas suffisamment car un vent très fort nous gêne. Nous sommes sur une presqu'île et la lagune est un lieu magique. Le lieu est mondialement réputé pour le kit surf (planche avec un cerf-volant). Nous arrivons au camping après un nouveau contrôle de la police, cette fois, beaucoup moins sympa. Les policiers

Nous avons vraiment l'impression d'être au Sahara, l'herbe se fait de plus en plus rare.

voulaient absolument connaître la signification de la couleur verte de mon fanion. Il est vrai que le drapeau mauritanien est de couleur verte et la Mauritanie est favorable aux Sahraouis. Nous prendrons finalement une chambre avec deux lits pour 80 dirhams, le même prix que le camping, pourquoi s'en priver !

| **SAMEDI 24 OCTOBRE** | Nous traînons toute la matinée, faisons la connaissance de nos voisins Christine et Claude. Un couple fort sympathique qui fait un peu post-soixante-huitard. Ils vivent quelques mois par an ici.

Repos

Christine a appris le zellige à Fès, en fabrique elle-même et l'enseigne en France. Claude, un ancien marin de l'île d'Yeu, tchatche pas mal avec Yannick car ils ont plein de connaissances communes. Nous allons à Dakhla pour manger, Christine et Claude nous y emmènent et nous conseillent un petit restaurant pas cher. Nous avons mangé une assiette de poissons (gambas, calamars, soles, espadon) avec salade et fruits à volonté pour 80 dirhams chacun (7 €).

| **DIMANCHE 25 OCTOBRE** | Christine et Claude, nos nouveaux amis, se lèvent un peu plus tôt pour nous mener à l'embranchement de la route d'El Argoub. Par chance, tout rentre dans la 806 Peugeot : les deux vélos, les sacoches, la remorque, Yannick et Bibi. Claude avait enlevé les sièges arrière, nous n'étions pas trop bien installés mais nous aurions eu tort de nous plaindre.

Nous passons sans problème les deux contrôles de police. Au deuxième, nous nous arrêtons pour une séance de photos et Christine a le malheur de nous prendre nous dirigeant vers le poste. Cela a fait un scandale et il a fallu effacer les photos.

Au bord de la route, nous remarquons un panneau particulier : « Tropique du Cancer ». Ma prochaine ligne mythique sera l'équateur.

DAKHLA
> AIN BERDAHY
145 km
+ 33 km en voiture

Arrivés à la station, nous dégustons un succulent tajine de mouton et, comme il n'est que 13 h, nous décidons de reprendre la route jusqu'à Ain Berda, un village de pêcheurs où il n'y a pas grand-chose.

Nous continuons donc notre route dans ce qui est toujours le désert, et le sable devient blanc. Des panneaux tout rouillés attirent mon attention. Sur un, moins rouillé que les autres, j'arrive à lire l'inscription : EN COURS DÉMINAGES. Est-ce une zone en cours de déminage ou en cours de minage ? Nous n'avons pas la réponse ; toujours est-il que nous restons vigilants. Sauf une fois où je quitte la route pour faire une photo, mais je me fais à juste titre rappeler à l'ordre par Yannick.

Nous contournons le golfe de Cintra par un magnifique djebel. Même si la route grimpe un peu, il est sympa de traverser ces montagnes sans végétation mais magnifiquement sculptées par l'érosion, avec une vue de temps à autre sur l'océan. Nous traversons ensuite une très belle zone de dunes et de *barkhanes* (petites dunes).

Nous arrivons à l'embranchement d'Ain Berda : effectivement, il n'y a rien, le village est à dix kilomètres de piste sablonneuse. Nous la prenons sur un kilomètre et comme il est malaisé d'y rouler – surtout avec la remorque –, nous décidons de bivouaquer sur place. Nous essayons de monter la tente derrière une dune mais peine perdue, impossible à cause du vent. Nous décidons de coucher à la belle étoile. Le repas du soir ne sera pas triste car nous prenons le sable en pleine figure et en mangeons même ! Nous nous couchons à 19 h 15 car il commence à faire frais.

| **LUNDI 26 OCTOBRE** | Nous nous réveillons tout mouillés et pleins de sable, qu'importe, ça séchera avec le soleil ! Mais du soleil, nous n'en aurons pas trop dans la matinée. Nous démarrons dans le brouillard qui ne nous quittera pas jusqu'à midi. Nous pédalons entourés de sable.

AIN BERDA
> CAP BARDAS
110 km

Yannick m'attend à un panneau écrit « DANGER MINES » avec une tête de mort. Il n'y a pas si longtemps, et pour ces raisons, il fallait circuler en convoi sur ces routes du Sahara occidental dont le statut politique n'est pas encore défini.

Après 110 km, nous arrivons à la station de Cap Bardas où nous n'avons pas d'autre choix que de nous arrêter. L'accueil sera beaucoup plus sympa qu'à la précédente station. Nous mangeons un tajine et nous nous installons dans un petit hôtel où la douche nous fait vraiment du bien.

La lagune de Dakhla est mondialement réputée pour le kit surf, le vent y étant toujours présent.

C'est assez amusant, la vie dans ces stations-service : nous avons l'impression d'être dans un petit village avec tous les services ; les gens y font du business. Nous en profitons

pour faire nos courses car il n'y a plus rien jusqu'à la frontière et nous décidons de partir de très bonne heure le lendemain.

| **MARDI 27 OCTOBRE** | La pluie et les bourrasques de vent nous réveillent vers 5 h. La pluie cesse vers 6 h. Après avoir déjeuné dans notre chambre, nous démarrons à la frontale à 6 h 20. Nous pédalons une petite demi-heure dans la nuit. Ce n'est peut-être pas très prudent mais nous souhaitons arriver à la frontière avant midi.

La route jusqu'à la frontière est magnifique : du sable, des dunes et la traversée d'un djebel

Nous traversons une très belle zone de dunes.

aux pierres sculptées par le sable et le vent. Elle est jalonnée d'énormes cairns. Est-ce pour les tempêtes de sable et ne pas se perdre, ou pour ne pas s'éloigner de la route, car la région est minée ? Il n'y a pas que les cairns qui jalonnent la route, de nombreux militaires en poste la surveillent jusqu'à la frontière. Un peu avant, des pelles mécaniques et des bulls tracent ce qui devrait être une piste d'atterrissage pour les avions militaires. À force de pédaler comme des malades, nous arrivons à la frontière marocaine vers 10 h 30 : objectif largement atteint. Nous passerons un long moment à cette frontière que nous pensions être la plus facile. Ce sera aussi l'occasion de faire la connaissance de Jocelyne et Xavier qui descendent en camping-car jusqu'au Cap, tout comme moi, et que je retrouverai plusieurs fois par la suite.

CAP BERDA
> NOUADHIBOU
148 km

Au bord de la route, un panneau « Danger Mines » est très évocateur avec sa tête de mort.

Et maintenant la Mauritanie
du 27 octobre au 11 novembre 2009 : 734 km

| **MARDI 27 OCTOBRE (suite)** | Nous entrons enfin dans ce fameux *no man's land*, une piste en fort mauvais état qu'il ne faut absolument pas quitter car elle est minée de part et d'autre, entre les deux postes frontières. Je suis obligé de passer les zones de sable à pied, la roue de la remorque refusant de tourner. Ainsi je traîne la remorque et croyez-moi, c'est lourd. Je sais maintenant qu'il me faut absolument éviter les pistes sablonneuses : je ne passerai pas. Les bas-côtés sont jonchés de carcasses de voiture, signe du trafic de voitures entre le Maroc et la Mauritanie. Finalement ce *no man's land* n'aura pas été aussi terrible que ce que j'avais pu lire sur les forums Internet et cela me confirme que rien ne vaut sa propre expérience.

Nous arrivons enfin au poste frontière mauritanien. Avec nos petits vélos, nous doublons tous les camping-cars et 4x4 qui nous avaient doublés dans la matinée. Nous sommes les premiers au poste de police où tout le monde attend. Un Mauritanien qui semble faire un trafic de voitures (c'est assez courant ici), admiratif de nos exploits, parlemente avec la police et nous passons en priorité. La barrière sera fermée derrière nous pour la pause. Yannick a son visa pour un mois, donc pas de problème pour lui. Perso, je n'ai pas de visa et un brin d'inquiétude. Tous les bruits courent sur le passage de cette frontière : pas de visa du tout et retourner à Rabat, ou un visa pour trois jours et impossible d'arriver à Nouakchott à vélo pour la prolongation. Finalement, et toujours avec l'aide de ce Mauritanien, la police me délivre un visa pour trois jours en m'expliquant que je peux aller à Nouadhibou, y rester quelques jours et que j'ai le temps d'arriver à Nouakchott pour faire prolonger le visa. Il est 13 h 30. Avec Yannick,

Nous traversons la voie ferrée du fameux train minéralier qui s'enfonce dans le désert.

nous nous tapons dans les mains, contents et fiers d'avoir passé cette frontière aussi facilement. Nous apprendrons par la suite que, peu après, il n'a plus été délivré de visas à la frontière, j'ai vraiment eu de la chance.

Le sable est de plus en plus présent, les dunes grandissent, c'est absolument merveilleux. Nous arrivons à l'embranchement de la route Nouakchott-Nouadhibou et traversons la voie ferrée du train minéralier. Nous prenons la route de la presqu'île qui mène à Nouadhibou. Nous longeons l'océan et la ligne du chemin de fer. Un grand bruit et, comme une vache qui regarde passer le train, je m'arrête et photographie ce train qualifié de plus long du monde (2,3 km). Ce train minéralier a une signification particulière pour moi. Je suis lorrain d'origine et l'exode de ma famille est dû à la fermeture des mines de fer de Lorraine lors de l'exploitation du gisement mauritanien. Le minerai acheminé depuis Nouadhibou jusqu'à Dunkerque était économiquement plus rentable que l'exploitation de la minette lorraine…

Nous nous arrêtons au premier rond-point de Nouadhibou pour appeler Marie qui doit nous recevoir. Marie est la fille de Christian et Roselyne Guingot. Christian est le président du club cyclotouriste de Manosque. Il m'avait donné les coordonnées de leur fille Marie, qui travaille pour la coopération internationale à Nouadhibou. Sur mon portable, impossible de l'avoir, les communications intérieures ne passent pas. Je demande à un policier en tenue de me prêter le sien et j'ai enfin Marie qui me donne rendez-vous devant le consulat espagnol. Je demande au policier ce que je lui dois – sachant que je n'ai que des dirhams –, il me répond 200 dirhams (18 €). À mon air étonné, il se ravise et dit 100 dirhams. Je n'ai pas envie de discuter, je les lui donne et le traite de tous les noms d'oiseaux : voyou, voleur, etc. Il ne répond pas et s'en va tout penaud mais il a encaissé les 100 dirhams.

Nous traversons la ville et nous nous sentons vraiment en Afrique : des chèvres qui traversent la route, mangeant sacs plastique et cartons, des voitures dans un état

Le train minéralier le plus long du monde (2,3 km) avec 3 ou 4 locomotives tractant plus de 200 wagons pour un poids total de plus de 20 000 tonnes.

ET MAINTENANT LA MAURITANIE

lamentable, roulant dans tous les sens. Marie m'avait prévenu de faire très attention. Au consulat, nous sommes priés de vite dégager, certainement le traumatisme de l'attentat de Nouakchott devant l'ambassade française. Nous stationnons à côté et le militaire nous fait signe de déguerpir. Nous ne bougeons pas, défendus par les autochtones. Marie arrive, elle habite à 300 m et nous montons remorque et vélos à l'étage. Nous sommes véritablement accueillis comme des princes. Marie est très gentille et cool, nous nous sentons chez nous, peut-être un peu trop. Le soir nous allons manger dans un restaurant espagnol où nous faisons un succulent repas, servis par des femmes

Nous partons de bonne heure à cause du vent. Au passage, nous apercevons les bidonvilles de Nouadhibou.

d'origine peule, magnifiques dans leur boubou. Repas arrosé à la bière, c'était inespéré. Il est possible de boire de l'alcool dans certains établissements accrédités mais ils ont l'interdiction de servir les Mauritaniens. Nous sommes dans une république islamique, il ne faut pas l'oublier.

Repos

| **MERCREDI 28 ET JEUDI 29 OCTOBRE** | Nouadhibou respire à l'heure espagnole. Les îles Canaries toutes proches et la pêche, industrie importante ici, favorisent les échanges. Il y a d'ailleurs un consulat espagnol. Les zébus paissent en pleine ville. La population est un mélange de Maures et de Noirs, souvent d'origine peule.**

Il y a aussi beaucoup de Sénégalais restés certainement en rade en essayant de passer aux Canaries, îles qui sont déjà l'Europe.

Fait original, la semaine suit le calendrier musulman. Le week-end est le vendredi et le samedi. Le dimanche tout le monde travaille. Yannick revient un peu déçu de sa virée en ville et me dit qu'il n'y a pas grand-chose à voir. L'après-midi, sieste et repos, dehors il fait trop chaud : 46°. Nous irons faire les courses en fin d'après-midi. Je dois récupérer une chemise faite sur mesure : on verra le résultat. Je vais la chercher. Par chance, elle est prête et me va comme un gant… enfin comme une chemise ! J'ai hâte de l'enfiler sous le soleil.

Après réflexion, Yannick abandonne l'idée de prendre le train minéralier. Seul, ce n'est pas évident de mettre vélo et sacoches dans un wagon de trois mètres de haut. Perso, j'ai vite abandonné l'idée car, avec la remorque, j'aurais pu avoir de la casse. Nous ferons donc le désert mauritanien par la route.

Nous, c'est tout droit.
Nous n'allons pas en Irak.

| **VENDREDI 30 OCTOBRE** | Debout à 5 h car il ne faut pas partir trop tard à cause du vent. Il nous faut descendre toutes nos affaires. Pendant que j'installe ma remorque, Yannick fait le ménage chez Marie : quelle aubaine !

Nous reprenons la presqu'île avec le vent de face ; comme il n'est pas très violent, ça passe bien d'autant que nous sommes frais et qu'il ne fait pas chaud.

À l'embranchement, le vent se met à forcir, la chaleur arrive et c'est une autre paire de manches. Contre toute attente le vent est de face. Nous progressons difficilement et il faut appuyer sur les pédales. Le sable nous cingle le visage.

Nous nous arrêtons à un poste de police où on nous conseille fortement de nous arrêter à Bou Lanouar et de ne pas dormir dans la nature. Nous suivons le conseil, nous sommes cuits et particulièrement Yannick, une fois n'est pas coutume.

Nous nous arrêtons à l'auberge Tighit. L'aubergiste nous montre la chambre, une cellule sans fenêtre, sans meuble, quelques coussins et des tapis pourris par terre, le tout pour 2 000 ouguiyas (5 €). Pour le fun, j'aurais bien dormi là mais je voyais

NOUADHIBOU
> BOU LANOUAR
87 km

ET MAINTENANT LA MAURITANIE

Yannick tiquer. Nous allons dans l'auberge conseillée par le policier et nous nous installons dans une chambre confortable : deux lits, la douche et la clim, s'il vous plaît, et pour 6 000 ouguiyas (15 €).

Il est 14 h et le vent souffle de plus en plus fort, soulevant le sable qui nous cache le soleil. Nous passons l'après-midi à nous reposer et en profitons pour filtrer de l'eau car l'eau minérale explose le budget.

Ce soir, pour le repas, ce sera poulet frites. Abdelaï nous prépare le repas. C'est un Malien venu en Mauritanie en attente de son visa pour l'Europe. Peut-être fera-t-il partie de ces *boat people* avec les drames qu'on connaît.

BOU LANOUAR
> NOUAKCHOTT
39 km à vélo
et 350 km en
camping-car

| **SAMEDI 31 OCTOBRE** | **Départ pour une journée qui devrait être facile : 135 km, fort vent de dos prévu. Le paysage est magnifique, nous sommes en plein désert. Le vent commence à se faire plus fort et souffle latéralement. Lorsque nous croisons des véhicules, le sable nous cingle le corps et surtout le visage.**

Nous nous arrêtons pour manger et soudain la tuile : une bourrasque de vent fait pivoter le vélo, entraînant la remorque dans sa chute. Je me précipite pour rattraper le vélo et je ressens une grosse douleur derrière la cuisse : une déchirure musculaire. Connaissant bien le phénomène, je crains le pire. Je remonte péniblement sur le vélo, la douleur est toujours là. Au bout de quelques kilomètres, la douleur est trop vive et ne voulant pas aggraver la blessure, je dis stop. Je décide de rejoindre Nouakchott en auto-stop.

Le paysage est magnifique, nous sommes en plein désert.

J'insiste pour que Yannick continue car il est inutile de rester planté tous les deux dans le désert. Si j'attends trop longtemps, Yannick ne pourra rejoindre le campement suivant et nous ne serons pas plus avancés. Avec du mal, Yannick s'en va. Nous nous retrouverons à l'hôtel *Menata* pour que je me repose et que ma blessure cicatrise.

Je m'habille rapidement car le vent devient très fort et le sable me fouette les jambes. À l'abri de ma remorque, j'attends le prochain véhicule. Je suis dans une telle disposition morale que je ne m'affole nullement, prêt à passer la nuit dans le désert s'il le faut. J'ai de l'eau pour deux jours, de quoi manger et mon duvet suffisamment chaud pour lutter contre le froid.

J'attends une petite demi-heure et le troisième véhicule qui passe est le bon. Un jeune couple de Hollandais en camping-car s'arrête, ils vont à Nouakchott. Aucun problème, ils rangent un peu le camion, j'installe Tornado sur les banquettes (il va voyager comme un pacha), la remorque sur le plancher et moi à côté de Tornado. Ils sont très cool, parlent un peu français, ils vont au Niger. Le voyage sera très agréable.

Nous doublons Yannick, dans la tourmente, il est ainsi rassuré mais il a l'air de souffrir du vent très violent. Le paysage est impressionnant à cause du vent et de la faible visibilité. Tout le long de cette route – inaugurée en 2007 –, des Mauritaniens s'installent petit à petit. Des abris précaires, des auberges en toile et surtout des carcasses de voitures disséminées tout au long de la route. Mes Hollandais me déposent directement à l'auberge *Menata*. Je prends rendez-vous avec eux pour le lendemain soir et les invite à manger.

Le vent souffle latéralement, le sable nous cingle le corps et surtout le visage.

ET MAINTENANT LA MAURITANIE

Pendant que je prends mes affaires, arrive un certain Marc qui semble me connaître. C'est Marc Hummel, que Yannick et Bruno avaient rencontré. Pris dans la tourmente, il a arrêté à 300 km d'ici et pris un taxi. Il est très dépité, prend ça comme un échec et semble renoncer à aller à Dakar, terme de son voyage. Pendant que nous discutons, arrive mon Yannick qui s'est arrêté au même endroit : le vent trop fort, la tempête de sable et la chaleur, c'était trop. Si ce n'était ma blessure, j'ai moins de regrets. Ma blessure n'a pas l'air trop grave et j'ai bien fait de m'arrêter de suite. Dans le fourgon, j'ai même pris une consultation par SMS avec mon ami le docteur Deaux, le roi du stétho (il comprendra !).

Repos et tourisme

| **DU DIMANCHE 1er AU LUNDI 9 NOVEMBRE** | Une bonne nuit me fait du bien et aide à la réflexion. Nous décidons d'aller dans l'Adrar passer quelques jours. Marc, qui hier voulait abandonner, décide finalement de se joindre à nous jusqu'à Dakar. Ainsi nous serons trois à pédaler. Pour ceux qui craignaient que je sois seul ! J'avais bien dit que je rencontrerais d'autres voyageurs.

La pêche sur les plages de Nouakchott : nous ne sommes pas loin du Banc d'Arguin, les eaux les plus poissonneuses de la planète.

J'en oubliais la prolongation de mon visa. Je vais dans un cyber avec une clé USB pour la photocopie de mon passeport et me voilà à la DST (direction de la Surveillance du Territoire). Après les formalités assez longues, on me dit de repasser vers 15 h. Je vais déjeuner, faire un peu d'Internet. Je me pointe à 15 h et après une nouvelle attente on me dit de repasser vers 17 h : même cinéma, le directeur est en réunion

avec le ministre, il faut attendre qu'il termine pour signer les visas. Alors j'attends patiemment. C'est là que je me rends compte que le voyage me transforme. D'autres Français en 4x4 s'impatientent et râlent, moi je reste zen. J'ai rendez-vous à 19 h avec Rick et Dan (mes petits Hollandais). Je demande au chef de bureau si un des Français peut récupérer mon passeport et, à ma grande surprise, il accepte. Je file rapidement à l'auberge où Rick et Dan m'attendent en compagnie de Yannick. Nous allons manger un excellent couscous dans un restaurant marocain et nous passerons ainsi une très agréable soirée.

À mon retour, je tombe sur Hubert, un auditeur de l'émission Allo la planète avec qui je corresponds depuis la dernière émission. Nous avions rendez-vous à Nouakchott. Comme me dit Yannick, tous les voyageurs se retrouvent un jour ou l'autre. C'est d'autant plus vrai que nous avons déjà rencontré tous les gens qui campent ou dorment à l'auberge *Menata* sur les routes marocaines.

Lundi et mardi, je continue de me reposer à l'auberge *Menata*. Le toubib qui accompagne Hubert a diagnostiqué une belle déchirure musculaire avec un gros hématome à la base de la cuisse : pommade, repos et surtout ne pas forcer.

L'auberge *Menata*, bien connue des Français, est un havre de paix. C'est le lieu incontournable de tous les routards qui passent dans le secteur. Nous rencontrons, entre autres, un certain Stéphane qui arrive de Turquie à pied et à vélo. C'est un jeune de 25 ans qui a l'air d'avoir déjà pas mal bourlingué pour son âge. Il me tuyaute sur son

ET MAINTENANT LA MAURITANIE

parcours, en particulier sur son passage au Congo qu'il me conseille. Il est arrivé par le Niger et le Tchad. Son parcours m'intéresse fortement car si la situation ne s'arrange pas du côté de la Guinée, je passerai peut-être par là.

Hubert nous met en relation avec Kadi, le responsable de l'agence *Mauritanides Voyages*. C'est un garçon très cultivé, parlant très bien le français. Il serait à l'origine de la liaison Paris-Atar par Point Afrique, et nous parle du tourisme sinistré dans sa région suite aux bruits infondés qui courent en France sur la sécurité en Mauritanie. Il faisait travailler vingt guides régulièrement, il n'en a plus que deux ou trois qui travaillent de façon intermittente. Il nous fait une proposition d'excursion. Nous partirons en bus jusqu'à Atar où il nous prendra en charge pendant deux jours.

Hubert, encore lui décidément – c'est une mine d'or –, me présente Claude Derousseaux, directeur d'exploitation du groupe *Pizzorno* qui s'occupe du ramassage des ordures ménagères à NKC (Nouakchott). Il est très intéressé par mon voyage, d'autant que son patron de Draguignan est un passionné de vélo. Il m'invite à dîner chez lui vendredi à mon retour de l'Adrar.

Mardi à 17 h, nous allons à Atar (436 km) avec Kadi. Nous arrivons vers 23 h, dînons à l'agence de Kadi et faisons la connaissance de Sid Ahmed, notre guide. Finalement, c'est Kadi qui nous servira de chauffeur car celui prévu est bloqué à cause d'un éboulement sur la route de Chinguetti, en raison des fortes pluies de la journée. Nous faisons un peu de 4x4 la nuit pour bivouaquer dans un endroit superbe assez éloigné. Nous nous coucherons à 2 h du matin en plein désert, dans un lieu absolument sublime, dans des dunes rouges entourées de montagnes.

Après une courte nuit, nous nous levons dans ce décor magique. Une fois le petit déjeuner terminé et les photos prises, nous partons à la recherche d'un passage, car nous ne sommes pas sur une piste et l'oued qui nous en sépare coule encore des pluies de la veille. Nous arrivons près d'une ferme en dur. Une dame arrive avec un grand

Dans les magnifiques dunes rouges du désert de l'Adrar.

Je bois le zrig, du lait de chamelle caillé, un signe d'accueil dans l'Adrar.

saladier en bois, rempli d'un liquide blanchâtre, c'est le fameux *zrig* (lait de chamelle ou de chèvre caillé et sucré), signe de bienvenue en Mauritanie. C'est doux et très bon. Nous continuons vers l'oasis de Terjit, un lieu époustouflant de beauté, avec une source d'eau potable et un coin pour se baigner. Nous découvrons l'habitat traditionnel, les *tikit*, des cases très particulières faites avec des branches de palmier.

Notre piste traverse des paysages prodigieux. Après un col superbe, nous surplombons l'oasis de M'Heirith encore plus belle que celle de Terjit. Pour sortir de M'Heirith, à cause des pluies précédentes, nous sommes obligés de passer à pied car la piste est quasi impraticable. C'est d'ailleurs le seul point d'accès qui reste pour Chinguetti. Nous remontons sur le plateau où la route est défoncée au passage des oueds. Kadi a du mal à retrouver une piste qui rejoigne les dunes pour aller à Chinguetti. Nous passons devant des tentes nomades, les fameuses *kheïmas* et, pendant que Kadi et Sid Ahmed discutent avec un nomade, arrivent deux femmes avec chacune un bol de *zrig* que nous dégustons, toujours en signe d'hospitalité. Nous sommes au pied d'une magnifique montagne : moitié rocher, moitié sable. Le nom de cette montagne, je vous le donne en mille : la montagne de Zarga.

À la fin du pique-nique arrivent cinq nomades qui déballent devant nous bijoux et artisanat pour les touristes. Sid Ahmed nomme cet étalage d'objets sur le sable « La boutique de Zarga » et, dans un fou rire, ajoute : « Moins cher que gratuit ! »

Avec Yannick, nous allons nous promener dans les dunes pour nous rapprocher de cette fameuse montagne de Zarga. Nous y découvrons un beau lac éphémère dû aux pluies de la veille. Kadi vient nous récupérer pour rentrer sur Chinguetti. Il a l'air un peu énervé et nous pensons que c'est parce qu'il avait peur que l'on se perde. Non, en fait, il était parti avec le nomade pour retrouver le troupeau et acheter un cabri. Aujourd'hui, c'est l'anniversaire de Yannick (47 ans) et il voulait lui faire une surprise avec un méchoui, mais pas de cabri ! Nous rentrons donc par les dunes.

L'oasis de Terjit, un lieu époustouflant de beauté, avec une source d'eau potable et un coin pour se baigner.

ET MAINTENANT LA MAURITANIE

Peu avant Chinguetti, nous nous ensablons, il fait nuit et Kadi décide de bivouaquer à cet endroit. Demain, nous verrons mieux les passages dans les dunes et le sable sera froid. Nous installons le bivouac au bord de l'oued. À la fin du repas, je vais chercher une miche de pain plate, j'y installe une bougie et nous souhaitons un bon anniversaire à Yannick qui, tout ému, souffle la bougie. Yannick raconte ce qu'il avait envisagé pour son anniversaire depuis le départ. Il pensait être seul et voulait trouver une bouse de chameau et y planter une bougie ! Il ignorait que les chameaux ne font pas des bouses comme les vaches mais de grosses crottes toutes rondes.

Une rue de Nouakchott, la capitale mauritanienne.

Kadi va faire sa dernière prière (la cinquième) et, au retour, il s'éloigne avec Sid Ahmed. Ils reviennent tous les deux avec un plateau de crottes de chameaux au milieu desquelles ils ont installé une bougie et ils souhaitent bon anniversaire à Yannick qui n'en revient pas. Nous rions beaucoup ce soir et Yannick se souviendra longtemps de son anniversaire, pour le moins original.

En Mauritanie, la tradition est de boire trois verres de thé. Nous ne dérogerons pas à la règle. Kadi en profite pour nous donner l'explication de ces trois verres de thé. Nous connaissons déjà la version berbère : le premier, « fort comme la vie », le deuxième « doux comme l'amour » et le troisième « suave comme la mort ». Chez les Maures, la signification est tout autre, ce sont les trois conditions requises pour le servir : le premier, *jar* : la lenteur ; le deuxième, *jmaa* : le groupe ; le troisième, *jmar* : la braise.

Une excellente nuit, un magnifique lever de soleil sur la dune et nous repartons. Nous arrivons à Chinguetti, considéré par les musulmans comme la septième ville de l'Islam. C'est une ville étrange, aujourd'hui 4 000 habitants mais 40 000 autrefois : elle s'ensable, c'est la troisième fois que le village est déplacé. Un programme français ou européen a déjà désensablé la ville. Cette ville est connue pour ses bibliothèques qui renferment les manuscrits islamiques de l'âge d'or de Chinguetti. Nous découvrons ces fameux manuscrits, vieux de plusieurs siècles et de plus de mille ans pour certains. Ce sont toutes des bibliothèques privées : et je pense que, si rien n'est fait, elles risquent de disparaître. Le conservateur nous présente également les outils utilisés par ses ancêtres et nous explique comment ils gavaient les femmes pour qu'elles grossissent : plus une femme était grosse, plus elle était belle et plus elle était riche.

Le marché marocain à Nouakchott.

Sur une petite place, nous avons la surprise de voir deux camping-cars que nous connaissons déjà. Il s'agit encore de Xavier et Joce, accompagnés de Michel et Bernadette que nous avions vus à la frontière Maroc-Mauritanie. Ils ont pu venir ici avant la pluie et se retrouvent maintenant coincés pour au moins quinze jours à trois semaines, en attendant que la piste soit réparée. Bon courage, car Chinguetti est maintenant sinistré du fait de l'absence de touristes et les rares voyageurs sont très sollicités par les autochtones pour acheter leur artisanat.

Nous partons par la piste et retrouvons celle de la veille. Celle pour arriver à M'Heirith, détruite la veille, a été refaite par les gens du village, payés par le groupe *Shenker* qui achemine du matériel pour *Total* – qui aurait trouvé du pétrole dans le secteur. Peut-être est-ce la raison pour laquelle le récent président a de suite été reconnu par la France après son coup d'État ?

Nous déjeunons à l'oasis et sortons péniblement de M'Heirith par une nouvelle piste toute en sable.

ET MAINTENANT LA MAURITANIE

À Atar, nous reprenons le car pour rentrer. Vers 19 h, il s'arrête en pleine campagne pour la quatrième prière. Les hommes s'alignent, prient ensemble et les femmes, derrière, suivent en ordre dispersé. La photo aurait été assez spectaculaire mais je n'ose pas la prendre. Dans la nuit, nous avons failli percuter une chamelle et son petit qui traversaient la route, le car a été obligé de rouler sur le bas-côté. Nous arrivons à l'hôtel vers 23 h, les yeux encore éblouis par tant de beauté.

Je décide de partir mardi afin de mettre toutes les chances de mon côté pour arriver à Dakar à vélo. Je le signale à Marc et Yannick en leur conseillant de ne rien changer au programme. Marc repartira comme prévu samedi mais le fidèle Yannick m'attendra. Je crois qu'une solide amitié est en train de se sceller entre nous deux.

Ma blessure date du 31 octobre. Normalement, pour cicatriser, il faut trois à quatre semaines de repos. Je conseille de nouveau à Yannick de partir samedi car mardi, je ne suis vraiment pas sûr de repartir. Yannick, toujours solidaire, décide de rester avec moi. Ce vendredi, je suis invité chez Claude, le directeur d'exploitation du groupe *Pizzorno*. Je fais un peu plus connaissance avec lui, son épouse Fabienne et leurs deux enfants Clément et Nico. C'est un couple charmant, très simple et le cœur sur la main. J'ai droit à du pastis bien frais et surtout à un bon saucisson, c'est peut-être ce qui me manquait le plus depuis mon départ, en terme de gastronomie s'entend !

Les trois jours suivants, nous nous reposons tranquillement. La fatigue doit certainement tomber car je suis capable de rester trois jours sans rien faire.

Vue classique : un zébu dans les rues de la capitale.

Un nouveau cycliste, Jean-Claude, en transit pour Le Cap, arrive à l'auberge. Encore un qui me cherchait, il avait entendu parler de moi à un poste de police. C'est vrai qu'avec ma remorque, je ne passe pas inaperçu. Sachant que nous partons mardi, il décide de venir avec nous jusqu'à Dakar. En fin d'après-midi, nous retrouvons Hubert qui rentre de Bamako où il a livré sa fameuse 2 CV. Le soir, nous allons avec Yannick manger tous les trois chez Fabienne et Claude. Là, une embuscade nous attend. L'ambiance est telle que nous nous laissons aller : pastis, vin, pousse-café ont raison de moi et je me couche dans un état qui n'est pas permis pour un cycliste. En fin de soirée, nous ramenons Hubert à son hôtel et j'y rencontre un Dignois qui connaît bien Gréoux ; il est directeur de *Caterpillar-Mauritanie*. J'ai le plaisir de voir un poster de la Porte Saunerie de Manosque et un autre du Pays de Forcalquier : oui, le monde est petit.

| **MARDI 10 NOVEMBRE** | L'heure de vérité arrive. Nous partons avant le lever du jour, j'ai un petit peu mal aux cheveux et je suis persuadé de devoir faire demi-tour. À mon grand étonnement, je n'ai aucune douleur à la cuisse et je continue mon bonhomme de chemin. Je prends confiance mais j'évite de forcer et je roule petits braquets.

Nous sommes toujours dans une région désertique mais un peu de végétation donne un air plus serein à la route. L'habitat se modifie complètement et devient nettement moins rare. Nous voyons beaucoup de *kheimas* (tente maure). Yannick et Jean-Claude roulent bien devant moi et je ne m'affole pas, je veux surtout préserver ma cuisse. De

NOUAKCHOTT
> TIGUENT
110 km

Nous croisons des camions lourdement chargés comme, ici, de ballots de paille en équilibre instable.

ET MAINTENANT LA MAURITANIE

plus, la chaleur est intense, il est temps de s'arrêter. Nous arrivons à Tiguent, un village de nulle part où nous avons vraiment l'impression d'être des extra-terrestres avec nos vélos et nos remorques. Nous négocions un petit hôtel. Un peu de mécanique, une douche et une petite sieste nous retapent.

Quelqu'un rentre dans la chambre : à travers un œil à demi clos, je devine Hubert. Quelle surprise ! En fait, ce sont Claude et Hubert qui ont fait plus de 110 km pour nous retrouver. Ils voulaient prendre de nos nouvelles et surtout m'apporter les 50 000 ouguiyas promis pour le parrainage de 130 km. Nous mettons deux autocollants

Le fleuve Sénégal, frontière entre la Mauritanie et le Sénégal.

de son entreprise sur la remorque qu'il prend en photo pour montrer à son patron. Chapeau Claude, je te savais sympa mais là, tu m'épates !

Il nous reste une centaine de kilomètres avant de passer la frontière et nous avons deux solutions : soit par le barrage de Diama sur une piste, une frontière plus fluide et ouverte toute la journée, soit directement par Rosso, frontière à la très mauvaise réputation où, entre les policiers ripoux et les rabatteurs, les choses ne sont pas très simples. Heureusement, Claude, encore lui, a téléphoné au maire de Rosso avec qui il est en relation pour affaires. En arrivant, je dois téléphoner au secrétaire général de la mairie. Nous choisissons donc cette option, ce qui sera mieux pour ma cuisse.

TIGUENT > M'BAGAM 110 km

| **MERCREDI 11 NOVEMBRE** | Nous démarrons à la frontale afin d'être à la frontière avant midi. Le jour se lève et nous découvrons de plus en plus de végétation. C'est agréable de rouler dans la verdure. Depuis plus de 1 000 km, nous avons pédalé du Sahara occidental à la Mauritanie sans pratiquement voir le moindre arbre.

C'est une image qui était intégrée dans notre tête et nous avions l'impression de trouver cela naturel. C'est en voyant de nouveau de la végétation que nous nous rendons compte combien c'est beau un arbre, et il semble que cela nous rassure. Surtout qu'il y a régulièrement des villages et beaucoup d'habitations, souvent des commerces au bord de la route.
Nous arrivons à l'entrée de Rosso et franchissons le premier contrôle sans problème. Au deuxième contrôle, le policier nous dit qu'il faut remplir une fiche, payante, bien sûr. Je lui demande si je peux téléphoner au secrétaire de mairie et, comme par magie,

Pour éviter le bac, certains traversent en pirogue.

il nous fait signe de passer. Vers midi, j'appelle le secrétaire de mairie qui nous donne rendez-vous à l'entrée de l'embarcadère à 15 h, pour le prochain bac. Quand je reviens, je vois mes deux compères entourés par la foule, chacun leur proposant ses services. Nous enfourchons nos vélos et essayons de nous isoler dans un petit restaurant. Vers 15 h, devant le portail de l'embarcadère, nous sommes assaillis par les gens qui veulent nous aider à passer le bac. Heureusement, le secrétaire de mairie, exact au rendez-vous, nous prend en charge et, en moins de deux, nous nous retrouvons sur le bac, prêts à traverser le fleuve Sénégal.

Sénégal : l'entrée en Afrique noire
du 11 novembre au 6 décembre 2009 : 1100 km

| **MERCREDI 11 NOVEMBRE** (suite) | Je me sens de plus en plus en Afrique, le fleuve Sénégal assez large à cet endroit est traversé par des pirogues colorées. Le bac met cinq minutes pour changer de rive et, de nouveau, nous sommes assaillis par les rabatteurs. Je me prends de bec avec un Sénégalais qui me demande mon passeport pour me faire enregistrer à la police. Première règle, ne jamais donner son passeport à n'importe qui, ce qui n'est pas toujours facile. Je le donne à un policier et j'effectue les formalités pendant que mes deux compères gardent le matériel.

Après un peu de change et l'achat d'une carte de téléphone sénégalaise, nous reprenons la route pour sortir de Rosso Sénégal (même nom de chaque côté de la frontière). J'appelle Omar, le contact que m'a donné Irène, une Meusienne rencontrée par Internet. Irène, avec l'association *Voyages et partages*, a réussi à faire construire une « Maison pour tous » dans un petit village à 5 km de Rosso. Il m'indique la route par une piste de quelques kilomètres. Nous arrivons à M'Bagam où nous sommes attendus par Mousse et Fatou. C'est un village agricole dont la principale ressource est le riz. La proximité du fleuve Sénégal permet l'irrigation. Mousse nous installe gentiment

Nous croisons une multitude de charrettes tirées par des ânes.

sur la terrasse. Omar arrive pour nous accueillir et nous discutons longuement avec lui. Il est le président de cette « Maison pour tous » et d'une association d'irrigation qui permet de cultiver le riz. Le Sénégal est devenu dépendant des Asiatiques car il importe 90 % de sa consommation. Le restant, cultivé dans cette région, permet une autosuffisance dans le secteur. Il nous apprend également qu'une grosse entreprise sucrière française est installée à Richard Toll et transforme toute la production de la canne à sucre de la région.

À travers le discours des Sénégalais et les photos, nous sentons partout la présence d'Irène, dont nous avons l'impression qu'elle a marqué la vie de ce village. Cette « Maison pour tous » – difficile à faire fonctionner – a une grande importance dans ce village : les autochtones ont l'air d'en être fiers.

L'électricité est coupée un bon moment. C'est à la bougie que nous dînerons chez Omar.

| **JEUDI 12 NOVEMBRE** | Après une bonne nuit sur la terrasse de la « Maison pour tous », au milieu des rizières et des champs de canne à sucre, nous reprenons la route pour Saint-Louis. La route est défoncée sur 80 km et nous sommes obligés de slalomer pour éviter les trous. De chaque côté de la route, les cases traditionnelles contrastent avec les maisons en dur des villes. Nous apercevons de gros troupeaux de zébus.

Nous arrivons à Saint-Louis, ancienne capitale de l'Afrique occidentale française, et nous sommes accueillis par un embouteillage monstre à cause des travaux sur le

M'BAGAM
> SAINT-LOUIS
103 km

Nous croisons souvent de gros troupeaux de zébus.

SÉNÉGAL : L'ENTRÉE EN AFRIQUE NOIRE

pont Eiffel. À la sortie du pont, nous sommes assaillis par les rabatteurs et autres marchands et il faut même se fâcher pour avoir un peu de tranquillité.

Nous nous installons dans un petit hôtel, chez Aziz, où nous pourrons nous reposer et discuter tranquillement avec lui.

J'en profite pour lui demander si je peux changer en francs CFA les 50 000 ouguiyas donnés par Claude l'avant-veille. J'avais bien essayé dans une banque mais on n'y prenait pas l'argent mauritanien qui n'a pas trop de valeur. Il me met en contact avec un ami qui me changera cet argent à un bon taux.

Sur le pont Eiffel à Saint-Louis.

SAINT-LOUIS
> TIVAOUANE
173 km

| **VENDREDI 13 NOVEMBRE** | Nous partons de nuit car la route va être longue. À la sortie de la ville, contrôle de police : le policier, à notre grande surprise, nous demande pourquoi nous n'avons pas de casque, étonnant ici ! De plus, il nous demande également un papier qui n'existe pas. Il voulait nous extorquer de l'argent mais nous ne nous laissons pas faire et nous passons.

Premiers baobabs et cocotiers : c'est vraiment une autre Afrique que je découvre et mon voyage prend immédiatement une autre tournure. Nous passons de village en village, plus rien à voir avec notre traversée du désert. La route est en excellent état et nous croisons une multitude de charrettes tirées par des ânes, chargés de gros sacs d'herbe dont nous ne saurons jamais le nom. Il fait très chaud et nous buvons beaucoup, peut-être un peu trop. Nous apercevons des oiseaux inhabituels pour nous, de couleur bleue, ou des toucans à bec jaune. À l'entrée d'un village, il y a même des vautours. Après 173 km, nous décidons de nous arrêter ; décidément, ma jambe va beaucoup mieux. Nous sommes à Tivaouane, une ville sainte, grouillante de monde. Nous trouvons par chance le seul hôtel de la ville en plein travaux et le propriétaire accepte de nous louer une chambre pour trois avec un seul lit. Jean-Claude dormira dans la chambre et, avec Yannick, nous monterons chacun notre tente dans le vestibule de l'hôtel. Nous serons ainsi à l'abri des moustiques.

| SAMEDI 14 NOVEMBRE | Dakar est maintenant tout proche. Pour moi, c'est inespéré car je n'y croyais pas trop à Nouakchott. J'ai le sentiment d'avoir réussi la première étape de mon périple. Je suis tout excité à l'idée de retrouver Laurence.

Premier baobab : Yannick pose pour la photo et donne ainsi la mesure de l'arbre.

Christiane et Jules, le vice-président de *Launatho*, ont décidé de venir à notre rencontre. Nous nous retrouvons à Thiès, à 70 km de Dakar. Les retrouvailles sont très émouvantes et j'y vais de ma larme à l'œil, Christiane aussi d'ailleurs. À ce jour, j'ai déjà vendu plus de 15 000 km pour l'association et ma virée en Afrique ne fait que commencer. Je suis assez fier d'avoir déjà fait Gréoux-Dakar, soit 6 000 km. Yannick aussi peut être fier, il a réalisé son objectif, rallier Tanger à Dakar, et avec beaucoup d'avance.
Jules, de son vrai nom Souleymane Gueye, et Christiane nous doublent. Ils nous attendent, achètent des fruits. Tout se passe très bien jusqu'à Rufisque où un immense embouteillage s'annonce. Je n'ai jamais vu ça.
Les véhicules roulent au pas sur trois files et nous nous faufilons entre les camions, les cars et les voitures. Avec la remorque, il faut faire vraiment attention, c'est dangereux et je ne vous dis pas les gaz d'échappement que nous respirons. J'ai même un petit accident. Un car que je double à gauche me serre contre un 4x4 qui me fait presque tomber (nous roulons heureusement doucement). Le conducteur du 4x4 sort de son

TIVAOUANE
> ÎLE N'GOR DAKAR
96 km

véhicule comme un fou et, en criant, me dit : « Tu ne bouges pas, je vais chercher la police. » Je lui demande de se calmer et qu'il me montre les dégâts. Les autres automobilistes prennent ma défense et je peux repartir sans problème. Enfin nous sortons de ce premier embouteillage et Jean-Claude nous quitte car il reste à Dakar pour réparer son vélo.

Nous arrivons à N'Gor après un parcours assez épique et prenons une petite barque pour l'île. Après un bon repos et une thieboudienne, nous allons chercher Laurence, Dany et Vincent à l'aéroport. Inutile de vous dire l'émotion qui nous étreint, Laurence et moi, quand nous nous serrons dans les bras. Le reste, je ne vous le raconterai pas, je sais juste que je vais passer quinze jours de vacances avec Laurence au Sénégal (jusqu'au 28 novembre).

| DIMANCHE 29 NOVEMBRE | Voilà, tout a une fin, la plage, les cocotiers, c'est fini, il faut retourner au turbin. Laurence est partie cette nuit et je préfère faire de même de suite. Le verrou de Rufisque m'a suffi à l'aller. Depuis, nous y sommes passés deux fois en voiture et c'est toujours la même chanson : embouteillage monstre à chaque fois. Comme c'est dimanche et de plus celui de la Tabaski (fête religieuse importante), Dakar est vide et je n'aurai pas de problèmes. La séparation a été difficile. J'étais pris par un étrange sentiment. La tristesse de quitter Laurence et la joie de retrouver Tornado retapé à neuf : nouvelle chaîne et nouveaux patins de frein.

ÎLE N'GOR
> LA SOMONE
82 km

Je prévois une petite étape pour la reprise, d'autant que je dois livrer un colis de la part de Françoise et Pierre Rosa à Abdou, le pharmacien de La Somone. Françoise et Pierre, de La Javie (04), s'occupent d'une association humanitaire. Ils avaient confié un colis à Laurence : encore une fois, le monde est petit.

Je quitte Dakar comme une lettre à la poste. La fête de la Tabaski joue bien son rôle de tire-bouchons. Je n'échappe pas aux gaz d'échappement des cars mal réglés, mais pas d'embouteillage, la circulation est fluide. Je n'ai pas la grosse forme à cause de mon arrêt de quinze jours. Je suis beaucoup plus chargé car je trimballe le colis pour Abdou.

Je traverse de nombreux villages avec une ambiance très particulière. Il n'y a plus de moutons de la Tabaski et les Sénégalais sont sapés comme des milords. Il est de tradition, pour la Tabaski, de s'acheter un boubou tout neuf et d'en offrir un à son épouse. Les boubous sont tous plus magnifiques les uns que les autres avec des couleurs très vives.

Je traverse la savane africaine, des forêts d'acacias succèdent aux forêts de baobabs. À hauteur de la réserve de Bandia, j'ai même droit à des singes sur un grillage qui me regardent passer. Il fait très chaud et heureusement que je ne roule que jusqu'à 14 h, là aussi, il faut que je me réhabitue.

J'arrive enfin à La Somone, assez fatigué. La pharmacie d'Abdou est fermée, je lui téléphone et il envoie son frère me chercher. Il habite dans une grande maison avec sa femme, ses enfants, ses frères et ses neveux comme il est de tradition au Sénégal. De plus, comme c'est la fête de la Tabaski, il y a également ses sœurs et toute la famille. Abdou s'occupe du centre de santé du village avec l'aide de l'association de Françoise et Pierre. Il m'invite à manger et je déguste un succulent plat de viande aux oignons et aux vermicelles avec ses frères. Les femmes et les enfants mangent dehors.

Une rue de N'Gor au bord de l'Atlantique et, au fond, l'île de N'Gor où nous dormirons.

SÉNÉGAL : L'ENTRÉE EN AFRIQUE NOIRE

À la fin du repas, tout en regardant la finale de la coupe de l'Afrique de l'Ouest, j'ai droit au thé sénégalais. Ensuite, Abdou m'amène à un petit hôtel où je peux me doucher et me reposer.

À La Somone, un étrange sentiment m'envahit. C'est une petite station balnéaire qui sent un peu le fric, envahie par des *toubabs* (Blancs), dans des superbes maisons, voitures et quads. Pourquoi faut-il que ce soit des gens comme Françoise et Pierre qui payent de leur personne pour aider les Sénégalais, alors que les *toubabs* les exploitent ?

Sur le delta du Siné-Saloum, les greniers de l'île aux coquillages de Fadiouth.

LA SOMONE > KAOLACK 128 km

| **LUNDI 30 NOVEMBRE** | Je démarre avec l'intention d'aller jusqu'à Kaolack mais je suis sceptique car j'ai encore les 80 km de la veille dans les jambes. Le ciel est couvert et j'ai même peur d'avoir de la pluie.

Je traverse Saly, la station à la mode du Sénégal, et j'ai le sentiment d'être sur la côte d'Azur plutôt qu'au Sénégal : 4x4, quads, buggys sont légion. Je languis de m'enfoncer à l'intérieur du Sénégal. Je m'arrête à Saly Portugal pour tirer de l'argent. J'en profite pour tailler une bavette avec le pharmacien du coin. S'il est content d'avoir des touristes, il regrette fortement ce tourisme sexuel qui a l'air de sévir ici.

J'arrive à M'Bour, je quitte ainsi ce tourisme balnéaire qui n'est pas fait pour moi et retrouve la savane avec ses herbes piquantes, ses baobabs et ses acacias. Petit à petit, elle fait place à la mangrove avec ses petites étendues d'eau stagnante visitées par de nombreux oiseaux. J'approche, il est vrai, du delta du Siné-Saloum, connu pour sa faune avicole. Parfois, des marigots avec des nénuphars en fleurs et, au milieu, une famille de cochons qui pataugent, étonnant dans ce pays à 90 % musulman.

J'arrive à Fatick avec l'intention de m'arrêter. Je trouve un campement à 8 500 francs CFA (13 €) qui fera l'affaire et cherche un restaurant pour déjeuner. Peine perdue, c'est le troisième jour de la Tabaski et tout est fermé. Je me contente d'un morceau de pain avec une espèce de pâté au poulet pas terrible et je décide de filer jusqu'à Kaolack où je trouve un hôtel à l'entrée de la ville.

Après un petit repas servi par Élisabeth (eh oui, il y a des catholiques au Sénégal) et un peu de Skype avec Laurence, je vais vite me coucher.

Le Sénégal à Saint-Louis, ancienne capitale coloniale de l'Afrique occidentale française.

| **MARDI 1ᵉʳ DÉCEMBRE** | **Je suis réveillé à 4 h 30 par le muezzin qui n'en finit pas de lanciner jusqu'à 7 h. Je ne sais pas comment ils font ici mais dès qu'il se met en route, tu ne peux plus dormir.**

KAOLACK
> KAFFRINE
68 km

Je traverse Kaolack au milieu d'une cohue de camions et de taxis. Une déviation me fait passer par une piste sablonneuse que Tornado n'apprécie pas trop.

Cette piste continue pendant vingt kilomètres car la route de Tambacounda est en pleine reconstruction. J'en profite donc pour découvrir la latérite, un avant-goût de ce qui m'attend par la suite.

Je suis véritablement dans le Sénégal profond car je ne vois plus de maisons en dur, je ne traverse que des villages de cases. Dans ces villages, avec Tornado et sa remorque, j'ai vraiment l'impression d'être un extraterrestre. Tout le monde me regarde d'un air ahuri et tous les gamins arrivent en courant en criant : « *Toubab, toubab !* » C'est assez désagréable mais il me faut faire avec.

Après la piste, la route est revêtue d'un super tapis comme on en voit peu en France.

SÉNÉGAL : L'ENTRÉE EN AFRIQUE NOIRE

Je traverse des villages de cases.

Dans les champs, on ventile les arachides.

Le paysage est assez monotone, toujours la savane et il me tarde d'arriver à Kaffrine. Heureusement, le ciel est couvert ainsi je n'ai pas trop chaud. Je me sens fatigué et une demi-journée de récupération me fera du bien.

J'arrive enfin à Kaffrine où je suis accueilli par Diop qui m'a doublé en camion. Il est étonné par mon attelage et plein d'admiration. Il fait tellement de gestes qu'un attroupement se forme autour de moi. Il me donne son numéro de portable et veut absolument que je l'appelle en arrivant à Tambacounda. Il désire faire une grande fête à mon arrivée.

Je trouve un hôtel, un petit coin de paix où je vais pouvoir me reposer après un bon repas. Ce sera un repas typiquement sénégalais : du mafé, de la viande avec une sauce à l'arachide et du riz. C'était délicieux.

KAFFRINE
> IDA
102 km

| **MERCREDI 2 DÉCEMBRE** | La route est comme hier, déviée par une piste bosselée. Petit malin que je suis, au bout de 2 km, je prends l'ancienne route, tantôt goudronnée, tantôt en latérite lisse. Je suis tout seul sur cette route, évitant quelques cailloux mis pour dissuader les camions et les voitures. Des ouvriers s'affairent tout au long et me sourient, personne ne râle. Ensuite, je me retrouve seul sur un tapis comme la veille.

Du bord de la route, je vois des gens travailler dans les champs. C'est la récolte des arachides. Avec des cuvettes au-dessus de leur tête, ils font voler les plantes et ne restent au fond que les cacahuètes.

Je me régale des paysages et de l'activité des gens. Je m'arrête dans un petit village pour acheter des bananes et c'est de suite l'effervescence autour de mon attelage.

J'arrive enfin à Koungheul, dernière ville avant Tambacounda, terme présumé de ma journée. Elle est en plein chantier, ils refont la route et c'est sur une piste en latérite que je la traverse. Je m'arrête tous les cent mètres pour discuter ; c'est assez agréable, mais je n'avance pas. Je m'arrête à un hôtel, je le trouve un peu cher et je n'ai que très peu de francs CFA. En plus, ils ne prennent pas les euros. Dans un autre, idem, aussi je décide de reprendre la route et de bivouaquer dans la campagne.

Je quitte Koungheul et retrouve l'asphalte. À Ida, village de cases entourés de baobabs, je décide de m'arrêter. J'essaye de négocier un coin pour passer la nuit mais personne

Avec mon vélo et sa remorque, j'ai l'impression d'être un extraterrestre dans les villages.

ne comprend le français et une nuée de gamins m'entoure. Un jeune homme, le fils du chef du village, parlant légèrement français, arrive et me dépatouille. Je plante ma tente sous un baobab et je ne serai pas importuné par les gamins : les consignes ont été données.

La tente montée, c'est le défilé. Par petits groupes, les gens viennent discuter et regarder mon matériel de voyage. Le français est très peu parlé et compris. J'apprends que les gamins du village ne vont pas à l'école, il est préférable de garder les vaches ou s'affairer dans les champs d'arachides. De toute manière, aller à l'école pour ne pas avoir de travail par la suite, à quoi bon ?

Enfin seul, je peux manger : une boîte de sardines, de *la Vache qui rit* et des bananes. Je me couche sous mon baobab, un arbre sacré en Afrique ! Ça me fait tout drôle…

Toute la nuit, j'entendrai des bruits bizarres : petites branches qui tombent et cris d'oiseaux que je ne connais pas.

SÉNÉGAL : L'ENTRÉE EN AFRIQUE NOIRE

IDA
> TAMBACOUNDA
118 km

| **JEUDI 3 DÉCEMBRE** | Après une nuit moyenne, beaucoup de camions et des cris d'oiseaux bizarres, je suis réveillé une fois de plus par le muezzin. Dans les villages, les habitants, emmitouflés, palabrent devant un feu de bois. J'en vois même certains avec des doudounes. Ils ont l'air d'avoir très froid, alors que je suis en cuissards courts et maillot de vélo.

Je m'arrête pour pique-niquer mais contrairement à l'épisode marocain ou mauritanien, je trouve un coin à l'ombre. Un berger apparaît en haillons et me surprend avec ce que je crois être un gourdin à la main. En fait, c'est une hache très rudimentaire et de suite je pense aux tronçonneuses de chez nous, quelle distance !

Je lui demande l'autorisation de la prendre en photo, ce qu'il accepte gentiment, le tout par gestes car il ne comprend pas le français. Je ne sais quoi lui donner pour le remercier et comme j'avais deux bouteilles plastique sur le porte-bagages, il repart avec, ravi.

J'arrive enfin à Tambacounda. Je téléphone à Bengali, un contact de Françoise et Pierre dont je vous ai déjà parlé. Il me mène dans un hôtel avec Wifi où je décide de me reposer le lendemain avant de me rendre au Mali.

Le soir, Bengali me rejoint. Nous discutons des problèmes de son pays. Il est bien conscient qu'il n'y a pas vraiment de solutions pour sortir son pays de la misère dans laquelle il s'enfonce. Cette région où il n'y a pas beaucoup de travail et où les gens ont du mal à se nourrir. Il me parle de son école, des conditions de travail et du manque de reconnaissance des instituteurs. Il a repris ses études et pense quitter l'enseignement pour s'occuper de développement local et durable. Il y a tant de choses à faire ici.

Repos

| **VENDREDI 4 DÉCEMBRE** | Comme convenu avec Bengali, ce matin, je prends mon vélo et ma remorque pour visiter son école. En attendant que Bengali arrive, je regarde, étonné, l'activité de l'école : match de foot auto-arbitré, concours de saut en longueur et course de vitesse.

Des installations sportives peut-être sommaires pour un Européen, mais étonnantes ici en Afrique. Le tout avec l'aide d'une association de Reillanne (04). Quand je pense qu'en France, l'activité sportive n'est pas pratiquée dans toutes les écoles !

Ensuite Bengali me fait visiter toutes les classes, bien entendu surchargées (80 à 100 élèves) mais avec des enfants très sages et disciplinés qui me souhaitent la bienvenue en chantant en chœur. Après mes explications, les enfants applaudissent spontanément. J'ai passé un grand moment dans cette école et je ne regrette pas ma journée de repos.

TAMBACOUNDA
> GOUDIRY
120 km

| **SAMEDI 5 DÉCEMBRE** | Bien requinqué, je quitte Tambacounda par la route du Mali en passant dans les quartiers défavorisés – des bidonvilles –, si toutefois les autres sont favorisés. Je traverse de nombreuses forêts qui se ressemblent toutes. Elles me paraissent impénétrables avec beaucoup d'herbes sèches et hautes. En de nombreux endroits, cette herbe est brûlée. J'ai même droit à un feu car on pratique l'écobuage. À vélo, il faut que je fasse très attention.

La journée est assez monotone, d'autant que je traverse très peu de villages. J'arrive à Bala (65 km) avec l'intention de peut-être m'arrêter car le prochain village est à plus de 50 km. Je me renseigne et c'est de suite l'attroupement. Beaucoup de petits *talibés*

Un berger me surprend avec, à la main, ce que je crois être un gourdin...

SÉNÉGAL : L'ENTRÉE EN AFRIQUE NOIRE

qui restent sages et des adultes qui me réclament des cadeaux m'entourent. J'essaye d'expliquer à quelqu'un qui parle un peu le français que je ne peux pas donner cinquante cadeaux parce qu'il me faudrait trois remorques. Il me répond simplement : « Tu n'as qu'à donner qu'à moi. » Bel exemple de solidarité !

Ces petits *talibés* méritent quelques explications. Dans la rue, déjà en Mauritanie, et surtout au Sénégal, des gamins avec une boîte de conserve ou une sébile en plastique mendient sans arrêt de l'argent ou de la nourriture qu'ils mettent dans leur boîte. Ces gamins ne sont surtout pas effrontés. Si vous ne leur donnez rien, ils n'insistent pas.

À l'école de Tambacounda, des enfants très sages et disciplinés me souhaitent la bienvenue en chantant en chœur. Cette école est aidée par une association de Reillanne (04). Le monde est petit...

Ils ont souvent un air triste. Ce sont des petits que leurs mamans ne peuvent pas élever et qui sont confiés à un marabout (homme saint chez les musulmans). Ce marabout leur apprend le Coran par cœur au moyen d'ardoises en bois, il les loge et les nourrit. En contrepartie, ces petits doivent mendier dans la rue et tout rapporter au marabout. Je pense que certains font leur devoir correctement mais beaucoup d'entre eux doivent profiter de ces gamins et les maltraiter. C'est un mal profond au Sénégal où les petits *talibés* sont très nombreux et me mettent souvent mal à l'aise. Si vous leur donnez quelque chose, ne leur donnez jamais d'argent. Donnez-leur plutôt à manger et vérifiez qu'ils mangent de suite, ou des vêtements pour eux.

Je fais mes courses pour midi et décide de filer jusqu'à Goudiry, ainsi demain je pourrai passer la frontière en début d'après-midi.

J'arrive vers 16 h 30 à Goudiry et je demande devant le centre de santé s'il y a un hôtel. C'est le gérant du seul hôtel qui me répond et m'y accompagne à vélo. Dans ce centre, il y a beaucoup de monde et je demande ce qui se passe. C'est la journée de consultations gratuites. Les gens viennent de toute la région pour un dépistage du sida, du diabète ou un contrôle des yeux. En arrivant à l'hôtel, de nombreuses dames en boubou rouge, vert ou bleu, les responsables des délégations. La couleur du boubou dépend de l'âge. Une dame âgée, en boubou bleu et parlant parfaitement le français, m'explique tout cela. Elles préparent le dîner en commun. Elles m'invitent à le partager avec elles mais je dois décliner car j'ai déjà réservé le repas du soir, c'est bien dommage. Des jeunes filles arrivent avec des tee-shirts marqués : « Caravane de dépistage du sida. » Demain, je quitte le Sénégal, très déçu par ce pays. Vu de France, je m'imaginais un

Devant l'hôtel, des dames en boubou rouge, vert ou bleu. Une dame âgée, en boubou bleu, m'explique que la couleur du boubou dépend de l'âge.

pays partiellement sorti de la misère. Le Sénégal est en France une destination touristique très prisée et je pouvais penser que tout allait bien. Erreur, grosse erreur. Effectivement, toute la région de Dakar est touristique, mais quel tourisme ! Les grands complexes hôteliers de la région de Saly côtoient les villages de cases dans la campagne où les habitants n'ont pas l'air de manger à leur faim.

Plus je m'enfonçais vers l'est, plus la misère était présente et moins l'alphabétisation évidente. J'en veux pour preuve que la langue officielle (le français) est très peu pratiquée dans la brousse. Après avoir vu le monument de l'Indépendance à Dakar érigé par le président Wade – et son coût –, ce que j'ai observé dans l'est de ce pays me laisse perplexe !

| **DIMANCHE 6 DÉCEMBRE** | Excellente nuit, de 21 h à 6 h (pas mal !). Je file en direction de Kidira à la frontière malienne. La forêt disparaît peu à peu pour refaire place à la savane et aux baobabs. Je suis surpris deux fois par des perdreaux que je ne pensais

GOUDIRY
> KOULOUMBO
87 km

pas voir en Afrique de l'Ouest. J'ai également droit à quelques perroquets et à des espèces d'écureuil à large queue rouge et blanche. Je n'en suis pas encore aux grands animaux africains mais ça viendra j'espère.

La route n'est pas évidente : d'énormes trous et des déviations de piste en latérite me font avaler pas mal de poussière. Les acacias à grosses épines lèchent le bord de la route. Il ne faut pas trop serrer à droite au risque de s'aveugler. Un fort vent de face me ralentit. Depuis mon départ de Dakar, j'ai du vent de face. Depuis Tambacounda, il souffle de plus en plus fort et de plus en plus tôt.

Pas toujours facile, la circulation au Sénégal. Et, en ville, c'est encore pire !

Il fait très chaud et j'ai hâte d'arriver à la frontière où j'aviserai car j'ai bien l'intention de rester à Kidira. Finalement, les circonstances en décident autrement.

Kidira n'est qu'une suite de camions et d'échoppes de mécaniciens. En suivant le flot des camions, je me retrouve à traverser le Falémé, affluent du Sénégal qui fait frontière avec le Mali. J'ai ainsi passé la frontière sénégalaise sans m'en rendre compte et je suis en territoire malien. Je quitte donc le pays sans faire aucune démarche de sortie du territoire. Sous le pont de la rivière, c'est le grand spectacle : des centaines de gens font la lessive et se baignent, le linge est étendu sur les berges.

Un berger et son fils me regardent, tout étonnés, passer avec mon drôle d'attelage.

Le Mali, un pays du Sahel qui s'en sort
du 6 au 26 décembre 2009 : 1199 km

| **DIMANCHE 6 DÉCEMBRE (suite)** | Je suis entre deux rangées de camions sur plusieurs kilomètres, je dépasse ainsi tous les camions qui m'ont doublé hier ou ce matin. J'en reconnais certains, d'autres me reconnaissent et rient en me voyant.

J'arrive enfin au contrôle de la frontière et, en moins de cinq minutes, l'affaire est bouclée : visa obtenu pour 15 000 francs CFA (23 €) pour un mois à faire confirmer dans un poste de police.

Me voilà sans m'en rendre compte au Mali. Je mange un plat de riz aux oignons dans une gargote. Je pensais planter la tente dans le secteur mais ce n'est pas terrible et assez pourri. Je reprends donc la route. J'ai un peu d'eau, des *Vache qui rit*, quelques gâteaux secs. Si je ne trouve rien, je planterai la tente au milieu des baobabs qui sont immenses et très nombreux.

J'arrive à hauteur du village de Kouloumbo. De la route je demande à un jeune parlant français si je peux m'installer et voir le chef du village. Il me répond qu'il n'y a pas de problèmes. Je descends tant bien que mal car il n'y a pas de passage facile pour accéder au village. J'en prends plein les yeux au cœur de ce village de cases, au milieu des poulets qui courent partout. Tiemogo me présente le chef du village qui me dit de m'installer où je veux. J'installe la tente sous les yeux ébahis des jeunes du village.

Tiemogo me sert de guide et me fait visiter le village. J'ai l'autorisation de prendre toutes les photos que je veux et je ne m'en prive pas. Je visite l'intérieur des cases et la cour où on s'affaire. En me voyant, un gamin se met à pleurer, il n'avait jamais vu de Blanc, il a peur.

Après la lessive, on sèche le linge comme on peut.

Un gars me fait entrer dans sa case et me montre ses masques et habits de cérémonie. En fait, c'est le féticheur du village qui s'habille pour la circonstance afin que je le prenne en photo. Il est plein de grigris et autres porte-bonheur. En sortant de sa case, dont l'ouverture est très basse, je me cogne la tête qui se met à saigner. Il court chercher une poudre noire qu'il sort d'une corne de zébu et me la passe sur la tête.

Tiemogo me présente le marabout en train d'écrire avec une plume des versets du Coran sur une ardoise en bois. J'ai droit au sage du village, à la toilette des enfants, à la tétée. Je ne peux pas tout décrire, tellement le spectacle est à mes yeux hallucinant, et je ne vois que leur quotidien. Tiemogo fabrique du charbon de bois dans la brousse. C'est l'activité principale du village. D'ailleurs, dans les alentours, ce n'est que brûlis. Il fait nuit, je rentre dans ma tente.

Depuis mon départ de Dakar, je longe la voie ferrée Dakar-Bamako, train assez spécial dont j'ai déjà vu trois wagons renversés sur la voie. Tout ça pour vous dire que Kouloumbo est traversée par la voie ferrée et que ce village dispose de la première gare du Mali (Tiemogo en est très fier). Cette gare, aujourd'hui inutilisée, sert d'habitation au chef du village.

Pendant que je me reposais, je voyais une TV allumée de l'autre côté de la voie. C'est la télé du chef du village qui fonctionne quelques heures par jour au moyen d'une batterie (il n'y a pas d'électricité ici) et, le soir, une grande partie des habitants du village se réunit pour la regarder. Je vais donc voir ce qui s'y passe et je suis invité à m'installer sur des morceaux de bois. Le chef et son épouse me proposent du riz avec une sauce à base d'arachides. Je regarde la télé sur la voie ferrée ; quand un train passe, nous nous délogeons et, après son passage, nous reprenons nos places.

Je prends congé de mes hôtes pour aller dormir. Je serai réveillé deux fois dans la nuit par le train. Cette fois-ci, ce n'est pas le muezzin qui me réveillera mais les coqs du village qui attaquent vers 4 h 30.

Je croise un charreton de sorgho.

| **LUNDI 7 DÉCEMBRE** | Grâce aux coqs et après un petit déjeuner frugal, je suis à pied d'œuvre à 6 h 30. Je laisse quelques bouteilles vides à côté de mon coin bivouac et elles sont récupérées immédiatement par une femme du village. Je passe devant la case de Tiemogo pour lui dire au revoir et il m'aide à remonter sur la route.

Je commence à pédaler, le jour se lève à peine, c'est entre chien et loup ; il fait frais et c'est l'idéal pour commencer ma journée. Cela ne va pas durer car le vent se lève et va souffler de plus en plus fort, si bien que j'arrive à Kayes complètement épuisé malgré une étape de 70 km à peine.

J'entre dans Kayes et je retrouve mes camions de la veille qui attendent. Ici, ce n'est que poussière, soulevée par le vent. Les conducteurs des nombreuses motos ont tous un masque sur la figure et je comprends pourquoi. Je profite de mon après-midi pour confirmer mon visa à la police et changer la puce de mon téléphone.

J'hésite sur la route à prendre. J'ai le choix entre prendre la route goudronnée classique ou remonter le fleuve Sénégal par une piste. Ce matin, des Français m'avaient fortement déconseillé la piste, ils ont eu du mal à passer en 4x4 et, ce soir, un Malien me la conseille. Je ne sais pas quoi faire, aussi je décide de rester à Kayes.

C'est décidé, je passe par Diamou, Bafoulabe et Kita. La route, plus courte, a l'air plus pittoresque. Tous les Maliens à qui j'en ai parlé m'ont dit de passer par là. Donc aucune hésitation, même si c'est de la piste : je suis en Afrique.

**KOULOMBO
> KAYES
71 km**

| **MARDI 8 DÉCEMBRE** | Ce matin en allant au cyber, je vois passer un camping-car immatriculé 42, je reconnais un peu tard mes amis Jocelyne et Xavier.

J'interpelle un Malien à moto qui me les arrête. Ce sont les gens rencontrés à la frontière Maroc-Mauritanie, revus à Chinguetti, à Nouackchott. Nous discutons cinq minutes et nous risquons de nous revoir car ils prennent la même route que moi.

Après la mise à jour du site, je retourne à l'hôtel, je croise une grosse dame paumée, toute nue, se promenant dans la rue. Je suis assez choqué mais personne n'y prête attention. Je crois que c'est ça aussi l'Afrique. L'autre jour, j'avais vu un clochard habillé avec une robe de femme. Encore quelques jours et plus rien ne m'étonnera…

À ma surprise, j'assiste à une partie de pétanque entre Maliens. L'un d'eux m'a dit avoir joué contre un Marocain champion du monde. Je prends difficilement une photo car nous sommes devant une caserne de gendarmerie.

Repos

| **MERCREDI 9 DÉCEMBRE** | Je quitte Kayes et sa poussière pour retrouver celle des pistes. La piste parfaite selon certains n'est pour moi qu'une piste pas terrible car chargé et avec la remorque, ce n'est pas pareil. J'arrive à Médine et m'arrête au fort construit à l'époque coloniale. De suite, un guide m'agresse et, voyant que je ne veux pas prendre ses services pour visiter ce fort en ruine, m'interdit de prendre des photos, je n'insiste pas. Je quitte Médine immédiatement en étant interpellé à coups de : « *Toubab*, donne-moi un cadeau. » Décidément, le tourisme a sévi ici.

Je retrouve le fleuve Sénégal dans des petites gorges magnifiques sur une piste parfois en latérite. J'arrive ainsi aux chutes de Félou. Un guide me fait visiter le site.

Je continue la piste qui de cailloux devient sable et, là, c'est une autre paire de manches. Partout, des champs d'arachides. Je croise un charreton de mil, c'est en fait du sorgho.

**KAYES
> MOUSSA WAGUYA
27 km**

L'épouse de Salif et ses belles-sœurs pilent le riz pour le repas du soir.

LE MALI, UN PAYS DU SAHEL QUI S'EN SORT

Le sable ralentit considérablement ma progression et je dois rouler à 4 ou 5 à l'heure. Tantôt je me tanque dans le sable, tantôt je prends des petites déviations utilisées par les autochtones à vélo.

L'un d'eux me suit patiemment, me dit bonjour. Je m'arrête pour qu'il me double et j'en profite pour prendre sa roue et les déviations qu'il connaît bien. Nous faisons connaissance et engageons la conversation. Il s'agit de Salif Sissoko du village de Moussa Waguya. Nous parlons de la culture de l'arachide et il me demande si j'en veux. Il m'invite gentiment à me reposer dans son village. Je suis donc Salif avec son petit dernier qui s'accroche sur le porte-bagages de son vélo. Il n'est que midi, je n'ai fait que 27 km mais le but n'est-il pas de rencontrer les gens ?

Je décide de m'arrêter chez Salif. Il habite au cœur du village dans une petite concession de plusieurs cases et vit avec sa femme, ses quatre enfants, son frère aîné, ses deux femmes et ses enfants. On m'installe devant une case et j'ai droit à des arachides décortiquées. Ensuite Salif va me chercher des plants d'arachides frais avec les arachides au bout que nous mangeons en guise d'apéro. Puis arrive un plat de mil avec une sauce à base d'arachides que nous mangeons en commun et avec la main droite. Salif va faire sa prière et moi une petite sieste. La prière terminée, nous allons faire un tour de village pour me présenter au chef. Il est absent, nous allons discuter avec les jeunes du village qui « font un brin » sous le mirador. C'est l'expression qui désigne la discussion dans la case à palabres.

Moussa Waguya, le village de Salif Sissoko.

Salif a encore un peu de travail dans les champs, j'en profite pour raccourcir ma chaîne qui décidément s'use prématurément (certainement le sable et la latérite). Nous allons ensuite visiter son jardin qui, quoique au bord du Sénégal, manque cruellement d'eau car il faut arroser à la calebasse. Son copain, qu'il appelle le bailleur de fonds (il a vécu quatre ans en Arabie Saoudite), possède une motopompe et, son jardin, c'est vraiment autre chose. Salif est obligé d'aller faire des gâches de maçon à Kayes pour nourrir sa famille avec son frère. S'ils avaient une motopompe et en agrandissant son jardin, cela pourrait suffire pour nourrir sa famille. Je prends l'engagement de lui en acheter une quand je rentrerai en France. Une motopompe vaut à peine 800 € et 16 donateurs à 50 €, ce n'est rien et cela résoudrait bien des problèmes pour deux familles. Pendant cette promenade, nous sommes suivis par tous les gamins du village. Je peux constater la patience des Africains avec les enfants car Salif ne s'est jamais énervé après eux. Après une brève toilette, nous mangeons avec Salif du manioc cru, donné par son ami le bailleur de fonds, un couscous malien à base de riz pilé par les femmes l'après-midi, avec une sauce, des épices bien particulières et du poisson séché. Comme ici, c'est l'hiver, la veillée se passe autour d'un grand feu de bois où les dames discutent en écossant les arachides. Nous bavardons pas mal et Salif part faire sa dernière prière. Comme il ne revient plus, je décide d'aller me coucher. Je suis rappelé par son épouse car il y a encore le poulet à manger. Pendant que nous mangions le couscous, ils ont tué un poulet en mon honneur. Bien que je n'aie plus faim, je mange du poulet accompagné

Une des filles de Salif et son petit dernier.

LE MALI, UN PAYS DU SAHEL QUI S'EN SORT

de manioc cuit. Salif revient, heureusement, et il m'aide à finir le plat. Je vais enfin me coucher sous la tente, bien repu. Avant de m'endormir, je pense à ces gens qui ont à peine de quoi subsister et qui tuent un poulet pour l'étranger que je suis. Quel signe d'hospitalité ! En sommes-nous capables en France ?

MOUSSA WAGUYA > DIAMOU 32 km

| JEUDI 10 DÉCEMBRE | Il n'est que 6 h 30 quand je suis prêt à partir et j'attends que Salif se lève pour lui dire au revoir. Il m'accompagne pour m'indiquer la piste à prendre et me dit qu'après Diamou, la route est goudronnée. J'en profite pour lui donner 5 000 francs CFA en remerciement car je ne tiens absolument pas à vivre à ses crochets.

Je pars tout content car plus qu'une trentaine de kilomètres de piste et je suis sorti de la galère. Galère, j'y suis toujours car j'ai plus de sable que la veille et j'effectue un bon tiers de mon parcours à pied en traînant la remorque.

De temps en temps, je retrouve le fleuve Sénégal que je remonte, le paysage est magnifique mais j'en bave tellement que je n'ai pas le cœur à apprécier. Je peux même apercevoir des hippopotames dans le fleuve. Lorsque le sable disparaît, j'ai droit à de gros cailloux.

À l'entrée de Diamou, la latérite disparaît, c'est de nouveau le sable. J'arrive complètement exténué. Ne voyant pas grand-chose dans ce village que je croyais plus grand, je décide à contrecœur de continuer. Je fais le plein d'eau chaude car ici, pas de coca bien frais. À la sortie du village, je vois un panneau hôtel-restaurant. Je m'arrête mais l'établissement délabré est fermé. Je négocie pour monter ma tente dans l'enceinte de l'hôtel et un peu d'eau pour me laver.

Miracle, ils ont de la bière bien fraîche. Ils m'invitent à partager leur plat de riz avec une sauce à l'oignon que nous mangeons à la main bien sûr. Tout l'après-midi, ce sera le rendez-vous des jeunes venant boire leur bière, chacun y allant de sa tournée. Je vous garantis que je ne manque pas de liquide. Je fais la connaissance de Mohamed Traore, agent de sécurité à la mine d'or de Sadiola. Comme beaucoup d'Africains, il ne porte pas trop Sarkozy dans son cœur. Le fameux discours de Dakar a décidément fait des ravages en Afrique.

Au menu du soir : vermicelles avec un bouillon *Maggi*. Couché dès que la nuit tombe car entre les bières et la fatigue de la matinée, je suis cuit. Pendant que j'essayais de m'endormir, j'ai eu droit à la veillée au feu de bois et le bruit qui va avec.

DIAMOU > BAFOULABE 76 km à vélo et 45 km en 4x4

Salif m'invite à me reposer dans son village. Je lui fais la promesse de revenir avec une motopompe. Tiendrai-je ma parole ?

| VENDREDI 11 DÉCEMBRE | Après une courte nuit (le muezzin !), je déjeune à la frontale. Je ne suis prêt qu'à 8 h car, ce matin, j'ai un peu traîné. J'enlève la béquille de la remorque pour partir et je m'aperçois que la roue arrière du vélo est crevée. Je ne râle pas car c'est la première crevaison après 7 000 km. J'aurais tort de me plaindre. Je répare la chambre et en profite pour changer le pneu qui commence à fatiguer. Je le garde quand même en secours car il pourra encore servir.

Le départ a lieu à 9 h pour une étape que je crois de 80 km avec une route goudronnée. Finalement je trouve du goudron de temps à autre, entre les trous et les parties en sable. Le paysage est absolument grandiose, montagnes aux alentours, marigots avec nénuphars et oiseaux. C'est le plus beau que j'aie vu depuis mon départ. Au bout de 23 km, un 4X4 avec deux Maliens, ils ralentissent pour me dire bonjour.

LE MALI, UN PAYS DU SAHEL QUI S'EN SORT

Ils font marche arrière et me disent qu'ils vont m'avancer d'une quarantaine de kilomètres. La route à cet endroit n'était pas trop mauvaise mais je n'ai pas le choix. Ils contrôlent pour le compte d'une société malienne les travaux de la route Bafoulabe-Diamou par une entreprise mauritanienne, les travaux en aval de Diamou étant faits par les Chinois. Ils me déposent à la fin du chantier en m'annonçant qu'il me reste une trentaine de kilomètres.

Je retrouve la piste, pas trop mauvaise pour l'instant. Elle traverse les villages par le centre et je serpente dans les ruelles en ayant droit aux : « *Toubab*, donne-moi un cadeau ! » « Bonjour, ça va ? » Je me suis même attrapé avec un adulte qui m'a simplement dit qu'il fallait donner des cadeaux aux enfants. Je lui ai répondu qu'il était en train de faire de ses enfants des mendiants et que, de toute manière, s'il avait fallu que je porte des cadeaux, trois remorques auraient été nécessaires.

Au bout de 15 km, il devrait m'en rester 15 et on m'en annonce 40. Je prends mon mal en patience. Heureusement que les Maliens m'ont avancé un peu car sinon je n'atteignais pas Bafoulabe.

La piste est de plus en plus mauvaise et je commence à fatiguer sérieusement. À une intersection, la piste se divise. Quelle direction prendre ? Je plante mon vélo et la remorque et j'attends : personne en vue, je ne vais pas passer la nuit ici. Finalement je choisis celle qui me paraît la plus évidente. Heureusement, c'est la bonne. Quand je disais que j'allais connaître des galères en Afrique ! Aujourd'hui j'en connais une vraie

Galère, j'ai encore plus de sable que la veille. J'effectue un bon tiers de mon parcours à pied en traînant la remorque.

et, croyez-moi, j'en ai marre. Heureusement, je suis dans des paysages somptueux et malgré tout j'apprécie. Il faut que je me pince pour me persuader que je ne rêve pas. Je suis bien au Mali, en pleine brousse et avec mon vélo.

La nuit commence à tomber, j'arrive enfin au bord du fleuve Sénégal et je dois prendre le bac pour aller à Bafoulabe. J'aurai donc fait 121 km dont 78 de vélo et de piste. Je vous avoue qu'après réflexion, je ne me croyais pas capable d'un tel exploit.

Je monte dans le bac et on l'annonce en panne de moteur : partira, partira pas ? Les piroguiers me sautent dessus mais je n'ai pas envie de mettre Tornado et la remorque dans leurs petites pirogues : en cas de chavirage, je suis beau. Finalement le bac partira car on attend le commandant de gendarmerie, le préfet, le sous-préfet et le président du conseil du cercle (un peu nos communautés de communes).

Il fait nuit, je commence à me faire manger par les moustiques. Aussi je m'habille et m'asperge de produit. Un batelier me dit de venir chez lui en attendant pour me réchauffer. Moi, je n'ai pas du tout froid, mais eux si ! Finalement je mangerai le couscous malien – riz avec sauce cacahuètes – tout en palabrant avec les autochtones. Comme chez Salif, les femmes font la veillée en décortiquant les arachides.

Il est 22 h et le commandant s'annonce. Le bac traversera donc sans moteur, à la force des bateliers au bout de leur perche en bambou. Pendant la traversée, j'en profite pour discuter avec ces autorités. J'en saurai ainsi un peu plus sur l'organisation administrative du Mali qui semble, malgré tout, un copié-collé de celle de la France. Est-ce la bonne formule ?

J'arrive à un campement. J'en ai vécu des aventures, mais, des chambres aussi dégueulasses, je crois que je n'en ai jamais vues. Finalement, pour 3 000 francs CFA, je monte la tente et j'ai droit à un peu d'eau pour me laver car je suis couvert de poussière. Dans le bac, le commandant de gendarmerie et le président du cercle m'ont parlé de ce campement et prévoyaient de le faire fermer. Comme d'habitude, la nuit porte conseil et je décide finalement de rester ici pour faire un peu de tourisme.

Tourisme

| SAMEDI 12 DÉCEMBRE | La veille, on m'avait dit qu'il y avait des hippopotames, aussi je voulais les voir. Autre singularité, le fleuve Sénégal commence à Bafoulabe (qui veut dire deux rivières en bambara, la langue locale). Le Sénégal naît de deux rivières : le Bakoye et le Bafing. Je comprends ainsi mieux ma carte car le Sénégal y disparaissait.

Je visite Bafoulabe. Je suis un peu déçu car ça ressemble plus à un bidonville qu'à une petite ville. Je vais me promener au bord du fleuve et, dans ce qu'on appelle une « marmite », je vois mon premier serpent. Au hasard de ma promenade au bord du Sénégal, j'aperçois parfois des jeunes Sénégalais apprenant leurs leçons. J'en rencontre souvent au bord des routes. Chez nous, il est facile de s'isoler dans sa maison pour le faire mais, ici, dans leurs cases souvent surpeuplées, ce n'est pas du tout évident.

Je prends la pirogue pour me promener sur le fleuve Sénégal et ses deux géniteurs, le Bakoye et le Bafing. Des hippopotames, je n'en verrai qu'un, mais c'est déjà ça. Actuellement, ils seraient plus loin.

Pour le lendemain, on m'annonce une route goudronnée mais pas bitumée. Qu'est-ce ? Je verrai sur le terrain. Ce midi, pour manger, j'en suis de ma boîte de sardines avec pois chiches car, comme c'est samedi, les rares restaurants sont fermés.

LE MALI, UN PAYS DU SAHEL QUI S'EN SORT

BAFOULABE
> MANANTALI
93 km

| **DIMANCHE 13 DÉCEMBRE** | Du goudron promis, 93 km à faire : la journée ne devrait pas poser problème. La route de Mahina est toujours une piste, bordée d'immenses manguiers. C'est une bourgade un peu plus grande que Bafoulabe mais toujours dans le même esprit : beaucoup de commerces mais pas grand-chose à vendre.

Le commerce le plus important semble être celui des bouteilles d'essence. Il est vrai que le nombre de mobylettes, toutes neuves d'ailleurs, est conséquent. Mahina a en plus le privilège d'avoir une gare puisque le TGV Dakar-Bamako passe par là. Aussi, c'est par le pont de chemin de fer qui traverse le Sénégal (Bafing) que je rejoins la piste menant à Manantali.

Du goudron, je n'en verrai pas la couleur aujourd'hui. C'est par une excellente piste en latérite que je prends la direction de Manantali. La latérite bien damée est excellente comme piste, un peu moins de rendement que le goudron, mais tellement plus jolie. Le plus grand inconvénient, c'est quand on croise un autre véhicule, on a droit au gros nuage rouge. Si la latérite est parfaite au début, elle se dégrade rapidement et il faut ensuite trouver sa trace pour éviter le sable qui me plante inexorablement. J'ai encore droit à quelques chutes mais sans gravité car je ne vais pas trop vite. La piste traverse village sur village, mais jamais de quoi se ravitailler. Heureusement, je suis autonome, eau et repas de midi.

Bafoulabe. Je suis un peu déçu car ça ressemble plus à un bidonville.

Peu d'arbres, des baobabs et des champs d'arachides en train d'être récoltés. C'est dimanche, il n'y a pas école. Quand je traverse les villages, c'est à chaque fois de la

folie, tous les gamins me courent après, à coups de : « *Toubab*, bonjour. Donne-moi un cadeau ! » C'est quand même difficile à supporter et pour prendre des photos, c'est assez compliqué. Souvent je les prends à l'entrée du village et, dès qu'un gamin m'aperçoit, je remonte sur le vélo et je file. Pour déjeuner, c'est le même problème, j'aimerais m'arrêter à l'ombre dans un village mais c'est quasi impossible, tout le village me regarderait manger et le faire devant des gens qui ont faim, cela me semble indécent. Aujourd'hui, j'ai mis une heure pour pouvoir manger à l'ombre d'un baobab. Une première fois, je trouve un coin sympa et discret, mais deux gamins m'ont vu et arrivent à toutes jambes. La deuxième est la bonne mais je suis sur le passage d'un petit village et j'aurai régulièrement de la visite.

Si le matin, je démarre à la fraîche, dès 10 h, il me faut me couvrir et me badigeonner de crème, surtout aujourd'hui où il fait très chaud. La chaleur, la piste où il faut toujours trouver la bonne draille font que la fatigue arrive et je finis ma journée sur les rotules. La piste me pèse également nerveusement car je ne peux pas rouler décontracté. Si la remorque a été parfaite jusqu'à présent, elle s'avère un handicap sur les pistes où il y a du sable. Cela m'a valu d'ailleurs une bonne chute. En voulant éviter une mobylette qui venait en face, j'ai quitté ma trace et je me suis planté : la remorque n'a pas suivi. Ça a été une bonne chute mais plus de peur que de mal. Le conducteur de la mobylette m'a aidé à relever la remorque et s'est excusé mille fois.

J'arrive à l'entrée de Manantali, c'est le quartier des cadres où il y aurait des hôtels un peu chers. Pour y entrer, il faut montrer patte blanche et un gardien demande les papiers. Il y a le plus grand barrage de l'Afrique de l'Ouest, d'où une activité très importante. Dans ce quartier, pas d'hôtels finalement mais des particuliers qui louent des chambres. J'en trouve une avec douche pour 3 000 francs CFA (4,60 €), un peu juste au niveau propreté mais je suis en Afrique, c'est bon. Je profite également de la cantine du quartier où je mangerai pour 3 500 francs CFA et le petit déjeuner est à 1 000 francs CFA.

Pour une fois, je me sens ailleurs qu'en Afrique, dans un quartier relativement aisé. Les voitures sont récentes et les gamins en mobylette. J'ai au moins un peu de paix pour pas cher. Je suis tout de même étonné de constater cette différence entre les cadres travaillant au barrage et le reste de la population.

| **LUNDI 14 DÉCEMBRE** | Je quitte Manantali sur du goudron, sachant que ça ne devrait pas durer car je n'en aurai qu'à partir de Tambaga. J'arrive au pied du barrage et qui dit barrage, dit bosse. Pardi, c'est carrément du 15 % qui m'attend pendant 3 km. Je les effectue à pied et, croyez-moi, pousser le vélo avec sa remorque sur une telle pente, ce n'est pas rien.

MANANTALI
> TAMBAGA
106 km

Arrivé en haut, je quitte le goudron pour de nouveau la piste. De temps à autre, il y en a un peu, c'est juste avant et après le passage des gués. Les gués, je ne vous dis pas, même s'ils sont la plupart du temps à sec, Paris-Roubaix, ce n'est rien à côté car les pavés sont remplacés par des grosses pierres disjointes.

Le paysage ne sera pas bien terrible. Je suis toute la journée en forêt avec les côtés brûlés sur une centaine de mètres. Dans les villages que je traverse, le bambou, très présent dans la brousse, est très utilisé pour les enclos et le toit des cases.

LE MALI, UN PAYS DU SAHEL QUI S'EN SORT

Aujourd'hui, c'est grand luxe pour mon pique-nique : miettes de thon à l'huile (sur la piste, le thon est vraiment en miettes), *Vache qui rit* et une boîte de salade de fruits. En repartant, je donne à un petit groupe deux bouteilles plastique que je ne jette plus car ils en ont l'usage et sont ravis à chaque fois. Une land-rover s'arrête, ce sont deux touristes belges qui me demandent ce dont j'ai besoin. Ils sont très étonnés que je leur réponde par la négative. Mais effectivement, je n'ai besoin de rien. Ils visitent le Mali en prenant les pistes et connaissent bien des déboires.
Juste avant d'arriver à Tambaga, je dois passer un gué plus conséquent que les autres.

La piste traverse village sur village, mais jamais de quoi se ravitailler.

Je suis obligé de passer à pied et de me mouiller jusqu'aux hauts des chevilles : attention à la bilharziose ! Enfin j'arrive à Tambaga… à la sortie de l'école. Là, deux ou trois cents gamins me courent après. Je commence vraiment à saturer !
À Tambaga, il n'y a rien, pas d'hôtel, des commerces vides et personne ne comprend le français. Le premier hôtel est à 15 km et, comme il est 17 h 30, je suis obligé de rester ici. On m'indique une église où les chrétiens pourraient m'héberger. Je demande à quelqu'un de m'accompagner. En fait c'est un protestant qui me mène, non pas à l'église mais au temple.

J'installe ma tente et vais au village pour manger. Je trouve le seul restaurant du village, qui n'a de restaurant que le nom. J'y mange une plâtrée de riz froid qui colle bien avec une sauce à l'arachide et une espèce de poisson séché. Le tout est assez dégueulasse et je mange sans boire. Je vais en quête d'eau mais l'eau minérale est inexistante ici. Heureusement au temple, il y a un puits et le voisin m'aide à tirer de l'eau. Je me couche une fois de plus complètement cuit car 106 km de piste, ça fatigue.

| **MARDI 15 DÉCEMBRE** | L'étape de la journée sera très courte et la route goudronnée. J'attends que le jour se lève. Pour déjeuner, la pompe du réchaud est défaillante, je me passerai donc de café ce matin, ce sera pain et confiture.

Pendant que je me prépare, c'est la procession au puits. Les dames du quartier (il n'y a qu'elles qui puissent faire ça ?) viennent faire le plein d'eau. J'ai beaucoup de mal à accepter ce spectacle des dames âgées repartant vers leurs cases avec des seaux d'eau qui pèsent un âne mort. La voisine dont le mari m'a aidé la veille fait appel à moi. Je lui porte ses deux seaux très lourds dans sa cour. Le mari, si charmant avec moi la

veille, doit être aux champs. Nenni, il apparaît avec sa petite fille dans ses bras et s'installe au bord de la rue pour la journée. Je n'ai pas le droit de faire de commentaire mais j'ai le droit de n'en penser pas moins.

En partant, je rencontre le pasteur que je remercie pour son hospitalité. Réponse : « Que Jésus te protège ! » Ma sœur Lydie sera contente.

La matinée se passe sans problème sur cette route goudronnée qui est vraiment la bienvenue. Pour la première fois depuis mon départ, je ressens une sensation de fatigue générale. Je sens que mon corps est en train de me dire stop. Une journée de repos à Kita s'impose.

Mais à Kita, c'est l'horreur ! La ville est en chantier, et tout n'est que poussière. On m'indique un petit hôtel à l'entrée que je néglige, trop loin du centre-ville. Il y aurait plusieurs hôtels en ville mais impossible à trouver. Les gens parlant français sont rares et ne t'indiquent que ce qu'ils connaissent, normal. Je fais des tours et des tours dans Kita, avec toute la problématique du sable. Je traverse le marché grouillant de monde

Le bois semble être le seul combustible pour faire la cuisine.

TAMBAGA
> KITA
52 km

avec Tornado et sa remorque, c'est assez cocasse. Finalement, je prends la décision de revenir à l'hôtel initial, chez Dieudonné. La chambre ne sera pas terrible mais la cour intérieure est sympa et ombragée.

L'après-midi, je vais en ville dans un cyber que je trouve avec bien du mal. Puis je déambule dans les ruelles de Kita. Le repas du soir, ce sera du cœur avec des frites et de la bière, sans oublier cette éternelle télé avec ces feuilletons aussi débiles qu'en France.

Repos

| **MERCREDI 16 DÉCEMBRE** | Le petit déjeuner chez Dieudonné (en fait, il s'appelle Safari) sera très simple. Un petit morceau de pain sec et une dosette de café avec de l'eau tiède. Safari est absent et la jeune fille qui me sert ne comprend pas du tout le français. J'essaye bien de demander un complément mais peine perdue !

Je vais en ville passer la journée. J'en profite pour faire le marché, assez spectaculaire. Il y a beaucoup de fruits et légumes du coin qui donnent un air très exotique à ce marché. De partout, des jeunes avec des charrettes à main, lourdement chargées, livrent sans arrêt de la marchandise. Ces charrettes à main, c'est une des particularités du Mali, je ne vois que ça depuis Kayes.

Je passe quelques heures au cyber. Je vais manger mais là aussi c'est assez compliqué. Ce sera un morceau de viande dans la rue et six bananes. Comme la veille, je me mêle à un groupe de Maliens pour boire une bière dans une petite cour intérieure. Dembélé, qui était déjà là la veille, m'explique qu'il avait beaucoup apprécié que je me mette

Partout des marchés en Afrique.

spontanément avec eux. J'ai l'impression qu'au Mali, bien que musulmans, ils boivent de l'alcool, jamais dans la rue, mais dans des petits endroits comme ici. Il ne faut surtout pas se faire voir.

| **JEUDI 17 DÉCEMBRE** | Je quitte Kita et la forêt fait place à la savane. En plein « Sommet de Copenhague », je prends conscience des effets de la déforestation, un mal chronique au Mali. **Les baobabs ont complètement disparu, je n'en verrai plus jusqu'à Bamako. Les manguiers les ont remplacés, mais ce n'est pas la saison, ils commencent juste à fleurir.** La route est assez agréable, bien que toujours ce vent de face, l'harmattan, ce vent chaud, rempli de poussière qui arrive du Sahara. J'ai bien fait de me reposer la veille car aujourd'hui je me sens en pleine forme et j'arrive à Negala sans trop de soucis, si ce n'est la chaleur. Sur mon vélo, j'ai consommé 7 litres d'eau.

On m'avait annoncé un campement mais je cherche en vain. Là aussi, c'est l'Afrique, il ne faut jamais se fier à ce que l'on vous dit. Je me renseigne et on me dit d'aller voir le commandant de gendarmerie. Le gardien m'informe que le commandant est absent, il m'installe dans la cour du sous-préfet, absent lui aussi. La femme du sous-préfet m'apporte une bassine d'eau chaude et, en attendant, j'en profite pour faire une agréable toilette, j'ai rarement eu de l'eau chaude jusqu'à présent.

Le sous-préfet arrive, il m'autorise à m'installer sur la terrasse devant la sous-préfecture et m'invite à dîner avec lui. Le repas sera très agréable. Il mange un couscous et

KITA
> NEGALA
131 km

Le marché de Kita est assez spectaculaire.

LE MALI, UN PAYS DU SAHEL QUI S'EN SORT

on m'a préparé une macédoine de légumes avec des sardines, c'était excellent, sauf les sardines. Nous avons ensuite mangé la bouillie (soupe de maïs pilé et sucré) et fini par de la pastèque. Avec le sous-préfet, je discute beaucoup du fonctionnement administratif du Mali. J'apprends entre autres que les chefs de village sont nommés par le préfet, contrôlés par les sous-préfets et, après avis du conseil communal, le tout en respectant les habitudes coutumières du village (selon l'expression du sous-préfet). C'est une question que je me posais jusqu'à présent, j'ai maintenant la réponse : les chefs de village sont des représentants de l'État.

À noter que, bien que la ligne à haute tension Manantali-Bamako passe au-dessus du village, il n'y a pas d'électricité. Un particulier possède un groupe électrogène et fournit, moyennant rétribution, certaines personnes du village dont le sous-préfet. Pendant que nous dînons, la famille regarde sur une télé pleine de parasites le sacro-saint feuilleton que je peux suivre depuis quelques jours.

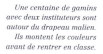

NEGALA
> BAMAKO
80 km

| **VENDREDI 18 DÉCEMBRE** | **La route est toujours vallonnée, ce qui n'est pas désagréable. Les manguiers sont de plus en plus présents. Peut-être l'approche d'un marché substantiel, car il y a davantage de cultures maraîchères, en particulier des tomates.**

En traversant un village, j'aperçois une centaine de gamins avec deux adultes autour d'un drapeau. Il s'agit d'une école avec deux instituteurs qui montent les couleurs. Je prends le risque de m'approcher et demande l'autorisation de prendre des photos. À mon grand étonnement, les gamins ne bronchent pas et sont très disciplinés. Ce ne sont plus les mêmes gamins que je rencontre dans la rue. Un peu plus loin, une longue file de gens, essentiellement féminine, attend devant un dispensaire, c'est peut-être la journée de consultation gratuite.

J'arrive à Kati dans la banlieue de Bamako. Laurence me communique les coordonnées d'une Française qui tient une auberge. J'appelle donc Marie-Odile qui m'indique la

Une centaine de gamins avec deux instituteurs sont autour du drapeau malien. Ils montent les couleurs avant de rentrer en classe.

route. J'entre dans Bamako et je suis de suite assailli par des milliers de motos qui me doublent à droite et à gauche. Il me faut être très vigilant. Après avoir demandé ma route une multitude de fois, j'arrive à l'auberge *Nema Sow* dans le quartier de Baco Djicoroni. C'est un établissement très simple, un peu éloigné du centre-ville mais dans un quartier paisible et surtout en dehors de la pollution de Bamako.

Je suis accueilli par Yacou car Marie-O travaille comme directrice dans une école maternelle française. Marie-O est un personnage très attachant. Dans son auberge, j'ai l'impression d'être chez moi.

Je fais également la connaissance d'un charmant garçon, Hippolyte, un jeune qui travaille dans la finance à Paris. Il a pris un an de congé sabbatique et parcourt l'Afrique de l'Ouest au gré de son envie. Il a d'ailleurs acheté unes de ces fameuses motos que je vois sur les routes depuis que je suis au Mali et il a déjà parcouru 6 000 km avec. J'ai enfin l'explication de la prolifération de ces engins ici. Ce sont des motos de fabrication chinoise qui ne coûtent pas bien cher. Hippolyte a acheté la sienne 500 000 francs CFA (769 €), mais c'est une grosse ; on en trouve à partir de 200 000 ou 300 000 francs CFA. Cet établissement est fréquenté par des Français et il est très agréable d'y vivre. Aussi je décide d'y rester trois nuits avant de repartir pour Ouagadougou retrouver Laurence. À noter que, depuis Kayes, à part les Belges rencontrés sur la piste, ce sont les premiers Blancs que je retrouve.

| **DU SAMEDI 19 AU LUNDI 21 DÉCEMBRE** | **Je suis à la capitale et je décide d'y faire du tourisme. Le samedi, je vais visiter le musée national. Je ne suis pas un adepte des musées mais, celui-ci, on me le conseille vivement.**

Je n'ai pas de regret car cela me permet ainsi de mieux comprendre le Mali. J'y vois beaucoup de masques, plus magnifiques les uns que les autres, des tissus et des objets archéologiques. J'y ai même vu le costume du féticheur de Koulumbo.

Tourisme

Contraste avec les gamins très disciplinés autour du drapeau.

LE MALI, UN PAYS DU SAHEL QUI S'EN SORT

Je vais ensuite au grand marché et à celui des féticheurs. Si ce n'est la taille, tous ces marchés se ressemblent et je n'y traîne pas trop car ça grouille de monde.

Je rentre à l'hôtel à pied. Je vais ainsi faire 10 à 15 km dans la chaleur. Cette petite balade me permet de visiter la capitale. Je suis impressionné par la largeur du Niger et par la vie autour du fleuve, preuve, s'il en est, de l'importance de l'eau dans cette région de l'Afrique.

Nous sommes le 21 décembre, je ne sais pas où je vais passer Noël, certainement dans la brousse, loin de tout ordi. J'en profite donc pour souhaiter à tous un joyeux Noël. Le vôtre sera froid et blanc, le mien sera chaud et rouge.

BAMAKO
> SIDO
154 km

| **MARDI 22 DÉCEMBRE** | Je quitte enfin Bamako, je suis en forme et le cœur joyeux de retrouver bientôt Laurence. Erreur, au lieu de m'en approcher, je m'en éloigne. Au bout de 10 km, le goudron disparaît pour faire place à la piste. Il me faut faire demi-tour : ce n'est pas faute de m'être renseigné mais je pense que les Maliens sont tellement gentils que, même quand ils ne connaissent pas, ils répondent !

Je reviens au point de départ, et ce n'est pas plus évident. La « zagarattitude », comme dit Yannick, en prend un coup, je garde mon calme, mais c'est limite. Au feu rouge, un gars vient me demander où je vais. Il me parle de Sevare, il veut donc me vendre une excursion au pays Dogon. Je lui réponds sèchement que je ne sais pas où je vais et que je m'en fous : rire des motocyclistes qui m'entourent.

Je sors, ouf !, de Bamako et me retrouve dans la brousse. La route est relativement plate, j'ai du vent arrière et la moyenne s'en ressent, d'autant qu'après le repos chez Marie-O, je suis en pleine forme.

L'établissement de Marie-Odile, *Nema Sow* (Maison du bonheur) porte bien son nom. Je le recommande à tous ceux qui passent à Bamako. Pour qui veut un peu de calme et de convivialité, Marie-Odile est une femme extraordinaire.

Je me retrouve en plein désastre écologique. Ce qui était, il y a peu, une forêt n'est plus que taillis et brûlis. Pas étonnant que je rencontre régulièrement des charbonniers travaillant sur leurs charbonnières.

La veille, j'avais demandé ma note : 25 000 francs CFA, ce n'est pas cher. Quand j'ai voulu payer, elle m'a dit laisse, c'est ma contribution à tes kilomètres. Le lendemain, j'ai dit à Laurence de faire un chèque de 40 € à l'association *Launatho*, de la part de Marie-Odile. C'est extraordinaire, n'est-ce pas ?

Je roule en pleine savane ou parmi des cultures : l'arachide, bien sûr, le mil et puis des champs de coton. Je m'arrête pour déjeuner au village de Quelessebougou. Je paye un plat de riz à la sauce d'arachide avec un peu de viande, 8 bananes et 2 cocas, 1 500 francs CFA (2,30 €).

Je me retrouve ensuite en plein désastre écologique. Ce qui était, il y a peu, une forêt, n'est plus que taillis et brûlis. De la fumée partout, la forêt est surexploitée. Comment condamner les paysans maliens ? Car, comme me le dira Idrissa le soir, c'est leur seul moyen de subsistance.

À Sido, je demande à tout hasard s'il y a un hôtel, on me répond que non. Idrissa se lève et se propose de m'amener chez lui, car il a une chambre pour les amis. Finalement, je monterai ma tente dans sa cour et mangerai avec eux. J'ai droit à un plat de macaronis (spaghettis) et je me régale, il y a longtemps que je n'avais pas mangé de pâtes.

Avec Idrissa, Mamouna et leur fils Cheick Kader (3 ans), je passerai une excellente soirée à philosopher un peu. Idrissa est instituteur avec une formation d'agronome. Nous parlons également de religion. Il me parle des chiites, des sunnites et des mourides au Sénégal.

Quand je lui demande son courant, Idrissa me répond qu'il est simplement musulman, sans courant particulier. Je mesure là l'inconvénient de mon voyage, je rencontre des gens très intéressants mais, malheureusement, il faut vite les quitter. Nous allons ensuite dormir car le muezzin nous réveillera à 5 h, moi pour préparer mon départ et Idrissa pour faire sa prière.

Les fumerolles des charbonnières dans la campagne donnent une impression de brouillard.

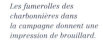

LE MALI, UN PAYS DU SAHEL QUI S'EN SORT

SIDO > KOUMANTOU 110 km

| **MERCREDI 23 DÉCEMBRE** | Aujourd'hui, c'est parfait, je démarre à 6 h 20 et je profite ainsi de la fraîcheur relative du matin au maximum. Je serai toute la journée dans cette forêt dévastée où il ne reste pas grand-chose mais qu'importe, il me faut avancer jusqu'à Ouagadougou.

Il fait très chaud, même les Maliens me le disent. De plus, à Bougouni, je change de direction et, au lieu du sud, je file plein est avec le vent de face. Je vous l'ai déjà dit, il fait très, très chaud (35 à 40° à l'ombre) et je commence à fatiguer.

J'arrive à 15 h à Koumantou et décide de ne plus bouger. La chaleur a raison de moi, ainsi que les côtes de plus en plus nombreuses. Je bois un Coca à une station-service où on m'indique le seul hébergement du village : le campement *L'Or blanc*. C'est un campement assez pourri et je décide donc de planter la tente plutôt que de prendre une chambre. J'ai également le droit de me laver avec un seau d'eau comme tous les jours dans ces endroits particuliers qui servent également de WC.

Je retourne au village pour manger. J'assiste aux chargements des bus et des camions : c'est un drôle de spectacle, malheureusement indescriptible. Je commande quelques frites et bananes plantains dans la rue. La fille me demande 500 francs CFA pour les quelques frites. Voyant qu'elle cherche à m'arnaquer, je refuse. Le gérant de la station me fait alors signe d'aller m'installer dans son établissement, la fille arrive avec une tête de six pieds de long et m'amène mes frites et mes bananes plantains, trois ou quatre fois plus que ce qu'elle voulait me vendre pour 525 francs CFA (0,80 €), ce n'était pas pour l'argent mais il est désagréable de se faire avoir.

J'achète de l'eau pour le lendemain et rentre sans lumière au campement. Celui-ci se trouve à 2 km et, en pleine nuit noire, avec les vélos, les motos, les cars et les camions, croyez-moi, c'est compliqué, surtout que beaucoup n'ont pas de lumière. J'ai du mal à retrouver ma route, mais j'y arrive enfin.

Chaque fois qu'un camion ou un bus passe, je me retrouve dans un épais brouillard et je suis souvent obligé de m'arrêter.

| **JEUDI 24 DÉCEMBRE** | Sikasso est à 135 km, la chaleur, le vent et les bosses, une journée difficile s'annonce. Je démarre à la frontale. Les fumerolles des charbonnières dans la campagne donnent une impression de brouillard. La route n'est pas en bon état, il me faut slalomer entre les trous. C'est un jeu comme un autre qui fait passer le temps car le paysage est toujours aussi monotone.

Je vois des Chinois au bord de la route et un panneau « Travaux en cours ». Aïe ! Ils refont la route et, pendant une cinquantaine de kilomètres, cela va être une véritable galère : tôle ondulée et surtout poussière car la route est très fréquentée. Chaque fois qu'un camion ou un bus passe, je me retrouve dans un épais brouillard et je suis souvent obligé de m'arrêter. Je mange de la poussière en veux-tu, en voilà, je suis couvert de latérite et un peu découragé.

Il fait encore très, très chaud mais il faut absolument que j'arrive à Sikasso car j'ai rendez-vous avec Anneka, ma correspondante de l'émission Allo la planète et je veux être sûr que le téléphone passe. Complètement cuit une fois de plus, j'arrive à Sikasso et j'entre dans le premier hôtel où je décide de me reposer le lendemain matin. Après l'émission, j'ai des coups de fil sympas de mon nouvel ami Hubert et de Yannick qui me réchauffent le cœur, d'autant que j'ai eu ma sœur Lydie auparavant, sans parler de Laurence. Je me sens un peu moins seul en cette nuit de Noël.

| **VENDREDI 25 DÉCEMBRE** | Pendant ma journée de repos, Tornado a eu droit à sa toilette. Celui qui nettoyait les couloirs de l'hôtel a eu pitié de l'état où était mon vélo, bonne et brave initiative.

J'en ai profité pour retendre la chaîne. J'ai vraiment des problèmes avec mes chaînes. Après 2 000 km, cela fait deux fois que j'interviens. Je vais voir avec *Vélo Luberon* pour me faire parvenir par Laurence une autre chaîne. Je pense que le sable et la latérite sont très abrasifs et que le problème est compliqué à régler.

| **SAMEDI 26 DÉCEMBRE** | La route est heureusement toujours goudronnée avec pas mal de trous, mais c'est mieux que la piste. Il fait frais, pas de vent et j'avance bien. Il y a un peu de relief et ce n'est pas désagréable.

La sortie de Sikasso est un immense verger ; il y a aussi beaucoup de cultures maraîchères. Le paysage est toujours dévasté par cette surexploitation de la forêt et la pratique de l'écobuage.

J'en ai fini avec le Mali, pays qui me laissera une excellente impression. Peut-être moins pauvre que je ne l'imaginais et un accueil toujours très sympathique. Seule la présence chinoise me laisse un peu perplexe quant à l'avenir de ce pays, mais ce n'est qu'un avis perso. Les Chinois ne sont pas seulement présents sur les grands chantiers mais la plupart des produits manufacturés, les tissus entre autres, arrivent directement de Chine.

KOUMANTOU
> SIKASSO
135 km

Repos

SIKASSO
> ORODARA
101 km

Le Burkina Faso, pays des hommes intègres
du 26 décembre 2009 au 26 janvier 2010 : 922 km

0,30 €

| SAMEDI 26 DÉCEMBRE (suite) | Pas de problème à la frontière malienne. Arrivé à Koloko, au poste frontalier burkinabé, je passe plus de temps à palabrer avec les policiers que pour obtenir mon visa. Il se fait sans problème pour sept jours à prolonger à Bobo ou Ouagadougou, le tout pour 10 000 francs CFA. Le chef me demande si je veux l'adopter, comme ça, il héritera. Je lui réponds simplement que je n'ai qu'un vélo et une remorque.
Il n'y a pas grande différence entre le Mali et le Burkina Faso, si ce n'est que la route est en meilleur état et la signalisation présente. J'ai toujours droit à mes *toubabous* et à « Donne-moi un cadeau ! ». J'arrive à Orodara en ayant constaté le même désastre écologique qu'au Mali. En traversant la ville, je vois un panneau « Auberge populaire », c'est pour moi ça. J'y entre. À première vue, le prix des chambres – 2 500 francs CFA – ne m'inspire pas trop. Mais j'ai l'agréable surprise de dormir dans une case très propre, une literie neuve, avec moustiquaire et ventilateur. Je ne saurai trop recommander cet établissement mais dépêchez-vous car ici, c'est l'entretien qui laisse à désirer.
Après un match du championnat d'Angleterre à la télé, je mange quelques morceaux de boudin local au feu de bois pour 200 francs CFA.

J'ai l'agréable surprise de dormir dans une case très propre, une literie neuve, avec moustiquaire et ventilateur.

| **DIMANCHE 27 DÉCEMBRE** | Nouveau départ à la frontale car plus j'en fais avant 8 h, mieux c'est. Sauf surprise, je devrais arriver à Bobo-Dioulasso avant midi. J'aurai ainsi le loisir de visiter un peu. Ce matin, j'ai même un peu froid, c'est fou non ? Mais ça ne dure pas et, à partir de 7 h, la fraîcheur disparaît.

Je traverse beaucoup de villages avec des cultures et des vergers de manguiers, je revois même des baobabs, bien qu'encore rares. Par contre en savane, c'est toujours le même problème – peut-être un peu plus accentué – de la forêt détruite et brûlée. Dans chaque village, les gens vont chercher l'eau, non pas au puits, mais à la fontaine mue par des systèmes manuels à roue. J'en ai même vu une actionnée au pied. Je passe devant un champ de coton que des gens sont en train de ramasser.

Ici l'habitat est légèrement différent car s'il y a toujours des cases rondes, beaucoup sont rectangulaires. Les villages sont tout en longueur et l'habitat est un peu plus dispersé. Chaque famille a une petite concession avec ses cases dans un espace clos. Le paysage devient très varié et j'ai même la joie de passer deux cols. Dans un village un peu plus grand, c'est le jour du marché.

Je m'arrête pour la photo quand un énergumène arrive pour me dire qu'il est interdit de photographier. Je lui demande de quel droit il m'interdit de faire des photos et qui il est pour me l'interdire. Le ton monte et c'est de suite l'attroupement. Je n'ai pas d'autre solution que de déguerpir : la photo est interdite sauf si tu payes, mais à qui ? Il n'est pas midi et j'arrive à Bobo-Dioulasso, la deuxième ville du Burkina Faso.

ORADORA
> BOBO-DIOULASSO
81 km

Au Burkina, pays du vélo, même les femmes font du vélo.

LE BURKINA FASO, PAYS DES HOMMES INTÈGRES

L'impression est tout de suite agréable avec de grandes avenues sans circulation. Après renseignement, j'atterris à l'hôtel *Les Bambous*. Le prix me convient – 8 500 francs CFA –, les chambres sont propres et il y a une grande terrasse ombragée où je peux déguster une bière bien fraîche. Cerise sur le gâteau, ce soir, il y aura un grand concert de percussion (instruments locaux) par les troupes Tassira et Yekatoye Allahbolo en duo. Tant pis si je me couche tard et s'il y a du bruit, je profiterai de l'occasion.

À Bobo-Dioulasso, la culture semble bien présente car, en m'y promenant, je vois beaucoup d'affiches de concerts et de théâtres. Je vais visiter également le grand

Une fontaine actionnée au pied.

Je passe devant un champ de coton que des gens sont en train de ramasser.

BOBO-DIOULASSO
> HOUNDE
104 km

marché d'origine soudanaise, mais à force de me faire alpaguer par les vendeurs de masques et de fausses antiquités, je renonce rapidement. J'en profite également pour m'acheter un masque mais pour me protéger de la poussière.

À Bobo, les rues ont droit aux illuminations de Noël, ce qui me fait tout drôle, en Afrique et avec la chaleur.

| **LUNDI 28 DÉCEMBRE** | Le réveil est difficile car la soirée a duré jusqu'à 23 h 30 et je n'ai plus l'habitude de veiller. Bobo est une grande ville, j'en ai pour près d'une heure pour en sortir. Heureusement qu'à 6 h 30, la circulation est très fluide. Bobo-Dioulasso se réveille. L'activité est intense aux abords des gares routières.

Sur le bord de la route, on peut déjeuner. Des femmes vendent pain, omelette, beignets, bref, il y en a pour tous les goûts. Ce qui est spectaculaire dans ces villes, c'est le nombre de gens qui y rentrent le matin pour vendre leur production au marché. Qui à vélo très chargé (le vélo, pas le cycliste), qui à pied, portant tout sur la tête, qui en charrette tirée

par un âne. La chaussée est excellente mais je n'ai droit qu'à des montées et des descentes. Le paysage est identique à celui d'hier : beaucoup de villages avec des cultures et toujours les forêts sinistrées. Je dois être dans une zone de culture du coton car j'en vois des tas partout dans les champs. J'ai l'impression de voir de la neige.
Le vent tarde à se lever et j'en profite pour avancer. À 9 h, j'ai déjà fait 60 km et il faut en profiter car ensuite le vent de face très fort se met de la partie. C'est d'autant plus dur que je traverse une zone de collines. J'avais prévu de faire 135 km mais j'y renonce vite. À Hounde, j'ai fait 104 km ; le vent soufflant très, très fort et la chaleur

S'il y a des cases rondes, beaucoup sont aussi rectangulaires.

aidant, je décide de m'y arrêter. Je trouve une chambre dans une association pour l'alphabétisation à 4 200 francs CFA, j'ai un lit et une douche, ce sera parfait pour passer la nuit. Le restaurant juste à côté, autrement dit un maquis, me permet de goûter le *tô*, une spécialité du Burkina. C'est de la farine de mil accompagnée d'une sauce bien gluante et pas trop appétissante.

| **MARDI 29 DÉCEMBRE** | Réveil à 4 h 30 pour un départ à 5 h 30. Le petit déjeuner sera tronqué car mon réchaud à essence refuse de fonctionner, certainement un problème de gicleur que je réglerai à Ouagadougou. Dès que le jour se lève, c'est le va-et-vient des vélos. Le nombre de deux roues qui circulent ici est assez impressionnant, tantôt chargés, tantôt à vide, juste pour se promener, beaucoup de femmes également.
Chargé ou non, si j'en double un, il s'accroche à ma roue et dans un grand effort me double pour s'arrêter en soufflant un peu plus loin. Dès que je reviens sur lui, le manège recommence. Parfois, il reste à mes côtés pendant des kilomètres. Si c'est

HOUNDE
> BOROMO
75 km

LE BURKINA FASO, PAYS DES HOMMES INTÈGRES

parfois marrant, cela devient vite pesant mais il faut que je m'y fasse. Je m'arrête pour un besoin pressant et j'en profite pour manger quelque chose, une femme à vélo s'arrête à un mètre de moi et reste plantée en me regardant. Avait-elle faim ou me prenait-elle pour un extraterrestre ?

Comme tous les jours, j'ai un petit espoir, l'absence de vent. Nenni, il est fidèle au rendez-vous et j'ai l'impression qu'il souffle encore plus que la veille. La route étant faite d'un long plat montant, avec le vent de face, je souffre et j'ai le moral qui baisse. Arrivé à Boromo, après 75 km, je fais mes comptes. Je suis cuit, la fatigue naturelle depuis Bamako, le vent et la chaleur. Je n'ai pas envie de continuer et il me reste 160 km pour atteindre Ouagadougou. Demain, ce sera la même galère et, jeudi, je risque d'être un peu juste pour être à l'heure et accueillir Laurence. Je me repose à Boromo, mais je tiens à être à Ouaga le 31. Je décide donc de dormir ici et de prendre le bus demain matin. Je m'installe dans une auberge touristique et vais me renseigner. Je ne peux choisir la compagnie car ce sera en fonction de la place pour les bagages, les bus arrivant de Bobo peuvent être déjà pleins. Il me faudra donc y être à 7 h et attendre. Une autre aventure se prépare.

De toute manière, il est temps que je me repose et le moral est en train d'en prendre un coup, même si je fais le malin. Les *toubabous* et les « Donne-moi un cadeau » me rendent parano et je dois me ressaisir. Il faut absolument que je me mette dans la tête qu'ici, avec mon vélo et ma remorque, je suis une curiosité et ce sera de pire en pire.

Trop de vent, et je dois être à Ouagadougou demain. Je charge Tornado et sa remorque dans un taxi-brousse. Sur ce taxi-brousse, l'inscription « L'Éternel est mon Berger », référence religieuse classique en Afrique.

| **MERCREDI 30 DÉCEMBRE** | Le gars de l'auberge m'amène dans un bar pour déjeuner, où je n'ai pas la patience d'attendre. Je tiens à être à la gare routière avant 7h30. À la gare ce n'est pas encore l'effervescence de la veille mais on sent que Boromo se réveille. Autour de mon vélo, c'est de suite l'attroupement et plein de questions. Je suis obligé de raconter mon voyage pour la énième fois. Les Burkinabés sont très intéressés par mon récit et surtout interloqués quand j'annonce mon âge. « Un vieux ne pourrait pas faire ça ici. » Alors que j'attends que la première compagnie de bus ouvre, arrive un minibus rouge de marque *Mazda* avec pour devise : « L'Éternel est mon berger ». Ce genre d'inscription sur les taxis-brousse est courant ici. On me conseille de le prendre : mes bagages seront plus en sécurité. L'affaire sera vite faite, 5 000 pour mon attelage et 3 000 pour moi. Je ne discute pas, trop content d'utiliser ces minibus que je vois depuis des semaines me croiser ou me doubler. De toute manière, je dis au patron que je ne payerai qu'à l'arrivée si je suis satisfait.

Si, au départ, nous ne sommes pas trop chargés, au bout de quelques kilomètres, nous serons vingt et un dans ce minibus prévu pour onze. Perso, je ne suis pas trop mal installé et mon attelage est bien soigné car, pour le patron, c'est l'affaire de la journée. Le voyage se passe sans problème. De temps en temps, il y a bien des palabres sur le prix à certains arrêts. Le chauffeur semble aller un peu vite et double à tout va.

À 11 h, je suis à la gare routière de Ouaga. Je téléphone à mon contact Gaston Kabore. C'est un cinéaste très connu en Afrique et même dans le monde entier. Il est déjà venu

BOROMO
> OUAGADOUGOU
165 km en
taxi-brousse
et 12 km à vélo

*Pays suivant :
le Niger.*

LE BURKINA FASO, PAYS DES HOMMES INTÈGRES

à Manosque à l'occasion des Rencontres Cinéma. J'ai ce contact grâce à Hubert Ferraton qui est très ami avec Gaston. C'est lui qui l'a aidé pour rechercher des subventions européennes. Gaston, passionné par son métier, a créé l'institut Imagine. C'est un institut de formation aux métiers du cinéma. Il me donne rendez-vous à la gare de l'Est où un chauffeur viendra me chercher. Échaudé par Bamako, je demande ma route sans arrêt et parfois on me dit même de faire demi-tour. Un cycliste connaît l'institut et m'y mène directement.

On m'installe dans notre future chambre, c'est magnifique, merci Hubert. À 13 heures, je déjeune avec Gaston, un homme très intéressant, très cultivé et très sympathique. La suite, c'est comme à Dakar, quinze jours de repos bien gagnés avec Laurence (jusqu'au 16 janvier). Bonne année et *a l'an que ven!*

Formalités

| **DU SAMEDI 16 AU MARDI 19 JANVIER** | Laurence reprend l'avion ce samedi 16 janvier et logiquement je dois reprendre mon voyage le dimanche 17. Pour ce faire, nous étions allés au consulat du Niger afin de préparer mon visa et pouvoir le récupérer le vendredi 15. Hélas, ce jour-là, le consul était absent et je ne peux le récupérer que le lundi 18 pour repartir le mardi.

La journée du samedi sera donc consacrée au nettoyage de mes sacoches et de la remorque car tout est rouge de latérite.

Lundi, je suis au consulat dès 8 h mais j'y resterai jusqu'à 18 h. Le gars qui s'occupe des visas a mené son fils à l'hôpital pour une typhoïde et on ne sait quand il reviendra. Comme déjà à Nouakchott, j'apprends la patience mais ce n'est pas évident de rester le derrière toute la journée sur une chaise, je préfère la passer sur la selle de mon vélo. Finalement, je rentre à l'institut à 19 h, mes affaires ne sont pas prêtes, je décide de ne partir que mercredi. Il faut dire qu'à l'institut, je ne suis pas trop malheureux et je m'y plais bien.

Dès que le bus s'arrête, il est assailli par une multitude de marchands.

| MERCREDI 20 JANVIER | Mercredi, c'est le jour du grand départ. Je me lève à 4 h 15 pour être fin prêt à 5 h. J'ai rendez-vous avec André Washinton, photographe, qui réalise un livre sur l'Afrique et publie des photos dans diverses revues américaines. Il est déjà venu dimanche à l'institut me prendre en photo. L'assistant de Gaston, Motandi, et René le caméraman seront également là pour filmer mon départ et prendre des photos.

Je simule mon départ plusieurs fois comme un vrai pro du cinéma : Gaston à la mise en scène, Motandi au son, René à la caméra et moi comme acteur principal. Je ne sais pas si ce film passera au festival de Cannes ou au Fespaco à Ouagadougou, toujours est-il que je m'amuse bien. André Washinton arrive pour les photos.

Enfin le vrai départ. Saïdou, employé de l'institut, veut absolument venir jusqu'au km 45 avec son vélo *Décathlon* trop petit pour lui. Édith et Gaston décident également de m'accompagner jusqu'à la sortie de Ouagadougou, mais en voiture. Du coup René et André montent dans la voiture pour me filmer et me photographier. Après les embrassades et la séparation toujours un peu triste, je me retrouve seul avec Saïdou. Il est très fier de m'accompagner et salue régulièrement des amis ou de la famille au bord de la route. Nous traversons son village natal. J'ai remarqué que les Africains sont toujours très fiers de l'appartenance à leur village. Quand vous leur demandez leur adresse, ils vous l'indiquent mais mentionnent toujours le nom de leur village de naissance.

Km 45, nous traversons un petit village où c'est jour de marché et Saïdou décide de faire demi-tour. Il lui reste encore 45 km à effectuer avec vent de dos, certes, mais équipé comme il est, c'est un petit exploit. Je suis donc seul avec mon attelage et retrouve mes paysages habituels. Le vent est également au rendez-vous et soulève beaucoup de poussière, rendant l'atmosphère très opaque : c'est l'harmattan classique. Je m'arrête pour déjeuner au bord de la route. Ce sera des spaghettis avec du chou et des aubergines, c'était excellent et j'en ai pour 300 francs CFA (0,50 €). Je mange à la burkinabé, dans la rue sur un banc, au milieu d'eux. C'est assez sympa car la

OUAGADOUGOU
> ZORGHO
104 km

0,50 €

Ces oranges ne sont pas si belles qu'en France, mais tellement meilleures !

LE BURKINA FASO, PAYS DES HOMMES INTÈGRES

conversation s'engage très vite. À 7 km de Zorgho, un camionneur en panne au bord de la route (c'est assez courant ici) me demande de l'eau et je lui donne ce qu'il me reste. J'arrive à Zorgho après 104 km. Je suis très content car je ne pensais pas faire autant de kilomètres aujourd'hui. Il est vrai qu'il n'a pas fait très chaud, enfin, c'est relatif par rapport à la température en France.

Le soir, je suis envahi de crampes aux cuisses. Après trois semaines d'arrêt, j'ai peut-être présumé de mes forces et pas assez bu.

ZORGHO
> FADA N'GOURMA
115 km

| **JEUDI 21 JANVIER** | Je déjeune avec deux bananes et du pain et je prends un café en passant dans le village. Ici tout démarre de bonne heure. Le vent a la bonne idée de se lever tôt également mais peut-être un peu moins fort que la veille. L'atmosphère est beaucoup plus claire, le soleil brille, je pense qu'il va faire très chaud.

Le paysage est toujours identique, forêt en partie détruite, laissant la place à la savane. Tout à l'air très sec et les réserves d'eau (des bassins dans une rivière) sont vides.

Je suis dans une région très pauvre, peut-être un peu oubliée. C'est la première fois que j'ai vraiment l'impression que la malnutrition n'est pas un vain mot. Dans les villages, je croise des enfants rachitiques avec le ventre des mal nourris. D'ailleurs ici on ne me réclame pas de cadeau et on ne me traite pas de *toubabou*, les enfants sont tristes. Je suis très mal à l'aise, d'autant que je me dirige vers le Niger, le pays le plus pauvre de la planète. Pour la première fois je me pose mille questions sur l'intérêt de mon voyage. Vais-je être capable de supporter cette misère ? Et surtout d'en être spectateur sans pouvoir rien y faire ? Qu'avons-nous de plus, les pays soi-disant développés pour accepter ceci ? C'est la faute à qui ?

Ma route continue malgré tout et je suis confronté à une forte chaleur. Avant un petit village, un maquis bienfaiteur. Quelle aubaine ! Je m'y arrête pour boire une bière (une *Brakina*), manger un plat de spaghettis et faire une bonne sieste. L'accueil y est chaleureux

Village du Sahel avec sa mosquée qu'entourent les manguiers.

mais il n'y a pas d'eau fraîche, aussi je décide de repartir pour Fada situé à 45 km. La route est très difficile, entre le vent et la chaleur surtout. J'arrive enfin à Fada N'Gourma. J'y trouve une petite auberge et je sens avoir déjà besoin de repos. Je décide donc d'y rester une journée supplémentaire.

| **VENDREDI 22 ET SAMEDI 23 JANVIER** | Je trouve au matin un petit kiosque où je peux déjeuner au milieu des Burkinabés. Je déjeune à la française, pain, beurre, café et lait. Autour de moi, c'est omelette, pâtes, viandes, poissons, chacun ses habitudes. Je suis à la même table qu'un colonel de gendarmerie, un gendarme avec son pistolet-mitrailleur et deux quidams. Tout ce petit monde se mélange sans problème.

Repos

Un jeune garçon se propose de me payer mon café, je refuse poliment. Je le retrouve au cyber. Il m'explique qu'il a 22 ans, il a perdu son père et sa mère, élève ses cinq petites sœurs. Cette année de scolarité (BEP électricité) est payée pour la dernière fois par une association car il a dépassé la limite d'âge. Il veut s'en sortir et espère s'orienter vers les énergies renouvelables. Je suis persuadé que c'est une grande chance pour l'Afrique qui continue de fabriquer l'électricité au fioul alors qu'ici le soleil est omni-présent et, je suis bien placé pour le savoir, le vent souffle sans arrêt. Dans la discussion, je lui livre ma leçon de vie : « Qui veut peut. » Nous prenons rendez-vous pour déjeuner ensemble et, à 13 heures, il me remet une lettre bouleversante avec sa photo en footballeur. Il a été très marqué par mon proverbe et se promet de cultiver deux fois plus pendant les vacances pour payer ses études. Je ne vous livrerai pas l'intégralité de sa missive mais elle me touche beaucoup. Elle finit par : « Je suis africain et j'ai peur pour l'Afrique. » Un Européen qui accepte de souffrir pour atteindre son objectif, cela les marque beaucoup car nous pourrions voyager dans le confort et ils le savent. Ici, je trouve tout le monde agréable et je me sens très à l'aise. J'en partirai à regret.

Les greniers à céréales ont différentes formes selon les régions.

LE BURKINA FASO, PAYS DES HOMMES INTÈGRES

Autre caractéristique de cette ville, c'est cette jeunesse très nombreuse. Tous habillés aux couleurs de leur école, ils se rendent à vélo en classe. Ici pas de taxi, il n'y a que des taxis-moto et c'est ainsi que je circule pour aller au restaurant.

Je déambule dans les rues de Fada et j'en profite pour assister à un marché un peu particulier. De grandes affiches font l'apologie de la médecine traditionnelle, sans l'opposer à la médecine de chez nous. Sur ce marché, j'ai l'occasion de voir des quantités de produits et plantes que les anciens utilisaient pour se soigner et que l'on ne trouve que dans la forêt.

En soirée, j'ai même la chance d'assister sur la place du village à une pièce de théâtre. C'est une pièce comique très naïve et il faut voir les spectateurs rire de bon cœur. Nous, les soi-disant civilisés, nous ne savons plus rire de cette façon : rire de rien comme quand nous étions petits. C'est peut-être la cause de notre mal-être dans nos sociétés occidentales.

FADA
> MATIAKOALI
104 km

| **DIMANCHE 24 JANVIER** | **Je suis bien à Fada mais il faut penser à repartir. Ce matin, debout à 5 h, je charge la remorque et je vais déjeuner à mon petit kiosque. Pas de vent, il fait un peu frais, les conditions sont réunies pour passer une bonne journée. En traversant Fada, je remarque, au bord de la route et en pleine ville, des vautours faisant les poubelles. Je m'imagine ce spectacle en France...**

La route est facile, relativement plate, et le paysage plus agréable que les jours précédents. C'est une alternance de forêts, de savanes, de cultures et, aux abords des villages, beaucoup de magnifiques manguiers et des baobabs. Les villages se succèdent, tout le monde me dit bonjour, même les gamins ne me réclament rien. Le vent se lève légèrement et ne souffle pas trop fort.

C'est également une région cotonnière, le coton est déjà récolté et des tas dans les champs sont en attente d'être ramassés. Il y a beaucoup de cyclistes entre les villages et je me retrouve régulièrement avec deux ou trois d'entre eux en train de discuter. Bien que j'aime plutôt être seul, il me faut jouer le jeu.

Je me retrouve finalement à Ougarou, terme de ma journée, sans trop m'en apercevoir. J'avais repéré sur la carte un campement de chasse, le campement du Lion. Je m'y rends par une piste de trois kilomètres. C'est un campement fait de fausses cases avec piscine, animations, une sorte de club. Ils ne prennent qu'en pension complète avec toutes les activités pour le modique prix de 35 000 francs CFA (54 €). C'est bien sûr trop cher pour moi, d'autant que je n'ai pas besoin de toutes ces activités. J'aurai fait mes six kilomètres de piste pour rien, mais j'aurai vu.

Au village, j'achète du pain et je décide de continuer ma route jusqu'à Matiakoali, distant de 25 km. Je n'avais pas prévu de faire autant de kilomètres aujourd'hui, mais nécessité fait loi. J'arrive à Matiakoali vers 14 h et j'ai droit à un premier contrôle d'identité burkinabé. Je n'apprécie pas trop l'attitude du gradé qui me parle allongé et me dit de montrer mes papiers à son subalterne. Je le lui fais sentir, je n'y peux rien, c'est ma nature. Mais pour qui se prend-il ? Le gendarme qui me contrôle est très gentil et m'indique une association où je peux dormir.

Les camions surchargés de coton n'hésitent pas à soulever la latérite au grand dam des cyclistes.

Je reprends la route et ne trouve pas cette association. Le gendarme en question, avec un collègue à moto, me rattrape et m'y mène. Il compense bien l'impolitesse de son

LE BURKINA FASO, PAYS DES HOMMES INTÈGRES

chef. L'hébergement n'est pas terrible, une chambre sans lumière, une salle d'eau sans eau (il faut se laver au puits) et un lit pas trop propre. Qu'importe, je dormirai dans mon sac à viande et pour 3 000 francs CFA (4,60 €) je ne fais pas trop le difficile. Il y a de l'ambiance car nous sommes en pleine CAN (Coupe d'Afrique des Nations) et les jeunes du village se sont donné rendez-vous pour regarder Angola-Ghana à la TV. Il n'y a pas de restaurant, j'irai faire quelques courses au village pour manger et pouvoir déjeuner avant de repartir demain matin pour une petite étape de 60 km jusqu'à Kantchari : je suis à 80 km de la frontière nigérienne.

L'âne avec sa drôle de charrette attend patiemment son tour pour faire le plein d'eau.

MATIAKOALI
> KANTCHARI
61 km

| **LUNDI 25 JANVIER** | 5 h et un petit déjeuner dans le noir avec une frontale qui défaille. Qu'importe, j'ai du pain et de la confiture, et le réchaud fonctionne. Ce matin, il y a quelques nuages dans le ciel, j'avais oublié que ça existait.

La matinée sera très courte, j'avale sans problème les 60 km me séparant de la dernière ville burkinabé. Je suis à Kantchari à 10 h 30 mais je préfère ne passer la frontière que demain. Je trouve un petit hôtel semblable à celui d'hier avec l'électricité en plus.

La patronne m'annonce fièrement une salle de bain, effectivement, une petite pièce avec un seau d'eau qui fait office de salle de bain. J'ai tout de même le sentiment d'être au bout du monde.

C'est marrant comme dans le même pays, une région peut être aussi différente. Jusqu'à présent, j'avais été agréablement surpris par le Burkina Faso. Les régions de Banfora, Bobo ou Ouagadougou me paraissaient au niveau de leurs voisins, le Mali ou le Sénégal. Ici, on sent vraiment la misère et la vie doit y être très dure.

Pour info, je viens de vérifier la température de ma chambre : 31°. Ce soir, changement de menu : au lieu du riz ou des spaghettis, j'ai commandé à Brigitte des frites et du poulet dans son restaurant *La Maison blanche*. J'aurai également l'occasion de boire quelques bières avec des clients qui me feront me coucher un peu tard.

| **MARDI 26 JANVIER** | Réveil très tôt (4 h 30), je démarre à la frontale car j'ai l'intention – si le vent me le permet – d'aller jusqu'à Niamey (140 km) et, avec le passage de la frontière, je peux perdre du temps.

On attend pour faire le plein d'eau et, dans ce pays où la vie est si rude, la tristesse se lit sur les visages.

Je passe le poste frontalier burkinabé en pleine nuit et les policiers se demandent s'ils n'ont pas affaire à un extraterrestre. Comme d'habitude, je prends plus de temps à raconter mon voyage qu'en formalités.

**KANTCHAKI
> TOTODI
82 km**

Niger, le pays le plus pauvre de la planète
du 26 janvier au 3 février 2010 : 453 km

| **MARDI 26 JANVIER (suite)** | Le jour se lève, il fait frais, la route est plate, en excellent état. Je suis maintenant au Niger, je ne vois pour l'instant aucun changement si ce n'est que la déforestation est encore plus évidente et le ravinement sur cette terre en latérite a fait son œuvre.

Le poste de police nigérien se passe sans souci et assez rapidement. Ce matin le temps est couvert et il y a des mois que je n'avais pas vu un nuage. Malheureusement le soleil et la chaleur font vite leur apparition ainsi que monsieur le vent. Je ne sais pas si c'est la chaleur, le vent, la bière ou les trois à la fois, mais je suis planté sur la route et la fatigue se fait vite sentir.

À Torodi, il est 12 h 30 et je renonce à mon projet de me rendre à Niamey. Je trouve difficilement un hôtel. Il est conforme à ceux des nuits précédentes. Il y a bien une salle de bain mais toute déglinguée. Il y a bien l'électricité mais de 16 h à minuit. De toute manière, je n'ai pas le choix car je n'ai pas la force de pédaler plus, d'autant qu'il fait très, très chaud. Demain, je n'ai que 60 km, il ne devrait pas y avoir de souci pour être à Niamey avant midi.

L'eau manque terriblement dans la région, je le constate à la maigreur des zébus.

| **MERCREDI 27 JANVIER** | Ce matin, l'étape sera courte, aussi, grasse matinée et je démarre à 6h45. Le paysage est magnifique quoique assez désertique. Cette latérite donne des couleurs rouge foncé splendides et les villages sur fond de latérite sont très photogéniques.

Je croise beaucoup de gens à vélo qui vont chercher du bois. Ils quittent la route pour la piste à la recherche d'un arbre, le coupent, le chargent sur le vélo et repartent en quête d'un autre.

Depuis que je suis en Afrique de l'Ouest, à l'entrée de pratiquement chaque village, un ou plusieurs panneaux annoncent un projet (école, centre de santé, assainissement, adduction d'eau, etc.) financé par une ONG. J'ai le sentiment que l'Afrique est ainsi sous perfusion. Je fais appel aux spécialistes de la santé, perfusion ne veut-il pas dire survivre et non guérir ? Mon frère Serge a été sous perfusion pendant des mois, cela ne l'a pas empêché de partir. Voilà le genre de question que je me pose sur mon vélo, car la misère est toujours présente et je ne vois pas de solution pour l'Afrique.

Quoi qu'il en soit, je traverse une région magnifique et arrive aux portes de Niamey dans un havre de verdure. Le fleuve Niger fait son effet. Je choisis d'aller dans un bel hôtel, *Les Rôniers*. Cet hôtel est distant de sept ou huit kilomètres du centre-ville mais un peu de paix et de confort me feront du bien, surtout que, depuis ce matin, je suis un peu dérangé du ventre. Je suis bien accueilli dans cet hôtel où, bien sûr, avec mon vélo, je surprends passablement.

**TORODI
> NIAMEY
69 km**

Village sur fond de latérite rouge, c'est visuellement magnifique, mais il ne doit pas être aisé d'y vivre avec cette sécheresse.

NIGER, LE PAYS LE PLUS PAUVRE DE LA PLANÈTE

Repos et formalités

| DU JEUDI 28 AU SAMEDI 30 JANVIER | Dans un restaurant assez chic, des Nigériens en costume cravate déjeunent. Je suis toujours surpris de l'écart qui règne dans ces pays. Entre ces gens qui font bombance et ceux que je rencontre dans la brousse, il y a bien plus qu'un monde. Même si des disparités existent en France, elles ne sont pas si criantes.

Je suis allé à l'ambassade du Nigéria pour mon visa. L'employé, pas trop sympathique, (il a le droit) me demande 75 000 francs CFA (115 €), ce qui me semble une somme exorbitante. Je refuse donc et Internet m'annonce 30 000 francs CFA. Je suis loin du compte : l'employé doit se servir au passage. Je ne veux pas entrer dans ses combines et mettre 75 000 francs CFA dans un visa. Dans ces conditions, j'éviterai le Nigéria. Puis, j'ai la confirmation que le Nigéria n'est pas très sûr. Un président absent pour maladie depuis plus de deux mois, des affrontements entre chrétiens et musulmans à Jos (500 morts), des bandits le long des routes sont assez de raisons pour éviter le Nigéria. D'ailleurs, depuis le Sénégal, tout le monde me le déconseille. Je passerai donc directement par le Tchad.

Le lendemain vendredi, je vais à l'ambassade du Tchad et on m'annonce que le visa, moyennant 15 000 francs CFA, est possible mais dans un délai d'un mois – le syndrome de l'Arche de Zoé, je pense. J'essaye de parlementer avec l'employé de service. Celui-ci, très gentil, m'explique que les dossiers vont au service des Affaires étrangères pour avis et qu'il ne peut faire autrement. Il me déconseille d'aller directement à la frontière où les visas ne sont pas délivrés. Un policier peut éventuellement me faire passer sans visa, mais c'est très aléatoire et à mes risques et périls. Je suis à vélo, je ne peux me permettre de faire chou blanc à la frontière. Que faire ?

J'étudie la carte et la seule solution c'est le Bénin. À Cotonou, j'aviserai pour prendre un bateau ou l'avion pour Douala au Cameroun et éviter le Nigéria. De toute manière, j'étais conscient avant mon départ de toutes ces tracasseries administratives et cela n'entame nullement mon moral.

C'est le vélo type du bûcheron qui cherche difficilement un arbre à couper.

Ces enfants passent leurs journées à ramasser du bois au bord du fleuve Niger.

Je vais de ce pas à l'ambassade du Bénin où je négocie mon visa pour la journée (normalement 48 h) et, moyennant 12 000 francs CFA, je le récupère après 15 h. En attendant, je vais me promener dans Niamey.

Une surprise m'attend un peu plus loin : une course cycliste. Elle est organisée par un Français, Jean-Michel Villemaux, qui habite La Bouilladisse, dans la banlieue marseillaise. C'est un passionné de vélo qui organise la course de l'Espoir, une sensibilisation sur le sida. Il m'invite d'ailleurs à la prochaine édition en Afrique, en janvier 2011. La course est assez amusante, une douzaine de participants avec des vélos dont nos jeunes ne voudraient pas. C'est hyper organisé : motards, policiers, radios et télés du pays. Je rencontre le président de la Fédération nigérienne de cyclisme, fédération en balbutiement, mais c'est étonnant qu'elle existe. Pour mon dernier jour à Niamey, je reste à l'hôtel pour vérifier un peu le vélo et me reposer.

NIAMEY
> DOSSO
82 km à vélo
et 65 km en
taxi-brousse

| **DIMANCHE 31 JANVIER** | Ce matin, je prends la direction du Bénin non sans un petit problème de ventre : on verra bien. Je me croyais guéri mais j'ai dû faire une rechute. Pour la première fois, j'ai du mal à avaler mon petit déjeuner.

Pour l'instant, tout va bien et il me faut rouler près de 20 km pour sortir de Niamey et être enfin dans la campagne. Le paysage est assez quelconque, désertique, avec de la végétation rase. Je suis rapidement obligé de m'arrêter pour un besoin pressant, je crois que je suis encore plus malade qu'avant mon arrivée à Niamey. Je devrai m'arrêter quatre ou cinq fois avant de dire pouce.

Le vent est toujours contraire et assez violent. La route monte un peu et mon ventre ne va guère mieux. Je bois beaucoup mais ne peux m'alimenter. À Kouré, j'espère un hôtel, mais il n'y a rien, juste un petit village où j'aurais aimé m'arrêter. C'est ici qu'il y a encore un petit troupeau de girafes, les dernières d'Afrique de l'Ouest. Dommage, mais je ne suis pas en état d'en profiter.

Une course cycliste est organisée pour sensibiliser sur le sida.

NIGER, LE PAYS LE PLUS PAUVRE DE LA PLANÈTE

Je continue donc ma route dans l'espoir de trouver un hôtel à Birnil-Garoué mais rien n'est moins sûr et je suis de plus en plus dans le dur. En arrivant dans un village dont je ne me souviens pas du nom, je mets mon clignotant et décide de prendre un taxi-brousse pour Dosso où je suis sûr de trouver un hôtel. Le voyage se passera très bien, d'autant que l'on m'a laissé la place de choix : à côté du chauffeur.

Arrivé à Dosso, je découvre une petite ville de province typique, poussiéreuse, très sale, d'un aspect pas très encourageant. Je rentre dans le premier hôtel venu, l'hôtel *Djema*. L'accueil est très froid (étonnant au Niger) et l'hôtel complètement délabré,

Je garde l'impression d'un pays très pauvre, le plus pauvre que j'aie traversé.

tout semble à l'abandon. Heureusement, ma chambre – appelée pompeusement mini-suite – est relativement en état et propre. Elle est immense, avec climatiseur, ventilateur qui ne fonctionne pas, frigo en état, télé sans image, mais avec douche et WC. Ce ne sont pas les deux immenses cafards que je tue qui vont me rebuter, j'ai besoin de me refaire une santé. Le soir, je vais manger du riz blanc au restaurant des Arts, qui n'a d'arts que le nom, et me couche de bonne heure pour une nuit réparatrice. Je décide de rester une nuit de plus car je ne me vois pas en pleine brousse dans cet état.

Repos

0,23 €

| **LUNDI 1ᵉʳ ET MARDI 2 FÉVRIER** | Je passe ma journée du lundi à errer comme une âme en peine. Dormir et boire sont les principales activités de ma journée. Ici, il n'y a de toute façon pas grand-chose à faire.

Je vais dans une pharmacie pour acheter de l'Ercefuryl. Je fais un amer constat. La boîte de médicaments me coûte 3 330 francs CFA et je ne l'utiliserai certainement pas totalement, du moins je l'espère. À raison de 150 francs CFA le bol de riz avec un peu

de sauce (un repas pour un Nigérien), le prix de mon médicament permettrait à un Nigérien de prendre vingt-deux repas : édifiant non ? Pas étonnant qu'ici ils utilisent souvent les méthodes traditionnelles, ils n'ont surtout pas les moyens de se soigner. J'ai du mal à supporter la misère qui règne dans cette ville grouillante de monde. Je suis sans arrêt interpellé par des jeunes et moins jeunes qui me réclament de l'argent pour manger. La journée se passe difficilement, je n'ai pas d'appétit et j'avale en me forçant une demi-assiette de riz blanc (c'est dégueulasse). Depuis plus de cinq mois de voyage, c'est mon premier ennui de santé. Je me rends compte de la difficulté de me retrouver seul, malade, et avec un vélo comme moyen de locomotion. C'est l'apprentissage du voyage solitaire qui continue.

| **MERCREDI 3 FÉVRIER** | À 7 h, je suis à la gare routière pour charger Tornado et sa remorque sur un taxi-brousse. Cela fait pratiquement trois jours que je ne mange pas ou très peu. Entre Dosso et Gaya (155 km), il ne semble pas y avoir de villes. Je ne veux pas présumer de mes forces et j'en ai assez de rester à Dosso.

DOSSO
> MALANVILLE
155 km en taxi-brousse et 12 km à vélo

Ce matin, je me sens un peu mieux, j'ai déjeuné volontiers, tout devrait bien se passer. Je ne regrette pas mon choix. Le paysage est une succession de savanes et de semblant de forêts. Les villages sont très rares et la route surtout dans un état lamentable. Il y a un peu de goudron entre les trous.

Finalement, j'arrive à 10 h 30 à Gaya et enfourche Tornado immédiatement en direction du Bénin. Je longe une dernière fois le fleuve Niger, déjà vu à Bamako, Mopti, Niamey. Le fleuve est entouré de rizières. J'ignore la quantité de riz cultivée au Niger, mais cela doit être impressionnant. Je garde l'impression d'un pays très pauvre, le plus pauvre que j'aie traversé jusqu'à présent. Par la suite, j'apprendrai que quinze jours après ma sortie du territoire, un coup d'État renversera le président Tandja.

Le Bénin, un pays accueillant
du 3 au 27 février 2010 : 893 km

| **MERCREDI 3 FÉVRIER (suite)** | Avant de traverser le fleuve Niger, je passe sans soucis la frontière du pays éponyme. De l'autre côté du pont, c'est le Bénin. Je reçois un accueil très chaleureux de la part de la police ; l'ambiance me semble plus décontractée. Ce n'est peut-être qu'une impression.

Je m'arrête dans un hôtel en rénovation tenu par des Français, *Les Relais du soleil*. À midi, j'arrive à manger de bon appétit, je semble aller mieux. Je décide malgré tout de rester ici un jour de plus car je veux profiter au maximum de mon voyage et non galérer sur les routes. J'ai quand même fait aujourd'hui 12 km : c'est un exploit.

Repos

| **JEUDI 4 FÉVRIER** | Je suis très bien reçu, les propriétaires et le personnel sont sympas, les chambres, propres et confortables, et la cuisine, excellente.

Bon endroit pour me retaper, j'y suis nettement mieux que dans mon sinistre hôtel de Dosso et pour moins cher.

J'ai traîné toute la journée dans Malanville à la recherche d'un cyber, mais en vain. Les gens, sans trop savoir ce que je demandais, me baladaient d'un bout à l'autre de la ville. C'est simple, des cybers, ici, il n'y en a pas.

**MALANVILLE
> KANDI
107 km**

Des quantités phénoménales de manioc sont vendues au bord de la route. Finalement, à mon grand désespoir et malgré cet avertissement, je n'ai pas croisé d'éléphants.

| **VENDREDI 5 FÉVRIER** | Au réveil, le temps semble couvert, c'est en fait la poussière qui annonce l'harmattan. Il fait relativement frais : 24°. Je me sens en pleine forme, prêt à affronter les 107 km me séparant de Kandi.

La route est plate, il n'y a pas de vent, le temps est brumeux et c'est parfait pour moi.

Je traverse toute une zone de cultures, le coin me semble plus riche qu'au Niger. Il y a beaucoup de plantations d'acajou donnant les noix de cajou.

Je traverse toute une région de véritable forêt comme je n'en ai pas encore vu ici en Afrique. Je zieute à droite et à gauche dans l'espoir, mais en vain, d'apercevoir des éléphants. Je traverse ensuite des champs de coton. Le coton est récolté mais d'immenses tas restent encore dans les champs. Le bord de la route en est jonché : on pourrait remplir des sacs ! L'atmosphère est toujours laiteuse. La visibilité est réduite et l'harmattan souffle gaillardement. Ce vent poussiéreux ne me dérange pas trop, bien au contraire, soufflant de 3/4 arrière, il me pousse allègrement.

Après un petit pique-nique au bord de la route, j'arrive à Kandi à 14 h 30, pas fatigué du tout mais la chaleur commence à frapper, il doit faire au moins 40°.

Aujourd'hui, j'ai traversé un coin relativement peuplé. Je n'ai pas arrêté de saluer de la main et, peut-être pour la première fois, personne ne m'a réclamé d'argent ou de cadeau. Souvent les gens se mettent au bord de la route pour m'applaudir. Je crois que les encouragements des gens dépassent ce que j'ai connu au Maroc et ce n'est pas peu dire. Kandi est une petite ville, les hôtels ne manquent pas et je pense que j'y trouverai un cyber. Le premier hôtel où je m'arrête est complet et je demande l'autorisation d'y planter ma tente. Autorisation accordée mais finalement j'aurai une chambre à partir de 16 h. En attendant, je mets mon carnet de route à jour en dégustant, sous un manguier, une bière locale, *La Béninoise*. À 16 h, la chambre n'est pas disponible, j'aurai droit à la chambre du président pour le même prix. J'ignore qui est ce président, de la république béninoise certainement. Je vais dans un cyber, la connexion est parfaite mais, ici, c'est un brouhaha infernal. Je m'y reprends à trois fois pour mettre mon carnet de route à jour et j'y renonce finalement.

En sortant du cyber, il fait nuit noire. En m'aidant de mon téléphone portable comme lampe, je me débrouille pour aller manger un plat de riz-poulet pour changer un peu.

Des bénévoles du village nettoient les alentours du centre de santé, le tout rythmé au son du tambour.

LE BÉNIN, UN PAYS ACCUEILLANT

J'ai 2 km pour retourner à l'hôtel. Avec un éclairage public parfois inexistant, c'est un peu le parcours du combattant. Ça grouille de monde partout : piétons, cyclistes ou motocyclistes, avec ou sans phares, se croisent et s'entrecroisent sans problème. C'est marrant car je m'habitue et je suis relativement à l'aise dans cette semi-obscurité.

KANDI
> BEMBEREKE
115 km

| SAMEDI 6 FÉVRIER | La journée d'aujourd'hui est la copie conforme de celle de la veille. Atmosphère couverte de poussière, l'harmattan et la chaleur vont encore frapper. Je n'ai pas étudié l'activité économique du Bénin mais je dois être dans une région agricole fertile. Les champs sont en attente de cultures pour l'hivernage, des champs de coton partout et bien entendu des vergers d'acajou et de manguiers.

J'arrive à l'entrée d'un village où je remarque une intense activité. Ce sont les bénévoles du village qui nettoient les alentours du centre de santé, le tout rythmé par des musiciens au son du tambour.

La route va certainement être élargie car, de chaque côté, les arbres sont abattus et l'herbe brûlée. Le paysage n'est pas terrible mais les gens du village profitent de cette aubaine pour récupérer le bois. Ce sont essentiellement les femmes que je vois travailler à coups de haches, parfois avec un bébé dans le dos : que font les hommes ici ?

La route doit être refaite. Ce n'est pas du luxe car elle est pleine de trous. La circulation est importante et j'assiste à un ballet étonnant. Camions, cars, voitures, motos et vélos roulent dans tous les sens pour éviter les trous : à droite, à gauche, en travers. Il faut

Des jeunes filles fabriquent des tissus sur des métiers à tisser.

voir ce spectacle. Quand je dis ballet, je n'exagère pas, il me faut d'ailleurs être très prudent car je suis au milieu. Je m'amuse bien quand même car, à vélo, je suis peut-être le plus à l'aise pour éviter les trous.

Dans un village, je vois des jeunes filles fabriquer des tissus à l'aide de métiers à tisser. C'est la deuxième fois que j'assiste à ce travail depuis ce matin.

Quelque chose m'intrigue au bord de la route. Des femmes, nombreuses, sont devant des petits tas, avec de temps à autre des camions qui chargent et je n'arrive pas à savoir ce que c'est. Finalement, en sortant de Bembereke, je m'arrête et je constate que ce sont des tas de cailloux. Les femmes passent leur journée avec une petite masse à la main et les cassent pour les constructions. Moi qui croyais que les bagnes étaient supprimés ! À l'occasion de cette journée, je fais un amer constat. Aujourd'hui, c'est samedi et, tout au long de la journée, je n'ai pratiquement vu que des femmes travailler. Dans toute l'Afrique et en particulier ici, on parle beaucoup de l'émancipation de la femme mais j'ai bien peur que ce ne soit pas encore une réalité.

À 2 km de la sortie de Bembereke, je trouve un petit hôtel, *L'Eldorado,* avec une chambre à 3 000 francs CFA. C'est très rustique mais j'ai un ventilateur, une moustiquaire et de l'eau à volonté avec un seau pour me laver. Le seul inconvénient, il ne fait pas restaurant. Ce soir, je ferai la cuisine : petits pois avec un cube *Maggi*.

Cette nuit, j'ai eu très chaud. Il faisait plus de 30° jusqu'à une heure avancée. La chambre disposait d'un ventilateur, mais les nombreuses coupures d'électricité le rendaient inutile.

Des femmes passent leurs journées avec une petite masse à casser des cailloux, le tout sous une chaleur épouvantable.

LE BÉNIN, UN PAYS ACCUEILLANT

**BEMBEREKE
> PARAKOU
113 km**

| **DIMANCHE 7 FÉVRIER** | Je démarre alors qu'il ne fait pas encore jour. Le veilleur de nuit m'ouvre les portes et attend que je parte avant de se recoucher. Il faut savoir qu'en Afrique, tous les établissements, petits et grands, ont un ou plusieurs veilleurs de nuit. Il est vrai que la main-d'œuvre n'est pas chère.

Le temps est toujours identique : j'aurai encore droit à la chaleur et au vent. La route semble meilleure mais les trous, même s'ils sont moins nombreux, sont toujours au rendez-vous. La circulation est très importante. Il me faut faire très attention. Je me retrouve régulièrement nez à nez avec un camion en train d'essayer d'en doubler un autre péniblement.

À partir de 11 h, il commence à faire très chaud et je décide de sauter le repas de midi. Je m'alimente à la manière d'un coureur cycliste, c'est-à-dire sans m'arrêter afin d'arriver le plus tôt à Parakou. C'est chose faite à 14 h.

Demain, je me repose et je recherche un peu de confort. Je trouve enfin un hôtel où l'accueil n'est pas spécialement sympa. Cet hôtel est tenu par une Française qui fait office de consul honoraire. Comme la chambre est un peu chère, je lui ai demandé un prix. Elle m'a fait 10 % mais j'ai eu l'impression de lui arracher un œil. Quoi qu'il en soit, les chambres sont très confortables avec clim, frigo et télé.

Escale technique

| **LUNDI 8 FÉVRIER** | Je reste une journée à Parakou pour m'occuper de Tornado, je crois qu'il le mérite. Je dois changer les patins de frein et raccourcir une fois de plus la chaîne.

Depuis mon entrée au Bénin, les coupures d'électricité sont monnaie courante, bien plus que dans les autres pays. La production électrique ne doit pas être suffisante et le réseau beaucoup plus important qu'ailleurs. J'ai remarqué qu'ici, tous les villages étaient électrifiés. Pas étonnant que la production ne suffise pas.

**PARAKOU
> TCHAOUROU
60 km**

| **MARDI 9 FÉVRIER** | Ce matin, le temps semble plus clair qu'habituellement et la route est superbement bitumée. C'est agréable de ne plus avoir à slalomer. L'accueil est toujours aussi agréable et je traverse les villages sous les acclamations des villageois. Je dois être un peu l'attraction de la journée.

Je remarque de plus en plus de plantations d'acajou. Ici, on me parle de noix d'acajou et je crois que les deux noms sont utilisés selon les pays. Sur les arbres, les noix sont mûres, de couleur rouge ou jaune. De nombreuses femmes avec une bassine sur la tête s'en vont les ramasser. Je m'arrête par curiosité, l'une d'elles ramasse quelques fruits et, après en avoir enlevé la noix, elle me les offre en me faisant signe de les manger. C'est assez sucré et très juteux. Les femmes ramassent les noix pour les porter à une usine proche où elles sont certainement emballées et envoyées en Europe pour le plaisir de nos apéritifs. Je ne parle pas du prix de vente en France et du prix de revient ici. J'ai lu quelque part à propos de la noix de cajou : arbre du pauvre et nourriture favorite du riche (à méditer !).

Pendant qu'un garçon livre du charbon de bois, son petit frère joue avec son jouet favori : un vieux pneu.

Au bout de 60 km, j'arrive à Tchaourou. Cette petite ville est très agréable. Il y a une auberge et un cyber, c'est parfait pour moi. L'auberge est rustique mais propre et il y a tout ce que je demande : salle d'eau, WC, ventilateur, électricité et le tout pour la modique somme de 3 500 francs CFA (5 €). Je m'installe donc ici pour la journée après une courte étape.

LE BÉNIN, UN PAYS ACCUEILLANT

Je vais au cyber mais il n'y a pas de connexion. J'ai l'impression qu'ici les connexions sont rares. Il est 15 h et, pour tuer le temps, je m'enfonce dans la brousse pour une promenade d'une heure et demie. La végétation est très dense dans le secteur, j'ai intérêt à rester sur les chemins. Je vois des acajous et des manguiers, bien sûr, mais aussi des bambous, des karités et d'autres essences d'arbres que je ne connais pas.

Ce qui est étonnant dans tous ces pays d'Afrique et, en particulier au Bénin, c'est le nombre d'églises de confessions différentes. Catholiques et protestants sont nombreux mais aussi évangélistes, pentecôtistes, adventistes, témoins de Jéhovah et bien d'autres dont je ne connaissais pas l'existence. J'ai l'impression que chacun y va de sa secte. Les Africains, très croyants, se laissent facilement influencer.

**TCHAOUROU
> SAVE
104 km**

| **MERCREDI 10 FÉVRIER** | Bien entendu, au réveil pas d'électricité. J'essaye de déjeuner à la frontale – j'ai l'habitude – mais le réchaud ne fonctionne pas. Après avoir nettoyé Tornado à l'essence, j'ai oublié de refaire le plein. Je démarre à la frontale à 6 h 30 car il fait déjà très chaud, au moins 30°. Le jour se lève et je constate qu'il y a des nuages. J'ai même le sentiment qu'il va pleuvoir : je peux rêver.

Toute la journée, il fera très chaud et lourdasse avec une alternance de nuages et de soleil. Le temps a complètement changé et ce n'est plus l'harmattan qui souffle. Le vent a changé de direction, il vient du sud-ouest et je l'ai de 3/4 face. Est-ce l'approche de l'océan et les entrées maritimes ?

La route est une succession de montées et de descentes, en ligne droite, au milieu d'une étendue de verdure. Le haut des côtes me permet de dominer la forêt à perte de vue, c'est très joli. Au bord de la route, il y a toujours ces plantations de noix d'acajou. Cela reste très spectaculaire car je ne sais ce que l'on fait de toutes ces noix. Ici on pratique toujours l'écobuage. Le seul problème, les paysans se font souvent gagner par le feu et je constate des traces d'immenses feux de brousse.

Le Bénin, berceau du vaudou, reste très religieux. Toutes les Églises – ou parfois des sectes – y sont très présentes. Chrétiens et musulmans cohabitent en toute sérénité, comme souvent en Afrique.

Aujourd'hui, les Béninois ont tout faux. Jusqu'à présent, je louais ce pays qui était le seul où l'on m'acclamait au bord des routes et où l'on ne me réclamait rien. Je crois qu'aujourd'hui, j'ai battu le record du monde des «Donne-moi un cadeau!» et le tout, sans bonjour et sur un ton souvent agressif. Cela m'a empoisonné la journée si bien que souvent je ne disais plus bonjour car la réponse était «Donne-moi cadeau!» ou «Cadeau, cadeau!». Est-ce la pauvreté de la région? J'ai d'ailleurs constaté que l'habitat a énormément changé. Jusqu'à présent, les villages étaient constitués majoritairement de maisons en dur. Depuis ce matin, les cases ont largement réapparu. Je suis peut-être excessif, mais quand je traverse avec mon vélo un village et que l'on me réclame un cadeau une centaine de fois, il y a de quoi perdre son sang-froid.

Par cette chaleur et ce temps lourd, je transpire beaucoup et ma réserve d'eau y passe. Heureusement, j'arrive vers 14 h à Save. Un hôtel correct et une bonne bière béninoise me rendent cette petite ville sympathique. J'ai du temps devant moi pour arriver à Cotonou et je décide de me poser une journée supplémentaire ici. Dans les alentours, il y a de belles montagnes, je vais essayer de m'y promener.

Repos et excursion

| **DU JEUDI 11 AU DIMANCHE 14 FÉVRIER** | Aujourd'hui, il m'en arrive une bien bonne, comme quoi, l'Afrique réserve toujours son lot de surprises. J'avais demandé à la jeune fille de l'hôtel de me trouver quelqu'un pour m'accompagner sur les collines de Save. Ce matin, elle me dit d'aller voir le roi.

Un *zem* (taxi-moto) me conduit directement au palais royal. Je suis reçu par un conseiller. Il m'indique qu'il faut l'autorisation du roi et m'obtient une entrevue avec celui-ci. Je suis reçu par un personnage très digne, assis sur son trône, en chapeau doré et une grande canne dorée à la main. Il est assisté comme c'est la tradition par trois femmes arrivées pour la circonstance. Je lui fais part des raisons de mon voyage en Afrique et il m'autorise à monter sur la colline appelée «Les Deux Mamelles». Il m'invite à

Fabrication de briques en banco *ou* adobe, *mélange de latérite et parfois de paille séchée au soleil.*

revenir demain car c'est son jour de réception. Il aura ses habits d'apparat, avec sa couronne sur la tête. Je pourrai aussi prendre toutes les photos que je voudrai. Après une révérence, je prends congé du roi et retrouve son conseiller.

J'ai rendez-vous à 16 h avec un guide pour monter sur la colline. Il me faudra, pour ce faire, laisser 5 000 francs CFA de caution (que je ne retrouverai certainement pas). L'après-midi doit être consacré à grimper sur la montagne que je n'atteindrai jamais. Mes deux guides, qui sont en réalité deux princes (fils du roi), me disent que c'est impossible. Ce dont je doute. En fait, ils n'ont pas trop envie de marcher et veulent surtout discuter. Qu'importe, je me suis promené, j'ai appris un peu plus sur la nature, les coutumes de cette région et surtout beaucoup parlé.

Petite anecdote : à Tchaourou, quand je me promenais dans la brousse, j'ai voulu goûter une noix de cajou. Je l'ai mise dans ma bouche pour la croquer mais elle n'était pas sèche et j'ai essayé d'en croquer d'autres. Or la noix de cajou est recouverte d'une espèce d'acide (acide anarcadique) qui m'a anesthésié la bouche et brûlé les lèvres. Ce matin, je suis allé dans une pharmacie pour acheter un produit car mes lèvres me piquent. En fait, les noix de cajou possèdent un acide dont les Africains se servent pour faire leurs scarifications. Je me suis bien fait prendre !

Le lendemain, j'arrive au palais royal. Je suis accueilli dans le hall d'entrée au son des tamani et des tam-tams. Quatre musiciens se mettent à jouer dès que quelqu'un arrive. Je suis reçu par le Premier ministre. Il me demande de patienter. J'assiste ainsi à l'arrivée de tous les ministres et des femmes âgées (les sages) qui entourent le roi. À l'arrivée de chacun de ces personnages, tout le monde se prosterne. Les ministres s'installent à gauche du trône, le Premier ministre (Agani Olu Osim) à côté et les dames à droite. Ensuite, on m'installe sur le côté afin que je puisse assister à la cérémonie. Le roi n'est toujours pas là, il se fait attendre. De nombreuses femmes arrivent et se mettent à danser dans la cour au son du tam-tam. Tout d'un coup, j'entends du bruit à l'extérieur, les femmes s'arrêtent et les ministres sortent précipitamment. Que se passe-t-il ? Je l'ignore et on me fait signe de ne pas bouger. Enfin tout rentre dans l'ordre et les danses reprennent.

Le roi me fait appeler pour une entrevue. Je lui remets une petite enveloppe en signe d'accueil (5 000 francs CFA) et nous discutons. Il m'explique l'altercation qu'il y a eu. Ce sont des opposants qui n'acceptent pas de ne pas avoir été nommés ministres et voulaient pénétrer de force. C'est lui-même qui nomme ses ministres en fonction de leurs villages d'origine. Il avait également peur qu'ils aillent profaner un arbre sacré (*iroko*) au milieu du quartier. Il est le garant de la préservation des habitudes coutumières et règle certains conflits de propriété foncière. Je lui dis qu'en France, toutes les traditions se perdent, il me répond en souriant : « Justement, c'est vous qui nous contaminez. » Il est normalement propriétaire des terrains, mais c'est l'État qui en dispose. Ainsi, l'endroit où je me suis promené hier est sacré. C'était le lieu de refuge des villageois pendant les guerres tribales. Les murailles de pierre en attestent. C'est également un lieu où ils sacrifient régulièrement un bœuf.

Tout cela est très compliqué mais le roi n'est pas dupe. Il sait pertinemment qu'il n'intéresse les politiques qu'au moment des élections car ils connaissent sa grande influence sur son peuple. Le reste du temps, ils l'ignorent, si ce n'est le président de

C'est vendredi, le roi reçoit ses sujets ; ses ministres, pompeusement habillés, arrivent pour l'assister.

LE BÉNIN, UN PAYS ACCUEILLANT

la République qui lui rend visite chaque fois qu'il vient dans la région. L'entrevue terminée, je regagne ma place et le roi sort pour s'installer sur le trône.

Les danses reprennent de plus belle, toujours au son du tam-tam. Les femmes s'amusent vraiment, elles effectuent des danses très variées tout en chantant : le spectacle est prodigieux et ce n'est pas pour les touristes. Il va de soi que je suis le seul Blanc dans l'assistance. Certaines dansent également avec un bébé dans le dos. Les gens jettent des pièces au milieu du cercle des danseuses et j'en fais autant.

De temps en temps des gens viennent se prosterner devant le roi, discutent avec lui et

Je suis accueilli, comme les ministres, par les musiciens au son des tamani et des tam-tams.

le Premier ministre pour régler je ne sais quel problème. Les femmes continuent de danser et de chanter. Elles s'en donnent à cœur joie. Elles viennent se prosterner devant les musiciens pour les remercier. Elles exécutent ensuite une danse de révérence vers le roi et se prosternent un grand moment à ses pieds où une discussion s'engage longuement. Je ne saurai jamais ce qui est dit.

La cérémonie s'arrête et les gens commencent à partir. J'attends toujours sur ma chaise jusqu'à ce que le roi me fasse demander. Je suis ainsi reçu directement dans son appartement privé où nous prenons une bière avec son Premier ministre. Nous discutons de tout et de rien. Il m'explique que les rois sont mieux reconnus et rémunérés dans les anciennes colonies anglaises, royauté oblige (Nigéria, Ghana). Je lui explique qu'en France, un roi n'est pas reconnu et, pour preuve, le dernier en place, nous lui avons coupé la tête, ce qui le fait beaucoup rire.

Il m'explique qu'il porte sa couronne seulement les jours de grande cérémonie (une fois par mois). Du coup, très cabotin, il va se changer, mettre son costume d'apparat et sa couronne pour que je le prenne en photo. Il joue vraiment la star car il va se changer une nouvelle fois pour mettre le costume qu'il ne porte que dans les grandes occasions. Le Premier ministre me signale que c'est un grand honneur qu'il me fait.

Je prends congé du roi et retourne à l'hôtel. J'ai vraiment passé une matinée extraordinaire. Une opportunité qu'il me fallait absolument saisir. C'est l'un des intérêts du voyage à vélo. Après cette entrevue avec Sa Royale Majesté Kabiyesi Oba Adetutu, je suis dans la réalité de la vie africaine et non dans les circuits touristiques classiques. Je n'ai pas dormi de la nuit. Je ne sais pas pourquoi. Hier, j'ai bu du café tard, il y a eu

du bruit toute la nuit. Aussi je décide de rester un jour de plus. Essai d'Internet ce matin, mais pas de connexion. Je décide de gravir une des collines qui entourent Save. Ce sont d'immenses blocs granitiques, vierges de toute végétation. À mi-pente, un grand rectangle peint en blanc, un semblant d'autel avec croix et missels au milieu. J'évite d'y pénétrer pensant à un lieu sacré. Je suis interpellé par un individu tout de blanc vêtu qui m'y invite après m'être déchaussé. Après avoir rencontré un ami qui voyait ses prières exaucées, il s'est converti à la religion catholique et vient ici pour prier. En redescendant, je croise un couple dont l'homme m'explique qu'il est pasteur pentecôtiste et qu'il monte au sommet pour prier. Il connaît celui que j'ai rencontré, il fait partie de l'église évangélique. J'ai l'impression qu'ici toutes les montagnes sont sacrées, peut-être pour être plus près du Bon Dieu. Je décide d'y regrimper cette après-midi avec mes baskets et d'aller au sommet. On me dit un peu fou, je crois que je le suis car je grimpe sur la colline aux sites religieux à 14 h 30 au plus fort de la chaleur. J'y rencontre les mêmes gens que ce matin. Ils sont restés toute la journée pour prier…

Les femmes s'amusent vraiment et elles effectuent des danses très variées tout en chantant.

LE BÉNIN, UN PAYS ACCUEILLANT

Je rentre en nage et complètement pourri car j'ai été obligé de traverser les cendres de la brousse brûlée. D'ailleurs, derrière moi, un feu se déclare et me fait prendre conscience qu'il me faut être très prudent quand je me promène dans la brousse.

Je reste une journée de plus à Save car aujourd'hui c'est dimanche et je peux assister à une grand-messe. Il y a déjà un petit moment que j'y pense. Ce doit être très différent de chez nous. C'est ma grande sœur Lydie qui sera contente quand elle apprendra que son petit frère est allé à la messe.

La messe est à 10 h, j'arrive un quart d'heure avant. Il y a déjà quelques fidèles. Je m'installe au fond afin de mieux observer. Deux prêtres arrivent, entourés de six enfants de chœur tout de vert vêtus et la messe commence. Les tam-tams résonnent et une chorale se met à chanter. Les gens arrivent tout au long de cette messe. Ils sont sapés et les gamins, magnifiques en habit du dimanche, les femmes d'un côté, les hommes de l'autre. Dans les allées, circulent des gens ceints d'une écharpe verte avec une croix dans le dos qui ont l'air de surveiller. Une dame avec une baguette flexible veille à ce que les enfants soient sages. Selon les circonstances, les gens sont assis, debout, souvent à genoux et même prosternés. Je crois que ça ne se fait plus chez nous de s'agenouiller. Le prêtre attaque son sermon en langue locale et le traduit ensuite en français pour ceux qui ne comprendraient pas.

La chorale exécute des pas de danse que les dames dans l'église reprennent. De voir ces gens habillés de toutes les couleurs, ces prêtres, ces enfants de chœur, d'entendre

Sa Majesté Kabiyesi Oba Adetutu, treizième de la chefferie traditionnelle Shabe, tient à me montrer son habit d'apparat.

le tam-tam et la chorale fait naître une émotion intense que j'ai du mal à contenir. C'est un spectacle extraordinaire (excusez le mot « spectacle » en parlant de messe) et l'on sent les gens très concentrés. Le prêtre, au début de son sermon sur l'idolâtrie, pose des questions et les gens répondent en levant la main. C'est le moment de la quête, il y en aura trois ou quatre, les enfants de chœur se positionnent aux quatre coins de l'église avec de grandes corbeilles et ce sont les gens qui se déplacent.

Pour la communion, la participation doit être de 95 %. Les gens reçoivent l'hostie directement dans la bouche comme chez nous autrefois. Peu avant la fin de la messe, les femmes sortent des rangs en dansant, tournent autour de la chorale et vont se rasseoir. Finalement cette messe aura duré deux heures sans que les gens s'impatientent. En sortant, certaines personnes viennent me saluer mais je n'ai pas eu l'impression d'être regardé comme un intrus.

Demain, il me faut repartir, je ne pensais pas rester aussi longtemps ici en arrivant. L'événement de la journée : j'atteins aujourd'hui la barre des 10 000 km et je peux annoncer fièrement 10 013 km.

| **LUNDI 15 FÉVRIER** | La clim n'a pas fonctionné de toute la nuit (toujours ces coupures de courant) et, comme j'avais fait refroidir ma réserve d'eau pour la journée sous la clim, aujourd'hui, je boirai de l'eau chaude. Je prévois de faire une petite étape de 55 km et de m'arrêter à Dassa.

SAVE
> BOHICON
136 km

Le jour point et les nuages me donnent l'impression qu'il va pleuvoir mais ce ne sera qu'un faux espoir. La végétation est quasiment identique aux jours précédents. Toujours les noix d'acajou, des manguiers, des palmiers et des bananiers par-ci par-là. La route, en excellent état, n'arrête pas de monter et de descendre. Je traverse de nombreux villages qui se touchent même parfois. Je ne vous dis pas le nombre de « Cadeau ! » que j'entends au bord de la route, c'est vraiment une horreur, je n'ai jamais connu cet excès dans aucun pays. Certains me diront que c'est le prix à payer. Mais à vélo, c'est très cher payé. J'en arrive à péter les plombs et à insulter les gens en leur disant que je ne suis pas le Père Noël. D'autant qu'ils sont très nombreux sur mon passage.

Des quantités phénoménales de *gari* (farine de manioc) sont vendues au bord de la route. Les jours précédents, on vendait des ignames et du manioc brut, aujourd'hui c'est du *gari*. C'est toujours dans la démesure et je ne sais pas si chacun y trouve son compte, mais ça m'étonnerait.

J'arrive finalement à Dassa. Je ne sais pas pourquoi, ce village, je ne le sens pas et je décide de continuer jusqu'à Bohicon. Mal m'en a pris car, sous la chaleur lourde et le vent de face, je vais passer la journée la plus difficile depuis mon départ.

Heureusement une rencontre viendra égayer cette journée. Un 4x4 avec un couple de Français ralentit à ma hauteur et engage la conversation. Il s'agit de Jean-Jacques et son épouse qui sont de Nice. Je leur dis que je suis des environs de Manosque, ils me demandent si je connais la *Carrosserie Toussaint* et effectivement, je connais bien Riquet, un ancien copain de sortie de Laurence. Ils me disent qu'ils viennent souvent à Manosque et je leur précise qu'en fait je suis de Gréoux. Et Jean-Jacques de me dire que sa sœur habite Gréoux : c'est la copine de celui qui fait les pizzas au carrefour du

LE BÉNIN, UN PAYS ACCUEILLANT

Grysélis. Elle était d'ailleurs venue me voir au cabinet pour un conseil. Quand je vous dis que l'Afrique est petite! Finalement, ils s'arrêtent dans un village et m'invitent à boire une bière bien fraîche dans un maquis, ce que je ne peux refuser.

Je reprends ma route. Tout au long, les mamans continuent de vendre leur farine de manioc. Depuis deux jours je remarque aussi beaucoup de femmes aux seins nus. Jusqu'à présent, je ne voyais que des dames âgées mais maintenant c'est toutes les catégories d'âge.

J'arrive à Bohicon, complètement cassé. Comme d'habitude en ville, j'ai du mal à trouver un hôtel car rien n'est indiqué et les gens ne connaissent pas trop. Finalement, je trouve l'hôtel des Princes (c'est de circonstance) où l'accueil est très froid mais les chambres et le prix sympathiques, je décide donc d'y rester quelques jours.

Repos

| DU MARDI 16 AU DIMANCHE 21 FÉVRIER | Le 1er mars, j'ai rendez-vous avec Joce et Xavier. C'est le couple qui descend en camping-car au Cap et que j'ai déjà rencontré cinq fois. Ils me proposent leur camping-car pour traverser le Nigéria. Michel et Bernadette, un autre couple, qui était avec eux jusqu'au Mali, les rejoint. Avec un ou deux camping-cars, ils veulent traverser le Nigéria en convoi. Je pense saisir cette opportunité car l'avion avec mon vélo et la remorque, ce ne doit pas être simple.

C'est vrai que beaucoup de mes amis me déconseillent la traversée du Nigéria à vélo. Mais en convoi, le risque est minimisé et plus rapide. C'est la raison pour laquelle j'ai le temps d'arriver à Cotonou.

Je profite de ce repos pour me laisser aller à quelques réflexions personnelles. À Save, en discutant avec les serveuses, Mary et Salamatu, toutes deux musulmanes, j'en connais un peu plus sur leurs conditions de travail: Mary commence sa journée à 8 h et la termine à 23 h, soit 15 heures par jour 6 jours par semaine, 90 heures par semaine et 390 heures par mois. Son salaire mensuel est de 18 000 francs CFA, ce qui fait un salaire

Dès que je m'arrête, j'attire une nuée de gamins qui veulent se faire prendre en photo.

horaire de 0,07 €. Sachant que le SMIC horaire en France est à plus de 7 €, Mary touche 100 fois moins qu'un salarié français. La vie est-elle 100 fois moins chère qu'en France ? Je suis loin de le penser. Il est vrai que Mary n'a pas l'air de faire des coups de sang dans son travail mais la disponibilité est là. Quant à Salamatu qui gagne 20 000 francs CFA par mois, elle parlait moins mais je sais qu'elle est mariée et élève quatre enfants.
À Malanville, l'hôtelier français m'avait parlé d'un village souterrain découvert récemment. Je décide d'aller le visiter mais c'est plus compliqué que je ne le pensais. J'ai dû demander à une dizaine de *zems* (taxi-moto) mais aucun ne connaissait. À l'hôtel, ils en avaient entendu parler mais ne savaient pas où c'était. Finalement, c'est au cyber qu'on m'a branché avec un pilote de *zem* et j'ai pu visiter ce soi-disant village à quelques kilomètres d'ici. Il ne s'agit en fait pas d'un village mais d'une installation militaire datant du XVIIe siècle (dernière datation connue) de l'époque du royaume du Dahomey pour se protéger des attaques tribales. Ce lieu a été découvert par des Danois en faisant la route. Ce sont de grands trous creusés sous terre à l'entrée très étroite et à dix mètres de profondeur. L'intérieur plus large permet d'y vivre caché avec réserve d'eau (par infiltration), des provisions et deux ou trois chambres. Quand l'ennemi arrivait, on pouvait sortir précipitamment et l'ennemi était surpris ; s'il pénétrait ou tombait dans un trou, il était sûr de son sort. Le site en question s'étend sur 7 ha et on dénombre 56 trous (1 600 répertoriés sur le plateau du Dahomey). De plus, on peut voir sur le site des temples de culture vaudoue. La divinité de la prospérité est un arbre (*iroko*) entouré d'un ficus étrangleur. Un temple permet de rester en communication avec un ancêtre divinisé. Ce temple est toujours la propriété d'une famille qui vient régulièrement accomplir les rites ancestraux. Des autels de culture également vaudoue sont visibles au pied des baobabs.
Autrement, la vie à Bohicon est assez sympa et, à coups de *zem*, je peux circuler facilement, aller de l'hôtel au cyber, de l'hôtel au Maquis (super Paquita) que j'ai choisi

Des enfants sur la route avec des jouets de leur fabrication.

LE BÉNIN, UN PAYS ACCUEILLANT

comme cantine. Je ne sais pas s'ils gagnent bien leur vie, mais ils seraient près de 10 000 *zems* à Bohicon, tous accrédités par la mairie. La course coûte entre 100 et 200 francs CFA et un *zem* fait en moyenne 1 000 francs CFA de recettes par jour (1,50 €). À peine de quoi payer l'essence et entretenir la moto.

Pour revenir au Maquis qui me sert de cantine et aux bas salaires, j'ai quelques éléments techniques : 21 tables soit un maximum de 84 couverts, mais rarement plein, il fait accessoirement traiteur. En cuisine, ils ne sont pas moins de 35 personnes, toutes des femmes et une bonne douzaine au service. Un effectif pléthorique pour un établissement de cette taille. Voyez que je n'ai pas perdu mes vieux réflexes de comptable.

Je suis très bien ici, je ne redémarre que lundi car je ne suis pas spécialement pressé d'être à Cotonou, une grande ville. Une bonne semaine, ce sera largement suffisant pour visiter la région et faire les formalités.

**BOHICON
> COTONOU
134 km**

| **LUNDI 22 FÉVRIER** | **Il est temps de partir car je commence à faire partie des meubles. Le jour se lève sur un océan de verdure et mes yeux s'émerveillent. C'est marrant comme la végétation peut changer rapidement. Je suis maintenant dans une région de fruits.**

Les ananas alternent avec les bananes, les papayes et les palmiers : fini les noix d'acajou. C'est luxuriant et magnifique. Les villages se succèdent et j'ai toujours droit à ce désagréable mot de « cadeau » mais je vous ai peut-être un peu lassés avec mon problème majeur en Afrique.

Dans Bohicon (100 000 habitants) près de 10 000 zems (taxi-moto) circulent. À 100 à 200 francs CFA (0,15 à 0,30 €) la course, c'est bien pratique pour visiter la région.

Au fur et à mesure que je roule, le soleil chauffe et se retrouve à la verticale, j'approche de l'équateur. Je résiste jusqu'à 13 heures et m'arrête dans un maquis. Ce sera une *Béninoise* (63 cl), de la pâte blanche (farine de manioc), à ne pas confondre avec la pâte noire (farine d'ignames), et du poisson séché. J'en aurai pour 850 francs CFA. J'arrive aux portes de Cotonou à 15 h 30 et là commence le plus mauvais moment de la journée. Il y a un hôtel à l'autre bout de Cotonou, quartier Fidjrossé. Je demande ma route, on m'indique à droite ; je redemande, c'est à gauche. À force de persévérance, j'arrive sur une piste et j'y suis de mes 4 km à pied (beaucoup de sable), le long de l'océan. J'arrive enfin à Fidjrossé à l'hôtel *Ancrage de l'océan*. Cet hôtel est tenu par un Béninois. Venu en France à l'âge de 12 ans, il a fait des études de théâtre à Paris et a joué avec Jean-Louis Barrault à l'Odéon. Il est revenu au Bénin pour des raisons culturelles. Comme de bien entendu, le théâtre, ça ne nourrit pas son homme, il s'est lancé dans l'hôtellerie.

| **DU MARDI 23 AU JEUDI 25 FÉVRIER** | Je m'installe donc à Fidjrossé dans l'attente d'un coup de fil de Xavier et Jocelyne pour les rejoindre et traverser le Nigéria ensemble. Je reste donc à l'hôtel *Ancrage de l'océan* où je ne suis pas trop mal. Il y a pire comme situation. Nous sommes deux à l'hôtel, avec Géraldine, une jeune belge éducatrice spécialisée qui s'est recyclée. Elle est au Bénin pour un stage de deux mois pour une ONG qui s'occupe du développement en rapport avec l'alimentation de la population locale.

Repos

Des quantités phénoménales de gari (farine de manioc) sont vendues au bord de la route.

LE BÉNIN, UN PAYS ACCUEILLANT

J'en profite pour faire mon visa pour le Nigéria en espérant que cela se passera mieux qu'à Niamey. Avec un *zem*, je me rends donc à l'ambassade du Nigéria. Le responsable des visas ne parle qu'anglais et m'alloue l'aide d'un pasteur congolais parlant français. Il faut que je prouve que je suis touriste. Ce n'est pas si simple car je n'ai aucune adresse de résidence au Nigéria que je ne fais que traverser. Je laisse donc tous mes papiers à l'ambassade et des photocopies d'un dossier de presse que j'avais.

Je décide de demander une attestation au consulat de France à Cotonou. Au consulat, je suis très mal reçu par un employé zélé qui me signifie qu'il ne peut me faire une attestation car il n'a pas de formulaire. J'ai essayé de lui dire que justement une attestation n'est pas un formulaire. Je lui explique mon voyage, mon site Internet et qu'apparemment, je n'ai rien d'un terroriste. Je perds patience car il ne veut rien savoir et, après quelques noms d'oiseaux, je lui dis de se rendormir. C'est tout de même un comble, depuis le début de mon voyage, j'ai quand même fréquenté pas mal d'ambassades. Le seul endroit où je suis mal reçu, c'est le consulat de mon pays et par un Français. Je retourne à l'ambassade du Nigéria sans trop d'espoir et là, miracle, je récupère mon passeport avec le visa.

Pendant ces quelques jours, j'en profite pour visiter Cotonou et me promener au bord de l'océan. Je regarde les pêcheurs ramener les filets sur la plage : ils sont une vingtaine à tirer sur les cordes que le reflux des vagues ramène au large. Spectacle étrange que de voir tous ces gens batailler pendant des heures pour une pêche si médiocre.

Quand ce ne sont pas les femmes, ce sont les enfants qui sont de corvée de bois.

Enfin, j'ai un coup de fil de Michel de la part de Xavier, ils sont dans un camping à Godomey et m'attendent pour partir traverser le Nigéria demain matin.

| **VENDREDI 26 FÉVRIER** | Je quitte donc Fidjrossé à regret car c'est un quartier agréable de Cotonou au bord de l'océan. Petite journée de vélo (7 km) dans la banlieue de Cotonou qui me permet de rejoindre mes amis Joce et Xavier.

Ils m'attendent à Godomey avec Bernadette et Michel dans un camping assez sympa. Il est tenu par un certain Félix, marié à une Française qui vit la plupart du temps à Saint-Jean-du-Gard dans les Cévennes.

COTONOU
> GODOMEY
7 km

Le soir, nous aurons une discussion très poussée sur la pratique du vaudou au Bénin. C'est assez étonnant de l'entendre avec son ami parler du vaudou et sembler y croire alors qu'ils sont de religion catholique. Cette discussion nous laisse tous les cinq malgré tout assez perplexes.

Je profite du savoir de Félix et de sa parfaite connaissance du français pour lui poser une question qui me tarabuste depuis ma traversée du Bénin : pourquoi dans la partie nord du Bénin, personne ne me réclamait quoi que ce soit, je trouvais d'ailleurs l'accueil béninois extraordinaire et qu'à partir d'un moment, les gens n'arrêtaient pas de me réclamer des cadeaux sur un ton parfois très désagréable ? Son explication vaut ce qu'elle vaut mais c'est une explication : dans la partie nord, les gens sont de confession musulmane et, dans la partie sud, de confession catholique. Ce sont les missionnaires catholiques qui, pour évangéliser cette partie du Bénin, distribuaient des images pieuses (un cadeau) et les gens restent avec cette habitude de réclamer un cadeau !

| **SAMEDI 27 FÉVRIER** | Aujourd'hui, petite étape tranquille pour nous positionner près de la frontière et repérer les lieux pour demain matin. Tout le long de la route nous croiserons d'étranges personnages sur des motos chargées comme des mules. Que transportent-ils ? En fait, ils arrivent du Nigéria et font du trafic d'essence. Nous apercevons à peine les motos, elles sont entourées de bidons et cela leur donne une allure particulière.

COTONOU
> POBE
105 km en camping-car

Avec bien du mal, nous trouvons un petit hôtel, *Nulle part ailleurs,* que je conseille fortement. Mes amis dorment dans le camping-car dans la cour de l'hôtel et je prends une chambre pour 5 000 francs CFA. Dans cette catégorie, c'est de loin le meilleur hôtel que j'aie jamais trouvé.

Perso, je mène une vie de pacha. Les repas sont préparés par mes amis et je suis leur invité. Impossible de payer quoi que ce soit, je n'ai qu'à mettre les pieds sous la table. Xavier ne veut même pas que je participe aux frais de gazole. La vie de baroudeur est ainsi très facile.

Le paysage jusqu'à la frontière, très verdoyant, me signifie que je rentre maintenant dans une autre Afrique, l'Afrique centrale.

Avant d'aller à l'hôtel, nous avons repéré la frontière où tout a l'air compliqué : barrages, herses, papiers.

Traversée du Nigéria
du 28 février au 4 mars 2010 : 1103 km (en camping-car)

POBE
> ORE
300 km

| **DIMANCHE 28 FÉVRIER** | Après une piste de quelques kilomètres, nous sommes de bonne heure à la frontière. Le passage est facilité par des policiers béninois et nigérians assez sympas. Quoiqu'un peu long, il se fait sans problème après avoir changé un minimum d'argent car il n'y a pas de bureau de change ici. Premier contrôle : celui du ministère de la Santé contre la fièvre jaune. Nous nous rendons compte de nos premières difficultés. Nous sommes en pays anglophone et l'anglais n'est pas notre tasse de thé.

Nous sommes sur une autoroute avec une circulation à double sens, au gré des usagers. Il faut que nos chauffeurs fassent très attention, d'autant que les camions ont tendance à rester à gauche.

Pour cette première journée, nous goûtons au plaisir des contrôles, pas toujours rassurants. Ils sont effectués par des individus souvent très jeunes (18-20 ans), armés de Kalachnikov. Nous avons du mal à repérer qui nous contrôle, les uniformes changent constamment : policiers, gendarmes, militaires, douaniers, rangers et très certainement aussi de faux policiers. L'abord est souvent agressif. On nous demande de tout, mais rarement les papiers : *Johnnie* (whisky), *money*, à manger, à boire, d'où venez-vous ?

Pour raisons de sécurité, traversée du Nigéria en camping-car.

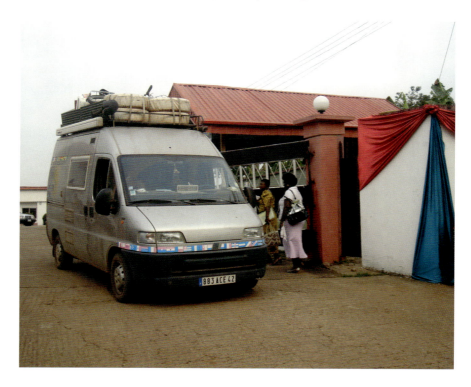

Où allez-vous ? Nous faisons souvent les imbéciles qui ne comprennent rien (ce qui est facile pour nous, pas de faire l'imbécile mais de ne rien comprendre) et, de guerre lasse, ils nous laissent partir.

Au bord de l'autoroute, entre deux barrages très proches, je vois, allongé sur le bas-côté, le corps d'une femme morte. Cela me fait un choc terrible, j'essaye bien de me raisonner, pensant que c'est un mannequin. À la première halte, Bernadette et Michel me confirment qu'il s'agissait bien d'une femme. Le plus terrible, c'est que ce corps est là depuis un bon moment malgré le monde qui y passe et à 300 mètres d'un contrôle de police. Terrible, n'est-ce pas…

Les contrôles se suivent parfois à un kilomètre de distance. Après 300 km, nous nous arrêtons à Ore car nous perdons beaucoup de temps sur la route. Nous trouvons un petit hôtel sympa : j'ai ma chambre et la gratuité pour le camping-car. Si je fais le bilan de la journée, je constate qu'en camping-car nous n'avons fait que 300 km, soit à peine le double de ce que je fais à vélo. Les contrôles nous retardent réellement : 28 aujourd'hui !

| **LUNDI 1ᵉʳ MARS** | Aujourd'hui, c'est le pompon car pas moins de 63 contrôles vont nous faire perdre un temps abominable et nous atteindrons Enugu à la nuit. Les chauffeurs sont cuits et il est temps que nous arrivions à l'hôtel.

J'ai quand même pas mal de regret de ne pas traverser le Nigéria à vélo. D'abord tout a l'air sécurisé et, surtout, le paysage est magnifique. La végétation est de plus en plus

ORE
> ENUGU
350 km

Nous retrouvons la vie et l'habitat traditionnel de l'Afrique sur la piste.

TRAVERSÉE DU NIGÉRIA

luxuriante, le relief de plus en plus vallonné. Malheureusement nous ne prenons pas de photos, les camping-caristes sont pressés et pas trop rassurés. De plus, il est souvent compliqué de s'arrêter. C'est vrai qu'à vélo, je m'arrête où je veux et quand je veux.

ENUGU
> IKOM
236 km

| **MARDI 2 MARS** | Aujourd'hui beaucoup moins de contrôles : 21 seulement ! Mais beaucoup de piste. Aussi nous n'effectuerons que 236 km, comme quoi, au Nigéria, on ne peut rien prévoir, comme dans toute l'Afrique d'ailleurs.

Sur ce port, des commerçants ambulants font manger les passagers du navire.

Dans l'ensemble, les villages ne sont pas terribles. Les maisons sont souvent faites de planches et de tôles, donnant un air de favelas. Nous retrouvons la vie et l'habitat traditionnel de l'Afrique sur la piste.

À Ikom, nous avons du mal à trouver un hôtel. Dans l'un d'eux, on voulait nous faire dormir à cinq dans une chambre pour une personne mais pas dans le camping-car. Finalement nous trouvons un hôtel assez luxueux où la fille du restaurant essayera de nous arnaquer sur le prix. Je crois que c'est monnaie courante au Nigéria, il faut toujours être sur ses gardes.

IKOM
> CALABAR
217 km

| **MERCREDI 3 MARS** | Nous arrivons enfin à Calabar et les contrôles sont moins fréquents (9). À un contrôle, un jeune policier, jugeant la vitesse trop élevée, pointera sa kalachnikov sur nous. Ce qui aura pour effet de mettre Xavier dans une colère noire et le chef, gêné, nous laissera repartir sans rien demander.

Un autre essayera de prendre ses médicaments. Nouvelle colère. Que c'est dur de garder son calme ! Tous ces jeunes policiers m'ont l'air très dangereux, jouant les caïds avec leur mitraillette à la main. Je pense que les bavures doivent être assez courantes.

Nous arrivons juste avant la fermeture de l'ambassade du Cameroun, ce qui nous permet d'avoir nos visas rapidement et sans problème. Le réceptionniste me déconseille fortement de remonter à Ikom car la piste au Cameroun jusqu'à Manfe est en très mauvais état. Il m'indique qu'un ferry part le vendredi de Calabar pour Limbe, près de Douala. C'est une aubaine que je saisis, m'évitant ainsi près de 300 km en camping-car et 80 km de piste. Le jeudi matin, mes compagnons de route me quittent non sans un petit pincement au cœur. J'ai beaucoup apprécié leur compagnie, surtout Jocelyne et Xavier qui m'ont bien chouchouté.

Résultat de la traversée du Nigéria, 1 103 km, 121 contrôles, soit un contrôle tous les 9 km : pas mal, n'est-ce pas ? Finalement, l'excès de ces contrôles ne laisse peut-être que peu de place aux coupeurs de route : un mal pour un bien.

| **JEUDI 4 MARS** | Je me rends au port pour me renseigner sur le prix et l'heure du départ. Bonne surprise, j'ai affaire à un Camerounais et un Sénégalais parlant parfaitement le français. Ils veulent que j'amène mon vélo l'après-midi pour le voir et fixer le prix. Ils me conseillent de dormir au port. Il y a de quoi manger et ils me fourniront une natte pour dormir sur le pont du bateau.

À 17 h, je vais donc au port et je prends mon billet. Nous chargeons Tornado sur *L'Endurance* non sans quelques cris de ma part : « Ce n'est pas un ballot de coton, il est fragile, mon Tornado ! »

Il est tôt, je demande au manager du port comment aller en ville. Il me le déconseille fortement : pour un Blanc, ce n'est pas prudent. Il désigne un de ses hommes pour m'accompagner.

Sur ce port, l'ambiance est très particulière. Des commerçants ambulants font manger les passagers du navire. Ceux-ci passeront la nuit sur place, dormant à même le sol en attendant l'heure du départ. Toute la nuit sera un va-et-vient permanent, les bières se consomment à pleine caisse. Je passe une nuit relativement bonne sur une natte sur le pont du navire. Ici, je suis le seul Blanc (*batouré*). Tout le monde me connaît et m'interpelle gentiment. Je sympathise avec tous. L'ambiance est très sympa.

Cameroun, l'Afrique équatoriale
du 5 mars au 6 avril 2010 : 613 km

CALABAR
> LIMBE
6 km

| **VENDREDI 5 MARS** | Le vendredi matin, le bateau part à l'heure prévue. Au large du golfe de Guinée, nous verrons de nombreuses plates-formes pétrolières. Cette partie camerounaise du golfe est un objet de litige avec le Nigéria (pétrole oblige) et a été réglé par l'Onu.

Nous accostons en pleine nature, je prends le bus et nos bagages nous seront livrés au poste de douane. Je crains le pire pour Tornado. Après les formalités, je le récupère, sans une égratignure. Tout se passe bien, si ce n'est un douanier zélé qui me réclame la feuille de route de mon véhicule. J'ai beau essayer de lui expliquer que ça n'existe pas, il n'en démord pas. Le ton monte, je m'en balance car je n'ai rien à perdre. Pour me le prouver, il va chercher un papier déjà rempli. Il me ramène un document concernant une moto Yamaha. Je lui explique que les motos possèdent une carte grise et qu'il est normal d'avoir un certificat de passage. Il en convient, se calme, nous nous serrons la main sans rancune et nous devenons amis.

Entre-temps, il m'aura quand même fallu vider la remorque pour en vérifier le contenu, tout en parlant d'Al Qaïda. Je n'apprécie pas trop de vider ma remorque devant tout le monde, mais je n'ai pas le choix.

Repos, tourisme
et formalités

| **DU VENDREDI 5 AU VENDREDI 12 MARS** | Je resterai quelques jours à Limbe, car j'ai l'intention de gravir le mont Cameroun à pied. Je m'aperçois également que mon passeport

Deux plates-formes pétrolières sont en constructions dans ce cadre idyllique, gâchant le paysage.

n'a plus que deux pages vierges. Je vais essayer de voir au consulat de France à Douala pour en faire un nouveau, et surtout le délai demandé.

Je profite de cette journée pour aller me promener au *Botanic Garden*. J'y passe tout l'après-midi et je me régale. Un guide m'indique toutes les sortes d'essences d'arbres et de plantes. Je prends ensuite un sentier mal entretenu et je me retrouve au milieu d'une forêt luxuriante, surplombant le golfe de Guinée. Dès que le chemin disparaît, je fais demi-tour car me perdre au milieu de cette végétation, je n'y tiens pas trop.

Non loin de la côte, de petites îles pleines de verdure donnent à ce lieu un cadre idyllique, enfin pas tant que ça, car deux plates-formes pétrolières sont en construction. Je décide de rentrer à l'hôtel à pied. J'ai la surprise de voir des Camerounais jouer au hand-ball. Les Camerounais au foot, ok, mais au hand, je ne m'y attendais pas. Ceux qui me connaissent bien n'ignorent pas mon attachement pour ce sport, celui de toute ma jeunesse, avec mon frère Serge d'ailleurs. Je m'arrête et je suis invité à me joindre à eux. Je refuse poliment car j'ai peur de l'accident musculaire mais, croyez-moi, ça me démange. Il faut que je me fasse violence pour refuser. D'ailleurs, je ne peux m'empêcher de donner quelques conseils.

Je rentre à l'hôtel et je vais ensuite à la recherche d'un restaurant. J'en vois un, je m'installe et la serveuse me dit qu'ils ne font pas restaurant. Tant pis, j'ai soif et je commande une bière. Arrive ensuite un jeune handballeur – Sama – qui m'avait évidemment repéré. Je lui paye une bière et il m'explique que cet endroit n'est pas un restaurant mais une boîte de nuit et que ce n'est pas bon. J'y suis, j'y reste et je verrai ainsi l'ambiance nocturne du Cameroun.

Il va chercher des poissons grillés dans la rue avec du manioc. Nous mangeons sur place pour pas cher, sans couverts, bien entendu. Après plusieurs bières, le monde

Non loin de la côte, de petites îles pleines de verdure.

CAMEROUN, L'AFRIQUE ÉQUATORIALE

commence à arriver ainsi que des filles en tenue sexy qui veulent s'inviter à ma table. Comme vous le pensez bien (et même si vous pensez le contraire), je refuse catégoriquement. Il y a de plus en plus de monde, de plus en plus de filles, et la musique résonne à tue-tête. Finalement avec Sama, nous rentrons dans le night-club. Étrangement, personne ne danse, juste un animateur, des danseuses qui remuent leur derrière (*dombolo*) et la bière qui coule à flots. Après plusieurs bières (un peu trop pour moi), je rentre me coucher, il doit bien être minuit. En fait, cet endroit était un bordel, je l'apprendrai par la suite. Pour moi, c'est une nouvelle expérience de la vie nocturne en Afrique. Décidément, j'aurai tout fait en Afrique. Après Gérard à la messe, il y a eu Gérard au bordel. Je sens que cela va faire couler beaucoup d'encre…

Avant de partir de France, je voulais faire établir un deuxième passeport. Je m'y étais pris en juillet. Deux mois me semblaient suffisants. C'était sans compter sur les lenteurs administratives et les congés payés. Tous les papiers étaient réunis quinze jours avant mon départ. À Digne, on m'annonce un délai de quinze jours minimum et c'est moi qui devrai le récupérer. J'annule donc à tort la procédure. Il me semblait que mon passeport avait suffisamment de pages vierges mais, là aussi, c'était sans compter que les visas prenaient une page entière, plus les tampons d'entrée et de sortie.

Bref, je n'ai plus que deux pages libres sur mon passeport. Si je continue ainsi, je serai coincé en République centrafricaine.

Climat équatorial, végétation luxuriante et humidité maximale.

Aujourd'hui, je vais en taxi au consulat général de France à Douala pour un nouveau passeport. Le portier du consulat m'annonce qu'il faut prendre rendez-vous l'après-midi par téléphone pour les jours suivants. Je baratine, et il me laisse entrer. Un autre barrage, un gendarme et même cinéma. Je lui explique que j'ai bien essayé de téléphoner mais que le numéro sur mon guide du site des Affaires étrangères est faux et que j'arrive de Limbe en taxi. Il est sympa, il appelle la dame préposée aux passeports qui consent à me recevoir.

Je suis reçu par une dame très gentille, madame Ramseyer, et catastrophe : « Monsieur, nous ne délivrons de passeports qu'aux résidents français au Cameroun. » Je lui explique mon cas, l'importance de mon voyage et elle me dit d'aller en salle d'attente, elle va se renseigner auprès de ses supérieurs. Il me semblait que le ciel me tombait sur la tête, les larmes commençaient même à monter. Je me voyais revenir en France et terminer ainsi mon voyage. Heureusement, le soutien de Laurence par SMS m'aide beaucoup.

La dame me rappelle et me signale qu'avec les passeports biométriques, il y a peut-être de nouvelles instructions dont elle n'est pas au courant. Elle se renseigne et me rappelle sans me garantir d'avoir le renseignement dans la journée. Tant pis, je coucherai à Douala. Je vais donc manger, traîner un peu et, vers 15 h, je rappelle madame Ramseyer.

Ouf ! Elle m'annonce que c'est possible mais qu'il faut un extrait d'acte de naissance. J'appelle vite Laurence, elle me le faxe immédiatement et je retourne au consulat.

Dans le jardin botanique de Limbe, toutes sortes essences d'arbres.

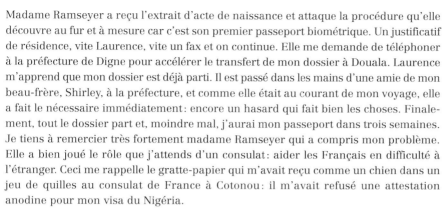

Madame Ramseyer a reçu l'extrait d'acte de naissance et attaque la procédure qu'elle découvre au fur et à mesure car c'est son premier passeport biométrique. Un justificatif de résidence, vite Laurence, vite un fax et on continue. Elle me demande de téléphoner à la préfecture de Digne pour accélérer le transfert de mon dossier à Douala. Laurence m'apprend que mon dossier est déjà parti. Il est passé dans les mains d'une amie de mon beau-frère, Shirley, à la préfecture, et comme elle était au courant de mon voyage, elle a fait le nécessaire immédiatement : encore un hasard qui fait bien les choses. Finalement, tout le dossier part et, moindre mal, j'aurai mon passeport dans trois semaines. Je tiens à remercier très fortement madame Ramseyer qui a compris mon problème. Elle a bien joué le rôle que j'attends d'un consulat : aider les Français en difficulté à l'étranger. Ceci me rappelle le gratte-papier qui m'avait reçu comme un chien dans un jeu de quilles au consulat de France à Cotonou : il m'avait refusé une attestation anodine pour mon visa du Nigéria.

Maintenant, un minimum de trois semaines de tourisme dans la région, j'ai bien le temps de finir de visiter Limbe, de faire l'ascension du mont Cameroun et de m'avancer un peu sur Yaounde. En attendant, je me promène dans Limbe et observe, ce que je ne fais jamais en France.

Le 8 mars, c'est la journée de la femme. En France, cela se passe presque dans l'indifférence générale. En Afrique, c'est une autre histoire, cela revêt une importance surprenante. Normal, vu la condition de la femme ici, et il y aurait beaucoup à dire et à faire. J'ignore si ce jour est férié mais les écoles sont fermées. J'ai vu déambuler dans la rue, toute la journée, des groupes de femmes avec des boubous tout neufs. Les dames se regroupent par couleur. Chacune choisit sa couleur, il y en a trois : le rouge, le vert et le jaune. Les terrasses étaient bondées, on consommait de la bière, les discussions allaient bon train, la musique résonnait et des femmes dansaient, le tout par groupes de couleur. C'était très joli à voir et assez impressionnant. Jusqu'à une heure avancée de la nuit, c'était vraiment leur fête. J'ignore si les sujets graves sur la condition féminine en Afrique ont été abordés : le travail de la femme, les mutilations génitales… Mais elles ont toutes l'air de bien s'amuser.

Je vais dans ce qu'ils appellent ici le zoo, le *Limbe Wild Life Center*. En fait, c'est un lieu d'accueil d'animaux sauvages blessés ou abandonnés. C'est aussi un lieu de sensibilisation à la protection de certaines espèces animales menacées au Cameroun ; tous les primates du pays sont représentés, du gorille au mandrill et au chimpanzé, etc. J'ai ainsi appris que le drill, cousin du mandrill, est en voie de disparition, il n'en resterait que trois à six mille individus. Il est vrai que l'on trouve encore facilement sur les marchés de la viande de singe illégalement chassé. C'est un des buts de la lutte de ce centre : déconseiller la consommation de cette viande.

| **DU SAMEDI 14 AU VENDREDI 19 MARS** | À l'hôtel *Holiday Inn*, je commence à m'encroûter et Tornado me manque. Je fais un peu partie des meubles et on m'affuble d'un nouveau surnom : Tonton voyageur. Je décide donc de changer de lieu et de m'approcher de Buea, le pied du mont Cameroun.

Je trouve un hôtel à cinq ou six kilomètres de Limbe et m'y installe avec l'intention de voir cette coulée de lave décrite dans mon guide. Elle est allée jusqu'au bord de la mer

Tourisme

Le mont Étindé ou petit mont Cameroun (1715 m) au milieu des plantations de palmiers à huile.

CAMEROUN, L'AFRIQUE ÉQUATORIALE

lors de la dernière éruption du mont Cameroun en 1999. De coulée de lave, je n'en ai pas vu, la végétation a dû reprendre le dessus. Je pars à vélo léger pour un aller-retour. De suite, les sensations sont bizarres, je ne sais plus faire de vélo classique, impossible de me mettre en danseuse.

Ce petit tour d'une trentaine de bornes me fait du bien à la tête, j'en avais besoin. Je crois que le vélo est devenu une drogue pour moi, gare au retour. Cette virée m'a également permis de constater que Tornado avait besoin de soins de ma part. Une semaine sur le toit du camping-car de Xavier et le petit voyage en bateau ne lui ont pas fait que du bien. La chaîne est toute rouillée, la direction bouge, une petite révision s'impose. Dimanche sera consacré à Tornado qui ne me pardonnerait pas de l'oublier. Le soir, en moto, je retourne en ville pour manger selon mes habitudes sur les trottoirs de Limbe. Le choix n'est pas bien terrible : porc grillé, poisson grillé, omelette et manioc. Je me régale avec le poisson (du loup) que l'on mange avec ses doigts et le manioc que l'on trempe dans une sauce. Ici, pas de couverts ni d'assiette mais ça ne me dérange pas trop. C'est le meilleur moyen de m'intégrer à la population locale qui commence à me connaître et m'appelle *White Man*.

Je retrouve mon copain Sama du hand-ball et nous allons boire une bière au night-club car la terrasse y est très agréable. Il m'invite à manger demain chez lui dans son village, un quartier de Limbe, Mil For. J'accepte son invitation, demain j'ai le temps et ce sera une expérience intéressante pour moi.

Les plages de la région de Limbe sont de sable noir, d'origine volcanique. Le mont Cameroun, volcan encore en activité, n'est pas loin.

Ici, les moyens de locomotion sont très aisés, la moto 150 francs CFA ou le taxi 200 francs CFA mais, lui, ne prend que si l'on va dans sa direction. Je m'amuse bien sur les motos, les sensations sont garanties au milieu de cette circulation.

À midi, je suis chez Sama. Auparavant, j'avais acheté du cake dans une pâtisserie ; il est mis de côté et je ne le reverrai plus. Nous mangeons en tête à tête, les autres membres de la famille à tour de rôle, à leur gré. Sama n'a plus son père et a perdu sa mère il y a très peu de temps. Il vit chez sa tante avec ses cousins, et ses frères et sœurs. Tout ça me fait prendre conscience de la mortalité prématurée importante en Afrique. Les familles sont toujours incomplètes et il y a toujours quelqu'un à l'hôpital. Nous mangeons une spécialité camerounaise, du *fufu* sauce *Eru*. C'est un couscous de manioc (pâte de manioc) avec une sauce verte à base de feuilles avec un peu de viande de zébu. Ce n'est pas mauvais mais je ne me déplacerais pas pour en manger.

Nous sommes dans une pièce très rustique, peu de meubles, le linge propre empilé dans un coin et des bouteilles d'eau par terre. Il n'y a certainement pas de salle de bains. Le repas terminé, je prends congé de Sama et retourne à l'hôtel.

Entre-temps, j'avais fait connaissance à l'hôtel d'un Français, Jean-Yves, venu quinze jours au Cameroun pour faire du tourisme. Il est originaire de Bourgogne et très sympathique. Et moi, j'ai besoin de compagnie. Avec lui, je décide de faire l'ascension de mont Cameroun à partir de Limbe. Nous négocions donc avec une agence sur place. Jean-Yves fera une journée et moi deux, pour l'ascension. On nous propose également

Je suis dans la deuxième région la plus arrosée de la planète, la végétation est impressionnante.

d'aller visiter un lac de cratère impressionnant non loin de là. Marché conclu, demain nous allons à Debunscha au cratère, et mardi et mercredi sur le mont Cameroun.

Après avoir utilisé deux taxis, nous prenons un petit sentier au milieu des bananiers et des palmiers. Le sol est spongieux, couvert d'herbes. Debunsha est considéré comme le deuxième endroit le plus arrosé de la planète (10 m d'eau par an). Nous entrons ensuite dans la forêt. Elle est impressionnante avec des arbres immenses, des fromagers dont les racines nous dépassent quatre à cinq fois. Nous sommes avec Paul, un guide, heureusement, car le sentier n'est pas toujours évident.

J'attaque l'ascension du mont Cameroun au milieu des plantations de bananiers.

Il faut faire très attention car si le sol est couvert de feuilles, dès que nous sommes sur un rocher, ça glisse énormément. J'ai même eu droit à quelques chutes spectaculaires sans conséquence. Parfois, nous longeons une plage de sable noir (volcanique) et c'est un spectacle prodigieux qui s'ouvre à nos yeux : la forêt, le sable et le golfe de Guinée.

Paul nous fait goûter certains fruits sauvages dont j'ignore le nom, ainsi que des avocats et des goyaves sauvages.

Nous grimpons un escalier aménagé pour arriver à un drôle de phare érigé par les Allemands à l'époque où le Cameroun était allemand, avant la guerre de 1914. Surprenant dans cet endroit si sauvage.

Nous nous frayons un passage dans un canyon au milieu des lianes, grimpons tant bien que mal sur des racines géantes pour arriver à un spectacle étourdissant. Un immense lac de cratère dans son écrin de verdure avec, au fond, le mont Cameroun qui a la gentillesse de se découvrir.

Pour retourner à la route, nous longeons la plage, marchant sur ce sable noir si particulier dans la région. Nous prenons un taxi avec trois personnes dans la malle pour arriver à cette coulée de lave que je n'avais pas vue : je n'étais pas allé assez loin. Longue de soixante-dix kilomètres et de plusieurs dizaines de mètres d'épaisseur, elle est partiellement recouverte par une herbe d'un vert très soutenu.
Nous reprenons notre taxi qui tombe en panne d'essence. Nous finissons par retrouver notre hôtel. Demain, je suis très content de pouvoir faire l'ascension du mont Cameroun, d'autant qu'en passant devant ma remorque, je retrouve l'inscription de mes amis

Le mont Cameroun (4095 m) dans sa partie finale.

Lucas et Ghislain : « Rendez-vous au mont Cameroun. » Ils ne seront pas avec moi, mais, moi, j'ai tenu parole !
Avec Paul, nous prenons plusieurs taxis pour Buea où nos deux porteurs nous attendent. Nous partirons pour l'ascension sans mon guide qui me rejoindra au premier refuge et sans nos porteurs qui resteront en bas, toujours ça d'économisé pour l'agence. La première partie est pour moi du déjà vu, elle ressemble étrangement au Kilimandjaro. Tout d'abord dans les cultures, au milieu des bananiers et, ensuite, la forêt primaire avec des arbres immenses, des fougères dix fois plus hautes que nous, des lianes de partout et une humidité maximum.
Au premier refuge, je retrouve mon guide David. Jean-Yves décide de continuer jusqu'au prochain refuge à 2200 m. À 2000, nous sortons sans transition de la forêt pour nous retrouver dans ce qu'ils appellent la savane : de l'herbe et des cailloux d'origine volcanique. Le temps relativement beau nous permet de voir le sommet, ce qui est rarement le cas ici. Pour l'anecdote, je n'ai toujours pas mon guide.

CAMEROUN, L'AFRIQUE ÉQUATORIALE

Arrivés au deuxième refuge (2200 m), nous mangeons un peu et David décide de monter directement au sommet car, demain, il pleut. Je suis un peu surpris car 3200 m de dénivelé dans la journée, ça me paraît beaucoup mais je suis en forme et il sait ce qu'il fait. Je quitte Jean-Yves et nous attaquons le sommet. La pente est très raide ; au sol, de gros cailloux d'origine volcanique et de l'herbe. Le paysage n'est pas terrible d'autant que le brouillard arrive et nous ne voyons pas grand-chose. De temps à autre, le guide demande à s'arrêter, j'ai le sentiment qu'il peine plus que moi. Je suis très surpris par la forme que je tiens, c'est vrai qu'après six mois de vélo et peut-être quinze kilos en moins… Il fait un vent terrible, nous avons du mal à avancer et un brouillard humide nous envahit. Nous arrivons enfin au sommet : 4095 m. Congratulations et photos, et nous redescendons de suite en marchant dans la lave. Il ne faudrait pas que la nuit nous gagne. Nous nous arrêtons à un refuge à 2800 m où tout le monde fait étape pour le sommet le lendemain.

Une bonne nuit et nous redescendons au refuge à 2200 m. Nous avons juste le temps de nous habiller et ce sera le déluge jusqu'en bas. Le guide me confirme qu'aujourd'hui personne ne montera au sommet, j'ai bien fait de l'écouter. 3200 m de dénivelé positif et 1300 m de dénivelé négatif, je crois que je ne l'ai encore jamais fait. D'ailleurs David me donnera un nouveau surnom : *Strong Man*.

Le soir, pour fêter mon ascension, j'invite Jean-Yves à manger du poisson sur la plage de Limbe. Nous serons accompagnés par Mireille, une Camerounaise qui est à l'hôtel. Je ne sais pas ce qu'elle fait ici car elle est de Yaounde, peut-être en vacances. Nous nous installons autour des tables au bord de la plage et commandons des loups avec des frites que nous mangeons à la main. Mon téléphone sonne, c'est mon cousin Christian. Je pose mon téléphone sur la table car mes mains sont toutes graisseuses. À la fin du repas, je cherche mon portable et il a disparu. Nous pensons fortement que le serveur s'est emparé du téléphone en débarrassant. Nous essayons de discuter

La descente s'effectue rapidement dans le brouillard et nous marchons carrément dans la lave.

et la conversation s'envenime, d'autant que Mireille est très remontée car vexée que cela se passe dans son pays. Le ton monte, je menace d'aller à la police et les autochtones commencent à prendre parti. Ça sent le roussi et nous repartons rapidement en moto car le coin est mal fréquenté. J'en serai ainsi de mon portable et des unités que je venais d'acheter. Le plus dommageable pour moi sera la perte de certains contacts qui étaient dans le téléphone.

Après ma chute dans la forêt tropicale et l'ascension du mont Cameroun, j'ai un peu mal aux cannes et au dos, aussi jeudi et vendredi seront consacrés au repos et au séchage du linge, car tout est mouillé. J'en profite également pour faire une petite révision de mon vélo. En resserrant la direction, j'ai le malheur de casser une petite pièce que l'on nomme l'étoile. Je ne peux finir mon voyage sans la remplacer. Je téléphone à Olivier de *Vélo Luberon* à Pertuis pour qu'il m'envoie cette pièce à l'adresse de Mireille qui, par miracle, a une boîte postale. Il faut savoir qu'ici, les gens ont rarement d'adresse et le facteur ne passe pas comme chez nous. Le seul moyen de recevoir du courrier est d'avoir une boîte postale, un *box* comme ils disent. J'aurai ainsi le temps d'arriver à Yaounde en même temps que la pièce.

| **SAMEDI 20 MARS** | Je quitte enfin Limbe en direction de Douala. Je ne sens pas mon dos, heureusement car je suis de suite dans le vif du sujet. J'attaque par une grosse bosse de 6 km que j'ai du mal à avaler. J'arrive à Mil For. Les lieux ici sont dénommés en fonction de l'éloignement de Limbe (Mil For, One Mil, Half Mil).

LIMBE
> DOUALA
78 km

À la sortie de Mil For, je m'arrête pour appeler Laurence. Quand je raccroche, deux cyclistes français s'arrêtent. Ils ont du beau matériel et je suis très surpris de les rencontrer. L'un d'eux, Anthony, me demande si je ne suis pas passé dans une revue de vélo. Il avait lu l'article paru sur mon voyage en juin 2009, étonnant n'est-ce pas ? Anthony me demande si j'ai un contact à Douala. Je n'en ai pas et il me refile son

Avant de redescendre sur Buea, nous passons la nuit dans un refuge à 2800 m.

CAMEROUN, L'AFRIQUE ÉQUATORIALE

numéro de téléphone et m'apprend que nous pourrons regarder France-Angleterre ce soir à la télé. Pourquoi pas ?

Je continue ma route, longeant de magnifiques plantations de palmiers à huile. C'est d'ailleurs la période de la récolte et les fruits sont entreposés au bord de la route où l'huile est aussi vendue. Le seul inconvénient, c'est que ces immenses forêts de palmiers sont plantées au détriment de la forêt originelle : à qui tout cela profite-t-il ? De grandes plantations de bananiers prennent la place des palmiers. Le paysage est splendide, cela me change bien du Sahel.

La traversée des villages se passe sous les félicitations et les sourires de gens. C'est très agréable de pédaler ainsi, d'autant que je n'ai pas la grande forme. Normal : avec mon mal aux cuisses après l'ascension. Chaque fois que je traverse un village, les gens me demandent de m'arrêter. Parfois, je m'exécute. C'est de suite l'attroupement, de nombreuses questions et des photos avec leurs portables.

J'arrive dans la banlieue de Douala. Travaux, piste défoncée et embouteillages me font penser à l'arrivée sur Dakar. Un peu perdu, j'appelle Anthony qui me dit de venir coucher chez lui. Il m'attend en voiture pour me guider chez lui. C'est une magnifique maison avec parc et piscine. J'aurais pu tomber plus mal.

Je suis donc reçu chez un couple charmant, tout en gentillesse avec leurs trois superbes enfants. Je me sens immédiatement à l'aise chez eux. Anthony m'installe dans ma chambre avec salle de bains. Le soir nous mangeons devant la télé en regardant le match de rugby avec un couple d'amis. Nous prenons l'apéro au champagne et mangeons avec du vin rouge sud-africain. C'est dur, la vie de voyageur.

Repos

| **DIMANCHE 21 MARS** | Marie et Anthony me disent de rester le dimanche, ils sont à la maison. J'accepte volontiers, d'autant que je bénéficie d'une *LiveBox*. Je pourrai ainsi mettre mon carnet de route à jour.

Je longe de magnifiques plantations de palmiers à huile.

| **LUNDI 22 MARS** | Je déjeune avec Marie et Anthony, un couple vraiment exceptionnel. J'ai passé la journée du dimanche chez eux comme si j'étais chez moi, c'était très agréable. La sortie de Douala ne pose aucun problème sauf à la fin dans un quartier dénommé Village où un petit Rufisque m'attend. Dans les embouteillages, le nombre de motos est impressionnant. Je n'en ai encore jamais vues autant !

À la sortie de Village, la circulation se calme. J'en profite pour appeler madame Ramseyer, du consulat général de France, et lui communiquer mon nouveau numéro après le vol de mon portable. Elle m'indique que mon passeport est au consulat, à l'enregistrement, et sera disponible mardi matin. Cela fera deux semaines demain et on m'avait annoncé trois semaines minimum. Bravo, l'administration française !

Je décide d'aller jusqu'à Edéa pour m'avancer, d'autant que je ne voulais pas repasser Village à vélo. La route jusqu'à Edéa est assez pénible. Je ne sais si c'est mon inactivité, le mont Cameroun ou cette chaleur humide mais j'ai les jambes lourdes et de très mauvaises sensations. J'arrive à Edéa, je trouve rapidement un hôtel. L'hôtel *Palace des Lords* qui n'a de palace que le nom, car c'est un petit hôtel minable mais pour une nuit cela suffira. Je négocie avec un taxi l'aller-retour pour Douala demain et, si tout va bien, je reprendrai mon chemin pour Yaoundé en fin de matinée.

Le paysage aujourd'hui était fidèle à ce que j'ai vu jusqu'à présent : palmiers, bananiers, forêts, donc très joli.

| **MARDI 23 MARS** | Hier soir, une émission Allo la planète tronquée, un lit tout cassé, la nuit n'a donc pas été terrible. Je me lève à 6 h, mon taxi m'attend à 6 h 30 et nous partons en direction de Douala pour récupérer mon passeport.

Heureusement, madame Ramseyer me sert de passe-droit car je n'ai pas rendez-vous et c'est assez compliqué pour entrer au consulat – un véritable bunker. Tout se passe parfaitement. À 10 h, je suis de retour à l'hôtel et je décide d'avancer vers Pouma.

DOUALA
> EDÉA
68 km

EDÉA
> POUMA
51 km

Le lac de cratère de Debunsha dans un écrin de verdure et le mont Cameroun en toile de fond.

CAMEROUN, L'AFRIQUE ÉQUATORIALE

La journée sera encore terrible entre la chaleur humide et le relief. Je ne suis pas encore habitué à ce climat mais ça viendra. Dans les rares villages, les gens m'encouragent du pouce. Le Cameroun est vraiment un pays accueillant.

Tout le long de la route, ce ne sont que vendeurs de mangues. Nous sommes en pleine production et elles sont excellentes. Par contre, j'aimerais bien manger des bananes mais ici, pas de bananes classiques, il n'y a que des bananes plantains que l'on mange cuites.

À Pouma, un gros bourg, mon impression est mitigée car je suis regardé bizarrement et les Camerounais semblent méfiants à l'égard du Blanc. Quelle n'est pas ma surprise quand j'entends mon nom : « Oh Gérard ! » Quelqu'un me connaît ici ? C'est le taxiteur d'Edéa qui m'a reconnu. Je trouve un hôtel sympa et pas cher qui, en plus, est très propre et avec climatiseur, l'hôtel *Dallas*.

À midi, je n'ai rien à manger, aussi ce soir je veux essayer de bien manger. La serveuse du resto m'indique qu'ici, il y a de la viande de brousse mais qu'elle n'y touche pas. Effectivement, on peut manger du singe, du rat ou du porc-épic. Je trouverai même plus tard sur la route du crocodile ou du serpent. Après la visite du zoo de Limbe, et tout le trafic d'animaux, je ne tiens pas non plus à être complice, je me replie sur quinze brochettes de bœuf braisé et je me régale.

POUMA
> NKENG LICKOCK
87 km

| **MERCREDI 24 MARS** | Debout à 5 h 30, je prépare le café dans ma chambre. Le réchaud fonctionne. Ce sera une bonne journée. Je démarre à 7 h, à la fraîche (28°). Les sensations

Au bord de la route, on propose souvent de la viande de brousse. Ici, du porc-épic.

sont bonnes. Je pense avoir retrouvé mes jambes. J'avale les nombreuses bosses sans problème et ça suffit pour me redonner le moral.

Ensuite, ce sera trente minutes de bonheur et trente secondes de désillusion.

Trente minutes de bonheur car, en m'arrêtant pour prendre Tornado en photo devant un étal de mangues, je suis interpellé par la propriétaire. Elle me crie que son père veut que je goûte son vin de palme. Je monte dans la colline, il y a les grands-parents et la fille avec ses deux enfants.

Je goûte ce fameux vin de palme, un peu aigrelet, mais on s'y habitue. Ensuite la conversation s'engage.

Apparemment, ce sont des gens qui n'ont pas du tout envie de venir en France. Ils sont bien au Cameroun, ont de quoi cultiver et manger. Nous parlons de beaucoup de choses, de l'Afrique et de son avenir, de Sarkozy qu'ils n'aiment pas et de Chirac qu'ils regrettent. Ils me disent qu'ils vont prier pour que mon voyage se passe bien. Cet accueil me fait chaud au cœur, d'autant que cinq minutes après, c'est le contraire qui va se passer.

Dans un petit village, un gars en moto semble me rentrer dedans. Je l'évite de justesse. Il s'arrête et me dit : « Tu n'as pas un cadeau pour moi ? » Je lui demande pourquoi je lui donnerais à lui et pas aux autres, et j'ajoute que je n'ai rien. Le ton monte et il s'éloigne en criant que nous, les Français, les avons colonisés et leur avons tout pris. Voilà une réaction très différente de la précédente, et il faut que je m'y fasse.

Maison traditionnelle de la région où j'ai dégusté le vin de palme.

CAMEROUN, L'AFRIQUE ÉQUATORIALE

La route est de plus en plus vallonnée. Vers 13 h, je commence à fatiguer et j'ai faim. Aucun hôtel en vue, il me faudra bivouaquer. Je m'arrête à une espèce de resto où je demande si je peux monter ma tente sous une terrasse.

Après accord, je prends une bonne bière et un gros plat de haricots, un peu bourratif mais qui me fait du bien. Je commence à discuter avec tous les gens du coin, je me sens en sécurité. Un gars essaye d'engager la conversation discrètement. Il me dit : « Tu ne dois pas rester ici, ce sont des escrocs. Dans un moment, tu t'en vas doucement et tu m'attends au croisement quatre cents mètres plus loin. Nous irons chez ma sœur. »

Des plantations de bananiers comme j'en ai rarement vues en Afrique.

Je m'exécute mais quatre cents mètres plus loin, je ne m'arrête pas. Il y a peut-être des escrocs, mais qui sont-ils ? Je ne veux prendre aucun risque. Malgré la fatigue et le relief, je continue ma route avec peu d'espoir de trouver quelque chose. Un village, Nkeng Lickock, je m'arrête très fatigué et on verra bien. Je trouve une chambre à 2 000 francs CFA, si on peut appeler ça une chambre car je n'ai pas encore trouvé plus minable mais, qu'importe, je monterai ma tente dans la pièce et je serai à l'abri. Au bar, accompagné d'une musique à tue-tête, je déguste une bonne bière et je discute avec tout le monde. On m'apprend, non sans fierté, que c'est le village natal de Rigobert Song. Pour ceux que le foot n'intéresse pas, je précise que c'est le capitaine de la célèbre sélection camerounaise de football, *Les Lions indomptables*.

Le soir, je mangerai pour 500 francs CFA, la queue d'un maquereau (poisson) avec des bâtons de manioc. Pas terrible, mais ça coupe la faim. Je me couche de bonne heure, mais le bruit de la musique me fait lever. J'aurai ainsi l'occasion de faire connaissance avec des gens habillés de boubous et de chemises à l'effigie du président du Cameroun,

Paul Biya. Ils fêtent le vingt-cinquième anniversaire de la création du parti de Paul Biya. Tout le monde se couche. L'ambiance se calme et je peux aller dormir dans le silence.

| **JEUDI 25 MARS** | Aujourd'hui, petite journée pour rejoindre Yaoundé. Journée que je pensais facile mais, sur une quarantaine de kilomètres, j'aurai 400 m de dénivelé. C'est que le pays est très vallonné : Yaoundé est surnommée la ville aux sept collines.
Le trajet s'effectue sans problème, toujours la même végétation luxuriante, le va-et-vient des grumiers que je croise depuis Douala avec d'énormes billes de bois – deux ou trois

par camion, toujours en surcharge. Le seul souci : si une chaîne casse, les grumes se déversent sur le bas-côté. Et si on te double à ce moment-là, gare ! Et ça arrive…
À Yaoundé, contrôle de police, c'est le premier depuis mon entrée au Cameroun. Surprise, le policier ne me demande pas mes papiers, il sort son stylo pour écrire sur la remorque. Il m'avait vu passer à Douala et voulait juste écrire un mot de bienvenue sur la remorque. C'est très sympa et la conversation s'engage : je raconte une fois de plus mon voyage. J'en profite pour lui demander s'il connaît un hôtel pas trop cher et facile d'accès. Il m'indique l'hôtel *Xaviera*. J'y suis rapidement et l'accueil y est sympa. Je m'installe ici sans savoir pour combien de temps. Je pense une semaine ; le temps de prendre mon visa et de recevoir ma pièce de direction envoyée par *Vélo Luberon*.

| **DU VENDREDI 26 MARS AU JEUDI 1ᵉʳ AVRIL** | J'ai reçu un mail peu encourageant de mon ami Xavier, avec qui j'ai traversé le Nigéria. Il s'est pointé à la frontière centrafricaine et, apparemment écœuré, il a fait demi-tour. J'ai fait demander par Laurence

Un petit village classique du coin au milieu des palmiers à huile et des bananiers.

**NKENG LICKOCK
> YAOUNDÉ
42 km**

Repos

qu'il me rappelle pour avoir des explications. J'ai enfin son coup de fil : il a même été racketté à la frontière du Cameroun. Il m'annonce aussi qu'à cause des pluies, les pistes sont en très mauvais état. Bref, il ne m'encourage pas à passer par là.

Bien que beaucoup me le déconseillent, j'ai tout de même envie – par goût d'aventure – de passer par la Centrafrique. Seul l'état des pistes me rebute un peu car, avec la remorque, ce ne sera pas évident. De plus, et ce n'est pas de la fausse modestie comme me le dit Laurence, j'ai l'impression que mon voyage s'aseptise. Est-ce la force de l'habitude ? Est-ce le Cameroun qui m'a l'air développé ? Toujours est-il que je prends un taxi pour me rendre à l'ambassade de la République centrafricaine. Je n'y suis pas trop bien reçu : ils sont en pleine cérémonie et ne reçoivent personne. Je prends ça comme un signe du destin. Immédiatement, je dis au chauffeur de m'amener à l'ambassade du Gabon, je continuerai par l'ouest. J'étais vraiment indécis, il me fallait une raison pour prendre ma décision : c'est fait. À l'ambassade du Gabon, je suis très bien reçu : les formalités sont rapidement faites ; nous sommes lundi, j'aurai mon visa mercredi à 15 h. J'ai également profité de mon séjour forcé pour visiter la capitale, Yaoundé, une des plus belles capitales : elle est très propre, très aérée, beaucoup de verdure, un mélange de quartiers neufs et de quartiers traditionnels, avec des réalisations très modernes, le palais présidentiel, le palais des congrès, le palais des sports, qui sentent vraiment l'Afrique qui se modernise. Est-ce un bien ou un mal ?

En visitant Yaoundé en taxi, je double un cycliste qui semble s'entraîner. Je demande au taxi de stopper, j'arrête le quidam pour lui demander s'il connaît un bon vélociste à Yaoundé. Il prend mon numéro de téléphone et va essayer de me trouver la pièce. Rendez-vous est pris ce soir pour vérifier la dimension de ma direction. Avec Dominique, le cycliste, nous avons démonté la direction et il est reparti avec la fourche dans son sac à dos. Nous nous sommes rendu compte que ce qu'on appelle l'étoile était carrément cassé en deux. Il est donc important de réparer. C'est quand même sympa que ce cycliste que j'ai arrêté au bord de la route soit venu à vélo à l'hôtel pour résoudre mon problème. Ensuite, autour d'un verre, nous avons longuement parlé de vélo et de son avenir au Cameroun. Dominique part jeudi pour une course à étapes dans l'ouest, c'est bien la preuve que le vélo de compétition existe ici. À l'instant où j'écris ces mots, ce mercredi matin, il me téléphone, il a trouvé ma pièce. Si tout se passe bien, ce soir je serai de nouveau opérationnel et prêt à partir vendredi matin. Je prends aussi rendez-vous avec Mireille et nous décidons d'aller au restaurant ce soir.

Mireille m'amène au *Bois d'Ébène*, fréquenté par des Européens. Un couple chante du Cabrel et les autochtones montent sur la scène pour danser devant les musiciens et repartent en leur laissant une pièce. Une magnifique fille se présente sur la scène, exécute quelques pas de danses africaines et le speaker annonce qu'il s'agit de la championne africaine, Françoise Mbango : vous ne connaissez certainement pas, mais il s'agit de la sauteuse de triple-saut médaillée d'or aux Jeux olympiques d'Athènes, la première médaille d'or du Cameroun. Je ne manque pas d'aller la féliciter à sa table car j'avais suivi son exploit en direct à la télévision. Elle me rappelle d'ailleurs qu'elle avait récidivé aux JO de Pékin, que j'avais zappés puisque j'ai boycotté ces Jeux.

Après l'attente du camping-car, de mon passeport et de ma pièce, il est peut-être temps que je fasse du vélo sérieusement.

Tout le monde a sa hotte dans le dos, souvent pour du bois.

CAMEROUN, L'AFRIQUE ÉQUATORIALE

YAOUNDÉ
> NGOULEMAKONG
105 km

| **VENDREDI 2 AVRIL** | Je démarre vers 7 h. J'étais bien dans cet hôtel et quand je reste un moment, je sympathise avec tout le monde.

On m'avait annoncé une route plate pour rejoindre la frontière gabonaise. Je ferai quand même 975 m de dénivelé positif et 910 m de négatif. Le paysage est toujours aussi luxuriant et je le trouve de plus en plus joli. Le Cameroun me plaît vraiment, d'autant que la campagne reste la campagne et je retrouve la vie que j'aime en Afrique.

Dans les villages, tout le monde veut que je m'arrête, mais c'est impossible, je n'avancerais pas. Quelqu'un m'accroche même le bras au risque de me faire tomber. Je m'étonne de la forme que je tiens, je ferai aujourd'hui plus de 100 km sans souci. Pour une reprise, je suis satisfait. J'arrive à Ngoulemakong et je trouve une auberge. J'ai de la chance car, une heure après mon arrivée, il se met à pleuvoir à seaux.

Le gérant me dit qu'il a déjà vu un cycliste qui se rendait en Afrique du Sud. En fait, après avoir consulté son registre, il s'agit de Jean-Claude qui nous avait accompagnés, avec Yannick, de Nouackchott à Dakar. L'Afrique est décidément bien petite.

Je suis soulagé de ne pas être sous la tente car il a plu des cordes toute la nuit.

NGOULEMAKONG
> EBOLOWA
51 km

| **SAMEDI 3 AVRIL** | Aujourd'hui, petite étape : 50 km, arrivée à l'hôtel avant 11 h. Je n'ai pas grand-chose à dire si ce n'est que le paysage me fascine toujours autant et je crois que, plus je vais m'approcher de l'équateur, plus cela va aller crescendo.

Dans cette région, les gens portent beaucoup moins sur la tête. Tout le monde a sa petite hotte dans le dos, souvent pour du bois. L'accueil est toujours aussi chaleureux, sauf de temps à autre, des énergumènes qui me réclament quelque chose. Ce qui est marrant ici, ce ne sont jamais les enfants, les femmes ou les ados qui me réclament, mais à chaque fois des hommes adultes.

J'arrive enfin à Ebolowa. Je m'installe et vais manger. Aujourd'hui, ce sera viande de brousse (antilope) et riz. L'après-midi, je dégotte un petit cyber. Puis je bulle jusqu'à ce

Les fameux pêcheurs de sable : après avoir récolté le sable au fond de la rivière avec des paniers et l'avoir mis dans leur barque, ils chargent le fruit de leur travail dans les camions.

que l'orage éclate comme tous les soirs. Ce soir, il sera terrible et va durer plusieurs heures.

Je vais enfin manger dans mon petit restaurant tenu par trois frères et la sœur. J'engage avec eux une conversation très intéressante. On parlera beaucoup, en particulier des Blancs et de leur argent, de l'Afrique et de ses malheurs. J'essaye difficilement de démystifier tout ça : la vie est chère et difficile en France et l'Afrique doit se prendre en main. On en vient à parler de politique et ils ont l'air désabusé sur la situation du Cameroun et de son président Paul Biya qui, à plus de 80 ans, va briguer un nouveau mandat ou placer son fils, comme au Gabon. Ils m'assurent que ça ne sert à rien de voter car il repassera. C'est la première fois où je peux parler assez librement car, dans les campagnes, les gens ont du mal à se livrer.

| **DIMANCHE 4 AVRIL** | J'attaque la journée dans la brume. J'ai une sensation de fraîcheur, de fines gouttelettes d'eau perlent sur mes poils, c'est très agréable. Cela ne va pas durer car la brume se dissipant, j'ai droit à un soleil éclatant et la chaleur qui va avec. Aujourd'hui, c'est Pâques et je croise partout les gens endimanchés qui vont à la messe. Je traverse les villages au son des tam-tams qui résonnent dans les églises. J'arrive enfin à Ambam et je suis très étonné de trouver un hôtel très confortable dans cette petite ville proche de la frontière gabonaise, qui semble oubliée des pouvoirs publics.

EBOLOWA
> AMBAN
93 km

| **LUNDI 5 AVRIL** | Je profite de ma dernière journée camerounaise pour aller aux nouvelles de la pièce que j'attendais à Yaoundé pour Dominique. Elle vaut quelques euros, la préposée demande 40 € de dédouanement, une arnaque en perspective. Je dis à Mireille de laisser tomber, tant pis pour Dominique (j'apprendrai plus tard que cette pièce est revenue en France).

Je m'arrête à un petit *estanco* pour recharger un peu mes unités téléphoniques et, bien sûr, je dois raconter ma vie. Nous nous installons avec le gérant autour d'une bière et c'est la conversation habituelle : « Tu es marié, tu as des enfants ? » et chaque fois que je réponds que je n'en ai pas, c'est toujours le grand étonnement : « Pourquoi tu ne divorces pas ? » Car ici c'est toujours la faute des femmes, jamais celle des hommes.

Il me propose un *deal*. Il me prête sa sœur et je lui fais un enfant car ici les filles sont très fières d'avoir un enfant métisse. Elle ne demandera rien, c'est juste un honneur d'avoir un enfant avec un Blanc. Cause toujours !

Repos

| **MARDI 6 AVRIL** | Aujourd'hui, j'ai une étape que je crois facile car courte mais j'ai droit à 700 m de dénivelé.

Comme la veille, je pédale pour mes derniers kilomètres camerounais dans la brume, ce qui est très agréable. Je vais quitter à regret ce pays, peut-être parce que j'y ai assez traîné pour en apprécier les habitants.

AMBAM
> BITAM
59 km

Le Gabon et le passage de l'équateur
du 6 au 25 avril 2010 : 848 km

| **MARDI 6 AVRIL (suite)** | J'entre au Gabon et je n'y ressens aucune différence : même végétation, même habitat, et les gens semblent y être sympathiques. Seule la route change car si elle était excellente au Cameroun, ici c'est un vrai billard et j'en apprécie le confort.
Un peu compliqué pour passer la frontière après plusieurs contrôles et papiers à remplir. Ce pays semble avoir copié la France en tracasserie administrative.
J'arrive enfin à Bitam, même type de petite ville que la veille, où il n'y a pas grand-chose. J'y trouve tout de même un hôtel tenu semble-t-il par un Égyptien. Petite étape de transition, je vais découvrir le Gabon et, en principe, je passe l'équateur vendredi, source d'excitation supplémentaire.
Comme d'habitude lorsque j'arrive dans un nouveau pays, j'en profite pour acheter une nouvelle puce pour mon téléphone portable afin de communiquer avec mes proches.

BITAM
> OYEM
75 km

| **MERCREDI 7 AVRIL** | Comme tous les matins, je démarre dans la brume. Cette fraîcheur est très agréable, il fait 24°. Je démarre assez tôt car la tactique est d'arriver à destination avant 14 h.
Depuis plusieurs jours, le temps commence à se dégrader vers 15 h et, autour de 16 h, il fait une « chavanne » à tout casser. Ça ne dure pas mais c'est toujours impressionnant. Une des particularités de la région, ce sont les tombes. C'est bizarre que je vous parle de ça mais, à vélo, on voit tout. Ici de petits cimetières avec sept à huit tombes. La plupart du temps elles sont à côté des maisons et c'est assez impressionnant. Chaque maison a pratiquement son tombeau plus ou moins sophistiqué.

La route est très étroite, heureusement il y a peu de circulation. Ici, un camion de zébus.

Ici les villages n'en finissent pas, tout en longueur : je quitte un village pour en retrouver un autre. Je ne me sens jamais seul et je croise régulièrement quelqu'un avec sa hotte ou sa brouette. C'est un autre moyen de transport et je vois de moins en moins de gens porter sur la tête.

Quand ce n'est pas un village, c'est la forêt, toujours aussi épaisse et, à la longue, cela devient pesant. Le relief est toujours le même, descente à 10 % et en face, montée à 10 %. C'est assez pénible mais je préfère ceci à la platitude du Sahel.

Un poste de police, je m'arrête et la gendarmette me demande si je n'ai pas quelque chose pour elle. Je lui réponds que je m'attends à ce que les gendarmes me demandent mes papiers et non un cadeau et sur ce, je redémarre.

J'arrive enfin à Oyem, étape du jour, une ville assez importante. Je vais au seul cyber de la ville, je n'y suis pas trop bien reçu. C'est d'ailleurs un sentiment général ici, depuis mon entrée au Gabon. Hormis la première journée, j'y trouve les gens froids et distants, il faut leur arracher un bonjour à chaque fois. Je ne généralise pas car je rencontre quand même des gens sympas. On verra, c'est peut-être à moi de m'adapter.

| **JEUDI 8 AVRIL** | Départ à 6 h sans déjeuner. Ce matin, il n'y a pas d'électricité et c'est bien dommage car hier on m'avait prêté une bouilloire électrique. Je démarre donc le ventre vide. En sortant d'Oyem, j'essaye de dire bonjour ; comme on me répond à peine, je décide de ne plus saluer et de répondre simplement à ceux qui me saluent.

La chaussée est en excellent état et il y a très peu de circulation. Les grumiers continuent leurs sempiternels va-et-vient. Ils foncent sur Libreville à pleine charge pour remonter à vide.

La forêt s'épaissit de plus en plus et ce ne sont pas les quelques villages dispersés qui rompent la monotonie du paysage. Ici, en pleine forêt, je me rends compte qu'il serait impossible de bivouaquer. La forêt est très dense, pas de piste et impossible d'y

OYEM
> MITZIC
115 km

La végétation devient impressionnante et semble déborder sur la route : c'est assez stressant !

LE GABON ET LE PASSAGE DE L'ÉQUATEUR

pénétrer. Les maisons sont souvent au-dessus de la route et des escaliers taillés dans la terre permettent d'y accéder. Il faut coûte que coûte arriver à destination.

Ce qui devait arriver arrive : la fatigue commence à se faire sentir. Je monte les bosses de plus en plus doucement et je ne suis pas encore arrivé. Je compte les kilomètres puis les hectomètres. Dans ma tête, ça bouillonne. Que fais-je ici ? Qu'est-ce que je cherche ? Avaler des kilomètres ? Pourquoi ? Je souffre dans tout mon corps comme je crois que je n'ai jamais souffert depuis mon départ. Après tant d'efforts et de douleurs (*La Mort et le Bûcheron*, Jean de La Fontaine), j'arrive enfin à Mitzic où je trouve un hôtel sympa, me promettant de prendre une journée de repos pour récupérer. Résultat des courses : 115 km et surtout 1200 m de dénivelé, pas étonnant que j'arrive dans cet état. L'hôtel est confortable. Après une bonne douche, j'ai récupéré et je décide de continuer mon chemin. C'est incroyable le vélo, on se met dans des états épouvantables et après quelques heures, on oublie tout et on est prêt à recommencer.

MITZIC
> MISSEMIX AUBERGE
83 km

| **VENDREDI 9 AVRIL** | Ce vendredi, je démarre après une grâce matinée. Debout à 6 h 15 pour une étape qui devrait me mener à Lalara. Ça ne commence pas terrible car la route continue de monter et de descendre. Je vais vers l'océan, ça descendra bien un jour !

Effectivement, au bout d'une quinzaine de kilomètres, la route commence à se calmer. Je longe une rivière sur un plat descendant des plus agréables. La végétation est tellement dense que je n'aperçois la rivière qu'en de rares occasions. C'est assez impressionnant. Le temps se couvre, il commence à tomber des gouttes. Il est 11 h quand j'arrive à Lalara. Je mets Tornado à l'abri, je m'installe à l'auberge du coin pour boire un Coca. En discutant avec l'aubergiste, il me signale une auberge à 25 km. C'est gentil de sa part car je ne dormirai pas ici et je décide de continuer.

La route est agréable quoique avec des grandes montées mais une majorité de descentes. La vallée s'élargit, la rivière grossit et je peux jouir du magnifique paysage.

Les grumiers continuent leurs sempiternels va-et-vient. Ils foncent sur Libreville à pleine charge pour remonter à vide.

La forêt est toujours aussi impressionnante et je zieute de chaque côté dans l'espoir de découvrir un singe ou un autre animal. Je vois traverser ce que je crois être un crocodile, en tout cas un gros lézard, c'est en fait un varan.

J'arrive à l'auberge annoncée et j'y suis merveilleusement reçu. Je suis en train de me réconcilier avec le Gabon. C'est un relais routier, en somme, et les grumiers s'y arrêtent pour dormir ou manger. D'ailleurs nombreux sont ceux qui me reconnaissent, car ils me doublent ou me croisent depuis plusieurs jours. Je m'installe à la table de l'un d'eux, il me paye une bière et deux d'avance pour ce soir. Il me parle beaucoup de son métier très pénible et répétitif avec des rythmes infernaux toute la semaine et l'impossibilité de rouler le samedi et le dimanche.

Au menu, ce midi, je n'ai pas le choix, ce sera porc-épic et manioc. Dans la région, la viande de brousse est la seule disponible. Même si c'est en désaccord avec mes idées un tant soit peu écolos, je n'ai pas le choix. La fille de l'auberge m'installe dans ma chambre réduite à sa plus simple expression : quatre planches, un lit, une porte et un cadenas. Elle me montre la salle de bains, également quatre planches et un fût de 200 litres rempli d'une eau douteuse. Elle me signale que je peux me laver à la rivière, c'est ce que tout le monde fait ici. Elle me propose de m'y accompagner et effectivement le coin est sommairement aménagé avec un escalier taillé dans la terre qui y mène. Ils n'ont pas les mêmes tabous ni la fausse pudeur de chez nous. Pendant ma toilette, je suis tout nu, la fille va rester là sans aucune gêne, le plus gêné sera moi. En parlant de pudeur, je peux le constater tout au long de la route, comme il est impossible de pénétrer en forêt, les taxis-brousse s'arrêtent au bord de la route et les gens, dames et hommes, font pipi autour du bus sur la route sans se sentir gênés le moins du monde.

Malgré la sobriété de ma chambre et grâce à un petit ventilateur, je passerai une bonne nuit après une veillée à discuter avec les gens du coin. Je me rends également compte que le bois est une matière très saine car c'est une des rares nuits sans cafard (l'insecte !).

LE GABON ET LE PASSAGE DE L'ÉQUATEUR

MISSEMIX AUBERGE > NDJOLLE 105 km

| **SAMEDI 10 AVRIL** | Ce matin, je déjeune grâce à une casserole d'eau bouillante qui m'est fournie. Je démarre tout content de l'accueil qui m'a été réservé ici, en pleine campagne, je ne pouvais donc pas rester au Gabon sur une mauvaise impression.

Aujourd'hui je passe l'équateur que j'attends depuis mon départ. Il fait toujours aussi beau et, hier, pour une des rares journées, je n'ai pas eu de pluie. La route est belle et l'équateur approche, je le visualise grâce à mon GPS, le point de latitude 0° approche. La route n'en finit pas de descendre et de monter, je saute de colline en colline. Ça y est, j'y suis, un panneau au milieu de la forêt : « Vous franchissez l'équateur. » Je vérifie

Un grand moment, le passage de l'équateur. Mon GPS indique 00° 00' 06", soit 4 mètres d'écart!

mon GPS, il m'annonce au panneau : latitude nord 00° 00' 06", soit quatre mètres d'écart. Surprenant, non ? J'ai un problème pour prendre des photos, je suis seul et pas de circulation. J'essaye tout seul, mais sans succès. J'attends le passage d'un véhicule. Un 4x4 s'annonce, le véhicule s'arrête et j'ai la chance d'avoir affaire à un Français vivant à Libreville. Il accepte gentiment de me prendre plusieurs photos. L'automobiliste m'indique deux hôtels à Ndjole, dont l'un tenu par un certain Dédé, et il repart. Je reste un bon moment seul sur cette ligne d'équateur car vous ne pouvez imaginer l'émotion qui m'étreint en passant cette ligne. Tout ceci est très symbolique mais depuis le temps que j'attends ce passage ! D'ailleurs, je rêvais de dormir sur cette ligne mais je suis bien conscient que c'est impossible, je ne peux raisonnablement pas dormir sur la route. Je rêvais d'y observer le ciel, savoir si je voyais encore l'Étoile polaire et déjà La Croix du Sud, je ne le saurai pas, d'autant que le ciel est rarement étoilé ici. Je suis maintenant dans l'hémisphère sud et je suis très fier d'y être arrivé à vélo.

On m'avait promis une mauvaise route après l'équateur et effectivement, de ce côté, je n'ai pas de bonne surprise : la route se détériore d'un coup et surtout se rétrécit. La forêt se densifie et tout devient très, très impressionnant, à faire peur. Je suis entouré de végétation, le ciel disparaît. Je traverse des tunnels végétaux naturels faits de bambous géants : il y fait très noir et les photos sont difficiles à prendre. J'ai toujours le sentiment qu'un animal féroce va sortir de cette forêt et me sauter dessus.

Il fait très chaud et je commence à fatiguer, pourtant, je ne suis pas encore arrivé. Un petit village et j'en profite pour me ravitailler un peu, surtout en boisson fraîche. Au bout d'une quarantaine de kilomètres, le revêtement s'améliore et la route s'élargit.

Je traverse des tunnels végétaux naturels faits de bambous géants. La forêt se densifie et tout devient très, très impressionnant… à faire peur.

Soudain, un barrage m'immobilise. Un camion-grue est en train d'essayer de sortir un grumier tombé dans le fossé. Les automobilistes et taxis-brousse sont tous arrêtés et je stoppe devant le barrage. Autour de moi, c'est de suite l'effervescence. Tous ces gens m'ont doublé et viennent me questionner sur mon étrange équipage. C'est très sympa et les questions fusent de partout. Le camion-grue n'arrive pas à remettre le camion sur la chaussée et, du coup, la circulation reprend.

Il fait très chaud, pratiquement 40° et une humidité à 100 %. J'ai dû mal m'alimenter car la fringale arrive et je le sais, à vélo, pris par la fringale, c'est trop tard. Pour comble de malchance, non seulement la route se détériore mais elle devient épouvantable : de gros graviers et des cailloux partout. Je n'avance plus, la moindre côte est pour moi un calvaire, je monte tout à pied pour la première fois de mon périple.

Avant-hier, je croyais avoir connu le pire. Non, c'est aujourd'hui que je le subis. En haut des bosses – toutes montées à pied, et c'est très pénible de pousser le vélo chargé –, je reste un long moment pour récupérer, essayer de me protéger de la chaleur, j'ai

même envie de pleurer, j'en ai marre. Je me rends compte de ma solitude et, dans ce cas-là, un compagnon serait d'un grand secours.
Complètement cuit, j'arrive enfin à Ndjole, je n'ai même pas la force de m'arrêter pour boire frais, vite un hôtel. Je ne trouve pas l'hôtel conseillé par le Français et j'entre dans le premier hôtel que je trouve où j'ai droit à un accueil très froid. Qu'importe, je bois immédiatement une bière bien fraîche et vais me reposer dans la chambre climatisée.
Je vais ensuite dans la rue pour manger du bœuf braisé et des bananes plantains frites. Je décide d'aller boire une bière et trouve un bar sympa à la sortie du village. À peine installé au bar, je suis interpellé par un Gabonais : « C'est toi le cycliste qui devait venir dormir chez moi ? » C'est Dédé, le propriétaire de l'hôtel conseillé par le Français sur l'équateur. Il avait été averti de mon arrivée et m'attendait. Il est accompagné de deux Français, Alain et Bernard, qui travaillent dans l'exploitation du bois à Ndjole. Nous sympathisons et nous nous couchons après moult bières.
Aujourd'hui c'est dimanche, il est donc inutile d'aller à Libreville, l'ambassade est fermée, je décide donc de traîner à Ndjole.

| **DIMANCHE 11 AVRIL** | J'avais prévu de changer d'hôtel mais l'hôtel de Dédé est assez éloigné du centre-ville et sur la piste défoncée par laquelle je suis arrivé. Je décide donc de rester ici, même si ce n'est pas sympa, et d'aller à pied manger chez lui.

Repos

Chez ce fameux Dédé, je suis reçu comme un roi par lui et son épouse, Hermine. J'ai d'abord droit à l'apéro au pastis, il y avait longtemps ! Même si je ne suis pas un accro du pastis, c'est très agréable, ces odeurs de Provence. Hermine nous a préparé un plat de pommes de terre avec du zébu, une recette camerounaise qui me fait penser à la bombine de l'Ardèche, le tout arrosé avec une bouteille de vin rouge espagnol. Quand il a fallu payer, c'était impossible car j'étais son invité. Comble de bonheur, Dédé est un passionné des chanteurs français, Piaf, Brel et Brassens. Du coup, j'ai eu droit à mon festival Brassens. Pour ceux qui connaissent ma passion pour Brassens, l'écouter au Gabon, c'est pour moi une grande surprise et un grand bonheur.
Dédé appelle ensuite Bernard qui veut me faire visiter ses installations de travail. Je passe ainsi un après-midi très intéressant. Bernard est breton, il a toujours travaillé dans la marine et a des connaissances en construction navale.
Il travaille dans une entreprise française qui exploite le bois dans la forêt (la SBO). Les grumes sont acheminés ici, à la scierie, pour être débités en planches ou acheminés tels quels par le fleuve jusqu'à Port-Gentil. Cela dépend du bois, s'il peut flotter ou non. Le rôle de Bernard est de s'occuper des bateaux. Il vient d'en remettre un en état et en construit un tout neuf. Le bateau sert à guider le bois jusqu'au port et le courant fait le reste. Chaque rotation fait le travail de vingt camions, une grosse économie. Quand le bois ne flotte pas, il est installé sur une sorte de barge tirée par le bateau. Port-Gentil est un drôle de port car aucune route n'y mène si ce n'est une mauvaise piste.
Je décide de laisser mon vélo à l'hôtel à Ndjole et de me rendre en taxi à Libreville pour mon visa du Congo Brazza. Il est en effet inutile que je fasse l'aller-retour à vélo (320 km) pour rien…

Je traverse des plantations d'hévéas au milieu de cette forêt luxuriante.

LE GABON ET LE PASSAGE DE L'ÉQUATEUR

Formalités

| **DU LUNDI 12 AU VENDREDI 16 AVRIL** | À 6 h, je prends un taxi collectif (7 000 francs CFA) pour Libreville. J'ai ainsi un aperçu de ce qui m'attend sur la première partie de la route de Lambaréné : ce sera encore plus dur que ce que j'ai connu jusqu'alors.

Plusieurs contrôles où tout se passe normalement mais, au suivant, un gendarme me demande 5 000 francs CFA. Devant mon air étonné, il me répond que, si je suis touriste, c'est gratuit mais, si je suis aventurier, c'est 5 000 francs CFA. Je lui demande : « C'est quoi un aventurier ? » « Un aventurier, c'est un aventurier. » Je commence à élever la voix en disant que je suis en règle et que, de toute manière, je ne payerai rien. Le ton

La cuisinière prépare le porc-épic que je mangerai ce soir.

monte des deux côtés et le chef intervient en me demandant de me calmer sinon ils me gardent au poste. Je n'ai rien à perdre ! Ce seront eux les plus embêtés. On se calme. Le chef m'affirme que son subalterne ne m'a jamais demandé d'argent. Tout rentre dans l'ordre. Il me rend le passeport en me faisant promettre de me faire enregistrer au retour sinon gare à moi : cause toujours ! Si je m'étais laissé faire, c'était 5 000 francs CFA dans leurs poches. Quand je retourne au taxi, tout le monde rit de la scène en me certifiant qu'ici, c'est comme ça, tu payes et tu ne dis rien.

J'arrive enfin à Libreville. On me met dans un taxi pour l'ambassade du Congo Brazza où tout se passe très bien, mon visa dans 72 heures et ensuite le taxi me ramène à l'hôtel non sans essayer de m'arnaquer sur le prix mais après sept mois d'Afrique, je ne suis plus naïf. Finalement, après avoir récupéré mon visa, je décide d'aller à l'ambassade de la République démocratique du Congo, cela m'évitera les formalités à Brazzaville. J'obtiens mon visa sans trop de soucis mais, n'ayant ni billet d'avion, ni d'adresse au Congo, je dois prouver que je suis bien un touriste.

Toutes les formalités effectuées, je rentre à Ndjole en taxi. Moyennant un tarif plus élevé, on m'octroie la place de devant, je suis un Blanc après tout! Derrière, ils sont quatre plus trois enfants. Je propose de prendre un petit devant avec moi et c'est ainsi que je ferai le voyage avec Joanna sur mes genoux. Elle a 19 mois. Devant il n'y a aucune sécurité, mais nous sommes en Afrique, c'est comme ça.

Cela fait plusieurs fois que je vois des gens au bord de la route avec de gros poissons à la main. Je questionne le chauffeur : c'est le poisson sans nom. Je lui redemande son nom et il me répond : « Le poisson sans nom, c'est son nom. » Effectivement, après recherche,

Nous voyons un orpailleur en train de chercher de l'or.

il s'agit du poisson sans nom, du nom scientifique de l'*Hétoritis Niloticus* ou poisson de la famille, très riche en protéine et, vu sa taille, il permet de nourrir toute une famille.

| **SAMEDI 17 ET DIMANCHE 18 AVRIL** | Ce sera forêt et bringue! En arrivant à Ndjole, je téléphone à mon nouvel ami Dédé pour avoir un guide pour demain car j'ai envie de me promener en forêt. J'ai rendez-vous chez lui à 7 h. Il me trouve deux gars du quartier : Dany et Augustin, qui connaissent bien la forêt.

Repos

Les deux jeunes m'expliquent tout, les arbres, les plantes et même la rivière assez dangereuse à cet endroit avec ses superstitions. Ils me disent : « Si tu tombes dans la rivière, il ne faut jamais crier car, dans ce cas, tu te noies : les esprits te prennent. »
En traversant une rivière, nous voyons un orpailleur en train de chercher de l'or. C'est Alain, un garçon très sympathique qui m'explique son métier : un travail très pénible et presque pas aléatoire, qui rapporte beaucoup d'argent. Il a l'air content de son sort même si on dit de lui qu'il fait un travail de vaurien. Il s'en moque car il nourrit sa famille.

LE GABON ET LE PASSAGE DE L'ÉQUATEUR

Nous sortons du fond du ravin de l'orpailleur par un petit sentier périlleux. Nous trouvons des traces d'éléphants et même des excréments. L'odeur particulière nous signifie leur passage récent.

Dans la forêt, de nombreuses plantes sont utilisées pour s'alimenter ou se soigner. Le chocolatier par exemple – rien à voir avec le chocolat –, il sert à faire des sauces pour accompagner les plats. D'un autre arbre, on utilise l'écorce pour les maux de dent. Ils m'en montrent un autre pour faire les cure-dents que l'on voit sur les marchés. Bref, je passe un moment très intéressant.

En rentrant chez Dédé, il m'invite le soir à une soirée grillade avec les Européens de la société SBO. Je prévois une soirée bien arrosée et décide de rester là demain.

Je passerai une agréable soirée et nous nous coucherons à 3 h du matin après pas mal de bières. Je discuterai beaucoup avec Alain, il me réconciliera avec les expatriés. Pour moi, c'étaient des sortes de colons venus chercher du fric. Lui, ce n'est pas du tout son cas, il a plus de quarante ans d'Afrique, s'y trouve bien et n'a plus trop envie de rentrer en France. Il a d'ailleurs fait une tentative mais est vite retourné en Afrique : il est accro ! On parlera aussi d'envoûtement pour un Français apparemment accroché à une fille. Les Gabonaises présentes disent sérieusement qu'il a été « fétiché » et ne pourra plus s'en débarrasser. Elles utilisent des produits qu'elles mettent dans le sexe et même dans la bouche. Elles achètent des fétiches au marché qu'elles mettent devant sa porte. Voilà également l'Afrique et toute sa magie.

NDJOLE
> LAMBARÉNÉ
135 km

| **LUNDI 19 AVRIL** | Ce matin je déjeune dans la rue. Dans Ndjole, il y a des « estancos » qui restent ouverts 24 h sur 24, 7 jours sur 7. Tu peux, à toute heure du jour et de la nuit, manger du bœuf braisé, du poulet, des frites, des bananes plantains, du riz et boire ton café ou ton lait. Les gens se relaient et, depuis que je suis ici, ils me connaissent tous. Finalement, il est à peine 6 h et je démarre pour Bifoun. Il a plu, le ciel est couvert et la fraîcheur n'est pas au rendez-vous (30°). La première partie s'avère très difficile, mais je m'y attendais. Le paysage est toujours le même, la forêt, la forêt, la forêt.

La difficulté et les collines passées, le paysage s'élargit et je peux distinguer l'horizon. Je transpire énormément et n'arrête pas de boire. Pour la première fois, j'ai la plante des pieds mouillée, signe de cet air très humide ce matin.

J'arrive à Bifoun tout content d'avoir fini ma journée. Ici, pas grand-chose, très sauvage et le seul hôtel du village est en travaux. J'hésite : je trouve un hébergement ou je continue sur Lambaréné ? Finalement, je reprends la route et on verra bien. L'étape fera 135 km et près de 1400 m de dénivelé : pas mal pour une reprise ! À l'hôtel *Schweitzer*, le bien nommé, je suis très mal accueilli mais, au Gabon, je commence à m'y habituer.

Repos

| **MARDI 20 AVRIL** | J'avais l'intention de changer d'hôtel mais, le matin, je suis plus calme, d'autant que la réceptionniste est plus sympa. Je ne regrette pas ma décision car Franck, le frère de la propriétaire, me propose de m'accompagner pour visiter Lambaréné. J'ai ainsi l'occasion de voir le musée du docteur Schweitzer où toute sa vie est retracée, sa maison, sa chambre, sa tombe et son hôpital comme c'était à l'origine. Franck m'emmène dans ce que le docteur appelait le « village lumière ». C'est le village de lépreux qu'il avait créé. J'en profite pour parler avec quelques lépreux, non pas leur

La tombe du docteur Schweitzer.

LE GABON ET LE PASSAGE DE L'ÉQUATEUR

serrer la main mais le bras car ils n'ont souvent pas de mains, rongées par la maladie. Je discute particulièrement avec l'un d'entre eux, bien au courant de la vie actuelle et passée de ce village. En ce moment, ils ne sont plus que vingt-deux, sans commune mesure avec le village aidé par *Launatho* au Sénégal où ils sont plus de trois mille. C'est le deuxième village de lépreux que je visite en Afrique.

Je suis resté à Lambaréné pour mettre à jour mon carnet de route, mais le seul cyber de la ville n'est plus connecté depuis cinq mois. D'ailleurs, je ne retrouverai plus de cyber dans tout le Gabon qui est décidément un drôle de pays.

Le dispensaire du « Village Lumière » créé par le docteur Albert Schweitzer pour soigner les lépreux.

LAMBARÉNÉ
> FOUGAMOU
92 km

| **MERCREDI 21 AVRIL** | Je démarre tôt car j'ai près de 100 km à faire, dont la moitié en latérite, comme annoncé depuis plusieurs jours. En fait, je vais faire 60 km sur une route superbe, sans trop de montée. La vallée est assez large et la forêt est moins oppressante. Les villages sont très nombreux, se touchent carrément et chaque fois des maisons en bois, souvent délabrées.

Je traverse les villages en saluant énormément, ce qui me change du Gabon que je connais jusqu'à présent. À ce propos, il faut savoir que, dans mon classement des pays, il est actuellement bon dernier, classement il est vrai subjectif. Les Gabonais disent rarement bonjour, ils se complaisent en costume cravate et belle voiture. J'ai également remarqué en ville un nombre impressionnant de bureaucrates. Tout ça m'est confirmé par les gens avec qui je peux en parler. Le Gabonais est très peu travailleur, il estime qu'il n'a besoin de personne, d'où son attitude. C'est un pays forestier très peu peuplé (1,3 million d'habitants), avec un sous-sol très riche. Je ne dois pas généraliser car j'y ai tout de même rencontré des gens intéressants.

Revenons à nos moutons. D'un seul coup, sans prévenir, allez savoir pourquoi !, la route s'arrête et fait place à une excellente piste. Deuxième bonne surprise, et elles sont rares sur les routes en Afrique ; elle ne durera que 20 km alors qu'on m'avait promis plus du double. La piste sera bientôt goudronnée et, fait étonnant, ce ne sont pas les Chinois qui ont le chantier mais des Espagnols avec qui j'ai l'occasion de discuter. Le goudron reprend ses droits et j'arrive enfin à Fougamou.

C'est une ville bizarre, comme souvent ici, faite de quartiers, il n'y a pas vraiment de centre-ville. Je trouve un hôtel sympa et bien tenu, je m'y installe. Ce sera l'occasion de rencontrer deux jeunes, Francis et Grazélia, avec qui je bois une bière. Ensuite ils m'invitent dehors pour boire le vin de palme avec quatre Gabonais. Nous resterons plus de deux heures à discuter de mon voyage, du Gabon et de ses problèmes. Je me couche tranquille car le vin de palme c'est bon mais il ne faut pas en abuser.

FOUGAMOU
> MOUILA
107 km

| **JEUDI 22 AVRIL** | Il a beaucoup plu toute la nuit. J'ai fait l'erreur de laisser quelques affaires sécher sur la terrasse couverte mais la pluie soufflant en rafales a tout mouillé. Comment vais-je trouver la piste ce matin ? En fait, la latérite se comporte bien, il me faut juste slalomer entre les flaques d'eau.

Depuis Ndjole, on m'annonce un cycliste avec des sacoches. Régulièrement on me signale le passage de « mon frère » quelques heures avant moi. J'arrive dans un village et on me dit que « mon frère » est ici, qu'il n'a pas démarré. Je m'arrête à la sortie du village pour me ravitailler et le fameux cycliste arrive. C'est un jeune Hollandais qui vient de terminer ses études et rejoint Le Cap avant de se mettre au travail, démarche assez classique. Il est sympa et parle très bien le français. Il dort régulièrement dans la brousse et nous avançons pratiquement au même rythme mais nous ne dormons pas aux mêmes endroits.

La piste se détériore et la latérite fait place à de la boue collante. C'est de plus en plus compliqué d'avancer car la boue se coince partout, en particulier sous les garde-boue. Je rattrape mon Hollandais qui prend la décision de démonter ses garde-boue. Quant à moi, pour l'instant ça passe mais pas pour longtemps. Je suis complètement coincé et dégage la boue à l'aide d'un bâton que je trouve sans problème dans cette forêt, et je m'arrêterai plusieurs fois pour recommencer l'opération assez pénible. Je ne vois pas mon Hollandais revenir et je ne le reverrai plus, peut-être un autre jour !

La latérite réapparaît, le soleil sèche vite la piste, ça avance mieux. En parlant de soleil, il commence à faire très chaud et très soif. La veille, à cause du vin de palme, je n'ai pas fait mes courses. Je suis parti avec de l'eau du robinet, mais en quantité insuffisante. Je vais payer cette erreur cash et la fin de la journée sera très pénible.

Petit à petit, la forêt fait place à la savane, le paysage est toujours vert. C'est maintenant de l'herbe. J'arrive à Mouila vers 16 h, un peu cuit car la piste est assez usante entre les cailloux et la tôle ondulée. Et 107 km tout en piste, ce n'est pas mal pour un petit cycliste comme moi. Je trouve l'hôtel du Lac vert. Je suis complètement, tout comme Tornado, couvert de boue. Je décide donc de rester un jour de plus.

| **VENDREDI 23 AVRIL** | La remorque et Tornado ont besoin d'une bonne toilette et d'un bon graissage. À l'hôtel, on m'installera un tuyau pour nettoyer mon attelage.

Escale technique

LE GABON ET LE PASSAGE DE L'ÉQUATEUR

**MOUILA
> NDENDE
77 km**

| **SAMEDI 24 AVRIL** | Hier, il n'a pas plu et le soleil est de la partie. La piste toute en latérite est en excellent état mais je ne vous dis pas la poussière que je prends chaque fois qu'un véhicule me double ou me croise. Heureusement, j'ai mon masque acheté au Burkina et les lunettes que j'avais prévues pour le sable dans le désert. Si j'ai déjà l'air d'un extraterrestre, avec mes lunettes et mon masque, ce doit être encore pire !
Je m'arrête pour me ravitailler et je vois un peu plus loin un taxi-brousse dans le décor qui a dû faire plusieurs tonneaux. Un Gabonais m'apprend que c'est arrivé ce matin. C'est un taxi-brousse qui amenait des gens à un mariage. Il y aurait eu trois morts. Lorsque

Sur la piste, quand un camion me double, j'ai droit à un nuage de poussière de latérite.

les gens s'étonnaient de mon voyage en Afrique et des risques que cela comportait… En fait, là où je risque le plus, c'est quand je prends un taxi ou un taxi-brousse.
La piste facile et le relief relativement plat me font arriver à Ndende autour de 12 h 30 dans ce village du bout du monde, du bout du Gabon. J'arrive dans un hôtel très rustique où on me regarde comme un zombi. C'est vrai que je suis dans le Gabon profond. Je m'installe dans le restaurant pour manger un plat de spaghettis. Une trentaine d'enseignants en formation arrivent, un seul me dira bonjour. Pire, quatre s'installent à ma table sans même me regarder. Cela confirme bien ce que je pense des Gabonais. J'ai tout l'après-midi pour traîner et ce sera long car la chambre n'est pas trop confortable et il fait très chaud. Je suis à une trentaine de bornes de la frontière du Congo et, demain, j'entrerai dans mon treizième pays.

**NDENDE
> NGONGO
50 km**

| **DIMANCHE 25 AVRIL** | Je pars de Ndende sans regret, sachant que je vais enfin quitter le Gabon, mais ce ne sera peut-être pas mieux au Congo ! La piste est toujours en

excellent état et relativement plate. Mais une piste est toujours une piste, c'est fatiguant d'y progresser.

Je suis dans un paysage de savane avec de hautes herbes. De temps à autre, des marigots de chaque côté de la piste où j'espère voir des animaux. Ce sont les chiens qui font leur apparition. Après le Sahara occidental, ils avaient pratiquement disparu en Afrique de l'Ouest. J'en ai retrouvés dans tous les villages du Cameroun dormant au bord de la route. Ici au Gabon, comme s'ils avaient déteint sur la population, ils sont très agressifs. Il me faut rester vigilant et même m'arrêter assez souvent.

Paysage de savane avec de hautes herbes.

À l'entrée d'un village, un Gabonais est en train d'extraire du vin de palme. Je m'arrête pour avoir des explications. Le palmier est abattu, un orifice est creusé à la base du tronc, sous lequel est placé un petit bidon. La sève (le vin de palme) s'écoule dans le jerrican et l'intérieur est coupé dès que la sève ne s'écoule plus. Cela peut durer plusieurs jours. Dans ce vin de palme, on met un morceau de bois amer qui lui donne ce goût particulier. Il m'explique gentiment tout ça et un autre me dit que c'est Dieu qui le leur a donné. Nous sommes bien en Afrique où l'on fait toujours référence à Dieu. La piste se détériore et la latérite est remplacée par de la terre et des cailloux. Malgré l'inconfort (pour mes fesses) de la piste, je préfère ça à une piste sablonneuse. Heureusement nous sommes dimanche, il n'y a pas de circulation. La piste très étroite ne permettrait pas à un vélo et une voiture de se croiser.

Congo Brazzaville, relents de guerre civile
du 25 avril au 6 mai 2010 : 648 km

| **DIMANCHE 25 AVRIL (suite)** | La frontière gabonaise se passe sans problème. J'ai trois contrôles différents pour pénétrer au Congo après 50 km de piste. Devant ma surprise, on m'explique que ce pays était en guerre il y a peu et que c'est pour ma sécurité. J'apprends également qu'on peut faire le visa à la frontière. J'aurais ainsi pu éviter Libreville. Il faut que j'en informe Xavier.

Ma selle qui a plus de trente ans commence à partir en vrille, je décide donc de rester là pour réparer d'autant que le prochain bled est à 50 km.

Je trouve ce qu'on peut appeler un hôtel, un simple lit sans rien d'autre. Ce sera 2 000 ou 3 000 francs CFA avec l'électricité. Je prends l'option à 3 000 car il y a un ventilateur. Le seul problème, c'est que je n'aurai peut-être l'électricité que ce soir et, de toute façon, le ventilateur ne marche pas.

La veille, j'avais comme voisin de chambre un jeune Japonais qui traverse l'Afrique avec sac à dos et en bus. Je le retrouve dans ce village et l'invite à partager un plat de spaghettis que je fais cuire. Il a l'air de se régaler et comme il parle un peu français, nous pouvons deviser. Décidément, ce village d'un autre bout du monde est très international aujourd'hui.

Comme hier, je passe mon temps à traîner en attendant que l'heure tourne et que le temps se rafraîchisse. Je vais me laver à la rivière. Des jeunes filles s'y baignent après avoir fait la vaisselle. Elles s'approchent toutes nues pour que je les prenne en photos. Je me lave juste à côté, ici c'est comme ça, ils n'ont pas les mêmes tabous qu'en France.

Ce soir, le restaurant sera ouvert mais, comme on n'a pas livré le poisson d'eau douce, ce sera manioc, un point c'est tout. Dès que nous avons fini de manger, le propriétaire nous demande gentiment de nous mettre sur le côté afin qu'il puisse installer la télévision. Ainsi toute une partie du village pourra regarder France 24, quand il aura mis son groupe électrogène en route car, dans ce village, il n'y a pas l'électricité.

**NGONGO
> NYANGA
49 km**

| **LUNDI 26 AVRIL** | Quand je démarre à 6 h, mon Japonais qui devait prendre le camion à 4 h est encore là. J'ai bien peur qu'il ne l'ait raté ou qu'il ne passe pas. La piste est dans un piteux état, avec des cailloux, même si elle s'améliore par la suite où j'ai droit à de la tôle ondulée. Vous connaissez le principe, il faut y rouler très vite pour ne pas en sentir l'effet mais, à vélo, c'est compliqué.

Sur la route, je ne vois pas âme qui vive, pas de circulation. Heureusement, de temps à autre, je traverse un village. À chaque fois, c'est impressionnant : tout le monde me dit bonjour, veut que je m'arrête. Les enfants me crient après et tentent de m'accompagner en courant. Ça me change vraiment du Gabon.

Je suis en pleine savane, telle que je l'imaginais. La forêt a pratiquement disparu, le sol est couvert de hautes herbes à perte de vue.

Des jeunes filles reviennent d'avoir fait la vaisselle à la rivière.

J'arrive enfin à Nyanga où il n'y a vraiment pas grand-chose. On m'indique le seul hôtel au bord du fleuve. J'y accède par un petit sentier pas très commode à vélo. L'impression est très mitigée. L'accueil, pas terrible, et l'hôtel, très sale. Pour accéder à la baignoire – car il y a une baignoire –, il faut enlever les toiles d'araignée. Pas d'électricité, pas d'eau. On me branche le groupe pour trente minutes mais l'eau n'arrive pas. Tant pis, on m'amène un seau. Je réclame une serviette, un savon mais j'ai l'impression de déranger. Je prends la décision de remballer et de quitter les lieux. C'est la première fois que je perds patience. Il m'en faut pourtant !

Je retourne au village et bien m'en prend car je trouve une chambre avec un simple lit et une moustiquaire. Je fais ainsi connaissance d'Ousmane et Brunel. Nous allons manger chez Ousmane. Sa femme a préparé de l'antilope, du silure et du manioc. Il faut ensuite se laver et, à moto sur une piste de 7 km, nous allons nous baigner à la rivière. Là, c'est un enchantement : une eau limpide coule en petites cascades. L'endroit est magnifique, en pleine forêt. L'eau me fait des massages très agréables. La fin d'après-midi se passera à discuter devant les magasins d'Ousmane et de Brunel où j'aurai le chic d'attirer les ivrognes du village pour leur payer à boire, chose que je ne ferai pas. Je me couche de très bonne heure, tout content une fois de plus de l'accueil congolais.

| **MARDI 27 AVRIL** | La piste est relativement bonne, un peu de tôle ondulée, des cailloux, mais je m'en accommode. Le seul souci : la réparation de la selle n'a pas tenu. Pire, j'ai perdu la vis et le mécanisme qui tient le cuir de la selle. Conséquence, je pédale sur un morceau de cuir posé sur deux rails en acier. Ce n'est pas très confortable mais je n'ai pas le choix. Je verrai à Brazza.

NYANGA
> KIBANGOU
92 km

Je pédale au milieu de ces herbes. C'est assez magique, cette absence de forêt et toute cette herbe plus haute que moi. C'est finalement aussi impénétrable que la forêt.

Quand je traverse les villages, si l'accueil est toujours aussi sympa, je sens malgré tous les gens un peu sauvages. Une femme, avec un fardeau sur le dos, attend son mari. Certains gamins se cachent de peur dès qu'ils me voient. J'ai même fait courir devant moi une gamine morte de peur, essayant de rejoindre sa mère en criant, malgré la perte de ses chaussures.

De toute la matinée, je n'ai pas encore vu un véhicule. J'entends un camion, je m'arrête pour le laisser passer. C'est le camion de mon Japonais qui a dû rester une journée de plus à Ngongo. Il faut savoir qu'ici, il n'y a pas de taxi-brousse. Ce sont les camions qui transportent les gens avec leurs bagages. C'est assez impressionnant de voir tous ces gens entassés sur les camions au détriment de toute sécurité.

J'arrive finalement à Kibangou où je trouverai une chambre gérée par une mission catholique. Bien sûr, pas d'électricité, mais j'aurai de l'eau dans un seau pour me laver. Je visite l'église, juste à côté, où la cloche est remplacée par un tambour de frein de camion, comme dans beaucoup d'endroits.

Le repas, ce sera avocat et cuisses de poulet, achetés au bord de la route. Ici, il n'y a pas de restaurant, juste une épicerie où je peux faire mes courses pour demain. Je croyais arriver dans une petite ville, en fait ce n'est même pas un gros village. Décidément, depuis quelques jours, je suis en pleine sauvagine.

Tommy, le Japonais, a pu prendre le camion avec un jour de retard. Ici pas de bus ni de taxis-brousse, ce sont les camions qui assurent le transport en commun.

CONGO BRAZZAVILLE, RELENTS DE GUERRE CIVILE

**KIBANGOU
> DOLISIE
50 km à vélo
et 50 km en camion**

| **MERCREDI 28 AVRIL** | Il a bien plu cette nuit, je redoute le pire sur la piste. Heureusement, j'ai passé la nuit en bonne compagnie. Dans la nuit, j'ai senti une bête sur le visage. Ce matin au réveil, je m'aperçois que j'ai dormi avec une souris dans mon lit. Malheureusement, ce n'était pas une souris humaine mais un petit souriceau.

La piste continue d'être aussi pénible, beaucoup de tôle ondulée et je suis un peu saturé, d'autant que mon séant et le périnée me font un peu souffrir. Il est vrai que ma selle est particulièrement inconfortable. Je décide d'arrêter le prochain camion. Ce sera chose faite au bout de 50 km. On charge Tornado et sa remorque dans le

Il n'y a plus d'arbres depuis quelques jours, une herbe d'un vert très soutenu recouvre les montagnes : c'est magnifique !

camion avec les passagers et, comme je suis un Blanc, je vais en cabine avec le chauffeur.

Le voyage est très agréable avec le paysage magnifique, des arrêts dans les villages et un chauffeur sympathique. À l'entrée de Dolisie, on me laisse avec des gendarmes et l'un d'eux prendra un taxi pour m'accompagner dans un hôtel. Je pense qu'il touche quelque chose mais ce n'est pas mon problème.

Dolisie est une ville assez importante (la troisième du Congo), mais la centrale qui fournit l'électricité est en panne et il n'y a pas plus de courant que dans la campagne. C'est donc raté pour Internet une fois de plus.

Repos

| **JEUDI 29 AVRIL** | Apparemment, je n'ai aucune raison de rester un jour de plus sauf qu'il y a ici le consulat de l'Angola. Pourquoi ne pas me renseigner et faire mon visa ?

Après une heure d'attente, je reste pour m'entendre dire que, finalement, ils ne délivrent pas de visa. Je n'ai pas trop de regret car il pleut ce jeudi depuis 6 h du matin.

| **VENDREDI 30 AVRIL** | J'ai prévu de ne pas partir de bonne heure et je me suis débrouillé avec le cuisinier afin qu'il me prépare le petit déjeuner pour 6 h 30 et un départ à 7 h. Pas de problème, m'a-t-il dit. Toujours est-il que ce matin je démarre sans déjeuner, ce qui n'est pas du tout dans mes habitudes. Moralité : ne jamais faire confiance en Afrique. Par expérience, je demande ma route régulièrement afin de m'assurer que je suis dans la bonne direction. Au dernier embranchement, je demande à un policier qui m'avertit qu'il y a beaucoup de mares. Qu'est-ce que ça veut dire ? J'arrive de suite sur une piste en latérite pas terrible et dire que je suis sur la route principale du Congo : Pointe-

Noire-Brazzaville, la RN1. Premier constat : à part en ville, il n'y a aucune route goudronnée au Congo. Je suis au milieu d'une forêt luxuriante et des flaques d'eau de temps en temps. Le policier a certainement exagéré. Eh non !, car les flaques se transforment rapidement en mares d'eau et de boue. Je m'enfonce dans la boue qui heureusement est très humide et ne colle pas trop. Parfois, je passe dans l'eau au risque de me casser la figue au milieu d'une mare ; parfois, je passe à pied en traînant Tornado et sa remorque, me donnant l'impression d'un âne qui ne veut pas avancer. Il y a beaucoup plus de circulation que sur l'autre piste et je suis souvent obligé de me ranger sur le côté pour laisser passer les véhicules qui m'avertissent à grands coups de klaxon. Une fois, je pense pouvoir passer mais j'ai de l'eau jusqu'au milieu des sacoches et je suis obligé de reculer : voyez le tableau. Je cherche à passer sur le côté, mais je m'enfonce dans la boue. Je dois décrocher et tout traverser à bout de bras avec de l'eau jusqu'aux genoux. Je patauge vraiment dans la gadoue. Je fatigue et j'en ai marre (pas mare !), mais je n'ai pas le choix, il me faut avancer. Pour corser le tout, il y a du

Je croyais arriver dans une petite ville, en fait ce n'est même pas un gros village.

**DOLISIE
> LOUDIMA
57 km**

CONGO BRAZZAVILLE, RELENTS DE GUERRE CIVILE

relief et j'ai même un passage à 30 % et, croyez-moi, j'ai besoin de toutes mes forces pour hisser le vélo en haut de la côte dans la boue.

De temps à autre, des camions lourdement chargés, embourbés jusqu'aux essieux, sont coincés et essayent de s'en sortir. J'ai l'impression de vivre un cauchemar. Malgré tout, j'avance. Dans les rares villages, les informations sont différentes et on m'annonce 20 km pour Loudima. Ce qu'il faut savoir, c'est que depuis quelques jours, je n'ai plus de compteur et je n'ai aucun repère.

À un petit village, on m'interpelle en me signalant un raccourci. « Si tu prends la piste normale, c'est plus long et il y a beaucoup d'eau. » Je ne suis pas plus royaliste que le roi et j'obtempère. Mais un cycliste me propose de le suivre car il va à Loudima. C'est Roger, l'instituteur de ce village qui rentre chez lui après la classe. Nous prenons une piste très étroite, un peu boueuse certes, mais si c'est un raccourci ! Qu'il y ait moins d'eau, c'est une vue de l'esprit car de l'eau, j'en aurai aussi. Je navigue sur une piste très étroite, sur deux bandes de roulement à peine larges de 20 cm, il me faut viser juste. Le raccourci me semble très long, il est vrai que nous n'avançons pas très vite. Nous arrivons et j'offre une bière à Roger. Nous discutons longuement, en particulier de la situation politique du Congo où Roger n'a pas trop l'air d'accord avec le pouvoir en place. Il me parle beaucoup du chômage chez les jeunes et de son pays qui n'avance pas. Il me dit surtout de ne pas aller à Brazza à vélo, il faut absolument prendre le train. Dans le département qu'il appelle le Poole sévissent encore des rebelles qui ont

À plus de 15 % sur du goudron, je passe à pied. Alors, 30 % sur une piste et dans la gadoue !

été lâchés par leur chef devenu ministre. Il me dit qu'ils attaquent même le train et que ce serait dangereux pour moi de traverser ce département. Ce ne sont que des jeunes perdus qui n'hésitent pas à tuer pour voler, ce qui me sera confirmé par d'autres par la suite. De toute manière, on m'annonce une piste encore plus mauvaise. Ma décision est prise, je prendrai le train. Roger, très gentil, veut absolument m'assister pour prendre le train. En attendant, je l'invite à manger avec moi du poisson (un genre de dorade) et du manioc. Il m'en coûtera 2 000 francs CFA pour les deux. Nous prenons rendez-vous à 19 h pour aller à la gare. À la gare, on nous dit de venir vers une heure du matin et on verra si on peut charger mon vélo. Je prendrai le billet après.

| **SAMEDI 1ᵉʳ MAI** | À une heure, Roger vient me chercher à la chambre que j'avais trouvée entre-temps. On nous dit de revenir à 5 h car le train est parti de Pointe-Noire avec du retard. Nous retournons nous coucher et, à 5 h, Roger vient encore pour m'aider à charger le vélo. **Le train arrivera finalement autour de 7 h.**
On amène, avec l'aide d'autochtones, Tornado et la remorque en queue de train où il sera chargé n'importe comment au milieu des caisses de poulets, des sacs de manioc, etc. Comment vais-je le retrouver ? On rejoint la tête du train où on m'installe en première classe, qui ne l'est que de nom. Le wagon est plein, des gens et des tas de sacs dans les allées où il est quasi impossible de circuler. Je suis mal installé, debout sur pratique-ment une jambe, je me vois mal rester ainsi pendant des heures. Heureusement, le

LOUDIMA
> BRAZZAVILLE
300 km
avec le train Océan

Je patauge vraiment dans la gadoue.

CONGO BRAZZAVILLE, RELENTS DE GUERRE CIVILE

contrôleur m'appelle au milieu du wagon, il m'a trouvé une place assise. L'avantage d'être un Blanc. Malgré l'injustice de la situation, j'accepte. Je me retrouve au milieu de Congolais avec qui je sympathise. Nous alternons mutuellement les places assises et debout. Le train s'arrête partout, dans la moindre gare et restera à chaque fois un long moment à l'arrêt. Autour du train, c'est un business incroyable de nourriture et de boissons. Comme c'est samedi, beaucoup d'enfants vendent trois figues, deux oranges ou de l'eau glacée. Il faut dire qu'il fait une chaleur horrible dans le train. Je suis complètement trempé de transpiration.

Dès que le train s'arrête, il est envahi de centaines de marchands ambulants, hommes, femmes et beaucoup d'enfants.

J'essaye de prendre des photos discrètement en me faisant rappeler à l'ordre plusieurs fois par les militaires. Le train est bourré de militaires avec mitraillette pour le sécuriser, car les rebelles l'attaquent parfois. Même le contrôleur est accompagné de militaires armés pour vérifier les billets.

De temps en temps, le train s'arrête en campagne, on ne sait pourquoi, et repart un moment après. Dans le wagon, les gens ne semblent pas s'impatienter : on mange, on boit, on change même les enfants, on les allaite. La vie quotidienne quoi ! On espère arriver à Brazza vers 19 h ou 20 h. C'est sans compter sur un arrêt impromptu de trois heures en pleine campagne. Aucune explication et personne ne s'énerve. Je raconte d'ailleurs aux gens étonnés qu'en France, si le train a quinze minutes de retard, c'est de suite un scandale et on demande le remboursement du billet. Autres lieux, autres mœurs ! À la fenêtre, j'interpelle quelqu'un qui passe et m'explique que le train étant parti en retard ; le chauffeur est allé se coucher pour se reposer et faire sa coupure par sécurité.

Dans le wagon, une chorale féminine, encouragée par un pasteur, se met en place. Des marchands de vin de palme passent dans le wagon et nous aurons droit au vin de palme pour patienter. Au final, nous arriverons à 23 h passées.
Au fait, dans le wagon d'à côté, j'ai retrouvé Tommy, mon Japonais ! Il m'aide à récupérer mon vélo et raccrocher mon attelage. Hormis le garde-boue arrière *destroy*, il n'ai pas l'air d'avoir trop de dégâts. Je me dépêche de quitter cet endroit apparemment truffé de voleurs. En traversant les rails, la roue de la remorque se cavale. Dans l'obscurité la plus totale, c'est bien le moment. Heureusement, Tommy est encore avec

moi pour m'aider. À la sortie de la gare, on m'indique un hôtel non loin. Au premier rond-point, un policier m'arrête, me demande ce que je cherche et je lui dis que je vais juste à l'hôtel à 100 m de là. Il insiste pour m'y accompagner : sécurité des touristes, dit-il. En fait, il demandera sa commission à l'hôtelier. Il veut absolument fouiller ma remorque, il pourrait y avoir une bombe dedans. Bien entendu, ensuite, il me réclame de l'argent que je ne veux absolument pas lui donner. Il insiste, je refuse et il repart très mécontent ; je n'ai pas intérêt à le retrouver.
L'hôtel n'est pas terrible, un peu sale et pas d'eau à l'étage alors qu'une douche aurait été appréciable après ce long voyage. Heureusement, l'accueil est très sympa mais demain, je chercherai un hôtel plus confortable et surtout avec un endroit pour réparer Tornado car il a souffert ces derniers jours.
Pour info : le train Océan déraillera un mois plus tard, occasionnant la mort de soixante personnes et des centaines de blessés très graves selon les sources officielles, et plusieurs centaines de morts selon les sources officieuses.

Au moindre virage, le train s'arrête et repart très doucement de peur de dérailler... ce qui arrive parfois.

CONGO BRAZZAVILLE, RELENTS DE GUERRE CIVILE

Escale technique et formalités

| **DU DIMANCHE 2 AU MERCREDI 5 MAI** | Pas facile de changer d'hôtel car ils sont très chers à Brazza et on me fait tourner en rond. J'en trouve finalement un dans mes prix, l'accueil est très sympa et les chambres simples mais propres.

Mon premier boulot est d'aller à l'ambassade de l'Angola pour mon visa. Après une longue attente, le réceptionniste me dit qu'à Brazza, on ne fait pas de visa, il faut aller à Kinshasa. Mince, mon plan tombe à l'eau car l'idée était de prendre l'avion pour l'Afrique de l'Est. Si je n'obtiens pas un visa d'un mois, je verrai donc à Kinshasa.

Ici, la guerre civile qui a secoué le pays semble laisser des traces. Brigitte, la

Le fleuve Congo ou Zaïre est très impressionnant : 5 km de large. En face, la capitale de la RDC : Kinshasa.

réceptionniste de l'hôtel, n'arrête pas d'en parler. Elle me dit sa peur des bombes qui éclataient de partout, sa fuite à la campagne, sa mère qu'elle croyait morte sous les bombardements et qu'elle a retrouvée plus tard. D'autres m'en parleront également ; dix ans après, le traumatisme est toujours présent. D'ailleurs la ville est pleine de militaires qui patrouillent en camion. Les façades des maisons ont encore des traces de balles.

Brazzaville est une ville étrange. J'y retrouve, en pire, les costumes, cravates, pochettes et attachés-cases de Libreville. Tous ces gens tirés à quatre épingles ont dû oublier d'où ils viennent. Ils semblent parodier les Européens dans ce qu'il y a de pire. J'en ai vu un manger son croissant avec fourchette et couteau d'une manière très délicate. À côté de tous ces m'as-tu-vu, la classe pauvre est au chômage et a du mal à manger. Je passe deux journées à nettoyer Tornado et sa remorque. J'effectue toutes les réparations car il a beaucoup souffert sur la piste. J'ai même de la chance : dans un *City Sport* [Go Sport], j'ai trouvé un compteur et une selle : quelle aubaine !

Il y a beaucoup de commerces tenus par des Libanais. On me dit qu'ils sont venus pendant la guerre, quand les Français ont déserté le Congo par peur. C'est vrai que, malheureusement, le Libanais, la guerre, il connaît. Apparemment, ce sont de mauvais employeurs qui payent très mal et sont durs avec le personnel.

Je vais faire un tour au port pour repérer car jeudi je prends le bateau pour Kinshasa. J'y trouve une faune particulière, différente de celle vue en ville. Des gens misérables sont en attente de je-ne-sais-quoi, peut-être des réfugiés de l'autre Congo car, au plan de la stabilité, tout n'est pas encore réglé en RDC.

Sur le bateau, bien plein, je suis le seul Blanc. Je suis la curiosité et on me questionne beaucoup sur mon vélo et mon voyage.

Le fleuve Congo est très impressionnant à cet endroit, peut-être cinq kilomètres de large. On voit toutes les navettes de bateau entre Brazza et Kinshasa.

Je quitte Brazza avec une impression mitigée : ce contraste entre ces deux classes dont l'une asservit l'autre me dérange un peu.

| DU JEUDI 6 | Départ en bateau pour la République démocratique du Congo.

À mon arrivée au port, j'écarte rapidement toutes les sollicitations. Il me faut rester vigilant. Tout le monde est très gentil avec moi, les policiers en particulier qui m'expliquent la marche à suivre pour mes formalités de départ : service de l'immigration, achat des billets et montée sur le bateau. J'obtiens même, avec un peu de mal, l'autorisation de prendre le bateau en photo.

BRAZZAVILLE
> KINSHASA
5 km

La République démocratique du Congo
[ou Congo Kinshasa]

Formalités

| **DU JEUDI 6 (suite) AU DIMANCHE 9 MAI** | La traversée dure peut-être une demi-heure. On m'aide à sortir mon attelage. Et, là, c'est l'euphorie : je n'arrive pas à avancer, il se forme des groupes autour de moi pour m'interroger sur mon voyage. De temps en temps, un policier siffle, le groupe se disperse et se reforme cinq mètres plus loin.

J'effectue mes formalités d'arrivée sans aucun souci. Tout le monde est très gentil et je quitte le port sans encombre en ayant déjà une vision agréable de la RDC.

À la sortie du port, je suis alpagué par un rabatteur qui m'indique un hôtel pas trop cher. Je le suis, on charge Tornado et sa remorque dans un 4x4, et me voilà à la *guest house Tour Eiffel*. C'est un hôtel très modeste. Pour monter dans les chambres, il ne faut pas être trop gros car les escaliers sont très étroits : heureusement, j'ai bien maigri ! Quoique ma chambre ressemble plus à un couloir qu'à une chambre, cet hôtel fera finalement l'affaire car il est propre, il y a de l'eau, la clim et je n'y passe pas mes journées. Je ne suis pas loin du centre. Kinshasa ressemble bien à une ville africaine, rien à voir avec Brazza.

Ce matin, premier travail, je me rends à l'ambassade de l'Angola. Avant d'entrer dans les locaux, il faut s'inscrire et déposer sacs et téléphone, le tout dans une pagaille monstre. C'est le premier qui bouscule l'autre qui passe.

J'entre dans une salle pleine de monde mais j'arrive à passer tout de suite. Un Congolais m'aide dans mes démarches, me laisse même la monnaie qu'on lui rend. Je prends les formulaires pour le visa, mais je dois aller à l'ambassade de France pour qu'on me fasse une note verbale afin d'authentifier mon passeport (bravo le passeport biométrique !).

Kinshasa, une vraie ville africaine : le transport y est un véritable problème.

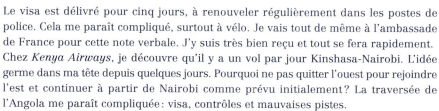

Le visa est délivré pour cinq jours, à renouveler régulièrement dans les postes de police. Cela me paraît compliqué, surtout à vélo. Je vais tout de même à l'ambassade de France pour cette note verbale. J'y suis très bien reçu et tout se fera rapidement. Chez *Kenya Airways*, je découvre qu'il y a un vol par jour Kinshasa-Nairobi. L'idée germe dans ma tête depuis quelques jours. Pourquoi ne pas quitter l'ouest pour rejoindre l'est et continuer à partir de Nairobi comme prévu initialement ? La traversée de l'Angola me paraît compliquée : visa, contrôles et mauvaises pistes.

Avec cette idée dans la tête, je décide d'aller manger. Je veux éviter un restaurant libanais car, à Brazza, il n'y avait que ça. J'entre dans deux restaurants : pas de chance, des libanais. J'entre dans un troisième, il est indien. Le rabatteur m'explique qu'en RDC, il y a beaucoup de Libanais et d'Indiens depuis que les Européens ont fui la guerre (réflexion perso : pour exploiter l'Afrique, on est là. Mais, dès que ça va mal, comme les rats, on quitte le navire).

Ma décision est prise. Le samedi matin, je vais prendre un billet d'avion. Mon seul problème sera de bien emballer Tornado et le supplément de poids que je devrai payer. Je me rends ensuite à l'aéroport pour plus de précision mais *Kenya Airways* est fermé. Je tombe sur Pascal qui, moyennant finance, s'occupe de toutes les formalités et m'aidera. Le dimanche matin, tout est fermé à Kin. Je prends un taxi pour visiter la ville. Contrairement à Brazza, Kin est bien une ville africaine : entre les mendiants et les gardiens (très nombreux), c'est assez pénible. Ici on ne tend pas la main, on te réclame directement : « Donne-moi un dollar ou 1 000 francs CFA ! » C'est sans arrêt. L'arnaque est toujours présente, il faut être très vigilant.

Le soir, j'aurai du mal à manger car je n'ai plus de francs congolais, uniquement des billets de 100 $. Heureusement, le restaurant indien *New Relais* accepte de me rendre la monnaie en dollars et même de me changer 100 $ en petites coupures. Sans sa compréhension, ce soir, je me serais couché sans manger ni boire. À la sortie du resto, le rabatteur ne veut absolument pas que je rentre à l'hôtel à pied, me disant que c'est trop dangereux. Je fais fi de ses recommandations et rentre me coucher sans encombre.

| LUNDI 10 MAI | Je suis à 7 h à l'aéroport pour régler le chargement de Tornado et sa remorque avec Pascal. C'est assez compliqué. Il me faut d'abord (dixit Pascal) graisser la patte aux douaniers : je paye, car j'en ai marre.

KINSHASA
> NAIROBI
Avion

Le carton trop encombrant doit partir par fret, catastrophe. Moyennant des dollars, Pascal arrange le coup. Le vélo et la remorque font 57 kg, la franchise est de 30 kg. Finalement, je payerai un surplus de poids à raison de 3 $ le kg. Ça, je m'y attendais. En bagage à main, j'ai droit à 10 kg, or j'en ai une vingtaine. Finalement, 77 kg de bagages ! Et encore, j'ai allégé au maximum avant de quitter l'hôtel. Si j'ajoute l'eau, les provisions et ce dont je me suis débarrassé, je devais tourner à plus de 90 kg.

Je suis ravi de quitter la RDC car j'en ai ras le bol de sortir les dollars... et encore, je ne vous raconte pas tout, ce serait trop long.

Kenya : l'Afrique anglophone
du 10 au 14 mai 2010 : 170 km

| **LUNDI 10 MAI (suite)** | Le voyage se passe parfaitement. À travers les nuages, je peux apercevoir le lac Victoria et le Kilimandjaro. À Nairobi, deux heures de décalage horaire, il fait déjà nuit et, en plus, il pleut.

Le visa est réglé en cinq minutes. J'en ai pour moins de 20 €, soit le moins cher depuis mon départ. La douane et les contrôles se passent à merveille, heureusement, car avec mes cinq colis sur mon chariot, je ne suis pas trop fier, d'autant que mon anglais est inexistant. Un rabatteur me trouve un hôtel (un peu cher) et un taxi. Après beaucoup d'embouteillages, j'y suis !

| **MARDI 11 ET MERCREDI 12 MAI** | L'hôtel est au deuxième étage d'un immeuble. Mon vélo tout démonté est dans ma chambre avec la remorque. Avec mon anglais défaillant, j'essaye de négocier l'accès à une salle plus vaste. Finalement, je me retrouve comme un véritable pacha, dans une immense chambre, parfaite pour remonter Tornado.

À ma grande surprise, il n'a aucunement souffert de son voyage en avion. C'est vrai qu'il était très bien emballé.

Dans cette partie du Kenya, je ne vois que des zébus qui paissent dans d'immenses pâturages.

Je suis dans le quartier d'affaires de Nairobi. Des buildings partout en font une ville moderne qui ressemble à n'importe quelle capitale européenne. Je n'ai pas du tout la même impression qu'à Brazza où je trouvais les gens déguisés en costume cravate. J'ai vraiment l'impression d'être en Europe, si ce n'est que les gens sont noirs.

Par contre, pour Internet, c'est une autre paire de manches : des connexions très lentes, un matériel d'un autre âge et des refus de brancher mon portable m'empêchent de mettre le site à jour. Bizarre, pour une ville si moderne !

Pour manger, c'est assez compliqué car il n'y a pratiquement que des fast-foods, c'est une ville assez américanisée. Les gens, contrairement à ce que j'ai constaté en Afrique de l'Ouest, sont toujours en train de courir comme chez nous. Les magasins sont truffés de service de sécurité. On m'avait dit avant de partir qu'il ne fallait pas se promener à Nairobi la nuit, cela semble se confirmer.

J'erre des heures dans les rues avec un gros problème de communication car, ici, je n'ai pas encore entendu un seul mot de français. Comme je ne connais pas l'anglais, je prévois des jours difficiles. Je crois que, pour moi, les contacts intéressants sont maintenant terminés, je vais me contenter de faire du tourisme.

| **JEUDI 13 MAI** | Je quitte Nairobi à 5 h 45, il fait encore nuit. Aucune indication pour la route mais j'ai l'habitude. Il bruine et surtout il me faut rouler à gauche et, croyez-moi, à vélo, ce n'est pas évident. D'ailleurs, je me retrouverai dans la journée à droite par deux fois, je dois faire très attention.

NAIROBI
> KAJIADO
78 km

Tout serait parfait, si ce n'était mon genou, douloureux à chaque tour de pédale. En prenant ma douche à Brazza, j'ai réveillé une vieille blessure de guerre (hand-ball). D'habitude, la douleur s'estompe dans la journée mais, là, elle persiste. Il est vrai que depuis mon départ, j'ai beaucoup sollicité mes genoux et, quand je ne fais pas de vélo, en ville, je marche beaucoup. Ce n'est pas le meilleur moyen de guérir. Toujours est-il que je serre les dents toute la journée et on verra, j'en ai l'habitude.

Je sors sans problème de Nairobi par une route à quatre voies et me retrouve, en ayant demandé, peut-être vingt fois, mon chemin, sur la route de la Tanzanie. Le temps est couvert et, comme je suis à plus de 1600 m d'altitude, la température est très agréable (20°), l'idéal pour faire du vélo, dommage que ce genou…

La route en excellent état est très plate et le paysage ne me donne pas l'impression d'être en Afrique. Avec ces pâturages, si ce n'étaient les zébus, j'aurais l'impression d'être en Lorraine. Sur la fin, le paysage prendra des allures de Kenya avec les acacias et les Masaïs qui gardent les troupeaux.

J'arrive enfin à Kajiado, encore une ville du bout du monde. Je trouve un hôtel appelé *lodge*, enfin un hôtel, plutôt une chambre sans fenêtre avec un lit et sans électricité. Je crois que je bats tous les records, je paye la chambre 300 shillings soit environ 3 € mais ça ne vaut pas plus. Quel contraste avec Nairobi, je me sens vraiment mieux ici, même sans confort.

L'islam doit avoir ici un taux de pénétration important, car nombre de femmes sont voilées intégralement. À la sortie de l'école comme partout en Afrique, les élèves ont tous la même tenue. Ici, les jeunes filles, de la plus grande à la plus petite, portent toutes un voile bleu.

KENYA : L'AFRIQUE ANGLOPHONE

Chic, je trouve un cyber ! Mais comme il n'y a pas d'électricité, je verrai une autre fois. De même pour faire le plein d'essence pour le réchaud, il y a bien une pompe mais pas d'électricité. Elle viendra vers 18 h. C'est tous les jours comme ça.

KAJIADO
> NAMANGA
92 km

| **VENDREDI 14 MAI** | Après avoir déjeuné d'une simple omelette, ici pas de pain et pas de café, je démarre au lever du jour, soit 6 h comme dans toute l'Afrique centrale. Il a beaucoup plu hier soir. Ce matin, il bruine encore. Je démarre tout content car le genou a l'air de bien se comporter. C'est limite douleur mais rien à voir avec hier.

Une rue de Kajiado : il y a bien des poteaux électriques mais pas d'électricité.

Ma joie est de courte durée car la bruine se transforme en pluie et je vais ainsi rouler plus de quatre heures sous la pluie. J'ai même un peu froid (19°), il y a longtemps que ça ne m'était pas arrivé.

Le revêtement a été refait récemment. Au bout d'une dizaine de kilomètres, les Chinois, encore eux, sont en train de refaire une autre portion. Là, je dois rouler sur une piste provisoire et, avec la pluie, je ne vous dis pas la boue. J'avance péniblement. De temps en temps, je prends la route qui est en attente d'être goudronnée. Le revêtement est fait de terre très compactée. Comme c'est interdit aux quatre roues, je suis beaucoup plus tranquille et je n'ai pas de boue. Malheureusement, parfois, une rivière traverse et le chantier, en attente d'un pont, laisse sur la route un trou béant d'un mètre de large et de trois ou quatre mètres de profondeur. Je suis obligé de contourner. Dans ces moments-là, c'est la galère la plus complète. Je patauge dans la gadoue très collante et j'en bave vraiment des ronds de chapeau. J'aurais mieux fait de décrocher et tout passer à la main car je suis obligé de tirer le vélo et la remorque refuse d'avancer.

La pluie n'arrange rien et au bout de plusieurs passages du même type, je reprends la piste. Je ferai ainsi une quarantaine de kilomètres de piste : pas prévu au programme ! Je retrouve la route goudronnée, en piteux état, mais rien à voir avec la piste. Je suis assez fatigué car chaque fois que j'emprunte une piste, j'y laisse des plumes. Heureusement mon genou, même si je sens la douleur prête à revenir, me laisse tranquille. Tout au long je verrai beaucoup de Masaïs, habillés de façon traditionnelle, à la morphologie fine et élancée. Ils sont vraiment particuliers avec leurs grands trous dans les oreilles, souvent parés de bijoux et leur étoffe rouge.

Pour éviter la piste, je prends l'ancienne route, mais des tranchées m'obligent à retourner sur la piste.

J'arrive enfin à Namanga, ville frontière par excellence avec tous ces magasins de souvenirs et les Masaïs qui proposent des bijoux. Je trouve un hôtel un peu cher mais tranquille au milieu d'un parc.

En arrivant à Namanga, mes chaussures étaient couvertes de boue et, après les avoir lavées, je les ai mises dehors pour les faire sécher. Catastrophe, au bout d'un moment il n'en restait qu'une. Un chien avait dû passer par là et partir avec une chaussure. Heureusement, le responsable d'accueil me l'a vite retrouvée. Que ça me serve de leçon !

La Tanzanie, mon pays préféré
du 15 mai au 23 juin : 1742 km

NAMANGA
> ARUSHA
110 km

Le Kilimandjaro (5895 m) avec ce qu'il reste de neiges éternelles. Il mettra rapidement son chapeau de nuages et je ne le reverrai plus.

| **SAMEDI 15 MAI** | Aujourd'hui, petite grasse matinée pour déjeuner à l'hôtel, car il est compris dans le prix. Je démarre par les formalités douanières. Immigration Kenya pour départ : en cinq minutes, tout est réglé. Pour le visa tanzanien, ce sera aussi facile. Dix minutes après, je passe la frontière. Bien des pays devraient prendre exemple. J'entre en Tanzanie dans d'excellentes conditions.

Pour la première fois de mon arrivée à l'est, le soleil luit. La route est parfaite. Cela va-t-il durer ? Au bout de quelques kilomètres, j'aperçois sur ma gauche le Kilimandjaro avec ses neiges éternelles. Je m'arrête pour les photos d'usage. Mais il va vite mettre son chapeau de nuages et je ne le reverrai plus de la journée.

Je croise régulièrement des Masaïs qui gardent leur troupeau ou se rendent à pied à Namanga. Ils sont magnifiques dans leurs vêtements traditionnels. J'ai souvent du mal à distinguer les hommes des femmes, habillés de la même façon et parés de bijoux.

Le pays a l'air beaucoup plus pauvre et les Masaïs – qui ne vivent que d'élevage – ont tendance à pratiquer la mendicité. Tout au long de la route, ils sont nombreux à attendre je ne sais quoi.

La route se dégrade mais j'étais averti. Mon inquiétude grandit car je vois un engin de chantier chinois. Sont-ils encore ici ? Eh bien, oui ! Au bout d'un moment, déviation, et la route se transforme en mauvaise piste. La progression est difficile, d'autant que le vent est de la partie. Je l'avais oublié celui-là, depuis le Cameroun, il était complètement absent et comme par hasard, je l'ai de face.

Je mange beaucoup de poussière car la circulation est importante. Le relief commence à se faire sentir. En résumé, piste, vent, relief et genou font que je passe une nouvelle journée de galère. Ce sera la troisième depuis mon départ de Nairobi.

À midi, quand je m'arrête pour manger au bord de la piste, je me demande si j'atteindrai Arusha. De temps à autre, je retrouve la route mais pour quelques kilomètres seulement. Je n'avance pas, j'ai l'impression de faire du surplace, Tornado et la remorque font des bonds, moi avec d'ailleurs, sur cette mauvaise piste de cailloux. Je vous l'avoue, j'ai même parfois envie de pleurer. Que fais-je ici ?

Je traverse quelques villages où je sens une certaine hostilité car les Masaïs me réclament de l'argent et, comme je ne les comprends pas, cela les énerve. D'ailleurs, comment comprendrais-je, ce n'est pas en anglais qu'ils me parlent mais en swahili ? Par quatre fois, je serai reçu à coups de cailloux par des gamins sans que cela n'émeuve les adultes ; bien au contraire, cela les fait rire. Je ressens dans cette partie de la Tanzanie une grande pauvreté et je pardonne volontiers aux gens. Cela contraste avec le tourisme friqué des parcs tanzaniens.

J'ai souvent du mal à distinguer les hommes des femmes ; ils sont habillés de la même façon et parés de bijoux.

LA TANZANIE, MON PAYS PRÉFÉRÉ

Au bout de la route bien droite, j'aperçois le mont Méru que je dois contourner pour atteindre Arusha. Ce n'était pas prévu au programme, je suis à 1300 m d'altitude et je vais grimper jusqu'à 1900 mètres. Les travaux cessent et reprennent, j'en ai marre. Pour arriver à un village masaï, au bout d'une longue ligne droite, je roule sur la route au lieu de la piste et j'ai droit à du goudron frais. Je m'en mets partout, surtout que je vais faire un long passage à pied, je suis tellement fatigué. Je ne peux prendre le temps de m'arrêter dans ce village et c'est bien dommage car il y a un marché au bétail haut en couleur, tout comme le marché classique contigu.

Le marché au bétail haut en couleur et le marché classique contigu.

C'est décidé, j'abandonne, je fais du stop et si ça ne marche pas, je plante ma tente dans la nature mais je n'ai pas trop de réserve d'eau. Bien sûr, le stop ne marche pas, je suis à une quarantaine de kilomètres d'Arusha, les taxis-brousse sont pleins à craquer et les camions surchargés.

Un ouvrier d'un des chantiers m'explique que les travaux ne durent plus que sur un kilomètre. Je le crois et prends mon courage à deux mains, heu... à deux pieds, et je repars sur la piste hyper mauvaise à cet endroit. Je retrouve la route mais, peu de temps après, les travaux recommencent et ce sera ainsi jusqu'au bout. Mon seul espoir, c'est d'en finir avec la montée. Je ne devrais plus avoir que de la descente jusqu'à Arusha. De toute manière, j'y arriverai à la nuit. Mes prévisions se vérifient. J'attaque la descente et je suis secoué comme un prunier. J'entre dans Arusha, il fait nuit et je ne suis pas fier. Je mets ma lampe frontale avec l'espoir que mon fanion arrière – car je n'ai plus mes feux rouges – fasse son effet. Les taxis-brousse, pressés de rentrer, doublent sur une route très étroite et je suis souvent obligé de m'arrêter.

Dans Arusha, c'est l'enfer, une énorme circulation, peu de lumière et je roule à gauche. Je vous laisse imaginer la scène. Le premier hôtel venu sera le bon et je ne fais pas la fine bouche car j'ai peur dans cette circulation ; je vous l'avoue, je ne me sens pas du tout en sécurité. Je suis tellement cuit que j'ai très bien dormi dans cette chambre très bruyante.

| **DIMANCHE 16 ET LUNDI 17 MAI** | Je demande une autre chambre. Devant leur hésitation, je décide de changer d'hôtel et j'en trouve un avec une grande cour où il me sera facile de réparer Tornado qui a un peu souffert sur ces mauvaises pistes.

Dans cette région de la Tanzanie, le transport se fait au moyen de ces étranges brouettes en bois. Tu loues la brouette et le manutentionnaire avec.

Un garçon me propose de laver Tornado au jet dans la cour. Il y a bien longtemps qu'il n'a pas été aussi propre. J'étais parti de Nairobi avec une paire de patins avant neufs et, en trois jours, ils sont cuits, c'est dire l'abrasivité de la piste. Tornado, après sa toilette et sa remise à neuf, peut reprendre la route demain. Il n'en est pas de même de son cavalier dont le genou est toujours en vrac. Enfin, on verra bien ! J'ai essayé de récupérer mais je suis, pour la première fois, un peu pessimiste. J'espère arriver à Dar es Salaam où Laurence devrait me rejoindre pour dix jours de repos.

Escale technique

| **MARDI 18 MAI** | Ce matin, quand j'enfile mes chaussures de vélo, elles sont pleines de goudron. J'ai complètement oublié de les nettoyer et je ne pourrai pas me servir des cales. Je démarre avec vent de face, une température de 22° et j'ai froid. Deviendrais-je frileux ? Heureusement le vent cesse mais mon genou me fait souffrir et impossible de me mettre en danseuse. Je suis sur un plateau au pied du Kilimandjaro que je ne verrai que l'espace de quelques secondes. La chaussée est excellente, en plat descendant,

ARUSHA
> MOSSI
82 km

LA TANZANIE, MON PAYS PRÉFÉRÉ

mais il y a beaucoup de circulation. Je suis dans une zone très peuplée et cultivée. Le maïs domine et fait place parfois aux bananiers, aux plantations de café et de thé. Le paysage est très agréable. Si ce n'était mon genou, je me régalerais. Les gens sont accueillants avec moi et j'ai régulièrement droit à un pouce levé. Beaucoup roulent à vélo et sont très admiratifs à mon passage. Dommage que je ne parle pas anglais car les contacts seraient intéressants.

J'arrive à Moshi, l'hôtel est trouvé sans problème car je suis dans une région touristique. Je passe l'après-midi à regarder la télé pour reposer mon genou et à enlever le goudron de mes chaussures.

MOSHI
> SAME
110 km

| **MERCREDI 19 MAI** | Je démarre en ne voyant toujours pas le Kili, il a l'air bien couvert. Je le surveille mais je ne le verrai plus, il se cachera toute la journée dans les nuages. La route est en excellent état, mais toujours avec beaucoup de circulation. Je roule souvent sur le bas-côté car les bus ne me font pas de cadeau. Je n'ose parler du genou : il a l'air de vouloir tenir. Cela restera une énigme, car même les chirurgiens n'y trouvent rien.

Le paysage commence à changer radicalement. Je suis entouré de montagnes sur un grand plateau. Aux plantations particulières de la veille s'ajoutent des cultures maraîchères (oignon, tomates). Au bord de la route, beaucoup de vendeurs d'oignons. D'ailleurs, je fais le constat suivant : le légume principal en Afrique, ce n'est ni le riz, ni le manioc, ni l'arachide, mais bien l'oignon qui est omniprésent depuis le Maroc.

Je retrouve un vieil ami qui avait disparu, le baobab, signe que je vais plein sud. La grande différence avec l'hémisphère nord, c'est qu'il a maintenant des feuilles naissantes : c'est l'inversion des saisons.

En Tanzanie, beaucoup de plantations de café. Pourtant, je ne boirai que du Nescafé.

Les gens sont toujours très sympas avec moi, j'ai partout droit au pouce levé d'admiration et au *How are you ?* Un mot que j'avais oublié revient aussi régulièrement, *Jambo* (« Bonjour », en swahili).

Ma joie est de courte durée car le plat descendant se transforme en montée. Je ne l'avais pas prévu à mon programme car, en partant de Moshi et me dirigeant vers l'océan Indien, je pensais n'avoir que du plat descendant. De plus un vent assez fort et de face, bien sûr, se met de la partie. Le vent doit constamment souffler sur ce haut plateau vallonné car je vois régulièrement des panneaux «*Danger Slow Down Strong Wind Ahead*», panneaux que j'ai rarement vus dans ma vie de cycliste.

Sur ce plateau, les plantations changent: je vois maintenant du sisal, une plante grasse ressemblant à l'aloès et qui sert à la fabrication de cordes et de tapis grossiers.

Je double ou croise beaucoup de vélos, souvent chargés de bois ou de bidons d'eau. Ce sont tous les mêmes, de construction chinoise bien sûr, et monovitesse. Si bien qu'en les doublant, j'ai un peu de scrupules avec mes 14 vitesses.

J'arrive à Same, une ville moyenne, bien typée africaine. J'ai un peu de mal à trouver un hôtel. Après beaucoup d'explications, je me retrouve aux *Éléphants Motel* où je suis très bien accueilli, même avec mon anglais défaillant. L'hôtel est situé dans un immense parc. Et en plus, il y a la Wifi, mais ce sera râpé car il n'y aura pas de connexion de toute la journée. Y en a-t-il eu un jour?

| JEUDI 20 MAI | **Je soulage mon genou qui s'est bien comporté hier après une grosse étape. Malgré tout je m'ennuie un peu car il y a bien des tentatives de contacts mais ma nullité en anglais est une barrière importante, d'autant qu'ici l'anglais est particulier car il se mélange au swahili, et encore, quand on le parle.**

Repos

J'ai plus souvent droit à des *Jambo* et des *Karibou* qu'à des *Hello* et des *Welcome*. Dans ce parc, les singes sont nombreux et ont tendance à s'approcher des clients de l'hôtel. Ils sympathisent avec Tornado qui leur sert de siège. Mon fanion s'est même retrouvé dans un arbre dans les mains d'un singe qui, heureusement, l'a laissé tomber et j'ai pu le récupérer.

Le genre de panneaux que j'ai rarement vus dans ma vie de cycliste!

LA TANZANIE, MON PAYS PRÉFÉRÉ

SAME
> MKOMAZI
85 km

| **VENDREDI 21 MAI** | Enfin je reprends la route. Les camions et les cars sont relativement nombreux. Il me faut être très vigilant, ils déboulent à fond, à coups de klaxon et ont tendance à me frôler. D'ailleurs, dans tous les pays traversés, c'était pareil : ce sont vraiment les véhicules que je crains le plus. Pourtant, ils n'ont pas d'horaire à tenir car je n'ai pas encore vu un bus partir et arriver à l'heure.

De gros nuages noirs s'amoncellent et il se met à pleuvoir. Cela ne va pas durer, une heure peut-être. Heureusement il ne fait pas froid.

Je suis sur une immense steppe avec une végétation presque rase, des acacias assez bas et de l'herbe. De temps à autre, je vois un baobab sur lequel pendent des ruches, certainement pour les protéger des animaux. Je longe une chaîne de petites montagnes, comme c'est le cas depuis Moshi. Les acacias laissent la place à d'immenses plantations de sisal, à perte de vue. Le sisal est maintenant ramassé et donne un spectacle différent de la veille.

Je retrouve mes panneaux «*Danger Slow Down Strong Wind Ahead*». Le vent – que j'avais déjà de face – va souffler plus fort. Je décide de ne pas aller à Mombo, comme initialement prévu, mais de m'arrêter à Mkomazi. Deux panneaux «*Camp Site*» attirent mon attention. Et si je plantais la tente ce soir ? Le ciel n'a pas l'air trop menaçant. Ces deux campings sont côte à côte le long d'une rivière, ça peut être bien agréable. Je m'engage sur une piste et choisis le plus près – à cent mètres – pour le trouver fermé. Je vais essayer l'autre, à mille mètres : fermé également. Je n'ai pas de chance, la saison touristique ne doit pas battre son plein.

Un baobab sur lequel pendent des ruches.

J'arrive à Mkomazi et j'entre dans une *guest house* : ce n'est pas un hôtel mais un *shop*, comprenne qui pourra. Je continue ma route et, là, quatre maisons, un autre quartier et une *guest house*. Cette fois, c'est la bonne. Encore un endroit du bout du monde. Ici, même si mon anglais était parfait, il ne me servirait à rien. Je ne vous dis pas le comique de situation quand quelqu'un qui ne parle pas l'anglais discute avec quelqu'un qui le connaît encore moins.

Au restaurant, j'ai mangé du *wali nyama*, vous ne savez pas ce que c'est? Eh bien, moi non plus. J'ai commandé au hasard et impossible d'avoir une explication! C'est un plat avec des haricots rouges, du riz, du chou et du mouton. Pareil pour la boisson, *beer*, ici on ne connaît pas. Ensuite je commande un soda et j'ai le malheur de dire : « Pas de *Coca*. » On me répond : « Un *Coca* ? » « Non, *no Coca, not Coca*. » « Ah, *one Coca* ! » Et on me sert un *Pepsi*. Je résume ainsi la Tanzanie profonde. Finalement, tout rentrera dans l'ordre, j'ai bien mangé, bu une bière et un *Fanta*.

Pour le repas du soir, même cinéma. Je mange pareil, sans prendre de risque, ou je change ? Je suis là pour découvrir, je me lance : « *Ndozi nyama.* » Arrive une grosse assiette de soupe dans laquelle trempent de la viande et des bananes plantains. Rien à voir avec celles de l'ouest, ce n'est vraiment pas terrible, sans goût et bourratif.

Dans ce coin du bout du monde, pas de night-club le soir, quatre maisons, un resto avec à peine de lumière et le vent qui souffle pour prendre le frais. Finalement à 20 h, je suis couché sous ma moustiquaire.

Le plateau est couvert de sisal, une plante grasse ressemblant à l'aloès et qui sert à la fabrication de cordes et de tapis grossiers.

LA TANZANIE, MON PAYS PRÉFÉRÉ

**MKOMAZI
> KOROGWE
78 km**

Mkomazi, un village du bout du monde.

| **SAMEDI 22 MAI** | Pour mon petit déjeuner, je décide de ne prendre aucun risque – par rapport à la veille. Entre l'heure et le choix du menu, je préfère déjeuner dans ma chambre. Il pleut et, après un petit temps de déception, je me dis tant mieux.

S'il pleut, c'est que le vent a cessé et, à 500 m d'altitude, la température est plus agréable. Une pluie régulière, pas de vent, la route est plate : tout va pour le mieux. Je suis parti de bonne heure et j'ai largement le temps d'arriver à Korogwe. Les conditions sont finalement des meilleures : la pluie pas trop forte ne me cingle pas le visage et je me permets même le luxe de prendre des photos.

Au bout de deux heures, elle cesse mais le temps reste couvert. Comme par enchantement, je retrouve des gens au bord de la route. Je traverse un secteur plus peuplé que la veille. Sans que mon ego n'explose, j'ai l'impression d'être sur le Tour de France et je traverse les villages sous les acclamations et des gamins qui m'accompagnent en courant. Il est vraiment dommage que la barrière de la langue soit là car je pense que la Tanzanie doit être un pays très attachant.

Je suis dans un pays de cyclistes, un peu comme au Burkina. Ils veulent rivaliser avec moi, essayent de prendre ma roue ou de me doubler. C'est d'ailleurs la Tanzanie, il y a deux ans et demi, qui m'a redonné envie de faire ce raid dont je rêvais tant.

Je passe devant des maisons qui me font penser aux cités minières de mon enfance et devant une usine où l'on traite le sisal. Je découvre d'immenses champs où le sisal sèche, j'ai enfin sous les yeux le dernier stade de la transformation de la plante.

Petit à petit, le paysage change. La steppe fait place aux collines et petites montagnes verdoyantes. Fini le sisal, place à une étendue de maïs jusqu'au plus haut des collines.

La région est splendide et, hormis les palmiers, me fait penser à la Suisse. Je ne ris pas. D'ailleurs, j'apprendrai par la suite que le coin est surnommé « La petite Suisse ». Ce sont peut-être les plus jolis paysages que j'aie vus depuis mon départ. Malgré la pluie, j'ai passé ma plus belle journée de vélo depuis bien longtemps.
J'arrive à Korogwe après une longue descente qui a failli me coûter cher : je déboule à 60 km/h, les mains sur les freins, quand un cycliste décide de passer à droite sans regarder. J'ai heureusement anticipé car ma distance de freinage est assez longue et j'ai juste touché le cycliste. Sur le coup, je râle car j'ai vraiment frisé la catastrophe.

D'immenses champs où sèche le sisal que l'usine d'à côté vient de transformer.

Puis nous éclatons de rire tous les deux sous le regard étonné des badauds.
Korogwe, comme beaucoup de villes africaines, est tout en longueur et l'on ignore où se situe le centre-ville. Je repère un motel et son restaurant où je suis très bien accueilli. Le propriétaire du *Motel White Parrot* a tout compris : le sens de l'accueil et la restauration en self-service – qui me facilite la tâche. Il est aux petits soins avec moi. Je pense rester davantage si je trouve de l'argent. Un distributeur de monnaie, et c'est réglé. Je reste une journée de plus.

| DIMANCHE 23 ET LUNDI 24 MAI | Je suis tellement bien que je resterai deux jours. Le personnel est très gentil avec moi et très prévenant. Le manager ne sait quoi faire pour me mettre à l'aise. Il me présente même et, pour une surprise, c'est une surprise, un gars qui parle le français.
Il s'agit de Mohamed, un Français d'origine somalienne, marié à une Française, qui est chargé, par l'ambassade de France, de développer l'usage du français en Tanzanie.

Repos

LA TANZANIE, MON PAYS PRÉFÉRÉ

Un personnage très intéressant et cultivé avec lequel je sympathise rapidement. Il me demande d'où je suis, je lui réponds comme d'habitude : « À côté de Marseille. » Il veut des précisions, je lui dis : « Manosque. » « Ah ! La ville de Giono », s'exclame-t-il. Étonnant, non ? Du coup, nous mangeons ensemble et parlons de choses diverses et surtout de l'Afrique qu'il connaît bien. Nous n'avons pas la même position sur la présence des Chinois en Afrique… C'est toujours le même scénario, dès que je reste quelques jours à un endroit, les liens se tissent et tout devient plus facile.

En soirée, alors que je prends l'apéro, je vois arriver le responsable du cyber qui venait simplement discuter avec moi. Je n'ai pas tout compris mais nous avons bien parlé une heure et pris rendez-vous pour le lendemain matin. Il veut m'accompagner un petit bout de chemin avec son VTT. C'est incroyable, le nombre de vélos qui circulent ici. Ils sont souvent à deux ou trois sur le même. Il m'en aura fallu du temps mais j'ai tout compris. En fait, ce sont des taxis-vélos et les gens s'assoient derrière sur un petit siège sommairement aménagé. On me propose plusieurs fois d'y monter mais j'ai un peu de scrupule, sans doute à tort. Me promener, tracté par la force humaine, me dérange un peu, mais, si ça leur permet de se nourrir, j'ai effectivement tort.

Le soir, après le repas, je dis au revoir à tout le personnel. En deux jours, j'étais devenu un habitué. Décidément, je confirme, la Tanzanie est un pays très sympa.

**KOROGWE
> MKATA
86 km**

| **MARDI 25 MAI** | Le breakfast est servi à 7 h. Mais le manager fera ouvrir le restaurant spécialement pour moi à 6 h 30. Le départ ne se fera pas dans la discrétion : congratulations, serrements de mains et séance de photos. Mon nouvel ami Mohamed est venu me dire au revoir, il me sert d'interprète pour remercier tout le monde de l'accueil chaleureux.

Je démarre un peu avant 7 h, pas de traces de Cyprian qui devait m'accompagner.

Sur cet immense plateau, l'eau est souvent transportée dans des jerricans sur les vélos.

Le temps est légèrement couvert, je prendrai certainement la pluie dans la journée mais qu'importe. La route est vallonnée comme je l'aime, le revêtement est excellent et pas

de vent. La journée s'annonce bien. La végétation est identique à celle de la même latitude dans l'hémisphère nord. C'est assez marrant de le constater mais aussi assez logique. Je retrouve la petite forêt, les manguiers, les noix de cajou. Les champs de sisal alternent avec les champs de maïs. Quelques plantations d'orangers et, au bord de la route, je côtoie les marchands d'oranges. Le charbon de bois est aussi de nouveau présent avec toutes ces charbonnières qui fument dans cette forêt qui disparaît.

Les cyclistes tanzaniens continuent de vouloir me tirer la bourre. C'est un jeu qui m'amuse car, moi, je reste tranquille et, quand je m'excite, je les laisse sur place dans un grand sourire mutuel.

La route est de plus en plus vallonnée – de 14e en descente à 1re ou 2e en montée. Le paysage ressemble à celui de l'Afrique de l'Ouest, au Bénin en particulier. Une petite averse alterne régulièrement avec de grands moments de soleil m'obligeant à bien me protéger.

J'en suis maintenant persuadé, les chauffeurs de car sont recrutés dans les asiles de fous. La route n'est pas bien large et, même s'il n'y a personne en face, ils me frôlent en me klaxonnant. Et quand ils me croisent, j'ai droit aux appels de phare et au pouce levé. Si, jusqu'à présent, je n'ai pas eu à me plaindre de la circulation, je pense être sur la partie la plus dangereuse de mon périple. Heureusement, sur certaines portions, une bande de roulement d'un mètre de large me protège.

J'arrive à Mkata. Je trouve sans problème un petit établissement *Esperanto Lodge* où je suis une fois de plus très bien accueilli. Décidément la Tanzanie me va bien. Ce *lodge* ne faisant pas restaurant, après pas mal de palabres, j'obtiens deux toasts. Ce qui me permet de casser la croûte avec une petite boîte de thon que je trimballe depuis un moment et, bien sûr, une bière Kilimandjaro.

La discussion commence à s'engager avec toute la famille, la serveuse et les nombreux visiteurs et, contre toute attente, j'arrive, bien sûr difficilement, à communiquer un peu.

À Korogwe, pas de taxis. Si vous voulez vous déplacer, il faut emprunter les taxis-vélos.

LA TANZANIE, MON PAYS PRÉFÉRÉ

MKATA
> CHALINZE
115 km

| **MERCREDI 26 MAI** | Le petit déjeuner sera à l'heure, mais très frugal : du café soluble qui reste au fond de la tasse et deux toasts. J'aimerais si possible arriver à Chalinze : la route est longue et le relief apparemment facile, mais je me méfie des surprises africaines. Le relief est de plus en plus fait de collines et le soleil se met de la partie. Je ne suis plus en altitude. 115 km et 1100 m de dénivelé sous la chaleur, cela me fera une belle étape ! Sans compter que je ne vous ai pas encore parlé des ralentisseurs. Le cauchemar de Tornado ! Même à 3 km à l'heure, ils vous secouent. À chaque entrée ou sortie de village, j'ai droit à trois ou quatre ralentisseurs de chaque côté.

Les habitations aux murs en pisé et toits de chaume sont entourées de cultures de papaye et de manioc.

Pour me rappeler un peu plus l'Ouest africain, je retrouve des plantations de manioc. Les habitations ne sont pas en banco mais carrément en pisé (terre avec paille) sur une armature de bois. Entre l'ombre que je cherche et la sécurité au bord de la route, il me faut une heure pour m'arrêter à la pause de midi. Enfin un petit chemin pas trop boueux, un peu d'ombre, le sol est humide mais je m'en contente. Je mange le peu de chose qu'il me reste. Je me rappelle avoir acheté une boîte de pop-corn. Je me régale d'avance. Je l'ouvre et, surprise, ce n'est que du maïs. J'attrape le fou rire tout seul dans la brousse. Je me suis bien fait avoir mais je ne suis pas malin, au poids de la boîte, j'aurais dû m'en douter. Cette boîte fera la joie d'une dame au bord de la route. À ce propos, quand en pleine campagne je m'arrête, les gens ont immédiatement un mouvement de recul, ils semblent craintifs. Je les impressionne peut-être avec mon drôle d'attelage, mais avec un sourire, c'est vite réglé.

Un peu fatigué mais très content de cette belle étape, j'arrive à Chalinze. Je dois doubler une file de camions arrêtés, en attente de dédouanement, avant d'arriver à ma *guest*

house du jour. Encore un endroit hyper simple dont je me contente volontiers. L'accueil est une fois de plus agréable même si parfois, avec mon anglais défaillant, on se moque un peu de moi. Une fois de plus, dans cet établissement, pas de bière, et je vais en boire une à côté. Sans que je demande quoi que ce soit et après un simple bonjour, un client me paye une bière. Je veux lui remettre la mienne mais il refuse et s'en va. C'est ça aussi, l'hospitalité tanzanienne.

Le soir, je mange à la *guest house* : *chicken* et chips (pas le choix). Après avoir un peu plaisanté avec les serveuses, je me couche comme d'habitude de très bonne heure.

| **JEUDI 27 MAI** | Je déjeune dans ma chambre, c'est plus sûr car je ne fais pas bien confiance à la responsable. Elle devait ouvrir à 6 h pour me fournir de l'eau fraîche et, bien sûr, personne.

Je démarre très content et espère arriver à Dar Es Salaam en début d'après-midi. La route devrait commencer par descendre. Effectivement, elle est magnifique, en plat descendant, et j'effectue plus de 40 km en deux heures (presque 23 km/h de moyenne). Je crois, hormis la descente d'un col, que c'est un record. Je suis très euphorique, mais ça ne va pas durer : les collines, quoique moins accentuées, reprennent.

J'arrive à un gros village animé par le va-et-vient des taxis-brousse et des bus. Ici, la spécialité, c'est le maïs grillé. Les vendeurs sont alignés les uns à côté des autres. Je ne sais pas comment ils gagnent leur vie, tellement ils sont nombreux. Dès qu'un bus arrive, il est assailli et chacun a bien son rôle, celui qui grille et celui qui vend. L'un d'eux veut absolument que je le prenne en photo. J'obtempère naturellement et, en récompense, j'achète un épi de maïs que je consomme sur place.

Souvent, j'aperçois à peine les maisons noyées dans les maïs.

**CHALINZE
> DAR ES SALAAM
110 km**

LA TANZANIE, MON PAYS PRÉFÉRÉ

Le village est animé par le va-et-vient des taxis-brousse et des bus.

Depuis Korogwe, je croise – et double – un grand nombre de cyclistes et en particulier certains chargés comme des mules, de charbon de bois. Il faut les voir en particulier quand ils montent les bosses, à pied avec un bâton, pour équilibrer leur chargement. Même en descente, ils sont parfois à pied ; ils ne doivent pas toujours avoir de freins. Plus j'approche de Dar es Salaam, plus le ciel s'assombrit, je vais y avoir droit. Effectivement, il se met à pleuvoir très fort et je décide de ne pas me protéger, mouillé pour mouillé, je sécherai à l'arrivée. Il faut voir les gens sous leurs piètres abris rire à mon passage. Je suis maintenant le seul cycliste sur la route. Les transporteurs de

charbon de bois sont tous arrêtés au bord de la route. Moi, je me régale car il ne fait pas du tout froid mais je pourris tout mon vélo et la remorque, car, avec la pluie, la boue ruisselle partout.

À l'entrée de Dar es Salaam, la pluie cesse et la circulation s'intensifie mais rien à voir avec ce que je craignais. Il y a ici quand même trois millions d'habitants.

J'ai l'adresse de l'hôtel *Safari Inn*. C'est vers le front de mer, droit devant moi, plein est. Je file et demande de temps à autre par acquit de conscience. Je trouve sans problème. L'hôtel est relativement simple mais conviendra parfaitement, d'autant que Laurence arrive ce soir et nous en profiterons pour faire du tourisme. Je gare Tornado pour une quinzaine de jours, il a bien mérité de se reposer, son cavalier aussi d'ailleurs.

À première vue, Dar es Salaam est une ville très particulière et cosmopolite. L'influence arabe et indienne y est indéniable. La ville baigne dans l'océan Indien et nous ne sommes guère loin de la péninsule Arabique et de l'Inde.

Douze jours de vacances avec Laurence (jusqu'au 10 juin) !

Les singes aiment les bananes, ce n'est pas une légende.

LA TANZANIE, MON PAYS PRÉFÉRÉ

DAR ES SALAAM
> CHALINZE
110 km

| **VENDREDI 11 JUIN** | Ce matin je pars pour la dernière partie de mon voyage, à l'assaut du Cap de Bonne Espérance. Avant de déjeuner, je charge la remorque et je remarque deux VTT aménagés pour le voyage. Tiens, des voyageurs ont dormi ici.

Je rencontre un des propriétaires des vélos. Il s'agit, d'après ce que j'ai compris, de deux ressortissants des Émirats arabes unis qui arrivent de Cape Town et rentreraient chez eux en passant par les îles. Ce qui l'étonne le plus, c'est ma tenue : cuissards courts. Il me fait comprendre qu'il aimerait bien pédaler ainsi mais, par tradition, cela lui est impossible car il doit rouler complètement couvert. Étrange rencontre !

Pour une reprise, la journée se passe sans problème. Je quitte Dar es Salaam avec beaucoup de circulation, mais c'est le lot de toutes les capitales. À ce sujet, ce n'est pas la capitale officielle mais c'est tout comme. Officiellement, c'est Dodoma, par contre, toutes les ambassades et la plupart des ministères sont à Dar es Salaam.

J'arrive enfin à Chalinze, à la *guest house* où j'avais dormi à l'aller et, bien sûr, tout le monde me reconnaît.

Je ne pensais plus au Mondial, mais la télé installée sur la terrasse me le rappelle et je peux voir le match d'ouverture : Afrique du Sud-Mexique. Je ne sais si je m'intéresserai à cette Coupe du monde car je suis bien débranché. Je les ai toutes suivies, depuis la Suède en 1958. Décidément, après mon boycott des Jeux de Pékin, j'arrive finalement à me passer des grands événements sportifs qui deviennent plus du business qu'autre chose.

CHALINZE
> MOROGORO
88 km

| **SAMEDI 12 JUIN** | Le départ s'effectue dans les mêmes conditions que la dernière fois. Je déjeune dans ma chambre et achète de l'eau fraîche chez un marchand déjà ouvert à 5 h 30. J'ai toujours des problèmes avec le gardien qui me réclame de l'argent alors que mon vélo était bien en sécurité dans une cour fermée. C'est toujours la même chanson, les gardiens sont certainement très mal payés et essayent de compenser avec les Blancs. Par principe, je ne donne rien car c'est encourager les patrons à mal les payer.

La route toujours excellente est vallonnée à souhait et je passe ma journée sur un plateau avec des champs de sisal à perte de vue. La chaleur est au rendez-vous. J'arrive enfin à Morogoro. La ville est blottie contre les montagnes que je vais devoir affronter dans les jours qui suivent. Je trouve un hôtel du nom de *New Acropol*, drôle de nom pour un hôtel en Tanzanie. J'y suis très bien reçu et on me prête même un ordi avec Internet. Après le lunch, une douche et une sieste, je vais faire un tour en ville. J'entends de la musique au loin et je m'y rends par curiosité. C'est en fait un mariage et l'orchestre, juché sur une camionnette, fait le tour de la ville avec le cortège qui suit. J'entre dans une école où les murs extérieurs sont couverts de fresques : le corps humain, l'arithmétique, la géométrie, la conjugaison, la géographie. Tout y est et cela remplace les planches que l'on accrochait au tableau quand j'étais à l'école primaire.

Dans la rue, je vois de nombreuses femmes vêtues de burqa. La religion musulmane représente 30 % de la population et cela n'a pas l'air de faire débat. Tout le monde vit en parfaite harmonie : musulmans, catholiques, protestants, bouddhistes.

Je rentre à l'hôtel pour le dîner et essaye de négocier l'heure du *breakfast*. Finalement, on m'apporte dans ma chambre une cafetière, du café, du sucre, du lait et de l'eau chaude dans une bouteille Thermos : toujours l'accueil tanzanien.

| **DIMANCHE 13 JUIN** | Une fois n'est pas coutume : je démarre alors qu'il fait encore nuit. Je prévois une longue étape et je risque de traîner un peu dans le parc national de Mikumi, si je n'y dors pas. Je traverse Morogoro en roulant à droite, face au danger, comme le font beaucoup de cyclistes ici.

Le jour se lève rapidement et je ne languis que d'une chose, traverser le parc national. C'est l'intérêt principal de la journée. Les cultures font place à la forêt et je zieute à droite et à gauche pour voir un éventuel animal, mais en vain.

Je traverse de nombreux villages que je suis étonné de trouver si proches du parc. Le soleil brille et il commence à faire très chaud. Au bout de presque 70 km, j'entre enfin dans le parc et son lot de ralentisseurs que Tornado n'apprécie pas du tout.

Les dix premiers kilomètres, je ne vois aucun animal, il est vrai qu'à cet endroit, la forêt est complètement brûlée. Je commence à voir quelques girafes, quelques éléphants et des impalas. Les singes semblent relativement absents par rapport à la dernière fois que je suis passé.

Après une centaine de kilomètres depuis ce matin, j'arrive au poste des Rangers, qui est l'entrée pour s'enfoncer dans le parc, interdite aux vélos. J'envisageais de planter la tente à cet endroit mais il n'est que 13 heures et je décide de faire, après avoir mangé, les 20 km qui me séparent de Mikumi.

Je m'installe sous une paillote qui fait un peu bar et commence à manger. Arrive toute une famille d'Indous qui n'arrêtent pas de me questionner sur mon voyage. Ils sont

**MOROGORO
> MIKUMI
122 km**

Dans ce paysage montagneux, je retrouve les bananiers.

LA TANZANIE, MON PAYS PRÉFÉRÉ

très sympas et surtout étonnés quand j'annonce mon âge. Finalement, je ne mangerai que deux tranches de saucisson car ils n'arrêtent pas de me nourrir avec leurs spécialités. On me proposera même du rhum. Après les séances photos, croyant que j'allais à Dar es Salaam, ils proposent de m'héberger. Ils me quittent pour entrer dans le parc. J'aurais pu profiter d'une de leurs voitures.

Comme tous les après-midi, le vent de face a forci. Heureusement que je n'ai que 20 km de plat à effectuer. Le parc est bientôt fini et je suis un peu déçu quand, tout d'un coup, trois girafes au galop (je ne sais pas si elles galopent), à moins de dix mètres, traversent la route. Je suis même obligé de freiner mais je n'ai pas le temps de sortir l'appareil photo. Dommage, car c'est un spectacle superbe et très émouvant. Dès qu'elles ont traversé la route, elles s'arrêtent pour me regarder, pensant qu'elles l'ont échappé belle.

J'arrive à Mikumi et je m'installe à l'hôtel *Impala* où nous avions dormi avec Laurence. Je suis donc en pays de connaissance et très bien accueilli.

MIKUMI
> MBUYUNI
64 km

| **LUNDI 14 JUIN** | Ce matin, j'ai un peu mal aux cuisses, les 120 km de la veille sont encore dans les jambes. Je décide de raccourcir l'étape. Je ferai ce que je peux sans me mettre dans le rouge.

À propos de rouge, je m'y mets de suite au sortir de Mikumi. Une grosse bosse m'attend, 3 km à 10 % et plus. Je passe la première et double les autochtones qui montent à

Quel bonheur que de pédaler à côté des impalas que les marabouts (oiseaux) surveillent.

pied. Certains, un peu vexés, me rattrapent dans les portions vallonnées mais calent dès que ça remonte.

De suite le paysage change, je suis dans une zone de montagne. Le coin est absolument splendide, un habitat dispersé, du maïs ou des bananiers au fond des vallées et des papayes près des maisons. D'ailleurs, au bord de la route, ce ne sont que vendeurs de papayes. Le relief est un peu difficile, mais que c'est beau !

Ensuite, la vallée s'élargit, je longe une grosse rivière couleur terre et la plaine n'est que champs d'oignons avec, au bord de la route, des vendeurs ! Je vois un panneau annonçant la réfection de la route financée par le Danemark. Je crains le pire car chaque fois que j'ai eu des travaux, j'ai eu droit à la piste. La chaussée se détériore et des travaux de terrassement sont effectués de chaque côté. Le paysage change de nouveau, je remonte la rivière et la route devient très vallonnée.

Je côtoie des colonies de singes en nombre impressionnant. Autant au bord de la route, ils sont habitués aux passages des véhicules à moteur, autant ils ne doivent pas avoir l'habitude des vélos. Ils se méfient beaucoup de moi et, si je m'arrête pour la photo, ils disparaissent aussitôt dans les arbres.

La végétation change également radicalement ; maintenant, ce sont des forêts de baobabs et de magnifiques acacias parasols avec quelques cactus géants. Sur cette route désertique, c'est impressionnant. Entre les baobabs et les singes, c'est assez extraordinaire. La Tanzanie est décidément un beau pays et, surtout, très varié.

Dans le parc national de Mikumi, les girafes semblent indifférentes à mon étrange attelage.

LA TANZANIE, MON PAYS PRÉFÉRÉ

Par contre, c'est le désert complet. J'attends impatiemment un village pour m'y arrêter. Je vois un camping *Crocodile Camp* ouvert, aussi je décide de monter la tente ce soir. L'endroit est sublime, au bord d'une rivière où alternent baobabs et acacias. Des singes traversent le camping de temps à autre. Il est parfaitement équipé et je suis très étonné de trouver ce genre de prestation dans ce lieu. Les sanitaires sont en bon état et propres, un bar, un restaurant et un accueil très sympathique. Je vais pouvoir me reposer et me promener dans le coin. La soirée sera un peu agitée car un gamin fête son anniversaire avec ses camarades. Quelques mamans sont là pour surveiller et les gamins, peut-être privilégiés, jouent et dansent comme les petits chez nous.

Je me couche dans ma tente moustiquaire sous une voûte étoilée magnifique. Je distingue parfaitement la Croix du Sud et, à mon grand étonnement, la Grande Ourse, signe que je dois voir l'Étoile polaire et, là, je n'y comprends plus rien. Je ne devrais pas car elle est dans l'hémisphère nord…

MBUYUNI
> ILULA
80 km

| **MARDI 15 JUIN** | Après un petit déjeuner extraordinaire, j'aurai même droit à une crique ardéchoise aux patates et aux oignons pour mon panier-repas de midi. La route, super plate et toujours avec des baobabs et des singes, me mène tranquillement au prochain village.

Le décor change et les travaux ont l'air de s'activer, j'appréhende ! La circulation est alternée pendant cinq à six kilomètres sur une voie. Ce qui fait qu'à vélo je passe toujours mais en mangeant beaucoup de poussière. Je fais d'ailleurs un peu de piste quand les véhicules passent.

Les travaux sont finis et je me retrouve sur une route superbe. Les baobabs se font plus rares et les singes également. Je retrouve ces espèces de pie que j'avais quittées avec les singes. Ce sont de grands oiseaux noirs et blancs, plus gros que les corbeaux, avec un énorme bec et charognards comme eux.

Je pédale au milieu d'une forêt de baobabs. C'est splendide !

La route commence à s'élever méchamment et je comprends vite par la topographie du coin que ça va durer. Effectivement, je ne serai pas déçu. En 10 km, je vais prendre pratiquement 1000 m de dénivelé. C'est une montée abominable, dans la chaleur et au milieu des camions et des bus qui ne montent guère plus vite que moi… me faisant ainsi profiter de leurs gaz d'échappement. Je souffre mais je décide de finir la bosse avant de manger. Je dois être un peu fada, en tout cas maso, car il n'est pas question que je monte à pied et je ne m'arrêterai qu'une fois la côte terminée.

Cette montée aboutit à un immense plateau et, au premier village, je m'arrête, épuisé, dans une espèce de bar. Je m'enfile trois cocas et mange le bœuf-carottes que l'on m'a préparé ce matin. Ayant prévu de dormir dans la nature, je commande également deux grandes bouteilles d'eau.

J'arrive à Ilula qui s'étend tout en longueur. Je trouve une *guest house*, assez étrange, qui fait bar, hôtel, vidéo. La musique y résonne à tue-tête, sauf pendant le match que je regarde par hasard à la télé : Côte d'Ivoire-Espagne gagné, contre toute attente, par la Côte d'Ivoire. Avant de me coucher, je vais faire un tour dans le village mais je suis à 1300 m d'altitude et le froid me fait rentrer pour me coucher dans ma chambre bien rustique, une fois de plus.

| **MERCREDI 16 JUIN** | Ce matin, je suis toujours sur ce plateau vallonné où je prends de l'altitude progressivement. Le paysage n'est plus du tout le même que la veille.

ILULA
> IRINGA
50 km

Je traverse quelques villages et les *Jambo* ou *Mambo* fusent. Parfois on me dit : *Abari* (Comment ça va ?). Je réponds : *Nzuri, asente sana* (Bien, merci beaucoup). Si je reste dans le coin, je vais faire plus de progrès en swahili qu'en anglais.

Après la traversée d'un pont, j'arrive à ce que je crois être Iringa mais, après trois ou quatre kilomètres de zone industrielle, je me retrouve en pleine campagne. En fait, j'ai loupé l'embranchement : manquer une ville de 160 000 habitants, il faut le faire !

Un arbre étrange, appelé « l'arbre à saucissons ». Effectivement, il a des fruits qui y ressemblent étrangement.

LA TANZANIE, MON PAYS PRÉFÉRÉ

Je reviens sur mes pas et la dernière surprise de la journée m'attend. La route est en plein travaux et la circulation alternée sur plusieurs kilomètres de montée très raide. C'est le dernier effort d'une courte journée, je le fais pour arriver à Iringa à 1600 m d'altitude et il est à peine 10 h 30.

Le premier hôtel est le bon, très confortable et pas cher du tout. Seul problème, on me demande de laisser Tornado et la remorque sur le trottoir. *No problem!*, me dit-on. Comme je refuse et menace de partir, on m'installe Tornado dans le hall d'accueil, il sera bien au chaud.

Par les étals au bord de la route, je connais la culture principale du coin. Ici, c'est la tomate.

Repos

| **JEUDI 17 JUIN** | J'ai passé une journée de repos à Iringa dans un cyber. C'est une ville assez grande et bizarre : un mélange de buildings et de cabanes aux toits de tôle. On se demande ce que fait cette ville en ce lieu.

IRINGA
> NYORORO
117 km

| **VENDREDI 18 JUIN** | Le départ n'est pas engageant car il fait froid et le ciel est couvert. Il souffle un fort vent que j'aurai de travers toute la journée. La première partie est relativement plate sur un plateau à 1500 m. Le paysage n'est pas bien terrible : la savane et quelques champs de maïs. Entre le vent, le ciel couvert et le froid, je ne me régale pas trop. J'ai l'impression d'avancer pour avancer.

Le ciel se couvre de plus en plus et la route monte régulièrement. Le paysage commence à changer et les bananiers font place aux eucalyptus.

J'évolue maintenant sur un plateau à 1800 m et les eucalyptus sont de plus en plus nombreux, une immense forêt, donnant un paysage inattendu ici en Tanzanie. Il fait de plus en plus froid et il commence à bruiner.

Je ne devrais pas tarder à arriver à Sao Hill. Je vois le nom écrit sur des panneaux. J'ai froid et j'ai hâte d'arriver. Mon compteur annonce 100 km et je n'ai toujours pas vu la ville. Je me renseigne et on m'indique que Sao Hill est derrière moi. Je l'ai loupée : comme Iringa, elle est à l'écart de la route. Je continue malgré tout dans l'espoir de voir un village mais, depuis ce matin, je suis dans un coin particulièrement désertique. J'ai froid et c'est maintenant une pluie fine qui tombe. Il est tard (16 h 30) et il faut bien que je m'arrête un jour. J'ai de l'eau et de quoi manger, je décide donc de rouler encore un quart d'heure. Si je ne trouve rien, je m'enfonce dans la forêt et je plante la tente. Je double des ouvriers sortant des plantations, un village ne doit pas être loin, l'espoir renaît. Effectivement, j'arrive à Nyororo, encore un village du bout du monde comme j'en ai beaucoup découvert depuis mon départ.

Je trouve un petit hôtel, tout ce qu'il y a de plus modeste, ce sera mieux que sous la tente, dans le froid et la pluie. Ma chambre ressemble comme souvent à une cellule de prison mais je suis content d'être ici, d'autant que l'hôtel fait aussi restaurant.

Mon premier souci : ma toilette. Je me lave avec un seau d'eau. Je suis presque à 2000 m d'altitude et, croyez-moi, l'eau est très froide. Une fois que je suis bien lavé, rincé et séché, on m'apporte un seau d'eau chaude… C'est trop tard.
Comme à midi j'ai sauté le repas, je mange de bonne heure et à 19 h 30, je suis dans mon lit. J'ai très froid aux pieds, c'est le seul moyen de me réchauffer. Heureusement que j'ai deux couvertures.

| **SAMEDI 19 JUIN** | Croyez-moi si vous voulez, mais couché à 19 h 30, c'est la sonnerie de téléphone qui me réveille à 5 h 30. Depuis mon départ, je trouve que je dors beaucoup et bien. C'est bon pour la récupération. Je mets en route le petit déjeuner quand l'électricité est coupée. J'ai l'habitude, je déjeunerai et rangerai mes affaires à la frontale.
Je sors pour tester le temps. Il bruine toujours et le vent est encore plus fort. Dans la chambre, il fait 17°. Aussi je m'habille en conséquence.

NYORORO
> IGAWA
104 km

La forêt d'eucalyptus a maintenant disparu, je suis dans une espèce de savane avec des cultures aux abords des habitations. Le coin est plus peuplé que la veille, avec un habitat très dispersé. Je ne suis pratiquement jamais seul, contrairement à la veille. Est-ce le froid ou la fatigue de la veille, mais je ne me sens pas en forme, les jambes sont lourdes. Je décide de raccourcir l'étape. J'arrive assez fatigué à Makumbako après 48 km de route très vallonnée. Il est 10 h 30, le temps s'est dégagé et je n'ai pas trop envie de m'arrêter. Je continue donc ma route et bien m'en prend car le soleil brille et la route descend. J'avance assez vite et, à midi, je m'arrête pour casser la croûte et faire une courte pause car, comme le coin est habité, on me regarde manger, de loin certes, mais je me sens épié. Ce pique-nique se fera à l'ombre d'un étrange arbre, appelé « l'arbre à saucissons ». Il a en effet des fruits qui y ressemblent étrangement.

Maintenant, il fait très chaud, quel contraste ! Je croise des gamins avec de drôles de trottinettes en bois avec un bâton au milieu servant de frein. Certains gamins s'en servent même pour charrier du charbon de bois : pas de transport à vide. En Afrique les gamins s'amusent encore avec des jouets les plus simples de fabrication locale. Ici il n'est pas question de *Game Boys* ou autre objet sophistiqué. Un pneu, une roue de vélo, des voitures ou camions en tôle de récupération leur suffisent largement. Pour les grands, c'est pareil car j'en ai souvent vu jouer aux dames avec des capsules de bière comme pions.

J'ai assez roulé et je décide de m'arrêter au premier village avec une *guest house*. C'est Igawa, à 1 200 m d'altitude. Encore plus simple que la veille ! Ma chambre, un lit et une moustiquaire, les toilettes sont dans le couloir et l'eau pour me laver d'une couleur plus que douteuse mais qu'importe, je suis aguerri, je me laverai quand même. Le prix sera en conséquence 3 000 shillings (1,60 €). La *guest house* fait également bar-vidéo, ce doit être la mode. J'ai donc droit à la musique à fond mais je commence à avoir l'habitude. Je vais faire un tour dans le village. Dans cette Tanzanie profonde, la communication est très difficile. Le swahili, un point c'est tout. Moi qui ne parle pas anglais, j'arrive paradoxalement à communiquer en anglais.

En tentant de faire mes courses, je dis bien « tenter » – car les magasins ne sont pas trop achalandés –, je trouve du pain de mie. Je me dis : « Chic, pour mon petit déjeuner demain matin, ce sera parfait ! » Mais il est tout moisi.

Le repas sera encore constitué d'une omelette et de frites. Avec tous les œufs que je mange en ce moment, je ne sais pas si je ne vais pas faire une crise de cholestérol.

| **DIMANCHE 20 JUIN** | J'ai une fois de plus dormi comme un loir. Le vent a soufflé toute la nuit. La route est en excellent état, légèrement vallonnée, il fait soleil et pas de vent. J'avance donc rapidement et il est très agréable de pédaler dans ces conditions.

À l'est comme à l'ouest, ce sont souvent les femmes que j'ai vu travailler au bord de la route.

La végétation change et je retrouve mon copain le baobab, mon alter ego, comme dirait Brassens. Vous ne pouvez pas imaginer comme je suis content. Pour moi, il représente vraiment l'Afrique et je trouve magnifique sa silhouette si particulière. J'ai parfois l'impression que ses branches ressemblant à de multiples bras vont se mettre à bouger. Aujourd'hui, je suis dans une région de céréales et, au bord de la route, je vois des sacs qui semblent contenir du blé. Les vélos sont tous lourdement chargés. En traversant les villages, je vois ce grain stocké et séché dans des sortes de coopératives. Même si c'est dimanche, tout le monde est à pied d'œuvre. Je roule allègrement pendant pratiquement 80 km. Je me régale. Cela ne va pas durer car, en face, une chaîne de montagnes se dessine à l'horizon et il va bien falloir la franchir.

IGAWA
> MBEYA
126 km

C'est à peine midi, il ne me reste qu'une quarantaine de kilomètres et, même si je sais qu'ils vont être difficiles, j'ai largement le temps d'arriver à Mbeya. La pause casse-croûte se fera en haut du col après l'effort. J'attaque une première bosse de deux kilomètres à 10 % suivie d'une longue descente et je me trouve au pied d'un mur. Je franchis allègrement les cinq premiers kilomètres à plus de 10 %, 500 mètres de dénivelé, un demi-Ventoux. Le dur passé, j'ai encore 5 km de grimpée assez raide et je me retrouve sur un plateau dans un village à près de 2000 m d'altitude.

L'habitat est dispersé et le village traîne en longueur. Pour manger, ce n'est pas l'idéal. Tant pis, je m'arrête dans un endroit que je crois discret et je m'installe. Erreur, de suite des gamins arrivent, se plantent devant moi et me regardent. J'essaye de les

Dès que je m'arrête, les gamins arrivent. Ceux-ci vont à l'école, sourire aux lèvres, avec des outils pour entretenir leur école.

LA TANZANIE, MON PAYS PRÉFÉRÉ

chasser, mais en vain. Je mets ma main dans la poche de mon maillot de vélo pour prendre mon appareil photo et ils s'enfuient comme une volée de moineaux.

Un gars avec des biftons à la main me baragouine en swahili et en anglais. Je n'ai jamais su s'il voulait m'en acheter ou que je lui en donne. Je lui fais comprendre que je veux juste qu'il me laisse tranquille. Il n'insiste pas et s'en va. Une dame de forte corpulence me fait signe qu'elle veut à manger. J'essaye de lui expliquer que je ne peux nourrir toute la Tanzanie et je finis par la faire partir. Cela m'est très dur d'agir ainsi, mais je n'ai pas le choix, sinon je ne m'en sors pas.

D'autres ne vont pas à l'école. Ils doivent travailler avec des vélos lourdement chargés, et parfois même plus grands qu'eux.

En face de moi, deux gamins en haillons gardent un troupeau de zébus et ne me quittent pas des yeux. Je me lève pour leur donner un paquet de biscuits et ils partent en courant de peur ! Je repars avec mon paquet de biscuits à la main et le leur jette. À cet instant, ils accourent pour récupérer le paquet en criant de joie. Cette anecdote est simpliste, mais elle me laisse un arrière-goût de tristesse quand je pense à notre vie d'abondance. Après une longue descente et beaucoup de circulation, j'arrive à Mbeya. Je trouve un hôtel immense, mais complètement vide. Nous devons être deux clients pour une vingtaine de salariés, peut-être plus !

Repos

| **LUNDI 21 JUIN** | Je mets mon site Internet à jour.

MBEYA
> TUNDUMA
105 km

| **MARDI 22 JUIN** | Ce matin, il fait encore frais : le thermomètre de ma montre indique 16°. Il est 7 h et c'est déjà l'effervescence. Tout le monde est à pied d'œuvre, la circulation bat son plein. C'est un constat que j'ai pu faire dans toute l'Afrique : les gens sont matinaux.

Une fois la route nationale récupérée, une longue descente m'attend. Mbeya n'en finit pas et j'ai du monde pendant près de 15 km. Je suis sur un grand plateau où alternent cultures de maïs et de tournesol. En face une chaîne montagneuse me barre l'horizon. Je vais certainement récupérer les cinq cents mètres d'altitude perdus. Effectivement, j'attaque par une belle montée pour finir sur un plateau. Ce sera ensuite une succession de plateaux très vallonnés. Moi qui croyais avoir une journée tranquille, je suis encore servi. Par contre, les villages s'espacent et les cultures aussi. Ce n'est pas l'abondance dans cette région. Quelques personnes me réclament *Money!* au passage. Je ne l'avais pas trop vu jusqu'alors en Tanzanie.

Sur une côte que j'ai du mal à gravir, une jeune dame avec des habits tout déchirés monte en poussant son vélo très lourdement chargé d'herbe. Elle a l'air de souffrir et son visage me semble exprimer toute la misère du monde. Cela m'attriste, me gêne terriblement et me fait penser à la fable de La Fontaine, *Le Pauvre Bûcheron* : « Quel plaisir a-t-il eu depuis qu'il est au monde, en est-il un plus pauvre en la machine ronde ? » Enfin Tunduma se pointe à l'horizon et il me faudra gravir encore une belle bosse pour y arriver. Quelques Tanzaniens à vélo veulent me larguer dans la montée au prix d'efforts trop importants pour eux avec le matériel dont ils disposent. Cette fois, comme je suis en forme, je joue le jeu et c'est moi qui les largue irrésistiblement malgré le poids que je trimballe. Mais que la montée est dure !

Tunduma est vraiment la ville frontière par excellence, une ville grouillante, pleine de camions et de rabatteurs de toutes sortes. Entre les gens qui veulent me trouver un hôtel, m'aider à passer la frontière ou me changer de l'argent, je suis happé de toutes parts et je finis par m'énerver.

J'entre rapidement dans le premier hôtel, le *Silver Stone*. Le soir, l'émission Allo la planète échouera. Quand Anneka a appelé l'hôtel, la réceptionniste dormait et, sur mon portable, la communication était très mauvaise. Ce sera certainement la dernière car, à la reprise, à la fin de l'été, j'espère bien être en France où Laurence et mon chien Pyrrhus m'attendent impatiemment. J'en ai maintenant fini avec la Tanzanie, et la Zambie, mon dix-septième pays, est à deux coups de pédales.

J'ai oublié de vous parler de l'eau domestique. Il semblerait qu'il n'y ait pas de système d'adduction d'eau dans tout le pays. À Dar es Salaam, la plus grande ville tanzanienne, l'eau est dans des citernes de trois mille litres sur les toits des maisons et des hôtels. Tout au long de ma traversée, les gens la charriaient dans des seaux en plastique. Je croisais ou doublais énormément de vélos avec leurs bidons souvent jaunes qui distribuaient l'eau aux particuliers. C'est tout de même assez étonnant dans ce pays qui me paraît plus développé que certains de l'Afrique de l'Ouest.

| **MERCREDI 23 JUIN** | Comme toutes les frontières que j'ai passées à l'est, tout se passe facilement et rapidement. Pendant que j'effectue les formalités du visa, Tornado est entouré d'une nuée de curieux, c'est toujours lui la vedette.

TUNDUMA
> NAKONDE
3 km

La Zambie et les chutes Victoria

du 23 juin au 10 juillet : 1556 km

| **MERCREDI 23 JUIN (suite)** | J'entre en Zambie, je change ma monnaie tanzanienne en kwacha zambien. Comme chaque fois que je change de pays, il me faut toujours un certain temps d'adaptation pour prendre mes marques.

La première ville est à 118 km, il est 10 h 30, aussi je décide de rester à Nakonde. Je trouve un *lodge* superbe mais un peu cher : *Zwangendaba Executive Lodge*. Ce sera parfait pour passer la journée et m'habituer à la vie zambienne.

Nouveau numéro de téléphone, nouvelle monnaie et nouvelle alimentation, il faut bien que je m'y fasse.

NAKONDE > ISOKA 119 km

Sur l'immense plateau zambien, je fais encore l'amer constat de la déforestation.

| **JEUDI 24 JUIN** | Ce n'est pas trop dans mes habitudes, mais je n'avais pas le choix : ce matin, on m'a servi le petit déjeuner dans ma chambre. Pour un peu, je déjeunais au lit. Je suis encore à 1700 m et j'ai eu le tort de ne pas trop me couvrir, je me suis caillé les premiers kilomètres. J'attaque par un long plat descendant. Je resterai toute la journée autour de 1200 m sur un immense plateau vallonné.

La journée est assez monotone avec un paysage pas terrible du tout. La déforestation

a une fois de plus fait son effet. J'évolue dans un paysage de maigres cultures et de forêts. Je ne sais pas si on peut appeler ça forêt car l'arbre principal, le teck, atteint à peine deux à trois mètres. En Afrique de l'Ouest, on appelait ce type de paysage la brousse, ici c'est le bush. Toujours est-il que je ne passe pas une journée extraordinaire. Mon plus gros problème sera l'arrêt de midi. La région est relativement peuplée, mais avec un habitat très dispersé : trois ou quatre maisons, par ci par là. Il est assez compliqué de trouver un coin isolé et à l'ombre pour s'arrêter. Enfin, je m'installe pour pique-niquer et me reposer. Malheureusement, une femme me voit et, deux minutes après, une dizaine de paires d'yeux me dévisagent juste à côté. Je n'ai pas d'autre solution que de tout remballer et, du coup, je pique-nique debout et en plein soleil. Tout ça est très désagréable et je le supporte de moins en moins. Les gens vous dévisagent à cinq mètres et sont capables de rester une heure ainsi. D'ailleurs, chaque fois que je m'arrête, je sens au loin les regards…

J'arrive enfin à l'embranchement d'Isoka qui se trouve à l'écart de la nationale. À cet endroit, il y a bien une *guest house* mais je préfère aller au village : quatre à cinq kilomètres d'une douce montée et d'une bonne descente.

Quand je parle d'un village du bout du monde depuis mon départ, j'ai l'impression que ça va crescendo. La route goudronnée s'arrête là et le village n'est que poussière. Ce village – où tout le monde me regarde comme un zombi – me fait une impression bizarre mais j'y suis, j'y reste.

La forêt est toujours sinistrée. Étrange façon de l'exploiter.

LA ZAMBIE ET LES CHUTES VICTORIA

Je trouve une *guest house* tout ce qu'il y a de plus pourri, mais je ne vais pas faire la fine bouche. Je demande le prix : 40 000 kwacha (6,30 €). Ce n'est rien mais vu l'état, il se fout de moi. Voyant que je fais mine de partir, il baisse le prix à 25 000 kwacha. J'ai horreur de marchander. Il a voulu m'arnaquer. Tant pis pour lui, je retourne à l'embranchement. J'y ai repéré une *guest house* où je me rends. On m'annonce un prix de 25 000 kwacha pour un confort similaire et j'ai de l'eau chaude en plus, pas en douche mais dans un seau. Un gros inconvénient, il n'y a pas d'électricité, je me coucherai donc à la frontale et ça aussi j'en ai maintenant l'habitude. Il fait nuit à 18 h et les soirées sont longues, d'autant que je n'ai pas l'électricité dans la chambre.

Je mangerai une saucisse avec des frites à la frontale. À côté, des jeunes jouent au billard comme souvent dans les villages. Ils s'éclairent avec une lampe branchée sur une batterie.

Les cars qui desservent Isoka s'arrêtent ici ; ensuite les gens font les cinq kilomètres à pied ou en taxi selon qu'ils ont de l'argent ou non.

Je regarde les cars arriver et repartir. J'ai souvent vu cette animation, mais depuis le bus. On charge et on décharge de tout. Il y a une certaine solidarité. Les personnes seules sont régulièrement aidées par les autres, il faut faire vite car le chauffeur s'impatiente rapidement.

Le spectacle le plus touchant, c'est celui des femmes qui se précipitent pour vendre ou des bananes ou des cacahuètes grillées. Elles doivent bien être une cinquantaine. D'autres sont assises au bord de la route pour préparer les paquets de bananes. Quand je suis arrivé à l'embranchement la première fois, j'ai été assailli pareillement. Je n'étais pas intéressé, mais j'ai juste demandé un renseignement et filé à Isoka. Au retour, je recherche la dame qui m'avait répondu pour lui acheter des bananes. Elles me tombent alors toutes dessus. J'achète des bananes et des cacahuètes à la dame en question. Si vous l'aviez vue ! Contente et fière devant ses copines !

Une école zambienne en plein bush. Les enfants n'hésitent pas à faire plus de dix kilomètres pour se rendre en classe.

| **VENDREDI 25 JUIN** | Ce matin, autour de moi, quelques cultures et des habitations isolées. À propos de cultures, si selon l'altitude, je retrouve le bananier, je remarque beaucoup de manioc comme à l'ouest. Une montée un peu plus raide et je me retrouve sur un plateau à 1700 m, je redescends à 1400 m sur un autre plateau. La route ne sera qu'une succession de plateaux, toujours très vallonnés.

De plus en plus souvent sur la route se forment d'énormes nids de poule, je devrais même dire des baignoires d'éléphant. Cela dérange beaucoup plus les camions qui zigzaguent et passent au ralenti. Moi, avec mon vélo, j'arrive à me faufiler et la remorque suit bien. À propos de cette remorque, je dois une fois de plus féliciter Christian Touze, le concepteur, pour l'excellence de son matériel. Sur ces routes très vallonnées, j'ai fait des pointes à 70 km/h sans que rien ne bouge, je ne ralentissais que par prudence. Les cultures et habitations dépassées, je suis dans une forêt que je qualifie de sinistrée. C'est assez impressionnant de la voir ainsi détruite. Les arbres sont coupés à un mètre du sol. Il n'y a absolument aucune gestion forestière. À l'ouest, quelques ONG essayent bien de régler ce problème, mais souvent avec des résultats médiocres.

Régulièrement, je vois des charbonnières fumer et, au bord de la route, des sacs de charbon de bois. C'est le principal combustible des gens pour cuire les aliments et chauffer l'eau, mais surtout la principale ressource des habitants. Je ne peux me permettre de les critiquer de détruire ainsi leur forêt, ou alors il faut leur trouver un autre moyen de subsistance. Mais lequel ?

Il y a des villages annoncés sur la carte. Mais, curieusement, je n'ai jamais le sentiment d'en traverser. D'abord aucune indication, puis je vois quelques maisons regroupées, le signalement d'une école à quelques kilomètres, quelques *shops* souvent fermés et un peu de monde au bord de la route. De vrais villages, point. Les maisons sont disséminées le long de la route en retrait d'au moins cent mètres et accessibles par un petit sentier que seul un vélo peut emprunter. Cela me donne l'impression d'évoluer dans

ISOKA
> 154 km de MPIKA
116 km

Autour des cases, c'est toujours très propre et bien fleuri, mais je vois rarement du monde.

une zone désertique, quoique peuplée. Ce n'est pas trop marrant et même un peu stressant. Où vais-je dormir ce soir? Je n'aurai pas d'autre solution que de bivouaquer mais, avant, il me faut trouver de l'eau. Enfin une petite boutique ouverte et j'en profite pour faire trois courses mais il n'y a pas d'eau minérale. Heureusement j'ai gardé deux bouteilles vides que je fais remplir d'eau. J'y ajouterai deux comprimés de micro pur. Quoiqu'il arrive, j'en aurai un peu.

Je traverse un village un peu plus grand mais je ne vois pas grand-chose d'ouvert. De toute manière, tous les gamins du village me courent après, et même certains adultes.

Au bord de la route, les sempiternels sacs de charbon de bois, combustible pour cuire les aliments et chauffer l'eau, et surtout la principale ressource des habitants.

J'ai envie de tranquillité et la barrière de la langue est handicapante. Aussi je file.
À la sortie de ce village, je m'arrête à l'une de ces pyramides servant à stocker les briques que je remarque depuis plusieurs jours. Il s'agit d'un four pour les cuire, les âtres en témoignent. Une fois les briques cuites, les âtres sont bouchés et ensuite les briques restent là un moment en attendant d'être utilisées pour une construction.
J'attaque une dernière montée et me donne comme limite pour bivouaquer 16h30. Mais chaque fois que je vois un sentier, il mène à une maison. À un endroit, pensant voir des maisons abandonnées, je m'arrête et, de suite, deux personnes arrivent. Je continue et, vers 17h, je remarque un sentier qui semble abandonné. C'est le bon, car il ne mène nulle part et me permet de m'installer à l'écart de la route. Je pourrai ainsi passer la nuit sans être vu. J'installe mon campement, le coin est parfait, je suis en plein bush. Je me suis arrêté un peu trop tard, car, dès 18h, il fait nuit. Je vais devoir manger à la frontale. Heureusement, au fond de la remorque, j'ai quelques plats lyophilisés que je garde depuis le départ. Ce soir, ce sera tartiflette savoyarde et mousse au chocolat.

À 19 h, je suis allongé dans la tente en évitant de trop allumer la lampe. Je passe une excellente nuit, sans aucune crainte et sans aucun bruit d'animaux, même pas d'oiseau, ce qui m'étonne énormément.

| **SAMEDI 26 JUIN** | Je me réveille en pleine forme à 5 h après une grosse nuit, il fait 14° sous la tente, pas terrible. Je bois mon café et mange mes biscuits à la frontale et, dès qu'il fait jour, je range mes affaires. Heureusement qu'hier soir j'ai monté le double-toit de la tente. Il est tout trempé de rosée. Cette humidité régnante et la nuit sous la tente

La Zambie est un immense plateau d'altitude et, devant moi, des lignes droites à perte de vue.

en plein bush, est-ce encore de mon âge ? Je vous rassure, je plaisante car je me régale. Du moment que j'ai de l'eau et de quoi manger, que demander de plus !

Vu le vent, le relief et l'état de la route, je n'arriverai pas ce soir à Mpika. Aussi rebelote, camping sauvage à la fin de la journée. Le but est de me rapprocher au maximum. Je n'ai pas grand-chose à raconter de ma journée car elle est copie conforme à celle d'hier. Absence de villages, forêt dévastée et longues lignes droites. J'en ai constaté une de vingt kilomètres au compteur.

Depuis la Zambie, la circulation s'est nettement ralentie. Pratiquement plus de bus et les transports en commun sont les camions. Le trafic est constitué de transporteurs de produits pétroliers et de porte-containers. Ils viennent essentiellement de Tanzanie. Dar es Salaam doit être un port très important et desservir toute la Zambie et peut-être même le Botswana, qui n'ont ni l'un ni l'autre d'accès à la mer.

Ici, en Zambie, je me sens d'ailleurs beaucoup plus en sécurité sur la route. Les camions ne me frôlent plus et ne klaxonnent que pour m'encourager.

154 km de MPIKA
> 62 km de MPIKA
92 km

LA ZAMBIE ET LES CHUTES VICTORIA

À midi, je m'arrête au bord de la route pour pique-niquer. Comme je fais sécher la tente, j'en profite pour faire une petite sieste en me servant de la remorque comme dossier. Un semi-remorque s'arrête deux cents mètres plus loin et effectue une marche arrière pour venir à ma hauteur. Que me veut-il ? Le chauffeur croyait que j'avais fait un malaise et venait s'en inquiéter. Sympa, n'est-il pas ? D'ailleurs, comme au Gabon avec les grumiers, les camions me doublent et parfois les mêmes me croisent. J'ai une sorte de complicité avec eux. Certains ralentissent également pour me proposer de l'eau fraîche.

Dans un village avec ses trois maisons et sa petite boutique, je m'arrête pour faire le plein d'eau. Maintenant je suis prêt et, à trois heures, je stoppe. J'en profite pour laisser ma poubelle et, trente secondes après, elle est jetée dans la rue : classique.

Une grosse montée se profile à l'horizon. Je passe la bosse et je m'arrête. En haut, un chemin mène à une ferme, je vais tout de même inspecter à pied. J'installe mon deuxième bivouac de suite. Je suis comme un coq en pâte. Je mange à 17 h 30, ce soir ce sera aligot et gâteau de semoule : je me soigne ! Je suis sous la tente à 18 h 30, je pense mettre mon carnet de route à jour mais des gens passent au bord de la route et je préfère tout éteindre pour ne pas attirer l'attention. Je pense en restant éveillé, je ne vous dirai pas à quoi, jusqu'à ce que le sommeil me gagne. Il sera interrompu à 20 h par un coup de fil de mon neveu Gilles, mais c'est un plaisir de lui parler dans cet endroit. Depuis quelques jours, je ne manque pas de sommeil.

Mpika. Dans cette drôle de ville sans centre-ville, on attend le taxi-brousse au bord de la route.

| **DIMANCHE 27 JUIN** | Le réveil est identique à celui de la veille sauf que je suis à 1600 m d'altitude et le thermomètre indique 12°. Pour la quatrième journée consécutive, je vais évoluer dans le même paysage, soit 400 km sans voir un village ni même un bourg. Quand je regarde la carte, j'ai l'impression que ce paysage m'attend jusqu'à Lusaka. La Zambie est un immense plateau d'altitude et, comme l'hiver s'annonce, j'ai droit au froid. Ce qui en somme n'est pas plus mal pour pédaler dans la journée.

Après une grande descente pour arriver à 1300 m et une remontée à 1400 m, j'arrive à Mpika. C'est une drôle de ville, très étendue, qui me donne l'impression d'un gros village. Pourtant ici, j'ai toutes les commodités de la ville : banque, distributeur de billets, commerces, restaurants, hôtels. Je trouve un hôtel, *Mélodies Lodge*, très confortable et pas trop cher. Je décide d'y passer deux nuits.

62 km de MPIKA
> MPIKA
65 km

| **LUNDI 28 JUIN** | Bien qu'ici il n'y ait pas de cyber, je dois tout de même mettre à jour mon carnet de route sur mes cahiers d'écolier. Quand je bivouaque, je n'ai que le temps d'installer le campement et de manger. Écrire allongé sous la tente et à la frontale n'est pas des plus commodes.

Repos

J'en profite également pour faire laver un peu de linge et, bien sûr, me reposer. Même si je me sens en super forme, il me faut tout de même faire attention et ne pas trop tirer sur la corde. Demain je vais aussi devoir faire le plein de provisions car je pense encore dormir dans le bush.

Durant ces quatre jours, j'ai certainement traversé la région la plus pauvre de la Zambie. J'ai le sentiment d'avoir vu beaucoup de misère. Je dis bien sentiment car c'est avec mes yeux d'Européen. Les gamins sont souvent en haillons avec un semblant de pull où il y a plus de trous que de laine. Sur la route, on me réclame de quoi manger et le froid ne doit rien arranger.

| **MARDI 29 JUIN** | De Mpika à Serenjé : 250 km. En fonction du relief, il me faudra deux ou trois jours. J'ai fait mes courses pour passer au moins deux nuits dans le bush. Je démarre donc à 6 h pétantes, la remorque bien chargée car en plus j'y ai ajouté huit litres d'eau.

MPIKA
> KANONA
185 km

Dans la nuit, le vent a encore soufflé, un peu moins fort heureusement. Hier il y a eu un vent terrible en tornade toute la journée. Il fait encore froid mais tant mieux, je ne souffrirai pas de la chaleur une fois de plus.

À la sortie de Mpika et pendant une bonne dizaine de kilomètres, c'est le manège habituel des villes africaines. Je croise à pied ou à vélo les gens qui vont travailler, faire le marché ou les jeunes qui vont à l'école. Les gamins sont dans leurs habits d'écoliers. Les plus grands portent tous la chemise blanche et la cravate, ils sortent de leur case ainsi vêtus.

La journée se passe sans anecdote particulière, dans le même genre de paysage que les jours précédents, avec peut-être un peu plus de forêt. Heureusement, dans cet environnement assez monotone, j'ai maintenant un walkman et je pédale en écoutant Brassens, Brel ou les Beatles. Je traverse un peu plus de villages que la veille et la région a l'air un peu moins sauvage, mais il faut le dire vite. La route est très agréable, assez vallonnée, jamais de grosses bosses. Je progresse vite. Il est maintenant 15 h 30, j'ai effectué 130 km, il me faut trouver le coin bivouac.

LA ZAMBIE ET LES CHUTES VICTORIA

Encore une quinzaine de bornes et je serai à Kanona. J'arrive ainsi à l'embranchement supposé. Je me renseigne, on me signale que c'est un peu plus loin et qu'il y a une *guest house*.

L'un me dit à dix kilomètres, l'autre à trois ! Qu'importe, il est 16 h 30, j'y serai à 17 h et, s'il n'y a pas de *guest house*, ce n'est pas un problème. Au bout d'une douzaine de kilomètres, je me renseigne et on me dit encore huit kilomètres. Ça commence à bien faire ! Je m'arrête un peu plus loin et on me dit qu'il y a encore deux ou trois kilomètres, mais qu'il n'y a pas de *guest house*. Alors là, ça se complique car la nuit tombe.

De temps à autre, quelques habitations, un peu d'arbres et de cultures autour, souvent des bananiers.

Je demande à une dame très gentille, si je peux planter la tente pour dormir. Elle me répond qu'il n'y a aucun problème et me prête même une chaise. Je m'installe dans un local pas trop sale (une gare) et je serai ainsi à l'abri de l'humidité. Tandis que je suis en train de monter la tente, adultes et enfants se pointent et me regardent comme un oiseau rare. J'ai beau essayer de dire par gestes et par les rares mots d'anglais que je connais, que j'aimerais être un peu tranquille, rien n'y fait. Ils restent plantés à me regarder sans même chercher à communiquer. Je m'énerve, je prends mes cliques et mes claques. Je remballe tout et me casse.

Au bout de 3 km, dans la nuit bien tombante, il y a effectivement un hameau. Je m'arrête et je suis de suite assailli par les gamins. Je repars et m'arrête deux cents mètres plus loin. Une dame me fait signe d'aller voir son mari (ici la femme ne décide rien). De nouveau les gamins arrivent et je repars une fois de plus.

Maintenant il fait nuit, je m'arrête dans une maison, j'essaye d'expliquer que je veux juste monter la tente mais il me semble que la dame a peur et elle m'envoie à la maison d'à côté. Le gars d'à côté ne semble pas avoir envie que je reste là et me dit qu'à Kanona, à 10 km, il y a une *guest house*.

Je mets la frontale et me voilà dans la nuit noire, non pas à faire 10 km, mais au moins 20. Au point où j'en suis, je n'ai pas d'autre choix que d'avancer car il m'est impossible de trouver un coin pour monter la tente. Je ne suis pas trop rassuré. En plein bush, un animal peut traverser la route.

Au loin, je vois scintiller des lumières. Déception, ce n'est pas Kanona, mais un feu de brousse. Je passe dangereusement près des flammes et à travers la fumée.

Ce brave paysan s'est littéralement jeté sur le bas-côté pour me laisser passer et il est tout fier que je le prenne en photo.

Enfin Kanona ! Mais pas de *guest house*. Un couple traverse la route. Le monsieur me dit que je l'ai loupée. Il m'accompagne jusqu'au bord du chemin et m'indique une maison blanche au fond à gauche. J'y vais en poussant le vélo et, après le passage de deux chiens me montrant les dents (le propriétaire ne bronche pas), j'arrive à cette maison blanche. C'est bien une *guest house,* mais il n'y a pas de lumière et elle est abandonnée. Tant pis, j'ouvre la porte, et je tombe sur la réception, une pièce de 1,5 mètre sur 2,5 mètres. Cette minuscule salle me semble propre, sans bestioles, je décide d'y passer la nuit. Je serai au sec et cela m'évitera de monter la tente car je suis un peu cuit. L'histoire ne s'arrête pas là ! Je m'installe : tapis de sol, matelas, duvet, de quoi manger, tout pour passer une nuit parfaite. J'entends deux femmes qui discutent (je vous passe les visiteurs à qui il a fallu que j'explique ma présence). Je vais voir les deux femmes qui semblent s'installer dans une pièce. J'essaye de leur parler mais, apparemment, elles ne s'occupent pas trop de moi et l'une d'elle saisit son téléphone. Je retourne dans ma « chambre ». Cinq minutes plus tard, arrive un homme, certainement

LA ZAMBIE ET LES CHUTES VICTORIA

le propriétaire, qui semble passablement excité. Je lui explique le pourquoi du comment. Il me fait visiter la *guest house* et la chambre où il dort. Ce n'est sûrement pas le propriétaire mais un squatter. Il me fait comprendre qu'il n'y a aucun problème, que je peux dormir ici. Ouf !

Avant de me coucher j'ai quand même regardé le compteur de Tornado, il affiche 185 km. C'est ma plus grosse journée de vélo depuis mon départ, avec quand même 850 m de dénivelé et du vent – le plus souvent de travers mais parfois de face. Je ne veux pas fanfaronner mais je suis assez content de moi.

Au bord de la route, les stands d'ignames (patates douces) sont magnifiques.

KANONA
> SERENJE
66 km

| **MERCREDI 30 JUIN** | La fatigue aidant, la nuit fut excellente. Je n'ai pas mis le réveil, ne pensant pas avoir une grosse journée aujourd'hui. Malgré tout, par habitude, mes yeux se sont ouverts à 5 h. Constat désagréable : hier soir, j'ai dû mal fermer ma bouteille d'eau et elle s'est répandue sur le tapis de sol, mon maillot de vélo et le matelas. J'éponge tout, il n'y a pas trop de mal mais la journée commence bien. Je déjeune à la frontale qui commence à donner des signes de fatigue et je charge la remorque.

Le « squatter » arrive et il me semble beaucoup plus calme. La veille, il avait dû boire pas mal de bières. Il me souhaite bon voyage et s'en va.

La température doit être inférieure à 10°. Une route en bon état, peu vallonnée et traversant toujours la forêt – ou ce qu'il en reste –, me mène sans problème à l'embranchement de Serenje. Il y a 3 km de descente que je remonterai demain matin.

Serenje est située à l'écart de la route nationale. C'est assez bizarre et certainement pas trop pratique pour les habitants qui ne sont pas motorisés. J'y trouve un hôtel relativement confortable, ce ne sera pas du luxe après mes bivouacs précédents !

| **JEUDI 1er JUILLET** | Je démarre ce matin dans de bonnes conditions. Excellent petit déjeuner dans ma chambre : j'ai pu acheter hier du lait et du beurre, je déjeune ainsi comme chez moi. Il a l'air de faire un peu moins froid (15°) et surtout le vent s'est calmé. Je remonte tranquillement les 3 km descendus la veille et je reprends la route nationale. Elle est en excellent état avec une bande de roulement pour les cyclistes, ce qui me permet d'être en sécurité. Au bord de la route, il y a de magnifiques stands d'ignames (patates douces).

Le vent s'est mis à souffler bizarrement ; la plupart du temps, je l'ai de travers mais

parfois de face ou dans le dos et souvent par rafales. Le ciel va rester couvert toute la matinée et j'ai même peur qu'il pleuve ce qui, avec ce froid, ne serait pas agréable. Après un long plat descendant, une vingtaine de kilomètres de plat montant sont assez pénibles. Je suis autour de 1300 m d'altitude. Les stands de tomates remplacent ceux d'ignames. Par contre, le charbon de bois est toujours bien présent.

Pour une fois, je trouve le coin pique-nique assez facilement, pas terrible, certes, mais je suis relativement tranquille. Le soleil est maintenant de la partie et la route légèrement vallonnée est des plus agréables. J'arrive à Mkushi Boma où j'avais prévu de m'arrêter. Le village n'a pas l'air bien attirant. Il y a un *lodge*, mais à 6 km de la nationale et en montée. Ça ne me dit rien qui vaille et je décide de continuer.

La forêt fait place à d'immenses champs de blé et, fait étonnant, c'est tout à l'arrosage. Il y a l'air d'avoir d'immenses fermes dans le secteur. D'ailleurs, depuis mon entrée en Zambie, je vois souvent le mot *farm*. Il faut savoir que la Zambie est l'ancienne Rhodésie du Nord et le Zimbabwe, la Rhodésie du Sud. Les Blancs exploitaient

Plus loin, les oignons et les tomates remplacent les ignames.

SERENJE
> 60 km de KAPIRI
147 km

d'immenses propriétés qui ont souvent été réquisitionnées par l'État et redistribuées. J'arrive à une de ces fermes que le propriétaire a transformée en lieu d'accueil : bungalows et camping. Je suis de nouveau en pleine forêt, d'ailleurs le lieu s'appelle *Forest Inn*. Le camping est absolument magnifique, les toilettes très propres et tout en état de marche avec eau chaude. J'installe ma tente et Tornado sous une paillote. Ce sera parfait pour y passer la nuit et je serai à l'abri de l'humidité.

Une petite surprise : j'ai légèrement percé de la roue avant. Effectivement, j'ai eu toute la journée une impression bizarre d'instabilité du vélo. Je répare mais je n'ai pas trop à me plaindre car ce soir, j'annonce 16 181 km et ce n'est que ma deuxième crevaison !

| **VENDREDI 2 JUILLET** | Debout à 4 h 30, je suis sur la route à 6 h 10. Si je n'ai pas de surprise avec le relief, je pense être à Kabwe ce soir et à Lusaka, la capitale, demain. La région est un peu moins sauvage et plus habitée.

60 km de KAPIRI
> KABWE
131 km

Je vois beaucoup de gens le long de la route. Les ouvriers agricoles se rendent dans les fermes. Je retrouve les immenses propriétés de la veille. À qui appartiennent-elles ? Comment sont-elles gérées ? Je n'ai pas la réponse. Cela semble donner du travail aux gens de la région mais pour quel salaire et pour qui sont les profits ?

Au bord de la route, des sacs de manioc sont en attente. Une famille emmitouflée essaye de se réchauffer autour d'un feu de bois. Elle attend depuis combien de temps le transporteur ? Dans toute l'Afrique, des gens attendent des heures au bord de la route.

Depuis mon entrée en Zambie, je vois bien quelques *churches* indiquées mais ce qui domine, ce sont ces grands panneaux en ciment « *Kingdom Halle of Jehovah's Witnesses* ». Il semblerait que les témoins de Jéhovah sont en nombre important en Zambie.

Chaque coin a sa spécialité : maintenant, au bord de la route, les gens vendent du miel et ils sont nombreux. Pourquoi ici plutôt qu'ailleurs ? La végétation est la même.

Pour une fois, j'ai un petit coin sympa pour pique-niquer. C'est l'entrée d'une ferme aménagée avec des morceaux de bois pour y vendre je ne sais quoi. Comme il n'y a personne, je profite du lieu et je prends mon temps pour casser la croûte.

À la fin de mon repas, je suis prêt à repartir quand je vois arriver sur la route quatre cyclistes (trois garçons et une fille) à vélo avec sacoches. Ce sont quatre cyclistes polonais qui commémorent la traversée de l'Afrique par un grand voyageur polonais, avant-gardiste, Casimir Nowak. Il avait traversé l'Afrique entre 1931 et 1936. Mes quatre Polonais font la partie zambienne. L'un d'eux parle parfaitement le français et il m'est très agréable de discuter avec eux. Ils me font un petit cadeau, une carte postale de Casimir Nowak dédicacée et un protège-tête. Ce sont les premiers randonneurs que je rencontre depuis que je suis à l'est.

La suite de la journée sera très cool, une quarantaine de kilomètres très plats pour me mener à l'objectif du jour : Kabwe. J'ai quand même fait, dans des conditions assez faciles, 131 km et, à ce rythme, je serai bientôt au Cap. Mais gare ! Car l'Afrique réserve toujours des surprises !

Je croise souvent des enfants chaudement vêtus qui vont à l'école. Spontanément, ils ont peur de moi et, après un petit sourire, tout s'arrange.

| **SAMEDI 3 JUILLET** | Ce matin, je démarre à 6 h et il fait encore nuit. Il faut que je tienne compte du fait que si je vais vers le sud, j'oblique malgré tout vers l'ouest. Je ne mets pas la frontale, l'éclairage public me suffit et le jour pointe à la sortie de Kabwe.

LA ZAMBIE ET LES CHUTES VICTORIA

**KABWE
> LUSAKA
143 km**

Je suis maintenant dans la campagne brumeuse. Il fait assez froid (12°). Ce matin, je n'ai pas mis les chaussettes et j'ai les doigts de pied gelés.

La route est absolument magnifique. C'est un long ruban d'asphalte bordé de chaque côté de pistes cyclables. Par contre, depuis que j'ai repris l'autre route venant du nord, la circulation devient très dense. Elle est de plus bordée de hautes herbes. Je n'y vois rien et j'ai l'impression d'être prisonnier. Les échappatoires sont d'ailleurs assez rares. Plus loin, à coups de machette, des ouvriers coupent cette herbe au bord de la route, j'y vois un peu plus. C'est en fait une grande plaine avec très peu d'arbres, surtout beaucoup de cultures et de grandes propriétés. Les immenses champs de maïs, de blé, de coton ou de caféiers se succèdent. Nul ne peut douter que les OGM sont assez présents car, dans les champs, il y a beaucoup de pub pour les fournisseurs de graines. Autre fait caractéristique et navrant pour moi, tous ces champs sont entourés de clôtures électriques. Tout a l'air très moderne avec des arroseurs comme on en voit en France. Depuis mon départ, hormis le Maroc, c'est la première fois que je vois une culture aussi intensive. Je passe devant un immense village de cases classiques, comme j'en ai rarement vu en Afrique. Que fait ce village au milieu de cette modernité ? Ce sont certainement les habitations des ouvriers agricoles payés au lance-pierres. À ce propos, les lance-pierres ont refait leur apparition dans les mains des gens. Je n'en avais plus vus depuis l'ouest.

Ces exploitations me rappellent un article que j'avais lu dans je ne sais quel magazine. Certains pays, entre autres, la Chine, la Corée du Sud et la Russie, ont acheté des milliers d'hectares de terre dans certains pays d'Afrique (Tanzanie, Madagascar) pour des cultures vivrières destinées à leurs populations locales ! Est-ce le cas en Zambie ? C'est en tout cas à méditer !

Jusqu'à présent le vent m'avait laissé tranquille. Ce que je redoutais arrive, il commence à souffler très fort. Comme j'ai pris une orientation plein sud, je l'ai maintenant de face. Je suis obligé de forcer malgré la platitude de la route.

Des sacs de manioc sont en attente d'un transporteur. Mais quand passera-t-il ?

Midi approche, je commence à fatiguer. Je décide de pique-niquer pour me reposer un bon moment. Il me faudra presqu'une heure pour trouver un coin, d'autant que le bord de la route n'est maintenant que brûlis. Le temps est assez couvert, quelques rares rayons de soleil me réchauffent. Le froid va m'obliger à écourter mon repos. Il me reste encore une cinquantaine de kilomètres que je prévois très pénibles. Le relief commençant à s'accentuer et le vent continuant, j'ai vraiment une fin d'étape galère. J'arrive enfin à Lusaka, une immense métropole. Je cherche un hôtel au centre-ville mais la ville est très longue. Enfin, j'entre dans le premier hôtel que je trouve car j'en ai vraiment marre. C'est un hôtel un peu luxueux mais tant pis, je voulais rester trois nuits, je n'y resterai que deux, le temps de mettre mon site à jour.

| **DIMANCHE 4 JUILLET** | Comme d'habitude pour ma journée de repos, je ne fais pas grand-chose. Lusaka est une ville moderne et je suis dans un quartier où il n'y a que des buildings, dans tous les sens. J'ai traversé les quartiers pauvres hier à vélo et je peux vous dire qu'il y a un écart énorme entre les gens qui vivent dans ces différents quartiers. C'est valable pour toutes les capitales africaines.

Repos

En réparant la chambre à air que j'ai changée il y a quelques jours, je me suis aperçu qu'il y avait un tout petit trou mais à un endroit d'usure dû au pneu abîmé à l'intérieur. Je m'en étais bien rendu compte mais je ne pensais pas à des conséquences aussi importantes. Du coup, j'ai remis le pneu arrière que j'avais changé à Diamou au Mali, voilà une bonne chose de faite.

| **LUNDI 5 JUILLET** | À 6 h, petit déjeuner exceptionnel à l'hôtel. Je démarre le ventre plein, je suis paré pour la matinée. Je sors rapidement de Lusaka. Je suis, pendant quelques kilomètres, dans une zone industrielle puis très vite à la campagne. Au premier village, je découvre une usine de ciment *Lafarge*, ainsi les Français sont aussi présents en Zambie.

LUSAKA
> MAZABUKA
130 km

Ici, on ne vend que du miel. Comme dans toute l'Afrique, les gens attendent des heures, au bord de la route, l'hypothétique client.

LA ZAMBIE ET LES CHUTES VICTORIA

Je retrouve les grandes exploitations agricoles que j'avais laissées de l'autre côté de la ville. Je quitte enfin cette plaine et arrive dans des collines. Il est peut-être difficile de pédaler au milieu de ces collines mais je m'y sens mieux et le paysage est plus varié. La région est assez peuplée et aussi plus animée. Je retrouve avec plaisir les petits stands au bord de la route : ils avaient disparu avec les grandes fermes. D'habitude, j'avais droit à la monoculture : le manioc, les tomates ou les oranges. Ici, les stands proposent du manioc, bien sûr, des pommes de terre, du choux, des courges, des oignons, des pastèques et des bananes. Je roule maintenant autour de 1100 m, et c'en est peut-

Je passe devant un immense village de cases. Très étonnant dans cette région à l'agriculture intensive.

être la raison. Je retrouve aussi mon copain le baobab. Les manguiers sont en bourgeons, encore un peu plus au sud et je vais peut-être remanger des mangues.

Ce matin, je suis parti sans vent mais, à partir de 9 h, il se remet à souffler et je le prends en pleine face. J'ai peur que ce soit mon sort jusqu'au Cap. Aujourd'hui, je ne le subis pas trop longtemps, peut-être 10 km, car peu après Kafu, je change de direction, je bifurque vers l'ouest et je prends le vent de travers aux trois-quarts arrière, ce qui est plus agréable. En face, une série de collines me barre la route et je grimpe une grosse montée. J'arrive à 1300 m sur un immense plateau avec d'importantes exploitations agricoles.

Je trouve un endroit parfait pour pique-niquer. Au menu, j'ai trouvé hier des filets de hareng – cela me change des sardines habituelles. Par contre, je suis à l'ombre et en plein vent. C'est encore le froid qui écourtera mon repas.

La suite sera relativement facile sur une route légèrement vallonée. À 15 h 30, je suis à Mazabuka après 130 km : une bonne journée !

Fait particulier à la Zambie, je remarque régulièrement les taxis-brousse, fourgons ou 4x4 avec une remorque pour les bagages qui, du coup, ne sont pas entassés sur le toit. J'ai d'ailleurs même vu une remorque transformée en corbillard tirée par un 4x4. C'est le premier pays où je vois ça. Peu de bus mais beaucoup de camions bondés de passagers.

J'arrive à Mazabuka et trouve le *Muko Lodge*, tout ce qu'il y a de plus sympathique. Pas de salle de restaurant, le repas est servi dans la chambre. Je mange le meilleur *nshima* (farine de maïs) de Zambie.

Plus je m'approche de Livingstone et plus les stands d'artisanat fleurissent au bord de la route : j'entre dans une zone touristique importante de la Zambie.

| **MARDI 6 JUILLET** | Rebelote ce matin, le petit déjeuner est servi dans la chambre. Et quel petit déjeuner ! Deux œufs sur le plat, une grosse saucisse de Strasbourg, deux toasts, des corn-flakes, du lait et du café. Ainsi j'en aurai pour la matinée.

Matinée qui va d'ailleurs se passer en compagnie de cyclistes. Chaque fois qu'ils ont l'occasion de me rattraper, ils ne se gênent pas et prennent ma roue pendant des kilomètres. Parfois, je ne m'en aperçois pas tout de suite. Entendant du bruit, je me retourne croyant que Tornado a un problème. Non, c'est un cycliste zambien !

Je vois enfin des champs de canne à sucre. Depuis quelques jours, de nombreuses personnes en mâchouillent. Il s'en vend au bord de la route. En passant devant les écoles, à la récréation, tout le monde mâche son bâton de canne à sucre.

Dans la campagne, il y a surtout des champs de maïs. C'est ce qui sert à faire de la farine et le plat national zambien, le *nshima*. Sur le bord de la route : beaucoup de stands de courge. Par contre, en dehors des cultures, c'est toujours le même paysage : herbes hautes et arbres épars.

MAZABUKA
> CHOMA
164 km

LA ZAMBIE ET LES CHUTES VICTORIA

Un cycliste avec des containers jaunes me double. Je le rattrape et, après l'avoir pris en photo en roulant, j'essaye de discuter avec lui. Il livre les containers à un village voisin. Son job, c'est faire des livraisons avec son vélo. Celui-ci est tout neuf et il en est très fier. C'est pour lui une petite fortune.

En Zambie, j'ai l'impression que posséder son vélo est très important. Cela permet de faire pas mal de transports : bois, charbon de bois, farine de maïs, eau et, ainsi, de gagner sa vie.

J'arrive à Monze (65 km), je vois une indication Pemba : 65 km. C'est impeccable, je m'arrêterai à Pemba. Ce sera une bonne journée.

Pique-nique écourté par le froid, le ciel étant tout couvert. Il devrait me rester une quarantaine de kilomètres pour finir. Au bout de 10 km, je demande en doublant un cycliste si c'est encore loin Pemba. Il me répond : « *Three.* » Il avait raison, j'arrive au bout de trois kilomètres. De toute manière, il n'y a rien et je décide de rouler encore une vingtaine de kilomètres et, à la prochaine *guest house*, je m'arrête. C'est ainsi qu'à 17 h 15, au bout de 164 km, je me pointe à Choma.

Le premier hôtel est le bon, très sympa et pas trop cher. Il est à deux pas d'un supermarché *Spar,* ce qui me surprend : c'est la première enseigne de marque européenne que je vois à l'est. Heureusement, il est encore ouvert car, pour demain, je n'ai plus grand-chose et il vaut mieux être prévoyant.

Je vais au restaurant contigu de l'hôtel pour y souper et je commande saucisse et frites. Je consomme deux bières. Au bout d'une heure et demie, je perds patience, je paye mes deux bières et retourne à l'hôtel. En Afrique, je suis habitué à la lenteur du service dans les restaurants mais, là, c'est le comble ! La serveuse vient me relancer dans ma chambre pour le repas, mais je reste sur ma position. Le breakfast est compris dans le prix de la chambre : à l'hôtel, on m'indique 7 h 10 et au restaurant 6 h. On verra bien demain.

Un cycliste avec des containers jaunes me double. Son job : faire des livraisons avec son vélo.

| **MERCREDI 7 JUILLET** | Bien sûr à 6 h, le resto est fermé et le gardien me confirme que le breakfast est à 7h10. Tant pis pour moi, je démarre sans déjeuner, ce ne sera pas la première fois. Au bout d'une demi-heure, je suis bien dans une zone touristique, une espèce de restauroute, un fast-food au bord de la route, je peux ainsi déjeuner à ma guise.

J'évolue toujours dans le même paysage : de l'herbe sèche, une route légèrement vallonnée et en excellent état. Je me fais doubler par un petit camion-citerne, c'est assez banal. Cela fait plusieurs fois que j'en aperçois. En fait, ils livrent de l'eau à la population. Les gens attendent au bord de la route avec cinq ou six jerricans qu'ils font remplir puis rentrent chez eux à pied ou à vélo. Je suis sur un haut plateau et il ne doit pas y avoir de l'eau partout, j'imagine.

CHOMA
> MAKOLI
138 km

Au bord de la route, et cela fait plusieurs fois que j'en vois, une vingtaine de personnes coupent l'herbe à grands coups de machette dans un geste assez particulier. Croyez-moi, ils mettent du cœur à l'ouvrage. Les responsables des routes doivent payer une communauté par secteur pour débroussailler.

Hier, j'ai roulé sur un serpent, genre grosse vipère d'un bon mètre de long. Ce matin, je réitère et, dans mon rétroviseur, je la vois se redresser. Sur la route, j'ai vu beaucoup de serpents écrasés mais de plus gros. C'est un petit clin d'œil à mon amie Danielle Bourcelot, correspondante de *Haute Provence info,* qui m'avait interviewé avant mon départ et m'avait demandé si j'avais peur des serpents…

Ainsi, tranquillement, j'arrive à Zimba où j'avais prévu de m'arrêter. Il est tôt, je suis en forme, aussi je décide de continuer jusqu'à Makoli. On me signale le village à 20 km (je suis en Afrique) et avec *guest house* ! Qu'importe, je continue et on verra bien. De toute manière, j'ai de quoi bivouaquer, je ne risque donc rien.

La route est maintenant toute neuve avec des bornes tous les kilomètres, je ne l'avais encore jamais vu. Un peu avant Makoli, des statues d'animaux au bord de la route attirent mon attention. C'est en fait l'entrée d'un *lodge* mais qui n'est indiqué nulle

Un camion-citerne livre de l'eau à la population.

LA ZAMBIE ET LES CHUTES VICTORIA

En approchant de Livingstone, des éléphants au bord de la route. Pas étonnant car, plus loin, je vois des panneaux publicitaires : promenades à dos d'éléphant.

part. Je pénètre dans l'enceinte et la personne qui me reçoit me confirme qu'il y a bien un camping. On a dû mal se comprendre car il m'ouvre de suite un bungalow qui me paraît très mignon. Tant pis, je me laisse faire et, pour un prix relativement élevé, j'y passe la nuit. Le seul problème, c'est que dans ce bungalow, il y a tout pour que ce soit magnifique, mais rien ne fonctionne : une télé impossible à brancher, une bouilloire électrique en panne, idem pour l'eau chaude et je ne parle pas de la chasse d'eau. C'est l'Afrique, me direz-vous, mais un endroit dans un état pareil, je n'en ai encore jamais vu et c'est bien dommage.

Il n'y a pas de restaurant, je me fais chauffer sur mon réchaud à essence une boîte de haricots-sauce tomate que je trimballe depuis Mpika. Demain, ce sera du poids en moins. Finalement, je me fais changer la bouilloire en râlant un peu et j'aurai ainsi facilement de l'eau chaude pour mon petit déjeuner demain matin.

MAKOLI
> LIVINGSTONE
57 km

| **JEUDI 8 JUILLET** | L'étape d'aujourd'hui sera très courte et je décide de me réveiller naturellement. À 5 h, j'ai les yeux grands ouverts. Je regarde le thermomètre, il indique 14°. Je reste un peu dans mon lit tout chaud. Grâce à ma bouilloire, je me fais mon petit déjeuner comme un grand et je charge ma remorque.

En fermant la porte de mon bungalow, je suis interpellé par un Zambien qui a quelques notions de français. Il me dit être professeur de musique et veut me montrer son vélo : un engin étrange, une base de VTT avec fourche à suspension et moteur monocylindre. Je démarre tout content et très ému à la fois sur cette magnifique route en direction de Livingstone et des chutes Victoria. Je commence à déchanter car un panneau

«Attention travaux» m'interpelle et je finirai sur une route en chantier. Heureusement pour moi, je ne prendrai pas les déviations (des pistes). J'aurai droit à un long ruban de bitume pour moi tout seul et, à vélo, on me laisse passer et ce jusqu'au bout. J'ai d'ailleurs été médisant car, vu l'état magnifique de cette route, je m'étais dit que ce n'étaient pas les Chinois. Et bien non, erreur, c'est encore eux !
Je ne croise aucun cycliste zambien car ils sont très respectueux des déviations. Au loin, je vois un cycliste arriver. Ce n'est pas un Zambien, c'est Zoran, un serbe de Novi Sad. Il arrive du Cap et se rend à Nairobi. Il parle trois mots de français. Nous sommes

Il y a beaucoup de babouins, certainement attirés par les touristes qui doivent leur donner à manger.

très contents de nous rencontrer. Nous prenons quelques photos, échangeons nos cartes de visite et nous nous séparons.
Par une longue descente, je traverse Livingstone et cherche un hébergement. Je m'arrête pour consulter mon guide et, à droite, je vois le nom de *Zigzag*. Tiens, très drôle : on me donne souvent ce surnom, aussi je vais voir ce que ça donne. L'hôtel est dans un cadre très agréable. À propos de surnom, j'ai droit depuis plusieurs jours et régulièrement à celui de *Bigman*. C'est flatteur, n'est-ce pas ?
Je suis installé confortablement dans mon hôtel *Zigzag*, avec la douche la meilleure que j'aie trouvée en Afrique car, parfois, je ne vous dis pas… À midi, je mange du crocodile pour la première fois. Demain, je prendrai le taxi pour Victoria Falls.

| **VENDREDI 9 JUILLET** | Enfin le grand moment tant attendu arrive : direction les chutes à 10 km. Au fond, un immense nuage, ce sont les embruns provoqués par les chutes. La puissance de ces chutes est absolument hallucinante !

Tourisme

LA ZAMBIE ET LES CHUTES VICTORIA

Le Zambèze avant sa culbute semble un fleuve ordinaire. Seul un vacarme assourdissant se fait entendre des kilomètres à la ronde. Un gros nuage pointe dans un ciel tout bleu, ce sont les embruns des chutes.

J'entre dans le parc pour 20 $. De suite, c'est le choc, une première cataracte comme je n'en ai jamais vu. Après, cela va s'enchaîner sans arrêt. Je ne vous dis pas l'émotion qui me gagne et je dois vous avouer que j'y suis allé de ma larme. C'est tout de même un événement dont je rêve depuis des années. Je n'avais qu'une seule crainte, c'est d'être déçu. C'est souvent le cas quand on attend beaucoup d'un lieu après avoir vu des films et des photos. Mais ici, c'est loin d'être le cas. La réalité dépasse tout ce que je pouvais imaginer, c'est absolument grandiose. Le seul petit problème, si c'en est un, il y a beaucoup d'eau pour la saison, les chutes sont impressionnantes et les

embruns aussi. Parfois, un énorme nuage pointe devant les yeux. D'ailleurs, il paraît que, pendant la saison des pluies, on ne voit rien du tout, on profite juste du vacarme assourdissant. Heureusement, j'ai loué un poncho et bien m'en a pris, car parfois c'est véritablement de la pluie. Il y a un pont à traverser, on le dit le plus impressionnant du monde : je le crois. Il traverse une partie du Zambèze. Il a été construit par Cecil Rhodes (d'où le nom de Rhodésie) pour y faire passer une ligne de chemin de fer. Je le traverse carrément sous les trombes d'eau. Je reviens à mon point de départ. Je rends mon poncho, enfile mon goretex et je repars pour un autre tour. J'ai beaucoup de mal à quitter ces chutes. La partie visible depuis la Zambie ne représente qu'un tiers des chutes, l'autre partie je la verrai au Zimbabwe.
Je dois dire que j'ai eu deux grosses émotions dans ma vie de voyageur. La première, c'est le Machu Pichu au Pérou et la deuxième, c'est aujourd'hui à la vue de ces chutes. Je me force tout de même à quitter les chutes mais, avant de sortir, je vais voir le Zambèze en amont des chutes. C'est un grand fleuve relativement tranquille, un peu

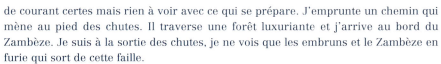

de courant certes mais rien à voir avec ce qui se prépare. J'emprunte un chemin qui mène au pied des chutes. Il traverse une forêt luxuriante et j'arrive au bord du Zambèze. Je suis à la sortie des chutes, je ne vois que les embruns et le Zambèze en furie qui sort de cette faille.

Je me décide enfin à quitter le site en me demandant si je n'y retournerais pas demain, tellement je suis impressionné. À la sortie, il y a beaucoup de monde et tout un business. Il y a aussi beaucoup de babouins, certainement attirés par le monde. Je suis encore tout mouillé et je pose mes affaires par terre à sécher en attendant mon taxi. Ne voilà-t-il pas qu'un babouin se cavale avec mon sac à dos. Heureusement, je m'en aperçois de suite et j'ai juste le temps de le rattraper sous les rires des badauds.

Je rentre à l'hôtel et je décide de partir pour Victoria Falls demain matin. Pourtant, je suis très bien dans cet hôtel. Il y règne une espèce de calme et de tranquillité qui donnent envie d'y rester plusieurs jours. Le personnel est très attentionné et la cuisine excellente. La patronne est une Écossaise qui réside en Zambie depuis peu et parle quelques mots de français, ce qui ne gâche rien. Elle a même la gentillesse de me faire un petit cadeau. Sachant que l'on m'appelle parfois *Zigzag*, elle m'offre un tee-shirt de son établissement. J'avais laissé pas mal de linge sale à la réception et, quand je veux la payer, elle m'en fait cadeau, me disant que c'est sa participation à mon voyage.

| **SAMEDI 10 JUILLET** | Après un bon petit déjeuner et la photo avec le personnel de l'hôtel, je démarre tranquillement pour une petite journée de vélo qui doit me mener aux chutes côté Zimbabwe. Le soleil est toujours de la partie mais il fait toujours aussi froid.

Je vois un panneau « Élevage de crocodiles ». Je vais voir, pensant visiter un élevage de crocodiles destinés à la consommation. C'est en fait un zoo destiné aux touristes. Ce n'est pas encore ouvert et je préfère repartir car je ne suis pas venu en Afrique pour visiter les zoos.

Comme la veille, le ciel est parfaitement bleu, hormis le nuage au fond, formé par les embruns des chutes. Je longe le Zambèze avant sa culbute. Je passe l'entrée des chutes côté zambien et c'est de suite l'Immigration pour les formalités de sortie du territoire. Tout se passe parfaitement. Mais attention, il y a encore beaucoup de babouins juchés sur les toits ou sur les camions, je ne dois rien laisser traîner sur Tornado…

LIVINGSTONE
> VICTORIA FALLS
13 km

Le Zimbabwe, en plein marasme économique
du 10 au 16 juillet 2010 : 468 km

| **SAMEDI 10 JUILLET (suite)** | Ça y est, la Zambie, c'est fini. J'entre maintenant au Zimbabwe. Je traverse le Zambèze sur un pont spectaculaire d'où les gens sautent à l'élastique. Dessous le Zambèze tumultueux s'engage dans de magnifiques gorges qui n'ont rien à envier à celles du Verdon.

Comme depuis mon arrivée à l'est, les formalités de visa – moyennant 30 $ – se passent rapidement. C'est mon dix-huitième pays et certainement mon dernier visa. Ce pays est en plein marasme économique avec une inflation atteignant les 1 000 %. Il vient à peine de sortir d'une épidémie de choléra. La monnaie locale n'a plus cours. C'est le dollar américain qui sert de monnaie et si on doit vous rendre des pièces, on vous rend des *rands* sud-africains. Il y a bien des changeurs de monnaie à la frontière mais, vu l'inflation galopante, il vaut mieux éviter d'acquérir la monnaie du pays.

J'arrive à Victoria Falls qui, contrairement à Livingstone, se situe à l'entrée des chutes. Je cherche un hôtel et une fois sorti de la ville sans m'en rendre compte, je fais demi-tour. Je trouve un *backpaker* du nom de *Shoestring*. C'est spécifique à l'Afrique de l'Est. Ce sont des établissements bon marché où l'on peut camper, dormir en dortoir

Les magnifiques chutes Victoria découvertes par le docteur Livingstone, appelées par les populations locales : « Mosi-Oa-Tunya », la fumée qui gronde.

LE ZIMBABWE, EN PLEIN MARASME ÉCONOMIQUE

ou en chambre individuelle. Il n'y a pas de chambre individuelle de libre et, vu mon barda, je ne tiens pas trop au dortoir collectif. Pour 5 $, je choisis la formule camping, ce sera parfait. Je monte ma tente, laisse Tornado et vais de suite aux chutes à pied.

Là, un spectacle encore plus époustouflant que la veille m'attend. Dire que j'ai failli zapper les chutes côté Zimbabwe, quel tort j'aurais eu ! C'est comme la veille en beaucoup plus grandiose et avec plus d'embruns et de pluie. Je sortirai trempé comme une soupe. Vous les décrire est trop compliqué.

À un belvédère, j'entends parler français et ça me fait un bien énorme. Ce sont deux couples de Français vivant à Maputo au Mozambique qui sont en vacances. Morgan et Grégory ont choisi d'enseigner à l'étranger par goût du voyage. Je les retrouverai au *backpaker* et passerai une belle soirée à parler avec eux.

VICTORIA FALLS
> HWANGE
115 km

| **DIMANCHE 11 JUILLET** | Je déjeune au resto, ce qui me permet de retrouver Grégory et Morgan que j'invite en France quand ils y seront en vacances, car j'ai envie de les revoir. Je fais également connaissance d'un Allemand qui traverse l'Afrique avec une vieille moto de type *India*. Je pense qu'il faut le faire aussi, traverser l'Afrique avec un engin de cet âge ! D'ailleurs, il me fait comprendre que sa caisse à outils est conséquente.

Je pars de Victoria Falls et j'entre dans une forêt que je ne quitterai pratiquement plus pendant trois jours. Je longe le parc national de Victoria Falls et je vois régulièrement des panneaux « Attention ! Passages d'éléphants ou d'antilopes ». La proximité du parc doit faire que la forêt est mieux gérée qu'ailleurs. Elle est constituée de grands arbres et me cache tout le paysage, c'est assez particulier.

Pour la première fois en Afrique, je trouve des aires de pique-nique aménagées avec table, bancs et poubelle – souvent détruits, mais les coins sont relativement propres. Il doit y avoir des villages dans la campagne mais, au bord de la route, je ne verrai rien jusqu'à Hwange, qui d'ailleurs n'est pas au bord de la nationale. La seule trace de vie

Pour la première fois en Afrique, je trouve des aires de pique-nique aménagées avec table, bancs et poubelle. Un luxe pour moi.

que je vois, ce sont des colonies de singes qui traversent de temps en temps. J'en ai même vu une d'au moins une quarantaine d'individus.

En approchant de Hwange, je vois de hautes cheminées dégageant une fumée très noire. Ce sont des centrales thermiques alimentées par le charbon des mines de la région. À l'embranchement de Hwange, *Baobab Hotel* est indiqué un kilomètre plus loin. Chic ! Je m'y rends. C'est à 3 km d'une grosse montée. Je renonce et je reviens sur Hwange. Une ville étrange, toute fleurie, avec un habitat me faisant penser à une cité ouvrière. C'est dimanche, tout est fermé et je ne trouve pas d'hébergement.

Je retourne donc à mon hôtel et, après une horrible montée, désagréable en fin de journée, je découvre un hôtel tout ce qu'il y a de luxueux. Je demande le prix : 80 $, c'est trop pour moi. Je décide de bivouaquer. Je redescends et je continue ma route.

Je traverse une zone industrielle un peu bizarre pour la région. Un resto au bord de la route, j'essaye de négocier l'autorisation de monter la tente. Refusée. C'est un peu l'accueil, à quelques exceptions près, que j'aurai au Zimbabwe. Au resto, tout comme à l'hôtel, ils préfèrent perdre un client plutôt que de faire un geste.

Je traverse la voie ferrée et, me croyant en pleine campagne, je monte la tente un peu à l'écart de la route derrière des buissons. C'est une petite erreur : pendant que je mange, des gens passent mais après un bonjour discret, ils ne s'attardent pas.

Le repas sera excellent : soupe de pâtes chinoises et haricots blancs à la tomate directement chauffés dans la boîte sur mon réchaud car je n'ai pas de quoi faire la vaisselle et l'eau m'est trop précieuse. Quand je bivouaque ainsi, il me faut prévoir l'eau du repas du soir, du petit déjeuner et de la journée du lendemain.

À 18 h, la nuit tombe ; à 18 h 30, je me couche sous la tente. Des gens passent encore près de la tente pendant au moins deux heures. Je ne sais pas ce qu'ils doivent penser de cette vision étrange à leurs yeux : ma tente, Tornado et sa remorque.

Nuit encore parfaite, juste un peu réveillé par le froid qui m'oblige à bien fermer mon

Les centrales thermiques, alimentées par le charbon local, montrent que le Zimbabwe a été un des pays les plus prospères d'Afrique.

LE ZIMBABWE, EN PLEIN MARASME ÉCONOMIQUE

**HWANGE
> GWAI RIVER
91 km**

duvet. Sous la tente, il fait 12° et dehors 6°. C'est tout de même bizarre, ce froid. Nous sommes bien en hiver mais je ne suis qu'à 700 m d'altitude sous 18° de latitude. Le pire n'est certainement pas encore arrivé car Morgan et Grégory m'ont bien signalé que j'allais avoir froid en Afrique du Sud.

| **LUNDI 12 JUILLET** | Je démarre habillé au maximum et je fais bien. Je n'ai pas froid, hormis aux mains et aux pieds que je ne peux pas trop protéger. Heureusement le soleil apparaît au-dessus des arbres. Ce matin, je ne me dévêtirai qu'à 11 h.

De temps à autre, quelques cases, mais toujours protégées par une clôture. Je suis au bord d'un parc national et les animaux doivent circuler la nuit...

De la route, toujours excellente, il n'y a pas grand-chose à dire. De la forêt, toujours de la forêt, avec parfois des clairières me faisant penser qu'un village est à proximité mais je ne le verrai jamais. Dès que la forêt disparaît un peu, je retrouve avec plaisir mon baobab. Des singes traversent la route et, de temps en temps, je vois des gens aux arrêts de bus.

J'aperçois une école et quelques habitations. Sur la route, des gamins sortent de partout et vont à l'école. Dès que je m'arrête, ils se mettent souvent à courir pour m'éviter : ils ont peur. Je suis dans une région très sauvage et ils n'ont certainement pas l'habitude des touristes, surtout sur ce drôle d'engin. Parfois un sourire suffit pour les amadouer et ils me répondent par un sourire et un signe de la main.

Ce coin est assez bizarre. Je vois très peu de monde, pas de village. La région que je crois déserte est certainement assez peuplée car régulièrement, au bord de la route, ce qu'ils appellent des *Crafts Centers* (centres artisanaux) me prouvent le contraire. Cet artisanat consiste souvent en des statuettes en bois, hommes ou animaux.

À part ça, il n'y a pas grand-chose à vendre au bord de la route : du bois et du pain de singe, le fruit du baobab.
Après ce désert vert, j'arrive enfin à Gwai River. Je pensais y trouver un hébergement mais, non, il n'y en a pas, une fois de plus.
Je n'ai pas de téléphone depuis Victoria Falls et Laurence doit commencer à s'inquiéter. *Orange* a dû choisir le plus mauvais opérateur du Zimbabwe car rien ne passe et mon téléphone satellitaire est en panne. J'essaye bien d'acheter une carte téléphonique mais il n'y en a pas non plus. Je fais ouvrir la poste, le receveur me vend une carte

Les gamins vont à l'école et semblent avoir peur de moi. Après un sourire, ils sont rassurés.

mais pas de connexion, je la lui rends aussitôt. Heureusement, quelqu'un me prête son portable pour pouvoir rassurer Laurence. Je lui donne 10 $, c'est peut-être beaucoup mais je suis trop content du service qu'il me rend. Je vais faire trois courses pour le bivouac de ce soir. Mais il n'y a pas d'eau minérale. Le gars du téléphone m'amène chez lui et me fournit l'eau dont j'ai besoin pour ce soir et demain. Ouf !
Je fais peut-être 5 km et je m'installe en retrait de la route. Je suis au bord d'un chemin à semi-goudronné par deux bandes de roulement, certainement faites en même temps que la nationale, pour permettre aux autochtones de circuler à vélo. Malheureusement, ce n'est pas entretenu : l'herbe et les petits arbustes prennent la place. Mais je ne suis pas mal ici, c'est plat et à l'abri des regards.
Malgré tout, je suis surpris par cinq bûcherons, la hache sur l'épaule, qui rentrent de leur journée de travail à GwaiI River. Ils me saluent et sont tout étonnés que je campe ici, en pleine forêt. Ils me le déconseillent fortement car il y a des lions qui rôdent la nuit. Tiens, je n'avais pas pensé à ceux-là.

C'est vrai que, depuis ce matin, je longe un grand parc national et les animaux sauvages doivent traîner dans le secteur. D'ailleurs, je remarque que le bord de la route est balisé par des fils de fer barbelés complètement rouillés et, chaque fois que je vois un ensemble de cases, il est clôturé.

Je pense que le lion doit être ici l'équivalent du loup autrefois chez nous. La peur du lion est toujours présente. Les bûcherons ont peut-être raison mais je n'ai pas le choix. Remballer ma tente et rouler de nuit ? De toute manière, ils n'ont pas réussi à me faire peur. Je prends juste les précautions d'usage, aucune nourriture dans la tente, tout dans la remorque. Je passerai une excellente nuit, sans aucun bruit, pas de rugissement, pas même un cri d'oiseau.

| **MARDI 13 JUILLET** | Comme tous les matins, je prends la température – pas la mienne car tout va bien ! Sous la tente, il fait 8° et dehors 0°. Je me remets en route avec le froid. Une route excellente, vallonnée et toujours la forêt.

GWAI RIVER
> 10 km après
KENMAUR
118 km

Ça commence quand même à être languissant. Aujourd'hui, je n'ai pas grand-chose à raconter de ma journée. Heureusement, j'ai mon walkman, je passe ainsi des heures en compagnie de Brassens et Brel.

Dans ce paysage monotone, j'arrive à Lupane. Évidemment, ce village n'est pas au bord de la route, il me faut encore faire quatre ou cinq kilomètres de grimpette. En arrivant dans ce village, comme à Gwai River, je vois toute la désolation du Zimbabwe. Les gars dans la rue sont complètement désœuvrés, le chômage bat son plein.

Les *shops* sont fermés, certainement pour cause de faillite et d'inflation. Quelques magasins d'alimentation très peu approvisionnés subsistent, il faut bien manger.

Je crois lire beaucoup de tristesse dans le regard des gens et pas trop de sourires. Moi, le Blanc, je suis certainement envié de vivre dans l'abondance. Je ne généralise pas, car j'ai droit à quelques sourires et des regards d'admiration.

Impossible de dormir ici, il n'y a pas d'hôtel. Je fais mes courses dans un libre-service et la marchande me fournit de l'eau de chez elle car il n'y a toujours pas d'eau minérale. Bien entendu, impossible d'acheter une puce pour mon téléphone, ça n'existe pas ici. J'emprunte une fois de plus le portable d'un habitant pour rassurer Laurence et lui dire qu'elle n'aura plus de nouvelles jusqu'à jeudi.

Je redescends à la nationale pour chercher un coin bivouac. Je n'ai fait que 75 km mais je suis assez fatigué par le relief et le vent, peut-être aussi la lassitude. Je passe le petit village de Kenmaur où, bien évidemment, il n'y a rien et je me mets en tête de faire encore une dizaine de kilomètres. De temps à autre, je vois une piste menant à un *lodge* pour safari, mais c'est à chaque fois une dizaine de kilomètres de mauvaise piste et je n'en ai pas envie. À droite, une piste sablonneuse, je l'emprunte sur une centaine de mètres et trouve un endroit parfait en pleine forêt. J'installe mon bivouac et, une fois de plus, je vais passer une excellente nuit. Le vent s'est mis à souffler, les arbres à craquer. Si un arbre tombait sur la tente, pensé-je d'un coup ? Mais je me rendors aussitôt.

Au bord de la route,
on vend du bois et du pain
de singe, le fruit du baobab.

| **MERCREDI 14 JUILLET** | C'est le 14 juillet, je ne reste pas dans mon duvet douillet. J'ai encore du cœur à l'ouvrage. Je dois faire ces 130 km qui me séparent de Bulawayo. À ce

LE ZIMBABWE, EN PLEIN MARASME ÉCONOMIQUE

10 km après
KENMAUR
> BULAWAYO
131 km

jour, j'ai vendu pour l'association *Launatho* 17 367 km et je me suis engagé à les faire. D'un coup, je réalise que, dans 86 km, j'y serai. Et si je prenais ensuite un taxi-brousse pour Le Cap ? J'aurais tenu mes engagements...

Tiens, bizarre, je suis plus haut qu'hier et il fait moins froid : 15° sous la tente et 8° dehors. Qu'importe, je m'habille comme hier, je n'aurai pas trop chaud.

Journée habituelle. Comme depuis plusieurs jours, j'avance, un point, c'est tout. Cela va faire presque 500 km que je suis dans le même paysage, entouré de forêt. Après les hauts plateaux zambiens, cela me change de la magnifique Tanzanie et ses paysages

L'animal de trait le plus courant au Zimbabwe : le donkey *(âne).*

variés. De plus, sur cette route, il n'y a pratiquement pas de circulation. Vallons et forêts, c'est tout le charme de cette partie du Zimbabwe.

J'approche de Bulawayo avec une impression bizarre : j'ai le sentiment qu'il y a de moins en moins de monde sur la route. Aussi, je me renseigne plusieurs fois pour savoir si je suis bien dans la bonne direction. Bulawayo est surprenante : de grandes artères rectilignes et perpendiculaires, un peu comme certaines villes américaines, comme si cette ville avait été plantée là d'une façon artificielle.

Je trouve facilement un hôtel assez sympa, confortable et pas trop cher pour une fois. Par contre, le resto contigu, c'est la catastrophe. Après trois jours de bivouac, je pensais me rattraper, c'est raté ! En revanche, pas de douche mais une baignoire avec de l'eau chaude ! Ce bain sera le bienvenu car cela fait quand même quatre jours que je ne me suis pas lavé.

Demain, je reste à Bulawayo pour faire quelques courses et peut-être mettre à jour le site Internet, si je trouve des connexions.

Repos

BULAWAYO
> RAMOKGWEBANA
125 km

| JEUDI 15 JUILLET | J'ai hâte de quitter ce pays où je ne sens aucune joie de vivre et où les gens ne sont pas trop sympas. Si j'ai le malheur de demander un renseignement dans la rue, la réponse est souvent « Dollars ? ». Les gens, je ne les blâme pas car ce pays est dans une situation catastrophique et j'ignore comment il va pouvoir s'en sortir. Depuis mon départ, c'est peut-être la première fois que j'ai une impression aussi désagréable d'un pays. La Gabon m'avait un peu déçu mais pas à ce point. Je répète que je ne suis pas objectif quand je parle d'un pays, ce sont les sentiments que je ressens, tels que je les vis avec Tornado.

| VENDREDI 16 JUILLET | Grâce à une bouilloire électrique, je peux déjeuner dans ma chambre, c'est vraiment très pratique. Je suis un peu trop matinal car Tornado et sa remorque sont prêts à partir et il fait encore nuit.

Je suis vite en dehors de la ville, dans la campagne, pardon, dans le bush. C'est l'éternel va-et-vient des gens qui vont travailler, qui à pied, qui à vélo et qui en taxi-brousse. Pour moi, c'est toujours impressionnant, on m'adresse beaucoup de *Morning!* J'ai également droit au *How are you?* La campagne diffère un peu, je suis dans une zone de pâturages, ça sent déjà le Botswana. Les chemins sont fermés par des barrières et les champs souvent clôturés.

Je ne sais si aujourd'hui, je me sens une âme de poète ou si la luminosité est particulière ce matin mais je trouve la nature absolument magnifique. La végétation a des couleurs d'automne. Ce qu'il y a en plus ce matin, c'est l'apparition de cactus géants dont certains sont en train de fleurir.

Je prends les dernières photos du Zimbabwe que je quitte sans regret. Je suis certainement passé à côté, mais la barrière de la langue doit y être pour quelque chose. J'aurais aimé discuter avec les gens sur la situation de leur pays. J'ai bien essayé à l'hôtel mais le réceptionniste avait l'air de dire que tout allait bien. Bien sûr, peut-être en ville et pour ceux qui ont du boulot.

Botswana, le pays le plus riche d'Afrique
du 17 au 23 juillet 2010 : 713 km

| **VENDREDI 16 JUILLET (suite)** | **La frontière du Botswana est en vue. Je vais passer mon avant-dernier pays, le dix-neuvième, et j'en ai fini avec les visas. Les formalités seront identiques à toutes celles des pays à l'est, sauf que je n'ai pas de visa à payer.**

Pour cette frontière, il me faut passer à vélo dans un bac rempli de désinfectant et tremper mes pieds dans un autre bac rempli de désinfectant également. Je crois savoir qu'ici, l'élevage est très important et qu'ils ont peur des épidémies de fièvre aphteuse. C'est drôle à constater car si parfois une frontière n'est qu'un passage administratif, cette fois, j'ai vraiment l'impression de changer de pays. Je découvre de grands espaces et l'impression immédiate d'un pays plus riche.

La route en travaux me fait craindre le pire. Les Chinois sont encore là. Leur présence est absolument incroyable dans tous les pays que j'ai traversés. Cette fois, heureusement, les travaux ne me dérangeront pas. Il semble que l'on double la voie. Du coup, j'emprunte l'ancienne route.

Ce n'est pour l'instant qu'un long ruban d'asphalte dans une totale platitude. De chaque côté de la route, ce ne sont que clôtures et souvent doubles : celle qui empêche les

J'installe mon campement le long d'un chemin qui traverse la voie ferrée.

animaux de traverser la route et celle qui délimite les parcs à zébus. Il faut dire que l'élevage était la première ressource économique du Botswana avant la découverte des diamants et le développement du tourisme. Posséder quelques têtes de bétail est resté un signe extérieur de richesse.

Je passe devant un *lodge* qui me paraît un peu luxueux, je m'arrêterai au prochain… que je ne trouverai jamais. Je décide donc de bivouaquer mais, avec les clôtures, c'est assez compliqué. Je trouve malgré tout un chemin qui traverse la voie ferrée. Il aboutit à un parc où paissent des zébus et, fait caractéristique du pays, les zébus ont des cloches aussi dans la nuit. Leur tintement me donnera l'impression d'être dans le Jura.

J'installe finalement mon campement dans un endroit assez agréable et je verrai passer quelques personnes qui ramènent les zébus dans les pâturages. Pâturage étant un bien grand mot, car ce ne sont que des épineux avec un peu d'herbe sèche.

| **SAMEDI 17 JUILLET** | La surprise du jour, plutôt de la nuit : je vais avoir froid sous la tente malgré la faible altitude (autour de 1000 m). Je suis obligé de bien fermer mon duvet. Heureusement que j'en avais choisi un bon ! Je l'avais cru un moment un peu trop chaud. Au réveil, à 4h30, la montre m'indique 8° sous la tente et 2° dehors.

Je démarre donc dans le froid, je commence à en avoir l'habitude. Je mets deux paires de chaussettes aux pieds et, comme je n'ai pas de gants, j'enfile une paire de chaussettes qui serviront de moufles.

RAMOKGWEBANA
> FOLEY SIDING
131 km

Un long ruban d'asphalte dans une totale platitude.

LE BOTSWANA, LE PAYS LE PLUS RICHE D'AFRIQUE

Ma première journée entièrement au Botswana ne va pas être trop marrante. À faire pâlir Jacques Brel et son plat pays! Le long ruban d'asphalte continue avec, de chaque côté, trente à quarante mètres d'herbes sèches coupées. S'ensuivent des acacias nains très épineux, délimités par deux rangs de clôtures.

De temps à autre, un chemin part à droite ou à gauche mais, à chaque fois, il y a une barrière qu'il faut refermer derrière soi pour empêcher les bovins, très présents, ainsi que quelques chèvres, de divaguer. La circulation est également au rendez-vous. Il y a beaucoup de grosses voitures, des camions et des cars qui roulent très vite, la vitesse

Je passe ma dernière ligne mythique : le tropique du Capricorne.

étant limitée à 120 km/h. Circuler sur cette route serait très dangereux s'il n'y avait pas cette bande d'arrêt d'urgence en bon état.

Cette circulation intense et ce paysage monotone seront mon lot pendant cinq jours, soit 640 km et pratiquement toute la traversée du Botswana. Je ne traverse pratiquement pas de villages, trop en retrait de la route. Je ne devine leur présence que par les « *Bus Stop* » où parfois quelques personnes attendent.

J'arrive enfin à la première ville digne de ce nom, Francistown, où je m'arrête pour faire quelques courses. Si, dans la campagne, il n'y a absolument rien, par contre, les villes sont très bien équipées en supermarchés, entre autres. On y trouve de tout et le Botswana ne produisant pas grand-chose, ce ne sont que des produits d'importation, en particulier d'Afrique du Sud. Je ne vous dis pas les prix !

C'est midi, je décide donc de manger au resto : au moins un bon repas aujourd'hui ! Ici, ils ne connaissent que les fast-foods à l'américaine comme les *McDonald's* : un éternel *Chicken chips* et un *Coca* ou *Fanta* (c'est le même trust). Pendant que je mange,

je vois passer une voiture qui tire une remorque corbillard. Ce qui était valable pour la Zambie l'est pour le Zimbabwe et le Botswana. Les remorques tirées par les bus ou les taxis sont légion.

Ce soir, je dois bivouaquer et je n'ai pas assez d'eau. En traversant un petit village qui sent la misère – tout le monde n'est pas riche au Botswana –, j'obtiens, après bien des difficultés, de l'eau que je purifie immédiatement au micro pur. Pendant cette opération, je vois arriver trois Norvégiens avec sacoches qui se rendent également au Cap au départ du Cap Nord en passant par la Russie. Après tous mes détours en Afrique, ils

Au Botswana, il y a régulièrement des barrières vétérinaires pour contrôler le trafic de bétail.

parcourent finalement le même kilométrage que moi. Nous discutons un bon moment, l'un d'eux m'offre même une carotte qui me donne des idées pour mes futurs pique-niques, et ils repartent. Je range mes affaires et plusieurs centaines de mètres plus loin, ils m'attendent. Comme je veux rouler encore une heure, je les accompagne et constate que c'est quand même agréable. Si ce n'était la barrière de la langue, j'aurais pu finir avec eux mais je m'arrête à l'approche de Foley et eux continuent.

Je trouve un endroit pour bivouaquer que je crois tranquille au milieu des acacias et je n'ai qu'une crainte, c'est de percer. Il faut voir ces épines, elles sont vraiment redoutables.

J'aurai quelques visites très agréables, ou juste un bonjour, mais les gens ne s'attardent pas. Dans la nuit, j'aurai droit au concert d'une chorale féminine chantant des chansons africaines dans le village. Si ce n'était la langue, je me serais levé.

Dans la nuit, le froid a l'air de se faire plus vif. J'enfile mon sac à viande en cool max et rentre dans mon duvet. Ainsi la nuit sera confortable.

LE BOTSWANA, LE PAYS LE PLUS RICHE D'AFRIQUE

FOLEY SIDING
> MAKORO
132 km

| **DIMANCHE 18 JUILLET** | Au réveil, je me précipite sur la montre, elle indique 6°, je la mets dehors et je constate avec stupeur – 2°. La remorque est toute gelée et les sacoches brillent! Je déjeune dans la tente en m'enfilant dans le duvet. Je démonte la tente. À l'intérieur du double-toit, c'est carrément de la glace. Je ne sais pas si je ne vais pas être obligé de raccourcir mes étapes et démarrer un peu plus tard.

La journée sera identique à celle de la veille. La route toujours encombrée est très languissante, le paysage plat, toujours le même. En un mot, je me lâche, je m'emmerde. Heureusement que j'ai Le Cap comme objectif, sinon je ne vois pas l'intérêt!

Je reviens sur mes Norvégiens de la veille. Cela fait tout de même de belles rencontres après les Polonais et le Serbe. Vraiment dommage que je ne parle pas anglais.

J'arrive enfin à Palapye où j'ai l'intention de dormir car j'en ai un peu assez. Le premier hôtel affiche complet. Je fais mes courses au supermarché et je vais manger dans un *Wimpy*, encore un de ces fast-foods à l'américaine. Puis, je reprends la route, je bivouaquerai encore ce soir.

La montre indique 16 h, il me faut chercher un coin. Ça se complique: des clôtures partout et les rares chemins sont truffés d'acacias.

J'arrive au village de Makoro où, bien sûr, il n'y a pas d'hébergement. À la sortie de ce village, je repère un chemin. J'ouvre la barrière et la referme. Je découvre un coin assez dégagé qui fait l'affaire.

Un troupeau de chèvres qui broutent le peu d'herbe et une bicoque à côté me font penser qu'il doit y avoir un propriétaire dans le coin. Je le cherche mais ne trouve personne. La mauvaise idée me vient d'aller demander l'autorisation au bar à côté.

Là, une énorme dame me sert une bière. Je demande l'autorisation d'aller dormir dans le coin repéré, la dame très gentille ne sait que me répondre car elle n'en est pas propriétaire. Je demande si, moyennant consommation, je peux planter la tente derrière son bar. Elle accepte et je rentre le vélo dans son enclos.

La route, toujours en ligne droite. Depuis le Kenya, on roule à gauche...

Derrière le bar, il y a quelques bicoques délabrées. Elle essaye, toute fière, de présenter un Français mais apparemment tout le monde s'en fout. Sauf un quidam, avec sa canette de 63 cl à la main, qui ne me lâchera plus les baskets, si ce n'est pour aller en chercher une autre. Il a l'air un peu saoul comme d'autres, et je me demande ce que je fais là. Sans rien dire, je reprends mon vélo et quitte cet endroit que je trouve malsain. Si tous les gens me paraissent gentils et sans mauvaises intentions, je me méfie quand même de ceux qui ont bu. J'ai d'ailleurs l'impression, et cela n'engage que moi, que l'alcoolisme sévit gravement dans ces contrées retirées où il n'y a pas grand-chose à faire.

Je reprends donc la route et il me faut trouver un endroit car la nuit tombe vite. Le premier chemin est le bon. Ce n'est que du sable, je traîne et tire mon vélo pendant trois cents mètres, mais je n'ai plus le choix. En m'installant, je me pique partout avec ces petites boules d'épines qui traînent par terre. Je n'ai qu'une hantise, crever les trois pneus de mon attelage mais je m'en tire bien. J'aurai encore la visite de gens qui charrient du bois avec un attelage tiré par quatre *donkeys*, très courant ici. Ils sont habillés de vêtements très sales et usés. Un des gamins avait un pantalon tellement troué qu'il y avait plus de trous que de tissu, je n'avais encore jamais vu ça.

Ce soir, je mangerai froid, le réchaud refusant de démarrer. Comme je n'ai pas trop envie de me salir les mains, je déboucherai le gicleur demain.

| **LUNDI 19 JUILLET** | Le matin au réveil, je fais deux constats. Le premier, il fait moins froid : 12° sous la tente et 6° dehors. Le deuxième, moins agréable, j'ai enfin percé le matelas. Il fallait bien que ça arrive et, dans ce coin plein d'épines, je ne suis pas étonné.

MAKORO
> DIBETE
136 km

J'attaque ma progression habituelle pour arriver au bout de 45 km à la ville de Mahalapye. Je fais trois courses, surtout de l'eau, car il m'en faut pour deux jours, et je continue.

Aujourd'hui, je dois passer ma dernière ligne mythique : le tropique du Capricorne. Je ne suis pas sûr qu'il soit indiqué, aussi je tiens le GPS à disposition et, en vue du tropique, je le mets en action. Sur ma carte Michelin, il est indiqué à 23°27'00". Je m'arrête donc quand le GPS m'indique cette position. Je me prends en photo avec le GPS car, bien sûr, je suis seul. À partir de ce moment, je peux dire que je ne suis plus sous les tropiques, la fin du voyage approche donc. Je fais quelques kilomètres et je vois le panneau : « TROPIC OF CAPRICORN ». Je regarde le GPS, il indique 23°29'59,1". Qui a raison ? De toute manière, l'important, c'est de ne pas l'avoir loupé !

Le bivouac du soir est encore difficile à trouver. Chaque fois que je trouve un coin, il ne convient pas : trop d'épines, du sable, du monde. Je continue mais, ce soir, c'est galère et je vais m'installer n'importe où. J'envisage même, ce qu'il ne faut jamais faire, de bivouaquer au bord de la route.

J'arrive à une barrière vétérinaire. Il y en a régulièrement au Botswana pour contrôler le trafic de bétail. C'est tout de même la troisième ressource économique du pays et la propagation de la fièvre aphteuse serait une catastrophe.

Je continue ma route et j'arrive à un pont-bascule. C'est un endroit très courant en Afrique, où les camions sont pesés et payent une taxe en conséquence. Je suis au

LE BOTSWANA, LE PAYS LE PLUS RICHE D'AFRIQUE

Botswana, l'endroit est très moderne, très propre. Le parking ferait l'affaire. Je demande l'autorisation qui m'est accordée sans problème. Deux personnes très gentilles m'indiquent l'endroit où je peux planter la tente et mettent les toilettes à ma disposition. Elles sont très propres et en bon état de marche. Il y a même un essuie-mains électrique et automatique à air chaud. Je ne suis plus en Afrique.

Le repas sera encore froid, je n'ai pas pris la peine de réparer le réchaud. La nuit sera excellente malgré la crainte constante d'être dérangé par les camions. Je dois être bien fatigué pour dormir de la sorte.

Ce n'est pas l'habitat classique du Botswana, le pays le plus riche d'Afrique. La pauvreté existe ici aussi.

**DIBETE
> GABORONE
116 km**

| **MARDI 20 JUILLET** | Ce matin, j'ai encore plus froid que d'habitude et j'en viens à redouter le pire pour la suite. La route se transforme à l'approche de Gaborone en une quatre-voies, capitale oblige, et les collines apparaissent. Cela m'enlève un peu de monotonie après ce que j'ai vécu depuis plusieurs jours.

C'est une ville ultramoderne, de grandes artères la quadrillent. Mon hôtel assez luxueux se trouve dans un quartier d'affaires. J'ai toutes les commodités pour faire mes courses : banques, supermarché, restaurant ou plutôt fast-food.

Je rencontre une Française, professeur dans une université. Elle est venue au Botswana pour faire une expertise sur le développement touristique. Je lui parle de mon expérience lorsque j'étais adjoint au maire et président de l'office de tourisme. Je suis très content de parler un peu français ici au Botswana.

Repos

| **MERCREDI 21 JUILLET** | Je reste une journée pour mettre mon site Internet à jour. Jeudi, je partirai en direction de la dernière frontière que je franchirai certainement vendredi.

J'en suis maintenant à 18 051 km et il ne me reste plus que 1 532 km. Je commence à avoir envie de rentrer car je ne sens plus de magie dans mon voyage et j'avance pour avancer.

| **JEUDI 22 JUILLET** | Grâce à ma traditionnelle bouilloire, je déjeune dans ma chambre. Départ sans souci, le jour se lève et je profite de la lumière de la ville.
À la sortie de Gaborone, je m'arrête pour photographier enfin une montagne. Il est 7 h 30 et, comme tous les matins, j'appelle Laurence. Pendant que je téléphone, un

Les derniers troupeaux de zébus que je verrai.

Blanc à moto s'arrête, retire son casque et regarde mon vélo. Il attend un petit moment que je termine mon coup de fil. Il parle un peu français et nous discutons de mon voyage. Avant de partir, il me prend mon téléphone et enregistre son numéro et son nom (Matt) en me disant que si j'ai un problème, je n'ai qu'à l'appeler. Sur ce, il fait demi-tour et part travailler. C'est quand même sympa !
Je continue mon bonhomme de chemin sur une route sans bande d'arrêt d'urgence. Il y a beaucoup de circulation et je ne brille pas trop. Heureusement, au bout de 30 km, je trouve une piste cyclable. Elle n'est pas terrible mais je suis très content !
Je m'arrête pour me ravitailler, un camion venant en sens inverse s'arrête sur le bas-côté et son chauffeur traverse pour me parler. Décidément, c'est la journée !
La route est plus jolie que tous ces derniers jours, même si les lignes droites sont toujours là. La présence de montagnes rend le paysage plus agréable.
Il est à peine midi quand j'arrive à Lobatse mais je décide tout de même d'y rester. Je dois vous avouer qu'à Gaborone, j'ai eu la flemme de réparer la chambre à air et le

GABORONE
> LOBATSE
73 km

réchaud. Il faut absolument que je règle ces petits problèmes avant de m'engager dans la cambrousse.

Je trouve un des rares hôtels de Lobatse et, par chance, il est connecté à Internet. C'est parfait car j'ai encore deux carnets de route à mettre à jour et quelques photos à faire passer. Dans la chambre, il y a la télé. Je tombe sur une chaîne sud-africaine qui retransmet l'étape du Tourmalet du Tour de France. Pour une fois, je me plante devant l'écran.

À midi, le lunch est parfait. En self-service avec des spécialités locales, je me régale. Le soir, pour le dîner, ce ne sera pas le cas. À 20 h, rien n'est prêt. Je décide de manger à l'extérieur et trouve un petit restaurant. Au menu, une grosse saucisse de Strasbourg et des frites.

Le patron n'arrête pas de me parler et s'installe à ma table. Nous discutons encore de mon voyage pendant plus d'une heure. Avec un peu de bonne volonté, nous arrivons à communiquer et quand je ne comprends pas, il écrit sur un bout de papier. Il veut tout savoir de mon voyage, le kilométrage, le temps mis, les pays traversés, les visas. Il est très fier de m'avoir dans son établissement et chaque fois qu'entre un client, il lui parle de mon voyage. Certains s'installent même à notre table. Au moment de payer, il n'encaisse que la nourriture et me fait cadeau du *Fanta*. Avant de partir, nous échangeons mails et adresses et il m'offre encore une boisson pour demain.

Une journée très productive avec ces trois rencontres très chaleureuses. Ce Botswana que j'avais le sentiment de traverser sans avoir l'occasion de communiquer me donne maintenant du regret. Je suis ravi de cette dernière journée, je reste sur une agréable impression et c'est tant mieux.

| **VENDREDI 23 JUILLET** | Ça y est, je pars ce matin en direction de mon dernier pays. L'étape sera encore courte aujourd'hui ; comme à chaque fois que j'entre dans un nouvel État : formalités douanières, change, adaptation.

LOBATSE
> MAFIKENG
80 km

La route est relativement vallonnée et assez agréable malgré les éternelles lignes droites. Je longe de grands parcs à zébus. La végétation, faite en majorité d'acacias, est agrémentée d'énormes cactus d'un genre nouveau pour moi.

Je m'arrête pour photographier une épave au bord de la route. Cela peut paraître banal mais, depuis que je suis au Botswana, j'en ai vu très peu. Ici le parc automobile est relativement neuf, rien à voir avec la Mauritanie qui détient le record d'épaves.

La végétation est agrémentée d'énormes cactus d'un genre nouveau pour moi.

L'Afrique du Sud, fin de l'aventure
du 23 juillet au 8 août 2010 : 1521 km

| **VENDREDI 23 JUILLET (suite)** | Ainsi, petit à petit, j'arrive à l'Immigration du Botswana côté *out*. Mon passeport visé, je n'ai plus d'autre choix que de passer la dernière frontière, ce qui se fera rapidement. Je perds juste, comme souvent, un peu de temps à expliquer mon voyage aux policiers et même à faire un peu de change avec eux car la monnaie du Botswana, le pula, est la plus forte d'Afrique.

Pénétrer dans mon vingtième et dernier pays me fait un drôle d'effet : objectif pratiquement atteint, la fin d'une belle aventure est proche.

Deux petits détails marquent immédiatement le changement en entrant en Afrique du Sud : les zébus n'ont plus de bosses, ce sont des vaches et, dans les champs, poussent des éoliennes, pas celles qui produisent de l'électricité, mais celles qui pompent l'eau comme au temps de mon enfance dans la Meuse.

J'arrive finalement à Mafikeng et je « pose mes valises », dans un *lodge* sympa au nom évocateur de *Buffalo Lodge*.

J'ai la mauvaise idée d'aller dans une banque changer les 1 500 pulas qui me restent. Je vais en avoir pour une heure. Je tombe sur un Blanc ventripotent qui n'a pas l'air d'y

Dans les pâturages, les vaches ont remplacé les zébus.

comprendre grand-chose et ça fait sourire ses voisins noirs. J'en viens à cette dure réflexion dans ma tête : heureusement que les Noirs ont pris le pouvoir en Afrique du Sud. Dans le bar-restaurant du *lodge*, je fais le constat suivant, mais peut-être est-ce un hasard ? Au bar, des Blacks qui discutent entre eux et, dans la salle du restaurant, des Blancs attablés buvant une bière… On ne se mélange donc pas !

| SAMEDI 24 JUILLET | Ce matin, j'envisage d'aller jusqu'à Vryburg mais je doute un peu car il n'y a pas moins de 170 km, cela dépendra du dénivelé. Pour mettre le plus de chances de mon côté, je pars vers 6 h à la frontale. J'ai un peu de mal pour sortir de Mafikeng, des bleds se mélangent un peu. Je demande plusieurs fois la route. Les gens, soit ne me comprennent pas, soit ne veulent pas me renseigner et continuent leur chemin.

MAFIKENG
> VRYBURG
169 km

Le jour se lève, l'activité reprend ainsi que la circulation des gens qui vont travailler. Tant que je ne suis pas sorti de l'agglomération, il me faut être très prudent car il n'y a pas de piste cyclable. La route est en moins bon état que la veille. Heureusement, la circulation n'est pas trop importante car, sur cette route étroite sans piste cyclable, ce n'est pas évident. Elle est assez plate avec de grands espaces à perte de vue. Ce n'est qu'une succession d'immenses propriétés clôturées. L'élevage semble la première activité de la région.

C'est très monotone mais, avec ce petit vent dans le dos, je ne me plains pas. J'avance très vite et je finirai ma journée à 21 km/h de moyenne, ce qui, sur 170 km, est un

Autour des fermes, des éoliennes pompent l'eau.

L'AFRIQUE DU SUD, FIN DE L'AVENTURE

record pour moi. C'est aussi la journée des oiseaux. J'en verrai de toutes sortes : des autruches, des pintades, des perdreaux, des hérons et beaucoup d'autres, colorés ou non, dont j'ignore le nom.

À cette allure, j'arrive à Vryburg de bonne heure. À l'entrée, je suis surpris de découvrir des baraques en tôle, les unes contre les autres, me faisant penser aux favelas de Lima. Cela me semble moins insalubre mais la précarité de ces habitations où s'entasse beaucoup de monde m'étonne. La population y est totalement noire. C'est ce qu'on appelle les *townships*. À gauche de la route, ces baraques habitées par les Noirs, et,

À Vryburg, je découvre des baraques en tôle. Sont-ce que l'on appelle des « townships » ?

à droite, les magnifiques villas des Blancs. L'apartheid est heureusement bien terminé en Afrique du Sud mais j'ai le sentiment que, si l'ANC (le parti de Nelson Mandela) est au pouvoir, l'argent est toujours aux mains des Blancs.

Après cette curieuse image, je traverse Vryburg sans trouver d'hébergement. Je suis obligé de faire demi-tour pour finalement arriver à un *lodge* au nom curieux de *Lockerbie*. Je fais mes courses dans un supermarché et, juste à côté, je vois « *Internet Bar* ». Je retourne vite dans ma chambre chercher ma clé USB. Dans ce que je crois être un cyber, pas d'ordinateurs. Il n'y a que des machines à sous et on me répond que c'est « *Internet Enternaitement* ». Je n'ai rien compris. Plus tard, je verrai beaucoup de lieux de ce style. En traînant en ville, je trouve l'atmosphère étrange : partout des grilles et des agents de sécurité. Il semble qu'il règne une certaine paranoïa liée à ce qu'on dit sur la criminalité en Afrique du Sud.

Il est 18 h, je vais vite manger dans un *Wimpy* – il n'y a que ce type d'établissement ici – et je rentre vite dans ma chambre.

| **DIMANCHE 25 JUILLET** | En sortant de Vryburg, j'ai la même vision qu'à l'entrée, ces baraques en tôle les unes contre les autres. Est-ce que ce sera le cas dans toutes les villes que je vais traverser ?

Ce matin, je n'ai pas l'impression qu'il fait froid mais c'est un des matins où j'ai les doigts des mains et des pieds le plus gelés et cela va durer une bonne partie de la matinée. Je suis toujours dans ces immenses espaces et j'avance de ferme en ferme. Je ne connais pas les USA mais ça doit ressembler au Far West ou au Texas. À chaque tour de pédales, j'ai l'impression que je vais voir débouler Lucky Luke sur Joly Jumper ou pire, les Dalton !

Je traverse d'immenses espaces sur des routes d'excellente qualité, toujours en ligne droite et avec de bonnes pistes cyclables.

Trêve de plaisanterie, ce sont comme au Texas de grandes fermes d'élevage de bovins. Les exploitants sont des Blancs costauds comme des rocs dans leur grand 4x4.
Je suis en plein cœur du Northern Cape, le pays des Afrikaners, où l'afrikaans (langue issue du néerlandais) est quasiment la langue officielle. À l'entrée des fermes, je constate souvent des noms à consonance française. C'est vrai qu'à la révocation de l'édit de Nantes, certains huguenots ont fui la France pour se réfugier en Afrique du Sud. Au milieu de ces pâturages d'herbe sèche, je vois parfois d'immenses champs où le maïs est déjà récolté (c'est l'hiver) et d'autres, que je suppose semés en blé, qui ajoutent une touche de verdure dans cette région très sèche à cette époque de l'année.
Je pique-nique sur une aire aménagée où je suis le roi du pétrole. Je fais bien d'en profiter car les vingt derniers kilomètres vont être galère.
Avec l'étape d'aujourd'hui, je vais faire plus de trois cents bornes en deux jours, c'est peut-être un peu trop, d'autant que je finis avec du vent contraire, allez savoir pourquoi !

VRYBURG
> WARENTON
135 km

L'AFRIQUE DU SUD, FIN DE L'AVENTURE

Warrenton est comme toutes les villes françaises le dimanche : morte. Tout est fermé et personne dans les rues. Je trouve un hôtel au nom prédestiné de *Texas Hotel*, tenu par trois jeunes filles sympathiques et où je suis très bien reçu. J'aurai l'occasion de parler de mon voyage et de discuter avec les clients du bar. J'en profite également pour acheter du *biltong* que je vois suspendu au plafond. C'est de la viande séchée (bœuf, koudou ou autruche) dont la tradition vient des Boers qui partaient à la conquête de ces immenses plaines. Cette viande était séchée sur les bâches des chariots.

WARRENTON
> KIMBERLEY
76 km

| **LUNDI 26 JUILLET** | À la sortie de Warrenton, je récupère la route qui vient de Johannesburg, une route très large mais surtout avec une bande cyclable de deux mètres de chaque côté. Sur le plan de la sécurité, je suis très content car je pense avoir de la circulation jusqu'au Cap. Je remarque un panneau « Kimberley : 72 km », l'étape du jour ; et surtout « Le Cap : 1045 km ». Ce soir, il me restera moins de 1000 km pour atteindre mon but, soit une petite France à traverser... une pacotille, quoi !

Je suis encore dans les grands espaces et c'est toujours impressionnant. Je longe la voie ferrée, ce qui n'a rien d'original, c'est le cas depuis Mpika en Zambie. La grosse différence, c'est que, cette fois, elle est électrifiée, une grande première depuis mon entrée sur le sol africain. La route est tellement plate que j'aperçois les buildings de Kimberley 20 km avant et je m'en approche tranquillement.

Dans Kimberley, une grosse ville, j'ai du mal à trouver un hébergement. Après plusieurs tours pour rien, j'arrive enfin dans un hôtel, un peu luxueux mais tant pis, pour une fois, j'y vais. À l'entrée, une barrière et le gardien me dit : « *Check point.* » Et là, c'est le comble. Sur la route, je n'ai jamais été contrôlé par la police et, pour rentrer dans un hôtel, il me faut montrer mes papiers. Je m'énerve un peu et fais demi-tour. C'est le climat qui règne en Afrique du Sud et que je n'apprécie pas du tout. En sortant, un quidam m'interpelle, m'accompagne à l'hôtel et le personnel d'accueil

Les exploitations sont immenses. J'avance de ferme en ferme.

ayant vu la scène vient à ma rencontre. Je me pose la question de ma « zénitude », peut-être suis-je en train de la perdre au contact de ce pays dit « civilisé ». Un fait est sûr, j'ai toujours eu horreur des contrôles. À la réception de l'hôtel, on ne me demandera même pas mes papiers.

| **MARDI 27 JUILLET** | **Vous le savez (ou pas !) mais Kimberley est la capitale du diamant. Le siège social de la compagnie De Beers, qui a un quasi-monopole sur le diamant dans le monde entier, est ici.**

Depuis des kilomètres, je vois sur la route des pubs sur *The Big Hole*, le plus grand trou du monde d'où on a extrait des tonnes de diamant.

Tourisme

J'ai donc visité ce *Big Hole*, vraiment impressionnant. Il y a aussi la reconstitution de la mine qui allait avec, le puits, les galeries, l'outillage, les engins, et même la ville de la grande époque de la ruée vers le diamant. Quand je disais qu'ici, tout me faisait penser à l'Ouest américain, j'en ai la confirmation.

Je profite bien de ce qui est, j'espère, ma dernière journée de repos. Demain, je reprends la route pour Hopetown où l'histoire du diamant a commencé.

| **MERCREDI 28 JUILLET** | **Pour sortir de Kimberley, c'est assez facile. Pour une fois, il y a des indications. Heureusement, parce qu'il y a peu de gens dans les rues et la plupart sont motorisés.**

KIMBERLEY
> HOPETOWN
125 km

Je roule toujours au milieu des grands espaces tout plats. La facilité du relief compense la monotonie du paysage. La végétation se modifie un peu et je vois de grands cactus. Dans les parcs, il y a de nombreux moutons et beaucoup de termitières.

En roulant, je débusque une petite antilope. Elle se met à courir en sautant entre la clôture et moi. Ne voilà-t-il pas que Tornado se met à accélérer et, dès que nous la rattrapons, elle accélère et Tornado aussi. Le manège a bien duré plus d'un kilomètre.

Dans les parcs, de nombreux moutons au milieu des termitières.

L'AFRIQUE DU SUD, FIN DE L'AVENTURE

Dès que l'antilope a pu trouver une échappatoire entre les barbelés, elle s'est vite évanouie dans la nature.

L'endroit a l'air assez sauvage car, outre cette antilope, je vois parfois dans les champs une ou deux autruches. Vous me direz, il y en a bien sur la route de Valensole mais celles que je vois ici ne sont pas d'élevage. J'aperçois les premiers oliviers depuis le Maroc. Pas de doute, ça sent de plus en plus l'écurie.

J'approche enfin de Hopetown (ville de l'espoir) et à nouveau un *township*. C'est une petite ville toute simple en retrait de la nationale. Il n'a pas l'air d'y avoir d'hôtel mais je trouve un *Bed and Breakfast* qui sera parfait. Je vais vite faire trois courses à la supérette la plus proche pour pouvoir manger ce soir car cet établissement ne fait pas restaurant.

**HOPETOWN
> BRITSTOWN
132 km**

| JEUDI 29 JUILLET | **Je ne sais pas si aujourd'hui je ne vais pas laisser une page blanche, car cette journée sera la copie conforme de celle d'hier.**

La route est devenue moins large avec seulement quarante petits centimètres de piste cyclable. De chaque côté, d'immenses espaces semblables à ceux d'hier. Je file sur d'interminables lignes droites. Dans la matinée, je fais 70 km pendant lesquels j'aurai en tout et pour tout un seul virage à négocier. Quand je dis virage, je suis généreux, je devrais dire « courbe ».

Aujourd'hui, je n'ai pas de bonnes jambes. Est-ce la fatigue de la veille ? Un jour sans ? Toujours est-il que je ne passe pas une bonne journée dans ce paysage monotone.

Je vois régulièrement des autruches sauvages courir dans ces immenses espaces.

Heureusement, Brel et Brassens me tiennent compagnie grâce à mon walkman. L'après-midi, le paysage sera un peu plus agréable et je verrai apparaître quelques montagnes et même quelques virages.

J'arrive à Britstown très fatigué, au point d'être inquiet pour la suite du voyage. Serais-je moins motivé ? La fatigue générale tomberait-elle d'un coup ? Je me pose beaucoup de questions si près de l'arrivée. Je verrai bien demain.

| **VENDREDI 30 JUILLET** | Bonne surprise, ce matin en sortant de Britstown, je retrouve une piste cyclable de deux mètres. C'est très agréable, je ne suis pas obligé d'avoir tout le temps l'œil dans le rétroviseur.

**BRITSTOWN
> VICTORIA WEST
106 km**

Je suis toujours dans les grands espaces. En m'arrêtant pour mon SMS matinal à Laurence, j'ai encore débusqué une antilope mais, cette fois, Tornado est à l'arrêt et il reste calme. Un peu plus loin, je vois un porc-épic écrasé sur la route. En traversant un pays à vélo, on se rend bien compte de la faune du pays par les bêtes écrasées sur la route. C'est assez étonnant car j'ai vraiment vu de tout.

J'aperçois enfin de belles montagnes à l'horizon et la route devient de suite beaucoup plus agréable. S'il y a des montées, j'ai les descentes qui vont avec.

Aujourd'hui, je vais faire plus de 100 km et je ne verrai pas un seul village. Sur la route, pas âme qui vive à part les ouvriers qui s'occupent de la maintenance. Par contre, il fait très froid et j'ai du mal à me réchauffer les doigts malgré les chaussettes.

La végétation se modifie un peu et je vois de grands cactus.

L'AFRIQUE DU SUD, FIN DE L'AVENTURE

Il est vrai que, pour une fois, il n'y a pas trop de soleil et j'ai même peur qu'il pleuve. Mais il n'en sera rien.

J'entre maintenant dans la région appelée *The Great Karoo*. C'est une région montagneuse d'élevage, en particulier du mouton à tête noire. D'après l'histoire de la région, les fermiers auraient fait fortune avec la laine.

En arrivant à Victoria West, un *township* classique et, en face, une cité en dur avec des toits de tôles : serait-ce pour reloger les habitants du *township* ?

Je m'arrête à la première *guest house* et on me répond : « *Full.* » J'entre dans Victoria West et j'y trouve un super *Bed and Breakfast* au prix raisonnable et mignon comme tout avec un magnifique jardin. Dommage que je reparte demain, je serais bien resté un jour de plus ici.

VICTORIA WEST
> BEAUFORT WEST
137 km

Comme souvent au cours du voyage, je longe la voie ferrée. Pour la première fois, elle est électrifiée.

| **SAMEDI 31 JUILLET** | Je quitte avec un peu de regret ce magnifique *B and B*, à la frontale, comme tous les matins maintenant. Hier, sur une bonne partie, la route était en chantier. Cela ne m'a pas bien gêné car si la circulation était alternée pour les voitures et camions, pour moi, à vélo, ce n'était pas le cas. Pour la première fois en Afrique, je n'ai pas vu de Chinois sur les travaux.

J'attaque ce matin par un feu rouge que je grille pour une montée de plusieurs kilomètres sur une route en chantier. Je suis de nouveau au milieu d'une grande plaine où les lignes droites se succèdent. Il a l'air de faire un peu moins froid. Le paysage change radicalement. De belles montagnes apparaissent et je trouve le paysage fabuleux.

Est-ce d'avoir évolué pendant des jours et des jours dans ce paysage monotone ? Je retrouve ces sentiments contradictoires dont parlait quelqu'un sur le forum : cette envie de rentrer et, grâce à la beauté du lieu, cette envie d'y traîner.

Vent dans le dos, en légère descente, j'avance comme un avion : je me régale. D'autant que les travaux sont terminés et la route superbe, avec une large bande cyclable.

Je suis toujours dans les vastes prairies et les grandes fermes au bord de la route mais pas de villages. Dans les champs clôturés, des bovins et beaucoup de moutons dont ceux à tête noire qui leur donne un air un peu comique.

Arrivé à Three Sisters, je récupère la nationale un qui relie Johannesbourg au Cap. La route est superbe avec plus de circulation mais, sur la piste cyclable, je suis en sécurité. La route est orientée maintenant plus vers l'ouest, c'est-à-dire en direction du Cap. J'ai ainsi le vent de travers ou de dos. Il souffle de plus en plus fort et je dois bien tenir les rênes de Tornado pour éviter de me casser la figure. Les sacoches et la remorque sont une prise au vent importante. Je m'arrête sur une aire de pique-nique pour manger mais, vu la force du vent, je ne traînerai pas, tout s'envole.

Il ne me reste qu'une quarantaine de bornes mais elles seront très compliquées car j'ai maintenant le vent carrément de travers. Je ne me sens pas trop en sécurité. Chaque fois qu'un camion me double, je suis comme attiré par lui et je fais des embardées assez désagréables. Je ne brille pas trop. Les vingt derniers kilomètres seront encore plus terribles car le vent a dû tourner et je l'ai maintenant de face. J'avance à peine entre 10 et 12 km/h en légère descente.

C'est la première fois que j'ai un vent aussi violent, même au Sahara occidental ou en Mauritanie, je n'ai pas connu ça. J'espère que je ne l'aurai pas jusqu'au Cap. Avec ce vent en pleine figure, il me serait impossible, et surtout sans intérêt, de continuer à pédaler. Je verrai demain la tournure des événements.

À 3 km de Beaufort West, j'éclate, pas de rire, mais de la roue arrière. Je ne râle pas trop car je n'en suis qu'à ma cinquième crevaison dont la deuxième de l'arrière. Pour réparer, c'est assez compliqué car il me faut décrocher la remorque. Heureusement, j'ai de l'espace et je suis en sécurité pour le faire. Je retourne le vélo sur la selle et le guidon mais le vent me le fait tomber. Que faire ? Heureusement un pylône se trouve à côté et je suis obligé de le coincer contre celui-ci. De suite arrive un curieux que je

Les fameux moutons à tête noire du « Grand Karoo », la richesse de cet immense plateau.

L'AFRIQUE DU SUD, FIN DE L'AVENTURE

jette car je me suis un peu étalé et je ne peux pas tout surveiller. Je répare ma chambre et constate deux beaux trous. C'est en fait le pneu qui s'est ouvert, il est mort. Heureusement, j'en ai un tout neuf pour finir mon épopée.

Je redémarre mais les trois derniers kilomètres seront terribles, terribles avec le vent maintenant de face. J'avance à 4 ou 5 km/h et j'ai du mal à garder l'équilibre. Malgré un final difficile, j'ai quand même fait une belle étape (137 km) et Cape Town n'est plus qu'à 460 km. J'espère que demain le vent sera calmé car, pour l'instant, il a soufflé toute la soirée.

Dans la vallée, les cultures fruitières sont abondantes, surtout les vignes qui sont ici à hauteur d'homme.

**BEAUFORT WEST
> LAINSBURG
202 km**

| **DIMANCHE 1ᵉʳ AOÛT** | Je démarre un peu plus tôt que d'habitude afin d'arriver de bonne heure à Prince Albert Road et bien récupérer pour le final : il est 6 h 20. La frontale me servira bien car le jour ne se lève maintenant qu'à 7 h.

Première mauvaise surprise, le vent est toujours de la partie, je l'ai de travers ou de face. Le vent est très capricieux, il ne faut pas trop en parler.

Je me retrouve dans cette immense plaine, j'ai quitté les montagnes et le goulet dans lequel se trouve Beaufort West. C'est peut-être l'explication.

Je ne suis plus en altitude (entre 800 et 500 m) et la température est plus clémente. Je quitte rapidement les chaussettes qui me servent de gants et, à 9 h, je me déshabille. Il y a longtemps que ça ne m'était pas arrivé. À midi, j'ai fait plus de 90 bornes et il ne me reste plus que 25 km pour arriver à Prince Albert Road. L'objectif est atteint et je suis à ma destination du jour vers 14 h.

Le seul hébergement de ce village, un *B and B,* est fermé, c'est dimanche. Le gardien ne fait aucun effort pour me recevoir. Deux jeunes qui se trouvent là comprennent que

je suis assez fatigué et essayent en vain de lui expliquer ainsi que deux jeunes filles qui doivent s'occuper du service. Que faire ? Le prochain village est à 85 km. Il est 15 h. Je n'ai pas envie de planter la tente ici. L'endroit me paraît sinistre. Prince Albert Road n'est qu'un carrefour qui mène à Prince Albert Ville. Je mesure ici toute la différence entre les pays francophones et anglophones, le sens de l'hospitalité n'est pas du tout le même. Est-ce moi qui me fais des idées ou est-ce la barrière de la langue ? Toujours est-il que j'étais mieux reçu à l'ouest. Dans ma tête, je fais mon petit calcul : il est 15 h, il me faut cinq heures pour arriver à Laingsburg. Si tout se passe bien, je roulerai deux

heures de nuit et, avec un peu de chance, je trouverai une ferme-auberge sur le trajet. La route est large et la piste cyclable m'assure une certaine sécurité. J'y vais, ce sera mon dernier coup de folie : avec une étape de 200 bornes, ce sera mon record du voyage. Pas mal pour terminer !

Je suis dans une espèce de désert, les travaux de la route reprennent et n'arrangent pas ma progression. Si les conditions sont bonnes, je peux arriver à la tombée de la nuit, sinon je m'arrête pour planter la tente. Les conditions ne sont pas bonnes car la route n'arrête pas de monter, en plat montant certes, mais, chargé comme je suis, j'avance de 12 à 15 km/h au lieu des 20 escomptés. Finalement, de 500 m d'altitude où j'étais, je me retrouve à 800 m. Ça non plus, ce n'était pas prévu !

La nuit tombe très vite : le soleil est couché à 17 h 30 et, à 18 h, il fait nuit. La circulation est importante car nous sommes dimanche et les gens doivent rentrer sur Le Cap. Les camions ont roulé toute la journée. Autre inconvénient, les travaux bloquent la circulation aux feux rouges et c'est par vagues que les véhicules me doublent. Je ne suis pas trop

Les fameux townships *– triste classique du tourisme sud-africain – toujours présents à l'entrée et à la sortie des villes.*

L'AFRIQUE DU SUD, FIN DE L'AVENTURE

Je récupère mon vélo tout trempé par l'humidité de la nuit et démarre dans le brouillard.

fier, croyez-moi. De temps en temps, un coup de klaxon. Les gens doivent se dire : « Quel est cet imbécile qui roule sans phares ! » Et ils ont raison. Je regrette d'avoir laissé mes feux rouges à Kinshasa car ils me seraient bien utiles ici.

Je m'arrête pour manger un peu et me désaltérer mais surtout pour enfiler des vêtements car il commence à faire froid. Je me fais tout petit sur la route et, avec un peu de patience, j'arrive enfin à Laingsburg. Je trouve rapidement un hôtel confortable. Je passe à table de suite, je me douche et au lit, car je suis fourbu. Résultat des courses, 202 km et quand même 740 m de dénivelé : belle journée !

J'aimerais vous faire part d'une réflexion sur la formidable machine qu'est le corps humain. Il a une possibilité d'adaptation extraordinaire. J'arrive à Prince Albert très fatigué, je me mets dans la tête que je dois encore faire 85 km et la fatigue s'en va. Quand j'étais dans l'hémisphère nord, j'arrivais à rouler sous des températures supérieures à 40° sans trop souffrir. Quand je suis parti de Nairobi, rappelez-vous, la température était tombée autour de 20° et j'avais froid. Par la suite, je suis parti le matin sous des températures négatives que j'ai supportées.

Je l'ai toujours pensé, tout se passe dans la tête et dépend de la volonté que l'on met pour réussir ce que l'on veut entreprendre. Je ne suis surtout pas un surhomme et ce que je fais, beaucoup peuvent le faire.

Après mon étape marathon de dimanche, j'avais prévu de ne pas partir de bonne heure lundi. Le Cap est distant de Laingsburg de 260 km et, si je fais 80 km lundi, il me faudra de toute manière deux jours pour rejoindre Le Cap. Du coup, je m'octroie une journée de repos imprévue.

| **LUNDI 2 AOÛT** | Repos. La journée me permet de mettre à jour le site Internet. Je me repose quand même un peu. Depuis Kimberley, j'ai fait 702 km, soit une moyenne journalière de 140 km, ce qui n'est pas mal.

| **MARDI 3 AOÛT** | Je prévois aujourd'hui de dormir pour mon avant-dernière étape à Worcester, soit 160 km. J'espère ne pas avoir trop de dénivelé et surtout de vent. À 6 h 15, je suis donc sur Tornado pour une heure de frontale.

J'attaque en plat montant et, dès que le jour se lève, je recommence à voir du relief,

ce qui ne m'est pas désagréable. Au fond, j'aperçois un petit col qui va me faire passer de 650 m à presque 1000 m. C'est la première surprise de la journée.

Dans la campagne, je dérange une fois de plus des antilopes. Elles sont six et ressemblent aux impalas de Tanzanie. Est-ce possible ? Ce qui est le plus remarquable aujourd'hui, c'est la verdure. Jusqu'à présent, il n'y avait que de l'herbe sèche. Maintenant, tout est vert, d'une végétation qui ressemble à du genêt et de la bruyère de chez nous. J'aperçois ce que je crois être un champ de kiwis. Par la suite, je vais me rendre compte que c'est le premier vignoble. Les vignes sont très hautes ici.

Au fond, de grandes montagnes culminent à plus de 2000 m et il me semble même que j'aperçois des traces de neige. Je grimpe mon deuxième col de la journée. Décidément, les difficultés continuent et Le Cap ne se laisse pas gagner si facilement. Cette fois, c'est un vrai col répertorié, avec un panneau au sommet : « HEXRIVIER PASS 965 m ». Je crois que c'est le premier que je vois depuis le Maroc. La pente est assez raide et je suis obligé de passer la première, il y avait longtemps...

Avec le soleil, le brouillard se dissipe et je découvre un panorama splendide.

**LAINGSBURG
> WORCESTER
161 km**

L'AFRIQUE DU SUD, FIN DE L'AVENTURE

Une longue descente me mène dans une vallée où les cultures fruitières sont abondantes, surtout les vignes. Elles sont assez curieuses, à hauteur d'homme. Dessous les gens sont nombreux. Nous sommes en hiver ici. C'est le moment de la taille. Ce qui me surprend également, ce sont tous ces bassins artificiels car les vignes sont à l'arrosage. La vallée se resserre et je suis maintenant entouré de magnifiques montagnes. Entre les vignes et les montagnes, j'ai l'impression d'être dans certains coins de Savoie.

En pente douce, la route me mène enfin à Worcester où je trouve difficilement un hôtel. C'est vrai que depuis que je suis en Afrique du Sud, les gens ont du mal à me renseigner.

Je ne sais pas si j'en ai parlé mais j'ai déjà réservé mon hébergement au Cap. J'ai trouvé une *guest house* tenue par Marco, un Français qui vit au Cap depuis cinq ans : *Villa Belle Ombre*. Il avait l'air sympa et me proposait de me guider par téléphone pour arriver chez lui.

WORCESTER
> LE CAP
124 km

Je sais que j'y suis presque. Il suffit de continuer à pédaler.

| **MERCREDI 4 AOÛT** | Je pars tranquillement à la frontale de mon hôtel de Worcester pour ce que je crois être une journée cool. Je récupère mon vélo tout trempé par l'humidité de la nuit et démarre dans le brouillard. Cette humidité me gèle les extrémités mais, pour une dernière fois, ce n'est pas grave. Je démarre tout plein d'émotion, le but est proche et j'y vais de ma larme à l'œil d'excitation.

Avec le soleil, le brouillard se dissipe et je découvre un panorama splendide. De magnifiques montagnes me barrent l'horizon. Mais qui dit montagnes, dit grimpettes. Effectivement, la route monte et descend au milieu des montagnes et des vignes. La route grimpe maintenant régulièrement pour arriver à l'entrée d'un tunnel à péage. Malheureusement, ce tunnel est interdit aux vélos et Marco m'avait prévenu : si tu ne peux prendre le tunnel, tu devras passer par le col et ce ne sera pas facile. C'est ce qui se passe et j'attaque, j'espère, le dernier col de mon épopée. La première partie, très

raide, m'inquiète un peu mais, après un petit tunnel, la pente devient régulière et je finirai ce col tranquillement.

Je me crois près de Marseille dans les calanques, avec un paysage complètement méditerranéen. C'est assez étonnant car tout y ressemble et pourtant Le Cap est à la même latitude que Meknès, dans l'hémisphère nord.

J'arrive enfin en haut du col «DU TOITSKLOOF PASS, 820 m». J'ai l'impression d'être en haut de l'Espigoulier dans le massif de la Sainte-Baume. La grosse différence, c'est que je suis accueilli par une colonie de babouins. J'attaque la descente très doucement car je ne tiens pas me casser la figure quelques kilomètres avant d'atteindre mon objectif. Je réalise que j'ai quand même fait presque 20 000 km sans changer un câble.

Je suis vite dans une vallée qui mène à Cape Town. La circulation s'intensifie mais la route se transforme en autoroute avec une large bande d'arrêt d'urgence m'assurant une excellente sécurité.

Je suis maintenant dans Cape Town et je n'ai pu faire la photo traditionnelle du panneau «CAPE TOWN». En passant sur une grille positionnée à l'envers, les roues de Tornado, assez larges, passent sans problème, mais pas celle de la remorque qui se désolidarise de l'attelage. Je traîne ainsi la remorque sur une bonne dizaine de mètres. Heureusement la roue n'est pas allée sur la chaussée et je répare dans l'immédiat sur la bande d'arrêt d'urgence.

Le guidage de Marco est excellent. J'arrive sans souci à *Villa Belle Ombre* où je suis reçu par un comité d'accueil: Marco, Guillaume, son stagiaire, et des amis m'attendent avec caméra et appareils photo. J'aurai ainsi une trace de mon arrivée officielle au Cap. On m'installe dans une superbe chambre et on échafaude immédiatement les plans pour la suite. Demain jeudi, on s'occupe de l'avion. Vendredi, on finit les 60 km qui me séparent du Cap de Bonne Espérance. J'irai à vélo avec Guillaume, et Marco

C'est dur, mais c'est bientôt l'arrivée et la fin du voyage.

L'AFRIQUE DU SUD, FIN DE L'AVENTURE

nous accompagnera en voiture pour nous ramener. Je prévois mon départ samedi pour être à Gréoux dimanche.

Je suis bien tombé chez Marco, qui est très gentil et fait tout pour m'aider. Si vous allez passer des vacances au Cap, une seule adresse : *Villa Belle Ombre*.

| **VENDREDI 6 AOÛT** | Après le petit déjeuner, Marco m'amène chez un marchand de vélo récupérer des cartons pour emballer Tornado. Vers 9 h, je démarre pour ma dernière étape que je crois n'être qu'une simple formalité.

Enfin le Cap de Bonne Espérance, je laisse éclater ma joie avec Marco.

CAPE TOWN
> CAPE OF GOOD HOPE (Cap de Bonne Espérance)
74 km

J'ai un peu allégé la remorque et les sacoches car il n'est tout de même pas indispensable que je trimballe tout jusqu'au Cap de Bonne Espérance. Bien m'en prend car j'attaque par une côte abominable et, chargé, je serais certainement monté à pied. Marco et Guillaume filment et photographient le départ. Ils me rejoindront quand ils auront fini de faire déjeuner leurs clients.

Je pédale dans un décor absolument fantastique. Pour un final, c'est vraiment une apothéose. Avant d'atteindre le premier col, je passe juste à côté de Table Mountain (967 m), la montagne symbolique du Cap. Après une grande descente, je longe l'océan encore Atlantique avec, en point de mire, Lion's Head (Tête de Lion, 669 m). De grosses vagues frappent les rochers, je suis comme dans un rêve. J'ai une chance inouïe, comme tout au long de mon voyage. Nous sommes en hiver. Au Cap, c'est un peu la saison des pluies et j'ai droit à un soleil magnifique.

Marco et Guillaume me rattrapent, me filment et me photographient. J'aurai ainsi pour ma dernière étape un sacré souvenir. De temps en temps, ils me font arrêter

quand le paysage est spectaculaire pour encore me prendre en photo. Guillaume s'attache même dans le coffre de la voiture et me filme en roulant. J'ai l'impression d'être un pro.

Nous prenons maintenant une route à péage qui va nous mener au deuxième col, Chapman's Peak, et c'est de plus en plus beau. Je suis au milieu d'une végétation de type méditerranéen et, malgré l'hiver, avec beaucoup de fleurs et d'odeurs qui me font penser à ma Provence. Cette route est considérée comme la plus belle du monde et, dans mon for intérieur, je pense mériter ce cadeau après presque 20 000 km de vélo.

... tellement heureux d'avoir réussi!

C'est une route mythique pour tous les cyclistes du Cap : ici a lieu d'ailleurs la plus grande course du monde, *L'Argus,* avec près de trente cinq mille cyclistes. Marco me propose de venir y participer l'année prochaine avec Laurence : pourquoi pas...

La route continue de monter et de descendre. Je longe maintenant Table Mountain National Park, un espace protégé. Après le dernier village typique et préservé de Scarborough, c'est l'entrée de la réserve et de la route qui mène au Cape of Good Hope (le Cap de Bonne Espérance). J'en suis à plus de 60 km et il me reste bien 10 km. Pour une dernière étape de formalité, je vais quand même faire près de 74 km et surtout 925 m de dénivelé. Heureusement, grâce à Marco, le retour se fera en voiture, sinon cette petite étape aurait fait le double !

Une longue route vallonnée au milieu d'une végétation particulière assez rase va me mener à mon objectif final. Entre-temps, je vais même faire la course avec une autruche sauvage que j'essaye de rattraper : l'image est absolument extraordinaire. Je sens l'émotion monter, je pense très fort à ma femme Laurence et à mon frère Serge.

L'AFRIQUE DU SUD, FIN DE L'AVENTURE

Enfin j'arrive à un cul-de-sac matérialisé par un grand parking. C'est fini ! Mon aventure touche à sa fin. Je range mon vélo devant les pancartes signalant en anglais « Cape of Good Hope » et en afrikaans « Kaap die Goeie Hoop ».

Marco et Guillaume me mitraillent pour la séance de photos et de films. J'attire également la curiosité des nombreux visiteurs.

L'émotion est maintenant trop forte. Je pense à tout le monde et à ce que je viens de vivre pendant presque une année, je ne peux me retenir et les larmes montent irrésistiblement.

J'arrive chez moi, à Gréoux. Ils sont nombreux à m'attendre. Même mon chien, Pyrrhus, vient à ma rencontre.

Maintenant, c'est terminé : je démonte Tornado et la remorque pour les charger dans la voiture de Marco et nous allons à Cape Point pour manger au resto comme des touristes lambda.

Préparatifs et départ

| **SAMEDI 7 ET DIMANCHE 8 AOÛT** | Le samedi, j'avais l'intention de monter à Table Mountain à environ 1000 m d'altitude, d'où on a une vue extraordinaire sur le Cap et les plages. Malheureusement, le ciel est couvert de nuages et l'on distingue à peine Table Mountain. Ça ne présente donc aucun intérêt.

Mon avion étant pour dimanche à 15 h, j'ai largement le temps de démonter Tornado et la remorque. Je range délicatement Tornado dans son carton en espérant qu'il ne souffrira pas trop dans l'avion. Il s'est très bien comporté durant mon périple et mérite d'arriver intact à l'aéroport Marseille-Provence. J'essaye d'éliminer quelques affaires superflues afin d'avoir un minimum d'excédent de bagages. Marco, toujours aussi sympa, passe son après-midi à monter le film de mon arrivée finale à Cape of Good Hope.

Le dimanche matin, il pleut. Cela confirme bien la chance que j'ai eue tout au long de mon épopée. Je crois que je n'ai plus eu de pluie depuis Dar es Salaam. Vendredi, pour mes derniers coups de pédales, il a fait un temps magnifique et, aujourd'hui, jour du départ, il pleut.

C'est Guillaume qui me mène à l'aéroport où l'on constatera 10 kg d'excédent de bagages, le gars de l'aéroport me faisant cadeau de 4 kg. J'ai au total 54 kg, mon bagage à main, 8 kg. Si j'y ajoute ce que j'ai laissé sur place, l'alimentation et l'eau, mon attelage devait osciller entre 80 et 90 kg : pas étonnant que les bosses aient été si difficiles !

| **LUNDI 9 AOÛT** | Le retour se passe sans aucun problème et l'avion atterrit sur le sol français vers 9 h 30. J'attends mes bagages mais je n'ai pas de monnaie pour prendre un chariot. Je fais ainsi une fausse arrivée devant mes supporters, Laurence en tête, qui crient, perturbant ainsi le calme de l'aérogare.

CAPE TOWN
> GRÉOUX-
LES-BAINS
10 000 km en avion...

Je récupère mon euro pour vite prendre un chariot. Sur le tapis roulant passe la remorque mais pas de Tornado. Je livre de suite la remorque alors que Tornado se fait attendre. Mais non, il finit par arriver dans son carton, intact. Je peux enfin aller embrasser Laurence, ma famille et mes amis venus m'accueillir. Ils sont bien une vingtaine. L'émotion me gagne et j'y vais bien sûr de ma larme.

Deuxième rendez-vous maintenant à Vinon-sur-Verdon pour effectuer les huit derniers kilomètres à vélo avec des amis cyclos de la région et mon club de Riez en particulier. De nouveau l'émotion me gagne. Nous remontons Tornado tant bien que mal et un peloton d'une vingtaine de cyclos s'égrène vers Gréoux. Ma joie est immense et je discute avec chacun à tour de rôle tout en faisant un signe aux nombreux photographes tout au long de la route.

Panneau « GRÉOUX-LES-BAINS » : ça y est, j'y suis. Au passage quelques Gryséliens – les habitants de Gréoux-les-Bains – me reconnaissent malgré ma barbe : « Ho ! Gérard ! » Première vision extraordinaire quand je passe sous le pont Saint-Sébastien, noir de monde, ça crie dans tous les sens. Enfin, je grimpe la montée des Moissons pour passer sur le pont et, là, c'est l'apothéose. Je passe sous la banderole : « TU AS TENU LE CAP ! » brandie par mes frères. Je gare Tornado et tout le monde me saute dessus. Bravo ! félicitations ! je ne peux citer tous les mots qui me sont lancés. Je les trouve souvent très exagérés et j'essaye de minimiser en disant que j'étais simplement en vacances pendant un an. Ce ne sont qu'embrassades, bises et félicitations. J'éprouve un sentiment un peu bizarre, celui d'être parti de Gréoux il y a très peu de temps. Tous ces amis qui m'accueillent, j'ai l'impression de les avoir quittés hier.

345 jours · 187 étapes · 19 646 km parcourus dont 17 618 km à vélo et 2 038 en taxi-brousse, camping-car ou train · Moyenne par étape : 105 km · Étape la plus courte : Tunduma (Tanzanie)/Nakonde (Zambie) : 3 km · Étape la plus longue : Beaufort West/Laingsburg (Afrique du Sud) : 202 km · Incidents mécaniques : 5 crevaisons, 2 pneus usés, 3 chaînes de vélo, 0 rayon cassé, 0 câble cassé, 1 étoile de direction changée à Yaoundé · 345 jours · 187 étapes · 19 646 km parcourus dont 17 618 km à vélo et 2 038 km en taxi-brousse, camping-car ou train · Moyenne par étape : 105 km · Étape la plus courte : Tunduma (Tanzanie)/Nakonde (Zambie) : 3 km · Étape la plus longue : Beaufort West/Laingsburg (Afrique du Sud) : 202 km · Incidents mécaniques : 5 crevaisons, 2 pneus usés, 3 chaînes de vélo, 0 rayon cassé, 0 câble cassé, 1 étoile de direction changée à Yaoundé · 345 jours · 187 étapes · 19 646 km parcourus dont 17 618 km à vélo et 2 038 km en taxi-brousse, camping-car ou train · Moyenne par étape : 105 km · Étape la plus courte : Tunduma (Tanzanie)/Nakonde (Zambie) : 3 km · Étape la plus longue : Beaufort West/Laingsburg (Afrique du Sud) : 202 km · Incidents mécaniques : 5 crevaisons, 2 pneus usés, 3 chaînes de vélo, 0 rayon cassé, 0 câble cassé, 1 étoile de direction changée à Yaoundé · 345 jours · 187 étapes · 19 646 km parcourus dont 17 618 km à vélo et 2 038 km en taxi-brousse, camping-car ou train · Moyenne par étape : 105 km · Étape la plus courte : Tunduma

Postface

Avant mon départ, c'est vrai que je me posais beaucoup de questions sur ce voyage. Pourtant deux interrogations étaient récurrentes : comment vais-je supporter cette solitude et, surtout, vais-je revenir intact, moralement s'entend ?

Antérieurement, je n'avais aucune expérience du voyage en solitaire. Tout s'est très bien passé, j'ai rarement été seul, si ce n'est sur mon vélo. Cette solitude m'a permis de faire de fabuleuses rencontres dans une totale liberté. Je changeais d'itinéraire comme je le désirais. Je m'arrêtais où et quand je voulais. Je prenais une ou deux journées de repos au gré de mes envies. J'allais surtout au-devant des gens car j'avais besoin de contact. J'ai seulement regretté d'être seul dans les moments de grosses galères où le soutien d'un coéquipier aurait été apprécié. Et aussi lorsque le paysage était somptueux, j'aurais aimé partager. Un fait est certain aujourd'hui, je sais que je peux voyager seul et y prendre du plaisir.

Suis-je revenu intact ? Les premiers jours de mon retour, j'ai été très déçu : j'avais l'impression d'être parti en vacances. Maintenant je passe à autre chose, disais-je. C'est au fil du temps que je me suis rendu compte que quelque chose avait changé en moi. Pas mon caractère. Aux dires de mon épouse, j'étais toujours le même. C'est ma perception de la vie, de notre vie d'occidental qui a été bouleversée. Je fais constamment référence à notre façon de vivre et à ce que j'ai vécu en Afrique. Si je fais le plein d'essence, je me dis, tiens, c'est deux ou trois mois de salaire d'un Africain. Je ne supporte plus Noël et ses montagnes de cadeaux, après avoir vu les petits Africains jouer avec un pneu, un bâton ou un ballon fait de tissus.
Ce que je constate n'est que matériel. En Afrique, j'ai découvert autre chose. J'y ai vu le vrai sens de l'accueil et de l'entraide. Tu as faim, je te donne à manger ; tu es fatigué, viens te reposer chez moi. Parce que j'étais un Blanc, peut-être, mais pas seulement. Dans la tradition africaine, si un homme décède, la famille prend en charge sa ou ses femmes et ses enfants. Qu'en est-il chez nous ? J'ai connu cette tolérance, celle qui disparaît en Occident. Chrétiens et musulmans, caricaturés ici par nos médias, cohabitent là-bas en parfaite intelligence. Tout le monde fête la Tabaski, tout le monde fête Noël.

Je croyais avoir assouvi mon rêve de traverser l'Afrique à vélo. Oui, mais j'ai toujours envie d'Afrique, je veux y retourner et j'y retournerai. Peut-être en suis-je devenu accro ?

Épilogue

Au Mali, quand Salif Sissouko m'avait si bien reçu, je lui avais fait cette promesse : « Quand je rentre en France, si je peux, je t'achète une motopompe. Mais, ne sois pas pressé, je dois terminer mon voyage. »

En rentrant, avec des amis, nous avons créé l'association « Une pompe pour Salif ». Quelques dons et les recettes du diaporama de ma traversée ont permis d'acheter cette pompe. En novembre 2011, avec les membres de l'association, nous sommes partis livrer cette motopompe à Salif.

En nous retrouvant à Moussa Waguya, l'émotion nous a étreints tous les deux. Salif, tout heureux, m'a simplement dit : « Je savais que tu tiendrais parole. »
Quand l'eau a jailli de sa motopompe, tout le village a applaudi et les femmes se sont mises à danser.

Le plus heureux, c'était peut-être moi : j'avais tenu ma promesse !

Que d'émotion en nous retrouvant, Salif et moi, à Moussa Waguya !

Comme promis en décembre 2009, je lui apporte une pompe qui va lui permettre d'arroser ses terres.

Salif est fier et heureux.

À Thies, première rencontre avec Christiane Poirault, la présidente de Launtaho, et Jules, le vice-président, de son vrai nom Souleymane Gueye.

Opération « Un euro pour voir »
avec Launatho, maison de l'enfant

Launatho est une association humanitaire franco-sénégalaise créée en 2002 officiant au Sénégal. Elle s'occupe entre autres d'un village de lépreux à M'Balling.
Ses autres actions, vous pouvez les découvrir sur le site http://www.launatho.org
Launatho est la contraction de LAUrent, NAThalie et THOmas, trois êtres chers à sa créatrice, Christiane Poirault.

Avant mon départ, j'avais contacté sans succès de grandes associations humanitaires pour rendre utile mon voyage. Elles ne croyaient pas trop à mon projet et ne l'accepteraient éventuellement que pour me faire plaisir. Sur l'insistance de mon amie Dany, j'ai rencontré Christiane Poirault, présidente de l'association Launatho. Le courant est tout de suite passé et Christiane me conseilla d'identifier un projet auquel adosser mon périple. C'est ainsi qu'est née l'opération « Un euro pour voir » : opérer des malvoyants sénégalais de la cataracte. La cataracte est en effet la première cause de cécité chez les enfants en Afrique subsaharienne.

Nous décidons de vendre mes kilomètres parcourus à raison de 1 € le kilomètre, ce qui ferait près de 20 000 € à la fin de mon voyage. Je ne rêvais pas, si je vendais 3 000 à 5 000 kilomètres, l'opération serait déjà une totale réussite. Finalement, 18 620 kilomètres seront ainsi vendus, soit 18 620 € récoltés pour l'association.

En décembre 2011, nous avons fait un premier bilan : les opérations de la cataracte se sont avérées beaucoup plus compliquées que prévu. Cependant 19 personnes ont pu être opérées, dont, malheureusement, deux sont décédées depuis.
La générosité des donateurs a également permis de soigner 246 Sénégalais – dont une majorité d'enfants – de la maladie LCET (limbo conjonctivite endémique des tropiques) et d'autres maladies infectieuses des yeux. On peut annoncer 80 % de réussite : les hommes retournent travailler, les enfants retrouvent le chemin de l'école et les femmes se remettent à broder. Il faut savoir que 10 % des enfants atteints de la maladie LCET et non soignés deviennent aveugles.

Les 187 étapes

PAYS	DATE	ÉTAPE	KM	KM CUMULÉS	DÉNIVELÉ	DÉNIVELÉS CUMULÉS
FRANCE						
	29/08/09	GRÉOUX-LES-BAINS	0	0	0	0
	29/08/09	GRANS	84	84	500	500
	30/08/09	VALERGUES	100	184	200	700
	31/08/09	ST-PONS DE THOMIÈRES	154	338	1300	2000
	01/09/09	TAUTAVEL	125	463	1000	3000
	02/09/09	PRATS DE MOLLO	100	563	1605	4605
ESPAGNE						
	03/09/09	BERGA	105	668	1500	6105
	04/09/09	PONTS	90	758	1000	7105
	05/09/09	LERIDA	52	810	600	7705
	07/09/09	ALCANIZ	131	941	1100	8805
	08/09/09	MONTALBAN	79	1020	1215	10020
	09/09/09	TERUEL	78	1098	900	10920
	10/09/09	UTIEL	122	1220	885	11805
	12/09/09	ALBACETE	131	1351	870	12675
	13/09/09	ALCARAS	82	1433	515	13190
	14/09/09	VILLANUEVA	75	1508	640	13830
	15/09/09	UBEDA	45	1553	480	14310
	16/09/09	FUADAHORTUNA	69	1622	1195	15505
	17/09/09	GRENADE	96	1718	720	16225
	18/09/09	LA HERRADURA	78	1796	625	16850
	19/09/09	BENALMADENA	93	1889	400	17250
	21/09/09	SAN ROQUE	105	1994	750	18000
MAROC						
	22/09/09	KSAR EL KEBIR	63	2057	950	18950
	23/09/09	TANGER	36	2093	455	19405
	24/09/09	ASILAH	55	2148	240	19645
	25/09/09	ARBAOUA	82	2230	505	20150
	26/09/09	SIDI KACEM	98	2328	275	20425
	27/09/09	MEKNES	45	2373	680	21105
	28/09/09	AZROU	73	2446	1115	22220
	29/09/09	TAHMADITE	37	2483	870	23090
	30/09/09	MIDELT	106	2589	705	23795
	01/10/09	KERRAIDOU	86	2675	570	24365
	02/10/09	MESKI	70	2745	395	24760
	03/10/09	JORF	82	2827	200	24960
	04/10/09	GHALLIL ANAZDAR	92	2919	380	25340
	05/10/09	BOUMALNE DE DADES	91	3010	620	25960
	06/10/09	OUARZAZATE	111	3121	470	26430
	09/09/09	TAZENAKHT	91	3212	1015	27445
	10/09/09	TALOUINE	87	3299	675	28120
	11/09/09	OULAD TEIMA	145	3444	170	28290
	12/09/09	TIZNIT	106	3550	350	28640
	14/10/09	GUELMIN	109	3659	885	29525
	15/10/09	EL OUATIA	156	3815	705	30230
	17/10/09	BIR TAOULEKT	165	3980	300	30530
	18/10/09	LAAYOUNE	147	4127	275	30805
	19/10/09	LEMSID	113	4240	105	30910
	20/10/09	BOUJDOUR	82	4322	30	30940
	22/10/09	ECHTOUCAN	178	4500	295	31235
	23/10/09	DAKHLA	170	4670	180	31415
	25/10/09	AIN BERDA	178	4848	260	31675
	26/10/09	CAP BARBAS	110	4958	150	31825
MAURITANIE						
	27/10/09	NOUADHIBOU	148	5106	270	32095
	30/10/09	BOU LANOUAR	87	5193	265	32360
	31/10/09	NOUAKCHOTT	389	5582	660	33020
	10/11/09	TIGUENT	110	5692	40	33060

PAYS	DATE	ÉTAPE	KM	KM CUMULÉS	DÉNIVELÉ	DÉNIVELÉS CUMLULÉS
SÉNÉGAL						
	11/11/09	M'BAGAM	110	5802	360	33420
	12/11/09	SAINT-LOUIS	103	5905	50	33470
	13/11/09	TIVAOUANE	173	6078	1000	34470
	14/11/09	N'GOR	96	6174	200	34670
	29/11/09	LA SOMONE	82	6256	550	35220
	30/11/09	KAOLACK	128	6384	125	35345
	01/12/09	KAFFRINE	68	6452	90	35435
	02/12/09	IDA	102	6554	180	35615
	03/12/09	TAMBACOUNDA	118	6672	210	35825
	05/12/09	GOUDIRY	120	6792	250	36075
MALI						
	06/12/09	KOULOMBO	87	6879	170	36245
	07/12/09	KAYES	71	6950	145	36390
	09/12/09	MOUSSA WAGUYA	27	6977	135	36525
	10/12/09	DIAMOU	32	7009	125	36650
	11/12/09	BAFOULABE	121	7130	435	37085
	13/12/09	MANANTALI	93	7223	270	37355
	14/12/09	TAMBAGA	106	7329	625	37980
	15/12/09	KITA	52	7381	225	38205
	17/12/09	NEGALA	131	7512	565	38770
	18/12/09	BAMAKO	80	7592	310	39080
	22/12/09	SIDO	154	7746	565	39645
	23/12/09	KOUMANTOU	110	7856	460	40105
	24/12/09	SIKASSO	135	7991	715	40820
BURKINA FASO						
	26/12/09	ORODARA	101	8092	605	41425
	27/12/09	BOBO-DIOULASSO	81	8173	450	41875
	28/12/09	HOUNDE	104	8277	410	42285
	29/12/09	BOROMO	75	8352	285	42570
	30/12/09	OUAGADOUGOU	177	8529	0	42570
	20/01/10	ZORGHO	104	8633	310	42880
	21/01/10	FADA-N'GOURMA	115	8748	290	43170
	24/01/10	MATIAKOALI	104	8852	240	43410
	25/01/10	KANTCHARI	61	8913	115	43525
NIGER						
	26/01/10	TORODI	82	8995	160	43685
	27/01/10	NIAMEY	69	9064	235	43920
	31/01/10	DOSSO	147	9211	435	44355
	03/02/10	GAYA	155	9366	0	44355
BÉNIN						
	03/02/10	MALANVILLE	12	9378	0	44355
	05/02/10	KANDI	107	9485	45	44400
	06/02/10	BEMBEREKE	115	9600	505	44905
	07/02/10	PARAKOU	113	9713	660	45565
	09/02/10	TCHAOUROU	60	9773	345	45910
	10/02/10	SAVE	104	9877	685	46595
	15/02/10	BOHICON	136	10013	620	47215
	22/02/10	COTONOU	134	10147	435	47650
	26/02/10	GODOMEY	7	10154	0	47650
	27/02/10	POBE	105	10259	0	47650
NIIGERIA						
	28/02/10	ORE	300	10559	0	47650
	01/03/10	ENUGU	350	10909	0	47650
	02/03/10	IKOM	236	11145	0	47650
	03/03/10	CALABAR	217	11362	0	47650
CAMEROUN						
	05/03/10	LIMBE	6	11368	0	47650
	13/03/10	LIMBE	32	11400	150	47800
	20/03/10	DOUALA	78	11478	470	48270
	22/03/10	EDEA	68	11546	390	48660
	23/03/10	POUMA	51	11597	420	49080

PAYS	DATE	ÉTAPE	KM	KM CUMULÉS	DÉNIVELÉ	DÉNIVELÉS CUMLULÉS
CAMEROUN (suite)						
	24/03/10	NKENG LICKOCK	87	11684	955	50035
	25/03/10	YAOUNDE	42	11726	385	50420
	02/04/10	NGOULEMAKONG	105	11831	975	51395
	03/04/10	EBOLOWA	51	11882	365	51760
	04/04/10	AMBAM	93	11975	960	52720
GABON						
	06/04/10	BITAM	59	12034	700	53420
	07/04/10	OYEM	75	12109	775	54195
	08/04/10	MITZIC	115	12224	1195	55390
	09/04/10	MISSENMIX AUBERGE	83	12307	595	55985
	10/04/10	NDJOLE	105	12412	1090	57075
	19/04/10	LAMBARENE	135	12547	1370	58445
	21/04/10	FOUGAMOU	92	12639	580	59025
	22/04/10	MOUILA	107	12746	355	59380
	24/04/10	NDENDE	77	12823	255	59635
CONGO BRAZZAVILLE						
	25/04/10	NGONGO	50	12873	120	59755
	26/04/10	NYANGA	49	12922	525	60280
	27/04/10	KIBANGOU	92	13014	340	60620
	28/04/10	DOLISIE	100	13114	630	61250
	30/04/10	LOUDIMA	57	13171	515	61765
	01/05/10	BRAZZAVILLE	300	13471	0	61765
CONGO KINSHASA						
	06/05/10	KINSHASA	5	13476	0	61765
KENYA						
	10/05/10	NAIROBI	0	13476	0	61765
	13/05/10	KAJIADO	78	13554	375	62140
	14/05/10	NAMANGA	92	13646	440	62580
TANZANIE						
	15/05/10	ARUSHA	110	13756	975	63555
	18/05/10	MOSHI	82	13838	345	63900
	19/05/10	SAME	110	13948	670	64570
	21/05/10	MKOMAZI	85	14033	190	64760
	22/05/10	KOROGWE	78	14111	275	65035
	25/05/10	MAKATA	86	14197	910	65945
	26/05/10	CHALINZE	115	14312	1095	67040
	27/05/10	DAR ES SALAAM	110	14422	515	67555
	11/06/10	CHALINZE	110	14532	685	68240
	12/06/10	MOROGORO	88	14620	795	69035
	13/06/10	MIKUMI	122	14742	585	69620
	14/06/10	MBUYUNI	64	14806	595	70215
	15/06/10	ILULA	80	14886	1120	71335
	16/06/10	IRINGA	50	14936	470	71805
	18/06/10	NYORORO	117	15053	1270	73075
	19/06/10	IGAWA	104	15157	530	73605
	20/06/10	MBEYA	126	15283	1300	74905
	22/06/10	TUNDUMA	105	15388	1240	76145
ZAMBIE						
	23/06/10	NAKONDE	3	15391	0	76145
	24/06/10	ISOKA	119	15510	525	76670
	25/06/10	154 km de MPIKA	116	15626	785	77455
	26/06/10	62 km de MPIKA	92	15718	540	77995
	27/06/10	MPIKA	65	15783	485	78480
	29/06/10	KANONA (environs)	185	15968	850	79330
	30/06/10	SERENGE	66	16034	240	79570
	01/07/10	60 km de KAPIRI	147	16181	850	80420
	02/07/10	KABWE	131	16312	500	80920
	03/07/10	LUSAKA	143	16455	515	81435
	05/07/10	MAZABUKA	130	16585	675	82110
	06/07/10	CHOMA	164	16749	625	82735

PAYS	DATE	ÉTAPE	KM	KM CUMULÉS	DÉNIVELÉ	DÉNIVELÉS CUMLULÉS
ZAMBIE (suite)						
	07/07/10	MAKOLI	138	16887	495	83230
	08/07/10	LIVINGSTONE	57	16944	155	83385
ZIMBABWE						
	10/07/10	VICTORIA FALLS	13	16957	85	83470
	11/07/10	HWANGE	115	17072	660	84130
	12/07/10	GWAI RIVER	91	17163	735	84865
	13/07/10	KENMAUR + 10 km	118	17281	655	85520
	14/07/10	BULAWAYO	131	17412	630	86150
BOTSWANA						
	16/07/10	RAMOKGWEBANA	125	17537	530	86680
	17/07/10	FOLEY SIDING	131	17668	210	86890
	18/07/10	MAKORO	132	17800	340	87230
	19/07/10	DIBETE	136	17936	365	87595
	20/07/10	GABORONE	116	18052	340	87935
	22/07/10	LOBATSE	73	18125	445	88380
AFRIQUE DU SUD						
	23/07/10	MAFIKENG	80	18205	305	88685
	24/07/10	VRYBURG	169	18374	450	89135
	25/07/10	WARRENTON	135	18509	290	89425
	26/07/10	KIMBERLEY	76	18585	245	89670
	28/07/10	HOPETOWN	125	18710	305	89975
	29/07/10	BRITSTOWN	132	18842	475	90450
	30/07/10	VICTORIA WEST	106	18948	455	90905
	31/07/10	BEAUFORT WEST	137	19085	395	91300
	01/08/10	LAINGSBURG	202	19287	740	92040
	03/08/10	WORCESTER	161	19448	1025	93065
	04/08/10	LE CAP	124	19572	1115	94180
	06/08/10	CAP DE BONNE ESPÉRANCE	74	19646	925	95105

Le matériel emporté

LE VÉLO

Vélo	cadre acier Daniel Guédon, monté par Vélo Luberon à Pertuis (84)
Remorque	Christian Touzé, une petite merveille
Sacoches	2 petites sacoches avant et une de guidon
Antivols	1 pour le vélo et 1 pour la remorque, ont peu servi
Pompe sur le cadre	toujours restée sur le cadre, jamais volée

LES PIÈCES DE RECHANGE

Pneus Schwalbe	2 pour le vélo et 1 pour la remorque
Chambres à air	ordinaires, 2 pour le vélo et 1 pour la remorque
Câbles	2 de chaque, jamais utilisés
Patins freins	attention, latérite très abrasive
Rayons	5 de chaque dimensions, jamais utilisés
Blocage rapide	inutile
Roulements de pédalier	roulements initiaux, ont tenu 20 000 km
Fonds de jante	non utilisés

LES PIÈCES POUR LE MOYEU ROHLOF

Chaîne	une, ravitaillée par Laurence car usure prématurée
Kit de vidange	une seule vidange à Ouarzazate
Pignon de 16	changé à Dakar
Fouet à chaîne	indispensable
Clé plate de 8	
Manuel	très utile

L'OUTILLAGE

Extracteur de manivelles	non utilisé
Multi-outils Topeak	avec dérive-chaîne, indispensable
Clé à rayons	indispensable, mais jamais utilisée
Démonte-pneus	
Outil multifonctions	Leatherman, outil très malin

LE PETIT MATÉRIEL VÉLO

Attache rapide	inutile avec dérive-chaîne
Vis pour tube de selle	en cas de problème
Visserie et boulons divers	
Brosse à dents	pour le nettoyage de la chaîne
Huile pour chaîne, chatterton, chiffons, colliers Rilsan, 1 pelote de ficelle, fil de fer	
Pompe à mano	petite et très utile
Kit de réparation crevaison	

VÊTEMENTS CYCLISTES

Chaussures cyclistes	utilisées jusqu'à Tanger, puis renvoyées en France
Sandales cyclistes	parfaites pour l'Afrique
Socquettes	3 paires utilisées en Espagne et à partir du Botswana
Jambières cyclistes	utiles dans la deuxième partie du voyage
Manchettes cyclistes	utiles dans la deuxième partie du voyage
Maillots cyclistes	2, plutôt souvent roulé en tee-shirt
Cuissards	2
Paires de gants	2
Veste en Gore-Tex	bien utilisée
Pantalon en Gore-Tex	utilisé et utile dans l'ascension du mont Cameroun
Coupe-vent	
Cap de cycliste	double emploi avec veste Gore-Tex
Gilet réfléchissant	indispensable en Espagne
Casque	obligatoire en Espagne, puis renvoyé en France
Lunettes de désert	protection sable et latérite
Masque	acheté à Bobo-Dioulasso pour piste latérite
Lunettes de soleil N° 4	
Casquette pour soleil	attention à la protection nuque

DOCUMENTS

Passeport	attention, vierge si possible
Papier de Sécurité sociale	pour l'Espagne, inutile ensuite
Assurance personnelle	
Cartes de visite	attention au numéro de téléphone
Cartes routières	grande carte Michelin suffisante
Guide touristique	Afrique de l'Ouest, très lourd

VÊTEMENTS

Veste Softschell	peu utilisée
Veste en polartec, sweat, 1 chemise légère, 2 tee-shirts, 2 pantalons légers, 3 slips, 4 mouchoirs	
Collants	1 paire, pas utilisée
Maillot de bain	pas utilisé
Baskets	1 paire, promenade en forêt et au mont Cameroun
Crocs	1 paire, très légères et mises tous les jours
Lunettes de vue	2 paires

MATÉRIEL DE BIVOUAC

Tente MSR Hubba Hubba	autoporteuse et moustiquaire
Sac de couchage	bien réfléchir au modèle
Sac à viande	
Matelas autogonflant	avec le kit de réparation
Lampe frontale	penser aux piles de rechange
Siège	peu utilisé, renvoyé en France
Oreiller	un petit luxe
Couverture de survie	

CUISINE

Réchaud multicombustible	on trouve de l'essence partout
Vache à eau, couteau, briquets, allumettes	
Assiette, gobelet, couverts, bol	
Popote, poêle, sel et poivre, Sopalin	
Sac isotherme	très utile pour l'eau
Liquide vaisselle, éponge	peu utilisés

PETIT MATÉRIEL ANNEXE

Corde en nylon	utilisée pour sécher le linge
Nécessaire de couture	pas utilisé
Bougie	
Ceinture range-billets, porte-monnaie	

COMMUNICATION / MATÉRIEL DE MESURE

Ordinateur portable	beaucoup utilisé
GPS	utilisé pour site internet
Montre altimètre	
Appareil photo numérique	avec batteries et cartes mémoire
Téléphone portable	acheté en Mauritanie, très utile
Téléphone satellitaire	inutile
Panneau photovoltaïque	pas utilisé, retourné en France
Clés USB	pour sauvegarde des photos

AFFAIRES DE TOILETTE

Brosse à dents, dentifrice, savon et boîte à savon
2 serviettes, 1 gant de toilette

Papier hygiénique	on en trouve partout

ARGENT

Carte bleue Visa	indispensable en Afrique de l'Ouest
Carte bleue Mastercard	utilisée en dépannage à l'Est
Argent liquide	dollars et euros en dépannage

PHARMACIE

La liste détaillée est disponible sur le site http://www.zagafrica.fr

Adresses utiles

Cyclo-Camping International, association de voyageurs à vélo
http://www.cci.asso.fr

VoyageForum, forum sur les voyages
http://voyageforum.com

Vélo Luberon, magasin de cycles à Pertuis (84)
http://www.veloluberon.com

Moyeu Rohloff, la fameuse boîte à vitesses dans le moyeu
http://www.rohloff.de

Daniel Guédon, constructeur de cadres de vélo à Lyon (69)
http://www.cyclesdguedon.com

Au Vieux Campeur, tout l'équipement pour le plein air
http://www.auvieuxcampeur.fr

IGN, cartographie
http://www.ign.fr

Michelin, cartes routières
http://www.viamichelin.fr

Launatho
http://www.launatho.org

1clic1planet.com, toutes les informations sur les pays du monde
http://www.1clic1planet.com

Afrik.com, l'actualité de l'Afrique noire et du Maghreb
http://www.afrik.com

et, bien sûr, le site de **Zag'Africa**
http://www.zagafrica.fr

Table des matières

Préface de Laurence Zagar	7
Carte itinéraire	9
Il est temps de partir	11
De Gréoux à ma première frontière	12
Ma traversée de l'Espagne	14
Mon premier pays africain : le Maroc	26
Et maintenant la Mauritanie	60
Sénégal : l'entrée en Afrique noire	76
Le Mali, un pays du Sahel qui s'en sort	92
Le Burkina Faso, pays des hommes intègres	114
Niger, le pays le plus pauvre de la planète	128
Le Bénin, un pays accueillant	134
Traversée du Nigéria	154
Cameroun, l'Afrique équatoriale	158
Le Gabon et le passage de l'équateur	180
Congo Brazzaville, relents de guerre civile	196
La République démocratique du Congo	208
Kenya : l'Afrique anglophone	210
La Tanzanie, mon pays préféré	214
La Zambie et les chutes Victoria	242
Le Zimbabwe, en plein marasme économique	266
Botswana, le pays le plus riche d'Afrique	276
L'Afrique du Sud, fin de l'aventure	286
Postface	307
Épilogue	309
Opération « Un euro pour voir »	311
Les 187 étapes	312
Le matériel emporté	316
Adresses utiles	318
Remerciements	320

Remerciements

à Laurence,
> mon épouse, pour sa compréhension et sa patience.

à ma famille, frères, sœur, cousins, neveux, nièces, belle-famille et amis pour leur soutien tout au long de mon aventure.

à Alain, Claude et Roland
> qui m'ont accompagné les premiers jours et ont rendu ma traversée en solitaire progressive.

à mon ami Jojo
> qui m'a rejoint quinze jours au Maroc.

à Yannick, le Vendéen, voyageur solitaire dans l'âme,
> rencontré au Sahara occidental, avec qui j'ai partagé ma route jusqu'à Dakar.

à Jocelyne et Xavier
> que j'ai rencontrés maintes fois et qui m'ont fait traverser le Nigéria à bord de leur fourgon aménagé.

à toutes les personnes rencontrées, souvent démunies,
> qui m'ont ouvert leur porte et fait partager leur repas : Lahcen, Brahim, Salif, Idrissa, Marie et Antoni, Dédé, Ousmane, et bien d'autres…

aux donateurs de Launatho
> qui ont permis à des malvoyants sénégalais de retrouver la lumière.

Crédit photographique : Gérard Zagar
et les nombreux amis rencontrés sur la route
qui l'ont pris en photo

Achevé d'imprimer en janvier 2012
par AGPOGRAF Impressors, Barcelone

Dépôt légal : janvier 2012
ISBN 978-2-917395-22-6

Imprimé en Europe